不吃土豆的日子

杜杜

EVERSPRING PUBLISHING

不吃土豆的日子
DAYS WITHOUT POTATO

COPYRIGHT 2017 by Dudu (Zhanqing Du)
版权所有：杜杜 （杜湛青）2017

Published by
EVERSPRING PUBLISHING
OTTAWA, ONTARIO, CANADA

国际书号：
ISBN 978-1-7751288-0-9
ISBN 1-7751288-0-9

字数：230 千字
版次：2017 年 11 月第 1 版

230,000 Words
Printed in the U.S.A
This edition first printing, November 2017

二零一五年于家中

作者简介：

杜湛青，常用笔名杜杜。毕业于中国山西大学法律系，后出国深造，先后就读于芬兰赫尔辛基大学社会心理学专业、加拿大多伦多美容美体专科学院、加拿大渥太华大学软件程序设计专业。曾经商、从事文职、Spa 经营管理等职业。为当地华文报纸撰写"杜杜之窗"等文艺性专栏多年。海内外平面纸媒发表文字逾百万字。作品被收入多种作家文集。小说、散文、诗歌屡次荣获美国汉新文学奖、中国散文年会华语创作文学奖、台湾林语堂文学奖、加华文学奖等文学奖项，多次获得首奖。出版散文小说集《青草地》，诗集《玻璃墙里的四季歌》，随笔散文集《杜杜在天涯》，短篇小说集《玫红色的埃玛》，诗集《上帝之棋》等。海外华文女作家协会会员，加拿大华裔作家协会会员，加拿大中国笔会会员。

珍爱生活，积极乐观，笃信以爱为本。重视家庭。兴趣爱好广泛，擅长体育运动、绘画、歌唱、烹饪、毛线编织、服装裁剪、园艺等。积极参与社区义工活动。凡事脚踏实地。热爱在文字中做一条自由的小鱼，游荡于没有边际的生活海洋，享受风平浪静，亦直面狂风暴雨。相信精神的自由与独立，高于一切。

献给爱女丝丝和贝贝

你们是阳光

在任何阴霾的日子

照亮我生活的每个角落

目录

不吃土豆的日子

人生就象弈棋， 一步失误，全盘皆输，这是令人悲哀之事；而且人生还不如弈棋，不可能再来一局，也不能悔棋。

—弗洛伊德

未完成的结局

未完，不必期待结局
昨天的太阳晒不干今天的衣裳
一天的事，就让这一天
坦然担当

如果再做一朵花，你愿意怎样开放
羞怯清雅地躲在角落，还是开放得张扬夺目
如果再做一场雨，你愿意如何下
淅淅沥沥慢慢地嘀嗒，还是电闪雷鸣疯狂地倾洒
如果再有一次婚姻，哥哥啊，你愿意选择什么
稚嫩芬芳的娇躯，还是勤快谦恭的贤妇
妹妹啊，你要那甜言蜜语的浪漫
还是一付沉默却安全坚实的肩膀

或许谎言活着，在手挽着肩的赏月之夜
或许阴谋醒着，在柴米油盐的岁岁和年年

生活是道没做完的题，你我都是数字
停在漫长的无解算式里
本来无解，就不必叹息

一、不能吃土豆了

任天意下班时，同事小米过来找任天意顺路捎她去健身房，她的车子有些故障得留在车行换零件。小米是个小巧玲珑的华裔女子，台湾人，十几岁随父母移民加拿大，现在三十上下，嫁了一个白人男子，五

月怀胎，整天骄傲地挺着微鼓的肚子晃来晃去。小米坐进任天意的车里时，任天意注意到小米早已换好了紧身健身服，一副英姿飒爽的样子，那个坚实微挺的肚子好像只是身体顺理成章的一部分，没什么特殊意义。任天意眼前出现了自己的孕妇妻子等着他倒水时懒洋洋的模样，他不经意地皱了皱眉，禁不住问："小米，你怀着孕，还敢运动？"小米微笑着看了一眼任天意，大口喝着手里拎着的矿泉水，说："呦，怀孕就不能运动了？你别歧视孕妇呀。怀了孕我规律的健身运动一天都没停过，生活该怎样还怎样，孩子才会长得健健康康呢。再说，我根本就没觉得怀孕有什么特殊，前两个月我有妊娠反应，这边呕吐完，我那边就去炒菜了。"任天意很吃惊，他手握方向盘，尽量掩盖着自己的惊讶，问："你先生舍得你吐完了就炒菜？"小米说："我一顿不吃炒菜就难受，我先生老出差，不在家，我不炒了给自己吃，谁给我炒？再说，他哪里会炒中国菜呢？中餐馆里的菜味精太多，又不敢常吃，会影响小孩发育的。我自己炒的菜简单健康，吃着好香的。"小米说着，咽了咽唾沫，好像自己炒好的菜就摆在面前一样。任天意也被传染得咽了咽唾沫。

他心里有什么东西突然摇动起来，他想去想清楚，还没来得及，小米的健身馆就到了。小米矫健地开门下了车，精精神神地摆手道别道谢，一转眼就闪进健身馆的大门。任天意的车缓缓开动的时候，他重重的哎了一声，那口气叹出来时，任天意知道了自己心里动摇的东西是什么。他想阻止自己的思想，但不能阻止那个东西的动摇，他很累，他觉得自己没力量让那东西稳定下来，他感觉到自己的虚弱，这种虚弱是前所未有的，它给他一种缺乏安全的恐惧。妻子怀孕后，这种恐惧一天都不肯离开他。

孟乔南当然不知道任天意捎了小米一程不到十分钟的路，对自己的生活会产生影响。任天意心里的那个根既然已经开始摇晃，每一天过去，那个根就会更加松动一分。不能再惯得孟乔南像个残废了，她得学会做家务，她得懂得做一个母亲再也不能衣来伸手饭来张口，有一个婴儿将要依赖母亲的关怀和抚育，只有父爱是远远不够的。

事情却进展的非常困难。

那是一个周末，他的话刚说完，孟乔南就问："你是说从今天以后，我来负责洗衣服收拾家？"

"是！你先从这些简单活儿开始，饭不要你做，碗不要你洗，心不要你操，你就把衣服放洗衣机烘干机里洗洗烘烘迭迭，把家里东西归拢整齐，擦擦台面镜面的灰尘就好了，不会的我来教你。"任天意给自己鼓气儿，这时不坚持原则，她永远不会长大，妈妈怎么做？自己这个全职工作的爸爸又怎么管得了一大一小两个孩子，孩子有这样懒惰的母亲可怎么成长？

任天意比孟乔南大十岁，任天意的宠爱里于是添了父辈的厚道，孟乔南的撒娇也添了女儿般的任性。在任天意和孟乔南的婚姻里，任天意一直是城堡里的管家，一日三餐柴米油盐，里里外外衣食住行，一样样细细地打点安置。孟乔南则是高高在上的女王，衣来伸手饭来张口，玉指往东一点，任天意不会往西去一分一毫。十余年的生活，这种定位和生活模式已经成了自然而然的现状，如果不是那个即将问世的婴儿，任天意是永远不会提出改变现状的要求的。

"先从这个开始？你是说以后还有更多的事情要我做？你舍得那么累我？"孟乔南的小嘴儿撇了起来，目光满是嗔斥和不解，笑容收敛了，一脸冰霜。

"你要做妈妈了，孩子生出来有很多新功课要学，你不从现在开始准备，以后怎么办呢？我当然不舍得累你，可是……可是……"任天意本来想说，可是这么多年来，你怎么这么舍得累我呢？终于还是没说出来，任天意是个任劳任怨的丈夫，抱怨娇妻，实在太难了。

"哎，孩子刚怀上，你就紧张成这个样子。过去这十年我都没干过这些活儿，现在是孕妇了，你反倒让我做家务，你真狠心！早知道这样我就不给你生孩子了，怀孕以前，你说的好好的，不要我累的。"孟乔南站起身来，一转身上楼进了卧房。

任天意闷着，他有些恨自己窝囊。唉！算了算了，当初自己能娶了这个宝贝小媳妇，多满足？把她惯成这个样子是自己的错，怪不得她，慢慢来吧。任天意叹着气，起身跟进卧房，见孟乔南躺着，过去给她把毯子盖上，说："你别多想，更不要生气，我是为你好，你不能总是长不大，就要当妈妈了。无论怎么帮忙，我都没法儿代替你做妈妈。"

孟乔南不吭声，翻身背对了任天意。任天意望着她散落在枕头上的头发呆了一下，那些头发很杂乱，挑染出的颜色黄的黑的参差不齐，那颜色和同事小米的头发很类似，他心里突然烦躁起来。有个问题他从来不敢问自己，这时却响雷一样轰鸣在耳边，孟乔南能做妈妈吗？她能吗？

　　任天意静悄悄地回到厨房，弯腰从水池下取了抹布和去污剂，喷一下，擦两下，饭桌擦过了，又去擦电视柜，电视柜擦过了，又去擦书桌，书桌擦完了，又去擦门。他动作精致缓慢，像在研究每一粒污垢的成分，大脑和手一样忙碌，那里面一直在重复着那个问题，她能吗？她能吗？？她能吗？？？

　　日子平缓地翻着页，任天意建议孟乔南学习家务劳动的提议好像劣质香水，洒的时候散发着刺鼻的味道，却在最短的时间里散发得无影无踪。两人不再提干活儿的事，衣来伸手饭来张口的仍是孟乔南，任天意的任劳任怨却显而易见地打了些折扣。

　　孟乔南的衣服脏得很快，这些天脏得更快了，洗衣筐很快就满了，盖子盖不上，孟乔南伸出手在脏衣服里压了压，又勉强往里放了一件。任天意看了孟乔南一眼，没有表情。

　　电视架上渐渐地积起薄薄一层灰，孟乔南喝过茶的茶杯在餐桌上放了两天，还在原地一动不动，床边扔下的袜子始终没人拾起。家还是那个家，家里的整洁清洁却在短短几天里裹上了一层玻璃纸，灰蒙蒙的，明明什么都看得见，却隔着障碍。晚上在床上一贯主动的任天意对孟乔南背转了身，这在多年的婚姻中不多见。

　　孟乔南的娇嗔有了一些变化，那拐着弯儿的"嗯……"变成了干净利落的"哎"。她靠在椅背上，下巴朝饮水机努了努，说："哎，给我倒杯水喝。"任天意继续闷头吃饭，过了二分钟，才站起身，一边倒水一边说："饮水机就在你身边，你就不能自己倒杯水？"孟乔南像看着一个怪物一样盯着任天意，眼睛睁得溜圆，牙缝里挤出句子来，本来就细弱的声音更加尖细："你，你，这些年来不都是你给我倒水喝吗？我现在怀孕了，你反倒这样对我？我哪点儿对不起你了？你正常吗？有病！"

　　任天意的脖子上隆起一绺青筋，一张脸顿时涨得通红，看得出他竭力克制着岩浆般将要涌流喷泄的恼怒。他转身走进卫生间，他得借用那个狭小空间盛装胸中满溢的怒气。他对着镜子里那个懦夫挥着拳头，嘴里不干不净地骂着他从来不会在人前骂出口的脏话："我操你妈！我操你祖宗！我操你！"这个被骂的"你"就是镜子里那个冲着自己挥拳头的这个没用的东西。"我操死你！操死你！"他每挥一下拳，就狠狠地骂一句，痛快，真痛快！

从卫生间出来的任天意果然卸掉了怒火，他平静地坐在孟乔南对面缓缓地说："我们该谈谈了。这几天我考虑了很多，我带你去打胎吧，我们不适合要孩子。"

孟乔南震惊了，她杏眼圆睁，半天说不出话来，嘴唇哆嗦着，终于牙齿打着颤说："你，你，你真是世界上最狠的男人，为了少干点儿活儿，你连自己的骨肉都要扼杀，你，你……"

任天意不再吭气儿，他转身开始静静地做家事，孟乔南这时在他眼里好像根本不存在。孟乔南呜咽地哭起来，一边用尽恶毒的语言谩骂他：白眼狼，假慈悲，两面派，黑心烂肺，小心眼，杀人凶手……

多年来任天意不是没见过娇妻孩子气的大发雷霆，他尽量不在意，哪有跟小孩子记仇的？大不了躲进卫生间挥两下拳头了事。可是今天却不同，任天意安静的外表下压抑着无限的疲惫和厌倦，这样的孩子脾气，不懂得负责，只喜欢享受，不懂得付出，说不得碰不得的霸道性子，更加证明她不具备一个做母亲的素质，二人世界也就罢了，三人世界里这样的母亲会给孩子带来怎样的影响？

孟乔南说累了，也哭累了，爬在桌子上不动了。任天意忙完手里的活计，走过来心平气和地对孟乔南说："别任性了，去躺躺吧，哭坏了身子值得吗？我明天就去约医生，这孩子我们不能要，我应付不了，你准备也不充分。我们就维持二人世界吧，这么多年不是就这么过来的吗？没什么。"任天意抬手抚摸孟乔南的头发，孟乔南一甩，躲开，他就闷声不响起身离开。

第二天孟乔南没上班，她赖在床上，任天意出门前坐在她床边说："鸡蛋煎好了，豆浆和土司都摆好了，你想歇就歇歇，别忘了给单位打电话请假，饭可要吃啊！我上班走了，我们和医生预约打胎的事就这么定了，我们就好好过二人世界，如果没有小孩，我伺候你一辈子根本没问题，你放心。"

任天意出门的声音刚落稳，孟乔南就翻身拿起电话，姐姐的声音在那边一响，孟乔南就开始呜咽："姐，我想和他离婚，我怀着孕，他还逼我干活儿，我不干，他就让我打胎，说我不配做妈妈，我不想和他过了。我什么时候受过这种气？"

姐姐比孟乔南大七岁，爸妈成份不好，拼命抓革命促生产那阵，努力表现，哪里顾得上孩子，姐姐就带着妹妹东游西逛。妹妹从小就养成了藤一样缠绕姐姐的习惯。爸妈先后去世后，姐姐更成了孟乔南唯一的主心骨，大事儿小事儿和姐姐商量成了生活的必然程序。

姐姐是个能干人，七岁就会踩着凳子蒸馒头，十岁就会带着妹妹在街上捡了废铜烂铁、牙膏皮到废品收购站去卖，挣了零花钱买铅笔橡皮花头绳。姐姐十八岁那年，爸爸得了胃癌，很快就去了，妈妈一向依赖爸爸，精神迅速崩溃，不到一年，就扔下姐妹俩撒手人寰。姐姐接了父亲的班，到工厂里当出纳员供妹妹读书，年纪轻轻就负担起做爸妈的责任。孟乔南上大学的时候，姐姐已经做了会计，嫁了个技术员，年年被评为劳模，在家更是勤劳贤慧、马不停蹄。

姐姐却从小就像母鸡护小鸡一样不让妹妹做事，只要她好好学习，姐姐就喜笑颜开，她的勤劳，成功地造就了妹妹学业的成功和生活上的懒惰。

孟乔南结婚时，姐姐说："刚结婚就要养成让丈夫干活儿的习惯，这点特别重要。你什么也不会，别人就不会指望你干什么了，懂吗？"妹妹反问："那你为什么什么活儿都自己干，不让姐夫干？"姐姐说："姐姐不想让你变成我这个苦命，干干干，从小到大，没完没了，姐姐想要你过上不用干活就享福的日子。你嫁的这个任天意比你大这么多，那么爱你，人又老实，肯定疼你，你就乖乖做个娇滴滴的小女人，让他宠着你，别傻傻地自己找罪受！"

任天意在国内是大学讲师，教离散数学和数理逻辑。结婚不久，任天意就带孟乔南出了国，一晃十几年。孟乔南虽然是家里的娇娇女，上学却从不偷懒，做好学生是从小就延续的传统，她出了国仍在继续把它发扬光大。

任天意在中国做孟乔南的大学老师时，轻而易举地在学生堆儿里发现了孟乔南的聪慧可人。孟乔南的长相并不出众，是她的勤学好问让任天意刮目相看。

那天下了课，孟乔南截住任天意，问："任老师，您有时间吗？我解不了这道题，想了好几天，没有突破口，请您看看。" 任天意拿过题一看，是还没讲到的章节，而且是附加内容。任天意说："我回去做做，后天上课告诉你。"

题是一道很有趣的弯弯绕题，求"主析取范式和主合取范式"，任天意花了一整天时间琢磨，老算不对，草稿纸用了砖头厚才最终柳暗花明，一道题解了两页纸。任天意在昏黄的灯光下伸着懒腰，提醒自己，这个小姑娘的问题可不敢含糊了事。再上课的时候，任天意讲课的眼神就有了些微的走神，他发现这小姑娘几乎不做笔记，一对不大的眼睛滴溜溜转，似乎他的每句话都被那眼睛强力摄入吸收，制作成了她大脑的一部分。下课了，孟乔南欢天喜地地来到讲台前，笑眯眯地说："任老师，我昨夜想出那道题的解法了，您就不用费时间了，谢谢您。"小姑娘递过来的纸只有一页，任天意迅速地从头看到尾，发现昨夜自己花了最多时间算出的一个中间数值，小姑娘只用了五行就解决了，画了一个简单明了的真值表，聪明！任天意悄悄把自己已经抽出来的解题纸又塞回备课本，见了鬼，怎么会把这个解法忘了，还当什么老师？他说："解得好，解得好！"心里突然在这小姑娘面前有了几分懊恼的羞怯，他的微笑不太自然，说："你学的很超前，这样很好，这样很好！"小姑娘轻飘飘说了再见，声音很像没发育的童声。她微笑着离开时，任天意发现她牙齿很白，嘴角一只不对称的小酒窝浅而淡，有几分别致的美丽。

任天意是个做学问的，对聪明才智倾心向往。女人聪慧的重要性在任天意眼里远远超过美丽的重要性。孟乔南的细声细气、娇小温柔也令任天意魂牵梦绕。下了课回到教工宿舍，关住门回味孟乔南课堂上的小模样，任天意会幸福地傻笑，身体也会相应地膨胀。那种时刻，把这聪明的小丫头娶来做老婆，几乎就形成了一个迫不及待的宏伟理想。

恋爱顺利，婚姻顺利，出国顺利，获得洋学位顺利。任天意在世界级的《科学》杂志上发表学术论文探讨数学在天体物理中的合理运用时，孟乔南已经拿到了软件工程专业的硕士录取通知书。

寒窗说不上苦。任天意读博士时早已被导师器重，基本稳定的科研收入，养活两个除了吃饭、睡觉就是做功课搞研究的学生来说，虽不富裕，却也充足。

孟乔南读完洋书顺利进了本地政府捧上了金饭碗，维护数据库，工作是常规性的，轻松自如。任天意拿到了一个政府下属研究部门的终身职位，纯学术的研究升级为实用科学研究，一切按部就班，工作压力时有时无。相对于读博士时的生活，收入的增长是急剧的，车子房子很快引进了生活，家务，就是在这种情况下自然而然地成为任天意进一步"研究"的重要组成部分，没有孩子的二人世界，家务不外乎洗衣烧饭剪草吸地，任天意很快就研究通了，比读博士容易得多。

家里有任天意这棵大树遮凉，树下的日子逍遥自在，孟乔南女王般的感觉就这么舒舒服服地受用了十来年。这些年，孟乔南感觉生活顺遂美好，她对任天意卫生间的拳击活动从不知晓。出了卫生间，任天意也基本认为生活是顺遂美好的。

时间终于公平地把孟乔南送进三十岁时，她发现了生活的缺失。

周遭同学朋友都先后作了母亲，那些小孩子在朋友身边叽叽喳喳活蹦乱跳时，孟乔南的心里就会生出些妒忌，嗯，我的孩子肯定比她们的强十倍八倍。孟乔南走在街上看见坐在小推车里的娃娃，就会停住脚步多盯两眼，"好可爱呀！Sooooo cute！"她赞着。人家刚走远，她就捅了捅任天意，歪头问："想要？"任天意嘴角咧开，遮不住的欣喜若狂，满脸闪着兴奋的光泽，说："当然！都盼了十年了，书也读完了，工作生活都稳定了，你看我都四十了，是时候了。"孟乔南秀眉一挑，嗔到："我可什么都不会，你答应全面负责？"任天意想都没想，嘿嘿笑着说："那还用说？"

孟乔南虽说娇弱，却天生有块肥沃的土壤，避孕措施取消不到两个月，就成功怀孕。这下，孟乔南在任天意眼里本来是精致的水晶，顿时升级到钻石了。孟乔南的肚子还是一片平原，小心翼翼慎重富态的样子就在举手投足之中有模有样地显摆出来，怎么看都透着将为人母的骄傲和高贵来。任天意小心翼翼地看护着钻石，捧在手里怕碰了，含在嘴里怕化了，下班后的辛苦加了倍，连牙膏都为她挤好，更不用说给老婆倒口水喝了。

孟乔南怀孕才几个星期，任天意已经瘦了一圈，眼眶发黑，脚步飘浮，精神疲惫，工作时会在高靠背座椅上呼呼打盹儿。他没抱怨，他只是在已经养成的习惯上加了更多新的习惯，他明白这些新的习惯很快就会成为旧习惯的。可是怎么突然在老婆怀孕两月之后想到要孟乔南学习干家务活儿呢？这不好像要把钻石变为水晶，再往下还不把水晶变为玻璃了？这对孟乔南来说太不可思议了。难道任天意不爱自己了？

可是孟乔南的倔强和不妥协还是让任天意吃惊，那个洗衣筐涨满的过程，对任天意几乎是种煎熬，他管着自己的眼睛，管着自己的手，不让他们接近那个开始散发气味的目标。他克制着自己勤劳的习惯，克制勤劳竟如此艰难，任天意始料未及。孟乔南没有丝毫妥协的趋势，她不理不睬的行为如一根搅拌棒搅拌着任天意心中的岩浆。洗衣筐的盖子无论如何是盖不住了，床边的袜子终于被任天意拣了起来。任天意动手把脏衣服扔进洗衣机时，他的那个念头更加坚决了，孟乔南不合适做母亲，她不能，自己不允许这样的孟乔南做母亲，自己和孩子会面对一条无边无涯的漫漫长路，那条长路上，孟乔南好像没有角色可演。

任天意保持二人世界的主意最终在洗衣机轰隆隆的转动声中稳定地确定下来。他的声明是坚定的，无情的，不可商量的，他甚至立刻跟城市里唯一的堕胎诊所约了时间。孟乔南对这样的坚决感到陌生，她对任天意发出呜呜咽咽的漫骂掩盖着她心中瞬间生出的忧虑和害怕，难道自己真的太过分了？任天意真的要自己打胎，怎么办？自己是真的想要孩子呀。任天意一定是开始嫌自己懒惰，他如果不要自己了，还不如自己先不要他的好，至少自尊心可以平衡一下。孟乔南觉得自己的自尊心已经受到了任天意的践踏，这是她最受不了的。

"你冷静一下。"姐姐在电话那边说，语调镇静。"到底怎么回事？慢慢给我说清楚，别动不动一点小事就离婚离婚的挂在嘴上。"

孟乔南的故事好像对姐姐来说稀松平常，姐姐的镇定令她吃惊，姐姐的回答更加出乎她的意料："你到底想不想要孩子？如果想要，你开始学习一些做妈妈的基本技能也没什么不对，我好像还没见过哪个妈妈连衣服扔进洗衣机都不会的。我在想，你小时候我没鼓励你做家务是不是很明智，你结婚我教你督促先生干活，自己当个享福的少奶奶的做法是不是很愚蠢？"

"姐，你是说我应该按照他的要求去做？那我今天开始洗衣服收拾房间，明天他还不知道会让我做什么呢，到后来我不得当牛做马了？那不是你最不想看到的吗？"孟乔南显然对姐姐的回答很不满意。

姐姐在电话里叹着气说："这倒成了我的错了，现在你几岁了？五岁还是三十岁？我希望你活得好，过上比姐姐轻松的日子，不等于姐姐希望你做个好吃懒做不肯负责的妈妈，你的轻松如果可以换来幸福生活也就罢了，现在你这样懒惰引起丈夫的不满，显然会把自己的幸福牺牲掉，难道不应该改变一下？日子你自己得琢磨着过，当了母亲，你不可能再像公主一样被人供着，如果你连当母亲都准备那样当，我看你得先变成女王，有一个班的人伺候你，那现实吗？你还不如想仔细了，要是真的就是不想干家务，还不如听他的，维持你们现在的二人世界吧，孩子可不是一件玩具，摆在那儿就完了，要吃要喝要拉要尿，样样离不开人，任重道远着呢。"

孟乔南撂下电话，心中郁闷。姐姐一直都是站在自己这边的，为什么今天这样古怪？竟然站在他的立场上讲话。干活干活干活，不就是干点儿活儿吗？为什么自己就这么烦干活儿呢？难道公主般的日子真应该结束了？

　　孟乔南窝在床里睡了整整一上午，浑浑沌沌地想着自己该怎么办，半梦半醒之间，她好像看到自己变成了姐姐一样手脚麻利的家庭主妇，那带着围裙的形象很有些英姿飒爽。干点儿活就干点儿活吧，孩子是要定了。孟乔南终于下了决心。她从床上坐起身来，扫视着家里，想着如果干活儿应该从什么地方开始着手。

　　卧室里窗明几净，除了床上一摊散乱的被子，没有什么地方需要整理。孟乔南很欣慰，两个人的日子，有多少活儿呢？小意思。孟乔南的脸上露出笑容。

　　其实，孟乔南过滤的目光筛掉了很多劳动，靠墙的熨衣板上堆着一大摞待熨的衣服，梳妆台上摆着厚厚一摞拆过的应该丢弃的广告信封，墙角一盆植物的叶子都低垂着等着浇水灌溉。活儿，在从来不干活儿的孟乔南眼里是不存在的，这好像吃萝卜的兔子从香喷喷的腌鱼面前走过毫无反应一样，腌鱼的醒目是留给渴望吃鱼的那只猫的。

　　孟乔南在卫生间洗涮完毕，踱进厨房，她想，我今天应该给他露一手，做顿饭给他吃，我就不信我这个什么高级书都读得好的聪明人，就学不会做饭这样初级的技能。孟乔南先把桌上任天意烤好的两片土司吃了，喝了奶，觉得身上有了些干活儿的力气，信心饱了，才去拉开冰箱，琢磨做一顿什么样的饭才能镇住任天意。

　　冰箱里很空，该买菜了。她胡乱翻找着，找出几颗土豆和青椒来。就来个醋溜土豆丝和鸡蛋炒青椒吧，孟乔南雄心勃勃，炒土豆丝好像是最容易的家常菜，自己一定做的好。

　　孟乔南花了五分钟才找到削皮刀，厨房里的柜子抽屉储备着什么对孟乔南来说十分陌生，很多工具简直稀奇古怪，不知道是干什么用的。削皮刀薄薄的刀片看起来轻巧锋利，用起来却不那么简单。

　　孟乔南第一下用力很大，削得深，刀卡在土豆里。拔出刀，孟乔南动了动脑筋，觉得自己的角度错了，不该朝下朝里用力，应该朝上朝外用力，孟乔南对自己的发现感到满意，什么能难倒智慧的女性？她甚至有些骄傲了。孟乔南把手放轻，朝上朝外用力，削了三下，两下都扑了空，第三下才削掉小小一块皮。孟乔南的骄傲随着每削三下才够着一小块皮的缓慢速度削减下去。半个小时之后，孟乔南坐在椅子上看着削好的这颗土豆发呆。她的左手因为握土豆握得太紧，感觉酸疼，右手握刀的拇指关节处已经鼓起一个红红的水泡。她看着那颗因为裸露太久已经开始氧化得有些泛红的土豆，眼眶发湿。太笨了，没想到削土豆皮会这么难，怎么办？这饭还继续做下去吗？要削几颗土豆才够一盘菜呢？孟乔南感到绝望，她想到了任天意，任天意十几年来削过多少土豆皮了？自己好像是隔三差五就会吃一顿土豆丝，那可是自己最喜欢的菜呢。任天意做饭是神速且质量高超的，下班回来戏法一变，不到一个小时，三菜一汤就可以齐齐整整地上桌，每顿饭都不会马虎交差。孟乔南想到那些精致的饭菜，口腔立刻充满唾液，她咽了咽，有点儿想任天意。任天意的确宠爱自己，从来没有要求自己做过一顿饭，结婚这十几年吃过多少顿饭了？都是他做的。读书时也不例外，自己埋头做功课，任天意总是盛好饭才会叫自己，幸福妻子啊。可是任天意为什么突然就变了呢？我做错了什么？我是怀着孕的大功臣呀，虽然没有受什么妊娠反应的罪，究竟是一名孕妇，得到格外的照顾难道不是理所应当？哪有要求孕妇多做事的丈夫？他竟然在这种时候要求自己干家务！这正常吗？

孟乔南想到这儿，刚刚那点儿涌上来的感激之情瞬间就被怨恨代替了。她看着那颗丑陋的土豆，又低头看着自己起了水泡的手，立刻就被铺天盖地的委屈充满了，眼泪扑簌簌滚落下来。哼，连削土豆这样艰难的活儿都得我做了，这日子真的没法儿过了。她抓起土豆，拉开水池下面的柜子，刷地一下就把那颗土豆扔进了垃圾桶。做饭？没门儿，我就不做饭。孟乔南洗干净手，擦干眼泪，走到沙发跟前，顺手拿起茶几上的杂志看了起来，管他三七二十一，我想干啥就干啥，不想干啥就不干啥，看你能把我怎样。她把杂志翻得刷刷响，翻书的手指灌注了很多烦躁和愤怒，杂志变成了任天意讨厌的脸，每翻一下，就抽了任天意一巴掌似的解气。

孟乔南终于静了下来，她面前的杂志是恍惚的，她的思想凝聚在杂志之外的世界里，她竭力想弄清楚自己的处境。家务活儿，看来是不容易干起来的，那么还要不要学习干活儿？要求孕妇妻子学习干活儿的老公配做老公吗？应该和这样的老公生孩子吗？他已经去预约打胎了，他如果不肯要这个孩子，没有他的话，自己有能力作个合格的母亲吗？

孟乔南问了自己无数问题之后，发现没有一个问题可以凭自己的能力找出满意的答案。她突然感到无比自卑，自己在外人眼里是多么的幸福，娇美的容貌，温和的性格，聪明的头脑，稳定的工作，疼爱自己的老公，衣食无忧的生活。可这些被人羡慕的东西在此时此刻都变到反面去了，美丽聪明得无用到连土豆皮都不会削，会工作有什么用？连做母亲的基本资格都被丈夫否定了。还有这个假装疼爱自己的老公，关键时刻露出了狠心的真面目。我拥有什么？根本就是一无所有。

孟乔南这么想着，心中对任天意的怒火就变作了自哀自怜，一弯细眉凝成一团，本来已经干了的眼眶转眼就又湿又红了。她突然觉得没意思，什么都没意思，做人没意思，做女人没意思，做妻子没意思，做母亲更没意思。一个感觉什么都没意思的人又有什么意思呢？孟乔南迷茫了，无助了。她呆坐在沙发里一动不动，世界在那没意思的思想里一点意思也没有了。

孟乔南并不知道姐姐和她通完电话就给任天意单位挂了电话。姐姐说："有些事情并非一日之功，她被你宠了那么久，你得给她时间。孩子生下来，要不要先请个保姆，然后逐渐过渡？打胎可不是小事情，你们可得想想清楚。因为不想要孩子而不要孩子的人有很多，因为不会当妈妈而打掉孩子的人好像还没听说过。"

任天意撂了电话，盯着手里的纸片不知所措，上面记着和医生见面预约的时间，他整整齐齐把纸片迭好塞进钱包。请不请保姆根本不是问题的根本，问题的根本是一个妈妈准备不准备做一个负责的妈妈。

任天意起身去倒咖啡时，迎面碰上满面春风的小米刚来上班，任天意问："什么事这么高兴？"小米说："我刚做了 B 超回来，是个女儿！这下我可有机会打扮她了。太棒了！"任天意不知该说什么好，他笑着，表情尴尬，小米从任天意身边连蹦带跳地走过去了，任天意也没想出一句恭喜的话。他的眼睛里出现了孟乔南娇滴滴的样子。女儿，如果自己有个女儿，一定会像孟乔南一样聪明娇小可爱，自己一定会比小米更高兴得忘乎所以，一定会心甘情愿地又当爹又当妈。自己真的会在乎多干点儿活儿吗？真的在乎一个妈妈不会当妈妈吗？一个聪明的女人是可以培养造就的，自己是不是真的太着急了？姐姐说的话是对的，得给孟乔南时间。

那天下午突然下雪，风呼呼地卷着大雪扫在挡风玻璃上，能见度很低，回家的路上车流拥堵，任天意比平时到家晚了半个多小时。

"今天你休息的好吗？"任天意看见孟乔南坐在沙发上，走过去问。孟乔南没抬头，也不接茬儿，好像专心一意地看着手里的杂志。任天意摸了孟乔南的头发一下，孟乔南没理会。任天意心里有些堵，知道妻子还在闹情绪。他转身进了厨房，准备洗菜做饭。土豆袋子和几颗青椒都摆在灶台上，任天意觉得奇怪，却也没多想。削完皮往垃圾桶里扔垃圾时，才看见里面那颗削过皮的土豆，这种刺激是结了婚十几年从未有过的。

"你，削土豆了？怎么想起来削土豆了？"任天意边说边把土豆捡了出来，他捧着那颗变成粉红色的土豆无所适从了，这是他见过的最迷人的土豆了，在这个家庭里具有开天辟地的意义。他的兴奋使他彻底忽略了那颗土豆的存在地点，一个几乎不知道土豆是圆形的人开始对土豆发生兴趣并且实践了把土豆变成食品的第一道工序，这太不可思议了。至于这颗土豆是放在桌上还是丢在垃圾桶里，有什么要紧？

任天意把土豆放到水龙头下面洗，他简直心潮澎湃了。孟乔南在厨房里是除了煮方便面和炒鸡蛋什么都不会的妻子，今天竟然开始削土豆了，这样惊人的进步意味着什么？意味着一个未来合格的母亲是可能造就出来的。这太值得庆祝了。任天意的脸舒展开来，他不停地回头看着沙发上的妻子，一边自言自语道："削了怎么又扔了？是提醒我你要吃最爱的土豆丝吧？我只是让你先擦擦家里的灰尘，扔几件衣服到洗衣机里去，做饭的事慢慢来，你怎么一口就想吃个胖子，削开土豆皮了？你这样努力，我太高兴了。只要你有这个努力的决心，我一定全力配合。我怎么舍得让你做很多，你相信我不会那样偷懒的，我会一如既往地好好照顾你，我只是希望家里多了一口时，你多少搭个手。你不要着急，我们慢慢来，慢慢学习，慢慢适应。我们不去打胎了，坚决不打了。"

任天意自顾自地说着，喜形于色，滔滔不绝，他的眼里好像看见那个可爱的小婴儿正咧着没长牙的小嘴咯咯地冲着爹爹笑呢。

孟乔南坐在沙发上始终一声不吭。她想，这个任天意也太容易哄了，看见一个垃圾桶里削了皮的土豆就能乐成这样儿。这么一想，觉得可笑，心里的怨气就小了不少。

任天意麻利地把饭菜摆好时，嘴里哼着小调。一切摆放停当以后，他走到妻子身边，抓起她的手，把她从沙发上拉了起来："来吧，吃饭吧，爱吃土豆丝我就天天给你炒。你看我还炒了你爱吃的腰果虾仁呢。"

孟乔南闷闷地坐到饭桌前，低头吃饭，任天意夹了一大筷子土豆丝放进孟乔南的碗里，看着孟乔南小口小口地嚼着，好像比吃到自己肚子里还高兴。任天意说："你呢，别呕气了，我不就是要求你干点最基本的家务活儿吗？快当妈妈的人了，总不能一切都等现成的，小孩要吃要喝会有很多要求，做妈妈不可能什么都不干。对不对？以后饭还是我来做，你把孩子带好就不错了，听说也是很累的呢。"

杜杜

听着任天意念念叨叨，孟乔南仍然不搭茬，她的心情没有因为任天意的温言软语而完全好转，她嘴里嚼着味道十足的醋溜土豆丝，心里无法不想到这里面有颗土豆是如何伤害了自己的自尊心，如何把自己一贯的骄傲打击得稀巴烂。她想向任天意诉苦，想给任天意看自己起了水泡的手指头，可是任天意不给她机会。任天意专注在她削了土豆皮这个事实上，这虚假的进步让任天意昏了头，他看到的那颗土豆为他展开了一幅幸福未来的图画，而那颗土豆为孟乔南展开的却是一幅无可奈何的前景。一个对一颗土豆都无可奈何的孟乔南，是无法面对一个能哭能笑能闹能叫的婴孩的。孟乔南每吃一口土豆丝，就好像咽进了一口绝望，她突然想要呕吐，起身捂着嘴往厕所跑去，还没跑到，就哗啦吐了坐便器上上下下哪儿都是。

任天意追了过来，一手在她后背拍着，一手给孟乔南替纸巾，着急地说："怎么这么晚才开始妊娠反应？说来就来了。不怕不怕，正常正常，一会儿就会好。"

孟乔南的腰从便池上直起身来的时候，满脸通红，她擦去嘴角残留的食物，说："我再也不吃土豆了，再也不吃了！"说着，长长的泪水流满了一脸。

孟乔南吐完，好像终于把堵在心口一整天的这口闷气排泄了出去。她软软地靠在任天意身上，任由任天意拿湿毛巾给自己擦脸。任天意一边擦，一边轻声说："没事儿了，没事儿了，不哭了，不哭了。"

"我再也不吃土豆了！再也不了！"孟乔南又嘟囔了一句。

"好好好，再也不吃土豆了，土豆是什么稀罕东西？你说不吃咱就不吃。"任天意安慰道。他抱着孟乔南的身体，搭在孟乔南背后的手轻轻地抚摸着，几天来那层挡在两人中间无形的墙，被孟乔南突如其来的呕吐一下子冲得干干净净。一个需要抚慰照顾的娇弱孕妇，一个擅长疼爱和关怀的丈夫，拥抱紧密，彼此依赖，像两块多齿的拼图板，在此时严丝合缝地拼接起来。孟乔南瘫在任天意身上的身体好像是完全没有骨骼的，多么小而软的身体啊，任天意心中感慨着。孟乔南只有在完全依赖、完全信靠任天意的时候才会变成这样一具无骨的小妖精。任天意很欣慰，几天来孟乔南内心的坚硬终于柔软下来，这个外柔内刚的孟乔南，多么令自己着迷啊。任天意的手扶摸着那片无骨的柔软，原来手心里那股好像父亲般的疼爱渐渐变为成年男子的焦灼了。他把头凑到孟乔南的耳朵后面亲着，又沿着孟乔南的脖子往下嗅着，孟乔南奶油般的皮

26

肤蹭着他粗燥的面颊，一股淡淡的香气涌进他的胸腔，他嘟囔说："我们上楼吧？让我给你揉揉背。"

孟乔南那声拐了弯儿的"嗯……"就哼了出来，她用手轻轻推了一把任天意贴在自己身上已经变得坚硬的身体，说："才几点呀，你就想了？我不要嘛……"嘴上说着，身体却任凭任天意连抱带拖地弄上了楼。

主卧房里漆黑一片，隐约的风雪在窗外温柔地飘荡着，窗户被雪色寒光映照得忽明忽暗。孟乔南被安放在床上，任天意小心翼翼地替她解开衣扣，孟乔南乖得像一只熟睡的小猫，任凭任天意像剥洋葱皮似的把自己剥成葱白透明的肉体。任天意一贯是温柔的，从舌尖到指尖每一寸皮肤的触摸都充满柔情。孟乔南在任天意的温柔笼罩下酥软顺服，如一块橡皮泥随便一捏就可以变换形状。

任天意的坚硬终于贴了上来，迫不及待地想要抵达酥软的最深处。朦胧中忽然有个巨大的阴影沉重地占据了孟乔南的思想，孟乔南忽然从迷糊的醉态中醒来，夹住了身体，推住任天意的胸膛："哎，不行啊，对孩子不好！"

任天意立刻停止在酥软的外围，他轻轻从孟乔南身上滚到一旁，呼哧呼哧的热气还很难平息。"唉！我怎么忘了这个了？对不起，差点坏事儿！"任天意一边喘气一边道歉。他的手却还停留在孟乔南的温柔处流连往返，"这么湿，很想吧？"任天意在孟乔南耳边热烘烘地问。孟乔南就扭捏了，喃喃地嗔道："嗯……，才不呢，哪里想，被你欺负了这些天，气都快气死了，根本就不想！""嘿嘿……"黑暗中任天意笑了，说："真不想？"任天意加快了手上的动作，孟乔南不再说话，两腿分得很开。她变成了一团加了酵母的面团，任天意温柔而准确的手指正是那无声而强大的酵母，从那个敏感的触点发起电流般强大的战栗。面团一点点膨涨发酵着，她的知觉在那膨胀的过程中失去着控制。她感觉自己的身体松散地飞翔着，皮肤在飞，肌肉在飞，血液在飞，连汗毛都在飞，飞得到处都是知觉，到处都是细胞，到处都是闪着光的小星星。孟乔南的呻吟声弥漫在黑暗中的每个角落，那些娇美的音符给了任天意巨大的满足和安慰，任天意自己的身体在这些音符的刺激下重新崛起，他腾出一只手款待自己，另一只手则更加努力了。孟乔南上气不接下气了，身体起伏抖动着，好像风中的旗帜，"别停，别停！"孟乔南嘶哑的声音夹在不知不觉提高的呻吟声里，混在任天意也正在发出的几声沉闷的呜咽声中……电闪雷鸣，倾盆泼洒，孟乔南被闪电击中了，她痉挛着，扭曲着，"啊！啊！"的大叫声饱含快乐的绝望，那是一种到达终点的畅快的绝望。畅快，因为会当凌绝顶之后，有了一览众山小的兴奋。绝望，因为奔跑的尽头不再有更美的目的地，欲望将要终止。任天意比孟乔南略微慢了一些，他沉在喉咙里的呜咽裹着粉碎的决心。粉碎，让一切拦阻喷射的阻碍都成为碎末。决心，为这一刻的到来，他要让自己全身的液体喷涌而出，流干流尽。人类无论多么强大，在那几秒钟的袭击中都同样软弱无力，同样不堪一击。

任天意和孟乔南一动不动。时间似乎在暴雨后的晴朗里停止了移动，静悄悄地陪着床上筋疲力尽的两个人。

"好吗？"任天意终于扭头问。

"嗯，好。"孟乔南软绵绵地答。孟乔南对任天意的努力从来都是满意的，这使她婚后一直感觉幸福。她扭头伸出一只手来推了任天意一下，说："擦擦吧，看是不是弄到床上了？"

任天意支起身体，半坐了起来，手一伸，开了床头灯，孟乔南赶紧悉悉索索地躲进了被子里。这孟乔南，结婚都十多年了，还是不愿意自己的酮体在灯光下被一览无余。任天意微笑了，他就是喜欢孟乔南这种不变的羞涩。

"你看，即使不动真格的，我们也可以快乐。怀孕不会影响我们的性生活，是不是？"任天意一边清理自己，一边笑嘻嘻地说。孟乔南闭着眼睛，浑身的疲乏夺走了她说话的欲望，她"嗯"了一声，就昏昏欲睡了，心儿平平坦坦地松弛着。哎，男人和女人，这个一和谐，就什么都和谐了。她感觉到任天意的手伸在下面帮她擦了擦，还紧紧地捏了一下她的屁股，又帮她把被子掖严实了。听到任天意小声在耳边说："乖乖睡吧，没事儿了，我们好好过，不打胎了，放心吧。都是我不好，我帮你学习作妈妈，我们会是最好的爸爸妈妈的，一定会的。"

孟乔南和任天意和好如初。

任天意努力包揽着大多数的家务劳动，眼看着孟乔南一天天肿起来的肚子，他对孟乔南的疼爱与日俱增，这种上升趋势的爱不是没有理由的，他除了对那个肚子里的内容格外地疼爱，对孟乔南自身的变化也刮目相看。自从土豆事件之后，孟乔南的变化像涨潮时温吞弥漫的水，颐指气使里加进了温和懂理，好吃懒做里加进了有节有制。甚至她对任天意的指使都令人难以置信地降到了零，任天意好像在不知不觉中被她母性的温存笼罩了。

　　这天，任天意端着水杯站在孟乔南面前，孟乔南坐在桌旁，手里已经捧着一杯水在喝，任天意发现自己已经很多天没有机会给孟乔南倒水喝了。他放下水杯，伸出手扶弄孟乔南的头发，问："自己倒的水好喝，还是我给你倒的水好喝？"孟乔南仰脸笑着，把头靠在了任天意身上，喃喃道："自己倒的水好喝。我又不是没有手没有脚，为什么总要你给我倒水喝？你最坏了，想把我惯成残废，我再也不上当了。"

　　孟乔南想起了那棵土豆，如果不是那棵土豆，她怎么能够明白自己近乎残废的现实？姐姐的话是对的，生活得自己去摸索，自己不是个笨蛋，别人都做得来妈妈，自己也一定做得来。自己在学习上的聪慧挪用一点在家务上，家务劳动就不应该不及格。孟乔南这么想着，对自己有了些信心，目光追着任天意在灶台前忙碌的身影时就多少有了些羡慕的成分。

　　开始几次，习惯成自然，口渴了就想叫任天意，但每次准备张口喊任天意时，就把话坚决地咽了回去，很有决心地对自己说：站起来，去给自己倒水。几个星期过去，孟乔南的诸多新习惯成功地代替了旧习惯，她自然而然地起身自己倒水喝，自然而然地担当起擦桌子抹灰尘的责任，自然而然地帮着摆好盘子筷子等任天意做好的饭菜上桌儿。任天意的喜悦是情不自禁的，他几乎认为自己要求孟乔南做家务这个决定太过残忍了，他允许孟乔南做的家务活儿有了限制级别。饭不要孟乔南做，碗不要孟乔南洗，而最开始挑起矛盾的洗衣服问题，就成了最艰巨的任务，还只能处在基本的训练状态。

　　要说孟乔南也没有那么笨，洗个衣服有什么难？又不用手洗，扔到机器里就完了。可是，孟乔南第一次擅自先斩后奏的洗衣行为就闯了点小祸，白衣服洗成红的了，一条丝绸裙子缩得再不能穿。孟乔南看着自己的劳动果实变成废品，立刻焉头耷脑。那一刻，孟乔南想起了那棵土豆，眼泪就在眼眶里打了转，她不得不再一次无情地否定自己。任天意也想起了那棵土豆，它给了任天意带来多少希望啊，他对那颗土豆充满感激。任天意拎着烘得皱成一团的红色白衬衣呵呵地乐着："好看好看，染得多均匀！水平高！"孟乔南恨恨地扭了身子不理任天意，任天意就过来拥了孟乔南，说："不就一件衣服吗？染了正好有了借口买件新的穿。生什么气？还哭，真丢人。你呢，真要洗衣服，先看我洗两次，好不？别着急。不就是分门别类吗？幼儿园的功课能难倒我的硕士老婆？"

杜杜

任天意的臂膀和温存是一个能够融化一切的火山，孟乔南每每被任天意拥裹抚慰的时候，幽怨、烦恼、愤满就不知不觉地减弱消失。任天意对这项技能的善用，不是来自他那科学的大脑，而是来自他对孟乔南一贯的宠爱和迷恋，他想要与孟乔南身体接触的自然倾向在孟乔南面前是无法克制的。现在孟乔南的肚子里生长着一个流淌着自己血液的生命，这种宠爱和迷恋就几乎变成了任天意的享受。

每天晚上，任天意都会拉着孟乔南靠在沙发上一边看电视，一边说话，一边给孟乔南揉脚，"上班累不？如果嫌累，你就请假休息。咱们别挺到最后，到七八个月，肚子大了沉了，就开始休产假吧，反正可以休一年带薪产假呢，你休完，我还可以再休几个月，你可千万别逞强。"孟乔南哼着哈着，脚被任天意揉捏得舒服，懒得说话，这才四个多月，操心七个月的事儿，太早了。孟乔南一贯被任天意照顾得舒适周到，自己能不操心就不操心。

孟乔南没再呕吐，有时会有些微的恶心，还没来得及抱怨，也就过去了。任天意很高兴，说："真幸运，据说严重的'孕期晨吐'可以变成'孕期全日吐'，甚至'怀胎十月吐'呢。"他的庆幸好像不是因为孟乔南的身体解脱了痛苦，反倒像是自己的身体解脱了痛苦，真切的欢愉在他的脸上均匀地弥漫着。他从图书馆借来了孕妇手册《What do you expect when you are expecting》（怀孕时你期待什么）。书是很成熟的孕妇指南，根据孕期每月发展状况逐条分析，小到婴儿的大小规格器官发育，大到母亲的体重、孕期反应、饮食注意事项等等。任天意调动了自己科学细致的头脑仔细研读，逐条比较孟乔南的目前状态是否正常。

孟乔南感觉自己不仅仅是任天意的妻子和孩子未来的母亲，更是一个可以供任天意施恩施爱的珍贵器物，这个器物的完好与否，直接妨碍任天意的情绪。孟乔南给姐姐打电话时说："姐，我可是听了你的，开始做些家务活儿了，其实也没什么难，挺好玩儿的，我发现做做家务，我心里也蛮高兴。他果然对我越来越好了。可是，我怎么觉得给他机会让他对我好是对他的一种安慰和照顾呢？如果我再多干些家务，他这种心里上管理照顾我的优势就会失去，这好像对他并不健康。"姐姐笑答："你说的还真有些道理，顺其自然吧。可前一段他鼓励做家务的提议是认真的，连孩子都差点儿打掉了，当然不是玩笑。其实，凡事不就讲究个'度'吗？我看他重视的是你的态度，你尽力承担一点家庭的责任，他就会满意，他对你的要求实在是很低。你当然要保留他在家务劳动中的份额，就把自己的份额控制在你和他都舒服的'度'里，不就完了？自己斟酌着做吧，别人无法替你感觉那个'度'的。"

孟乔南原本不是个不讲理的人，生活的顺遂，先生的疼爱，姐姐的旁敲侧击让孟乔南体会着幸福的滋味。除了犯懒犯困，孟乔南的怀孕并不困难，她照常上班下班，照常吃喝拉撒。生活里只有一样东西有所改变，她真的再也不能吃土豆了，一见到土豆，就犯恶心，任天意很体贴，土豆就从饭桌上彻底消失了。

二、小米的意外

小米的肚子已经很大，她的灵便协调、她的笑语喧哗已经成为逝去的波浪，归于平静，不再使任天意刮目相看。个人有个人的生活，孟乔南的娇嫩即使经过改造也不会像小米一样健硕，但任天意已经十分满足。

任天意是一个喜欢低头审视自己的人，对他人的生活不很关心。他的理性把他规规矩矩地框在自家的门坎儿里，老婆就是老婆，这个角色和自己爹妈给的胳膊腿脚一样从生下来就注定了无法选择。老婆从结婚开始，便成为嫁接在自己身体上的器官，同样无法更换，截肢的痛苦他从来没有想过去尝试。别人的手再巧，不会帮自己洗脸刷牙系扣子，别人再长的腿无法替自己走路爬坡上楼梯。自己好好爱惜自己的四肢，合理善用它们擅长的工作，就是物尽其责，物尽其美。自己的老婆自己爱，别人的老婆别人痛，跟自己有什么关系？任天意的逻辑比 1+1=2 还简单。至于社会上流行的"妻不如妾，妾不如偷"的通俗病症，对免疫力强大的任天意来说根本就是无稽之谈。当周围新落地的高知华裔移民经过了五年到十年的打拚，基本迈进了"有房有车，不愁吃喝。打球跳舞，摄影唱歌。有个外遇，偶尔乐乐。"的新移民时代，任天意还是专注地坚守着"单位——家"两点一线的单一摆动。

可是，生活是个会拐弯儿的河流，一片落叶无力地顺流而下，没有力量拒绝河流捎上你去拐那个弯儿。生活把你推到风口浪尖，机缘的存在便不由人控制，想躲也躲不开。

小米摔跤的时候任天意正在单位休息室冲咖啡，那天周六，需要加班，单位里只有不多几个人。哗啦一声伴着尖叫，小米就四仰八叉躺倒在休息室门口了。小米的姿势是一个夸张的大字形，那个隆起的山峰骄傲地耸立在"大"的中央。她的脸扭曲成不规则形状，眼睛一只眯缝，一只圆睁，嘴角朝一侧扯远了，和耳根相连，鼻子皱出一堆褶子来。哎哟！任天意几乎是奔跑着冲刺过去，小米半天动不了，任天意就急，说，"得叫救护车！"

"别，别，别！别兴师动众的，谁摔个交不痛一下？一会儿就好了。"小米缓了一分钟，自己支了肘子坐起来，任天意搭了个手，扶她站起来。

"我打滑了，地上有水吗？"小米一手拖着自己的腰，一手扶着肚子。"看我笨的，看清楚地面得隔着这么大个肚子，不摔跤也难。"

"哎，千万小心！没事儿就好！"任天意抽了纸巾，蹲下来擦那小摊罪恶的水，心里咯噔一下，是咖啡。被小米的后背吸收了不少，剩下的一沾纸巾就变了棕色。自己刚才洒的，以为杯子空的，下意识地甩了甩，结果里面还有些剩咖啡。任天意没吭气，看小米接了咖啡离去的身影，深米色短外套上看不出明显的咖啡痕迹，行走的背影也无异常，心里的歉疚才减弱了。

小米和任天意在一个实验室，给一条邮政系统的流水线做电子控制终端。小米做的东西和他做的接口，一条绳上的蚂蚱，加班也需同时。周末加班，多少年来，并不多见，项目接近收尾，才赶一赶。活儿干了一上午，任天意才伸着懒腰起身活动活动，准备下楼去吃点东西。电梯来的时候，小米正从楼道尽头往过走，一摇一摆来追电梯，任天意伸手扶住电梯门，等小米。

"别跑别跑，等着你呢。"

"哎，好饿！再不吃东西我就要晕倒了，肚子都饿得痛呢！"小米的普通话很嗲，南亚女人有着热带阳光里的爽朗明亮，也有着潮湿多雨的甜腻温情，声音语气好像一条弯曲的藤，密密麻麻开满了昂首的喇叭花，东一团，西一簇，花朵的艳丽在弯曲的藤条上肆意绽放，柔软的藤条就扭捏出耀眼的别致。即使孟乔南那样娇嫩的女子，娇嫩的方式也是区别于小米的，孟乔南声音的娇嫩有些钢管的清脆和盆景的柔婉，多少透着几分人工迹象，小米的娇嫩却是树枝的柔韧和花苞的鲜活，更接近自然。

任天意说："怀着孕，你可不能饿着，那可是两个人挨饿。"

"是，我现在老是饿，吃多少都不饱。"她脸色苍白，说话有气无力。"快了快了，再有两个月就熬出头了。我简直等不及了，告诉自己，加油啊，挺住啊！"小米说着，一手扶着肚子，另一只手攥紧了小拳头，胳膊在面前认真地弯了起来，似乎很有力地挥了两下，看起来却十分无力。小米经常使用这个给自己鼓劲儿的动作，那只小拳头好像喇叭花的小喇叭吹响了，赛前鼓劲儿的号角嘀嘀答嗒，在任天意眼里却只有令人快乐的美观和娱乐价值。

小米先出了电梯，朝大门外走，任天意跟在后面，就被小米的裙子震惊了。他磕磕巴巴地喊："小米，小米！你，你裙子后面全是，全是，血！"

小米停住脚步，转身扯着裙子看，"啊！啊！"她一手捂了肚子，一手揪着裙子，身体在任天意面前眼睁睁地就往地下瘫软下去，任天意扶住小米，头上冒出汗来。

"我说怎么肚子痛，还头晕，以为是饿的呢。"小米软软地哼道。

"我送你去医院，你等着，我去开车过来，马上，你坚持住！"任天意飞奔出去，他的大脑一片混乱，完了，小米孩子要出事，要出事！肯定是那一跤摔的，是我干的好事，是我！完了，完了！

到了医院急诊门口，任天意冲刺进去，急救的担架紧跟着推出来接了小米，任天意追着担架问，"小米，你丈夫的电话是多少？我通知他啊！"

小米摇着头，额上全是汗，脸色白纸糊的一般，疼痛使她虚弱如一具干瘪木乃伊。"他出差了，在法国。"小米喃喃如细蚊哀鸣。

任天意被挡在急救室门外，护士说："你只能在外面等。"说着递了一份表格要他填。

"我不是她丈夫，是同事！"

护士一挥手，说："那你想办法通知一下家人吧。"护士转身走了，甩下无声的幽默感，把任天意推上了没有排练过的舞台聚光灯下，台下是黑压压的人头，那一瞬间，不管会不会演戏，想不想演戏，你的一举一动都得定义为"表演"了。

任天意坐在候诊椅上，外表安静如墙壁，内心惊涛骇浪。要找到除了丈夫以外的家人，可以问单位那些和小米相熟的女同事，但把事情传得纷纷扬扬，小米会很难受吧？如果孩子保不住，多么痛苦？不能找同事，不能！先充当家人吧。不充当又能怎么办？一切都得等待急诊的结果。

他掏出手机，给孟乔南打电话："我没法回去给你烧饭了，你自己打电话订餐，知道吗？不许饿肚子。单位有个同事突然晕倒，我在医院帮忙，稍微腾出身来，立刻回家，听到了？乖乖等我。有事儿打我手机。"

豁出去了，守在这儿吧，充当家人。为什么我要甩那个咖啡杯？为什么？

任天意的大脑在等待的时间里繁忙不堪。如果，如果孩子掉了，自己就是罪魁祸首，这辈子会在自责里煎熬，前面的日子就太艰难了。如果孩子早产，七个月也是可以存活的，但孩子发育肯定受影响，说不准还有残疾，那比流产更可怕。如果孩子保住了，到期生产，健康无恙，就谢天谢地皆大欢喜了。

任天意突然很想向哪个神灵祈祷，他的心里充满虔诚，他在那个不知名的神灵面前顶礼膜拜，他几乎感觉到膝盖磨擦着地面，发出虔诚的痛楚。求你的神迹降临，求你！求你降临到小米身边，求你让那孩子躲过这一劫，平平安安！他不是个信奉宗教的人，可他相信冥冥之中"天"的力量，那个"天"正宽广地笼罩着地球和地面上的一切生灵，这生灵里包括小米，包括她腹中的婴儿，也包括他任天意。

孟乔南打来电话时很兴奋，她说："你还在医院？你同事还没好？"说完也不给任天意回答的机会就自顾自地说下去："你猜怎么的？我没从外面叫饭，我自己下了龙须面，打了两颗鸡蛋，还放了生菜进去，汤汤水水，清清白白，很香很香，哈，香油放多了！不小心放了半瓶！太香了。有剩的，你回来一吃就知道有多香了，这辈子你都没吃过这么香的面条。你快点夸夸我呀！"

孟乔南快乐的声音响在任天意耳边，甘雨落在久旱的土地上，滋溜，滋润进干燥的心坎儿里。任天意这才发现，呆坐了这么久，竟把妻子忘得一乾二净，妻子也是孕妇啊。负疚感油然而生，同时滋生的还有一股强烈的欲望，想把自己骑虎难下的处境展示给妻子，可话到嘴边，却变了调："你真是越来越令我刮目相看了，就是不放一滴香油，如果是你做的，我也会觉得那是世界上最香的面条。事实是，我现在还没吃到嘴里，已经觉得很香了。你别再瞎忙乎了，听话，去睡午觉，别累着，我同事还在急诊室里，一有结果我就可以走了。你乖乖的。"

孟乔南撂电话时，还处在洋洋自得的快慰中，她对先生的同事怎么晕倒毫无兴趣，任天意是个心肠柔软的男人，向昏倒的同事伸出援助之手再正常不过。过去，如果任天意偶尔加班或者出差，她会一如继往地叫外卖，街角就是一个小小的小区商业中心，西餐馆一大串，还有一家中餐馆，一个电话，二十分钟她就可以吃上香喷喷的饭菜了，很省事。今天忽然灵机一动，自己动手下了面条吃了饭，这一丰功伟绩当然需要得到任天意的承认和欣赏，老公的回答显然百分百令她满意。她乐滋滋地打开手机，刷拉刷拉翻朋友圈，心中感受着生活的美妙。阳光的温暖跳跃在皮肤上，像一只温柔的手把她的身体当做了一架美丽的琴，柔和地拨弹琴弦，叮叮咚咚的悦耳音乐响在身体里面，奏响的是肖邦夜曲，悠扬舒缓，渐渐送她进了小憩的梦境，那里平静安详，无风无浪。拥有任天意的爱，自己是安全的。临入睡时，这个明确的信息在她的琴铉上轻盈地跳跃闪烁。

任天意放了电话，对自己的自制力表示满意，他没必要把自己惹的祸加在身怀六甲的妻子身上，理智告诉他，如果孟乔南问起来，自己需要一个谎言，一个白色的谎言。在西方，谁不使用"White lie"呢？对一个垂死的人说他还能活十年，对一个刚死了母亲的孩子说他母亲出远门了，对娇滴滴的孟乔南说同事工作过劳昏倒在实验室，谎言的起点都是善意。生活就是这样，把复杂的事情变得简单和把简单的事情变得复杂，仅是一念之差。

护士出来通知任天意的时候，他欣喜若狂。"真的吗？太好了！"他没意识到自己在说中文。得意忘形大概就是如此模样。孩子生了，大人小孩都平安？这正是最好的结局。任天意不知道该怎么高兴，搓着手在护士面前走来走去。护士说："是女儿！孩子生下时母亲还在麻醉状态，没见到孩子，现在还睡着，身体状况稳定。小孩还在监护仓里，肺子没完全发育，插了管，需要观察。过一会儿母亲转到病房里，你就可以去看望，你还没通知家人？"

一切都得等见了小米再说，没有小米的指令，通知谁？

任天意的嘴咧着，牙齿灿烂地泛着光。他几乎想对着护士的背影欢呼雀跃，天，这么就把孩子生出来了？上午还在努力工作的小米，一跤就摔出个娃娃来？一跤就摔成妈妈了？任天意为小米兴奋，血液流淌得异常凶猛，令他坐立不安，这个跤是我的功劳，我是功臣。那一刻，他忘了那些刚刚在他脑海中翻滚的种种可怕结局，他也没去想早产儿在氧气仓里插着肺管的可怜样儿，更不知道小米的肚皮上从此有了一条抹不掉的刀痕，它将在小米今后的人生中时不时地隐隐作痛。女儿，女儿！他喃喃自语，几乎忘记了那是小米的女儿，整个精神体会着父亲的自豪和荣耀。嗯，原来生孩子是这样快的一桩事，神奇，突然之间世界就多出条生命来，而这条生命和我有着如此紧密的联系。第一个知道她存在的，不是母亲，也不是父亲，是我，是我这个平凡的、粗心大意的同事！小米啊，你已经做了母亲了。

杜杜

　　他急切地想看看孩子，急切地想见到小米，急切地想向她献上第一份恭喜，急切地想和她分享初为人母的骄傲，他的头脑被乐观麻醉了，对几小时后的未来一无所知。他快步走向护士台，问："小米肯定饿了吧？小孩儿生下来吃什么？我是不是需要去准备？"护士用惊讶的目光看了任天意一眼，说："在医院里，这些你都不必担心，小孩用的配方奶、尿布、衣服和大人需要的卫生巾、一日三餐都是供应的，出了医院的东西你当然需要准备。"

　　这位护士又把他当小米丈夫了，任天意干脆省了解释。护士回身在墙上的一个架子上翻找，抽出几张彩色宣传页和小册子递给他，说："初为父母所需要的精神准备和物质准备，这里都有介绍，你可以读读，参考一下。"

　　任天意接了，又想问什么，张张嘴。护士笑着说："你先安心等着，这种急诊，母子都是特殊监护的，还没完全脱离危险呢。不过，你不必担心，有什么变化立刻会通知你。"

　　还没脱离危险呢？这是什么意思？任天意突然从兴奋和乐观中清醒过来。

　　"什么危险？是孩子还是大人？"任天意执意地问。

　　"这个，妈妈没事，会恢复的。孩子是早产儿，有些问题也很正常，医生会告诉你，医生现在很忙。你先等等吧。"护士脸上挂着永远和蔼可亲的笑容，那是一枚不必吞咽的镇静药。

　　任天意安安静静地坐下来，他的理性恢复了对他大脑的控制。安静地等待，是他现在唯一能做的，他无法控制未来。不管什么事情发生，自己总要尽力做好自己的角色，一个不经意间犯了致命错误的人。挽回错误是不可能的，给与支持和安慰是可以使用的万能钥匙，也许可以开启一颗受伤的心锁。听其自然吧，任天意做好了面对一切可能性的思想准备。

　　那是一颗嫩绿的芽，尚未成熟，就被迫拱出土地，露着尖尖一点软弱的头，碧绿晶莹，单薄无助，对土地外面的新鲜世界一无所知。外面的世界太大了，一只小小的脚掌就能结束它新鲜的生命，一阵微弱的风就能吹走这根基浅薄的幼苗，一只路过的菜虫一口就能把它变成美食，连阳光也能摧毁它，它没有成熟到可以单独面对光明的炽热和灼烤，它没有力量承受任何不测风云。哪怕呆在玻璃房子里，也有着太多的力量施加在它稚嫩的身上，比如氧气，比如氧气对皮肤的压力，都是羊水里没有的。太嫩太弱了，这么多的"新"太沉重了，它宁可回到黑暗的羊水中安全地准备明天，准备更强壮的时候再来面对这一切，可它回不去了，胎盘不再是它的庇护所，母体不再是他的养育池。它顶不住这些个"新"，氧气，光明。它渐渐地失去了斗争的勇气，它选择了放弃。

仅仅三个小时，她离开了人世，就像她来到这个世界一样，突然，悄无声息。

孩子死了。不想留下痕迹。那痕迹却是一道深深的刀痕，刻在心上。

任天意的外表是冷静的，他问："我可不可以看看那孩子？"护士点了头，领着他左转右转到了一个房间门口，可以从窗口看到里面几个护士忙碌的身影。

"里面是无菌的，不换衣服不能进去，孩子马上就会推出来，你就在外面看吧，不要难过，她已经到了天堂。"护士轻声安慰。

孩子用小车推出来，玻璃房子没有了，塑料鼻管拔掉了，干干净净。一件医院专用的淡粉色婴儿服包裹着她小小的身体，上面盖着雪白的单子。她可真小啊，任天意掀着白单子的手拼命地抖着，随时会断掉似的。望着那张不足巴掌大的小脸儿，他呆了。孩子很安详，天使般沉着，小嘴角翘向两端，天成的笑脸。头发若有若无，闪着棕色的柔光。皮肤薄得透明，红红软软，碰了会破一样。孩子好像离他很近，又好像离他很远，他想摸，不敢，怕碰醒了她。他手部的抖动很快变成了全身的抖动，筛起糠来。松了单子，他伸手捂住了眼睛，抽泣是难忍的，泪水磅礴，他控制不住。我干了什么？我干了什么？？

孩子被推走很久了，护士一直默默等在一边。任天意稍微平静了，护士才说："有些表格需要家人填写，那母亲刚醒，还没告诉她孩子的事。你看？"

任天意从天旋地转中回到现实，自己的思想准备多么不堪一击？现实的力量远远大于最完美稠密的思想。残酷的现实，除了接受，可有他径？他擦干眼泪，说："我去看她。"

"你还在啊！今天太辛苦你了，不好意思哟。害你周末在医院里度过，肯定是头一次这样过周末吧？很特殊吧？感觉好吗？"小米苍白的脸上挂着纯洁而调皮的微笑。

任天意暗自吃惊，这个小米，什么时候，她还有情绪开玩笑，关心别人周末的感觉如何。

任天意笑回去，没回答她的提问，说："你感觉如何？"

　　"挺好。就是太快了，没有思想准备。孩子总要生，早生不是省了再受三个月怀孕的苦了？对了，你能帮我叫一下护士吗？让我看看孩子。我好像睡了很久，从生下来还没见过呢。"小米眼睛发亮，夜晚的星空一般，一眨又一眨。

　　任天意心口痛楚，鼻子发酸。小米的眼睛多么纯洁，盛着那么多渴望，她苍白的脸因为兴奋浮着一层胭脂红晕，缓慢地洇开，朦胧如水墨画，淡着边缘。他突然很想把小米搂进怀里，给她最强大的安慰。可怜的小米，做了两个小时母亲的女人。我怎样才能弥补我的过错，我该天打雷劈！水雾瞬间蒙上了他的眼睛。他的臂膀不够用，也不能用。他没有勇气揭开现实残酷的面纱，他只是个突然间在小米的生活中赋予了特殊意义的一个同事。他转身说上厕所，在门外把眼泪克制妥当，泪腺充分冷却了，才翻转来。

　　"孩子在氧气仓里，还不能随便抱出来，你耐心等等。你把你家人的电话告诉我好吗，我去通知他们来看你。"

　　小米的姐姐米香就住在相邻的康市，高速公路只半小时就赶来了，和小米不同，她一副高大壮实的身躯，浓眉大眼的圆脸盘，身材和名字不够般配。

　　"怎么会这样？怎么会这样？"她目光严峻，眼睛湿了又干，始终没有落泪。她默默地听完任天意的叙述，叹了口气，说："我现在就和她先生联络，让他立刻回来。孩子没有了，最好能先瞒着小米。这样的打击需要丈夫和她一起来面对。"说完她就千恩万谢，催任天意回家，说一切都由她来接手，不能再麻烦他了。

　　任天意心烦意乱，他望着米香进了小米病房，犹豫着没跟进去。他在候诊厅坐下，目光盯着窗外一片风中跳跃的树叶，静静地想，自己还能做点儿什么？小米流产，从头到尾只有一个人知道谁是罪魁祸首，就是他自己。他不会告诉任何人，也没人会寻根问底，那一小滩咖啡早已踪迹全无，连小米自己也不确定是不是滑倒在一摊水上，她根本没有看到，只有他，是亲手擦净那罪恶痕迹的唯一见证。孩子没有了，小米的肚子空了，小米的巨大丧失变成了任天意的巨大获得，他得到了一样谁也不原意要的东西，沉重如山，负罪感！强烈的负罪感！怎样偿还这无形的债？窗外的树叶还在不停地抖动，他盯得眼花，心力憔悴。从负罪感中解脱，是不可能的。就像那片叶子想停止抖动，只要风存在，它就无能为力。风一样的负罪感啊！风即使短暂停歇，也还会反复再来，一日复一日，反反复复，吹到世界的末日，人生的尽头。

三、任天意的梦魇

孟乔南做的挂面汤早已被挂面吸干，涨得鼓鼓的面条，软烂慵懒，雪白虚胖。任天意呼噜呼噜吸着，不用嚼就可轻易吞咽，他几乎没留意那发苦的香味。口舌无味，他的思想还停留在医院，眼前不停闪烁着白被单下那张静止的小脸儿。

孟乔南嘻嘻笑着，说："好吃吧？香得都苦了。看你吃的，都忘我了。"她推了任天意一把："哎，想什么呢？辛苦了一场，也不评价一下人家的手艺。"

任天意这才迷瞪过来，他看着妻子得意洋洋的脸，忽然痛楚异常。如果这件事发生在孟乔南身上会怎样？他伸手把妻子搂进怀里，下颚摩擦着妻子的头发，一手伸到妻子的腹部，轻轻抚摸，那里有他们的孩子。不知不觉，他长长地叹出一口气来。

孟乔南推开任天意，一脸不高兴，嗔道："你心不在焉，不要理你！叹气干什么？不就是香油放多了吗？好歹我在学习做饭，以后不做就是了！"说着，小嘴一噘，起身上了楼。

任天意没像往常一样跟着上楼去哄她，他需要收拾碗筷，更需要收拾心情。过去几小时，梦一样。他身单力薄，还无法撕开梦的幕布跳回现实中来。

一边洗碗，他想，需不需要把小米的事告诉妻子？一个跤，摔掉了一个孩子，孩子活了三小时，又死掉。这样的事情对一个孕妇会不会产生心理负担？告诉她，只有使她害怕、担心和恐惧。不能说！至于自己如何犯了那个蹊跷的错误，更不能讲，那不是让妻子和自己一起扛那座巨大的负罪山吗？自己的孽还是自己担吧。他甩了甩手上的水，解了围裙。生活还得继续，梦醒了仍旧是阳光下的生活，该干什么还得干什么。他又重重地叹气，很长很大的一口气，希望把那整个梦的影响都叹出了身体。

并没感觉轻松的他，转身从冰箱里拿出晚饭要做的冻鱼化上，又淘了小米，加了莲子、红枣、桂圆和干百合，多功能高压锅插了电源扭在熬粥档上，才停了手。保证妻子荤素搭配的饮食合理健康，是任天意的首要职责，好像喝口水一样的自然行为。

他坐在床边，把挡在孟乔南眼前的头发捋到一旁，说："我单位那个活儿要得紧，晚上我还得去单位收一下尾，明天上班要和小组其他人联合测试，拖不得，有问题可能还得再加班。最近加班多，我会多买些健康的快餐品备用，万一我没法儿给你做饭，你就叫外卖，或者微波炉热热这些快餐，简单。请我的好太太理解理解。"任天意惊奇于自己埋下的伏笔，只有加班他才有时间脱离家的捆绑，才有可能去看望重创之后的小米。今天有了借口，也许还有明天，甚至后天，后天的后天。自己的罪需要时间来治愈，如何有效地利用这些时间，任天意心里没底，但他知道他需要时间。

孟乔南还是拧着脖子，不理他。任天意接着说："对不起，没有及时表扬是我不好，面条很好吃，你真了不起，知道自己做饭了，还做了我的份儿，进步太大了，我高兴得光顾吃了。别说倒了半瓶香油，就是倒一瓶，我也没意见。要不，我去再买几瓶香油让你来倒？"

孟乔南扑哧笑了，她推开任天意："有做面条倒一瓶香油的吗？我有那么笨？不理你。买香油？还想继续让我下面条？我不干，罢工了！"

"好好好，罢工就罢工，都由着你！只要你高兴就好！我不在家，你也别老躺着，活动活动。我现在去烧晚饭。"

系上围裙的任天意好像和锅碗瓢盆天成一体，同属于灶台的一部分了。他身体的频繁移动，像算盘上珠子劈哩叭啦滚动出一道复杂乘法答案一样，冰箱里一根葱，水池里一把菜，案板上一把刀，油锅里一团气，菜刀锅铲上下翻飞，三下五除二，一转眼就摆出色香味俱全的三菜一汤，家里弥漫着食物诱人的香味儿。

任天意看孟乔南还不想吃，自己刚吃过面条，也没胃口，就扒拉了一口菜，饭菜该盖的盖了，该扣的扣了，嘱咐了孟乔南到点吃晚饭，就急急忙忙出了门。单位的活儿的确尚需收尾，但有更重要的事情也需收尾，即便努了力，能不能收尾也只有上天知道。

任天意回到医院的时候，在路边花店买了一大束白色的百合花，他已经找好了来探病的借口，就对小米说单位的活儿自己可以帮她，来让她放心修养。

米香在护士前台和护士悄声说着什么，看见任天意过来，伸手抹了眼睛，吭吭吭清了嗓子说："你又来了？谢谢你，还买了花。"说着接过鲜花，眼睛水蜜桃一样红红肿肿，一直低垂着，"小米有你这么好的同事，真幸运！"她嘟嚷道。

任天意看米香刚哭过，也不知该说什么好，碰到这样的事，安慰的话都是多余。他问："小米还好？"

　　米香摇了摇头，说："没瞒住。我出去给她先生打电话，她自己爬起来去看孩子，护士没办法，说了实话。她知道了实情就再没说过一句话，一直睡着。"

　　任天意头晕目眩，喉头哽咽。他想象不出小米的心情，生女之喜与丧女之痛在短短几个小时里发生，一个母亲的承受能力正在接受考验。

　　"她先生通知了？"任天意尽量平静地问。

　　"打通了手机，他今夜就回来。"米香答，又说："既然你来了就麻烦你替小米向你们单位领导请个假，我看她最近需要休息一段时间了。我就不替她请假了。"

　　任天意很想去病房看看小米，可米香显然不准备让他打扰妹妹，小米需要面对的痛苦太沉重了，哪有心情来应付探视者。任天意想好的理由如此单薄无用，当人面对生命的得到与失去这样重大的问题时，工作的长短算个什么？谁也没有理由在这样的时候用工作来干扰小米，这是人道的问题。

　　任天意问米香要了联系电话，就离开医院。到单位的时候，精神恍惚。一路开车有两个人冲他按喇叭，停牌停下就不知道走，停让牌前忘了给一位过街的老妇人让路。他的迟钝和麻木来源于越来越庞大的内疚感。这无法弥补的错误，使他沉浸在一种无法面对的现实面前，时间不会倒退，他没有回天之力。

　　单位里空荡荡的，已经是下午六点钟，加班的几个人早散了。任天意力图把手头剩下的活儿尽快赶完，却怎么都无法集中精力。他的脑子徘徊在如何可以帮助小米的问题上，不能为小米做点什么，怎么能让这负疚的心归于正常？工作上，小米干的那块儿自己来完成完全没有问题，但没有小米的密码，她做的程序自己无法进入，得等到明天上班问组长，组长安排其他人来干的可能性更大。生活上，要帮助小米更是鞭长莫及，小米的丈夫马上就会回来，自己这八竿子打不着的同事，凭什么也轮不着自己去干预小米的生活。小米就是痛苦得食不下咽睡不安寝，也是跟你任天意毫无关系。装着什么都没发生？装着自己不曾擦拭过那一摊咖啡？这可能吗？

　　任天意迷迷糊糊唬弄完手里的活计，已经晚上十点。平时一小时的活儿干了三小时。他工作时一贯的专心致志被小米事件打击的支离破碎。从单位出来，车子行进着，没有方向。路边一个闪烁着昏暗灯光的酒吧似乎在召唤，他突然想喝酒，想喝得神志不清，也想抽烟，想抽得炸了肺。可他没有停下来，喝了酒就没法儿开车回家了，他不会干这种蠢事，出国前他就戒了烟，哪里来烟抽。他不想回家，只想一个人静静地吞咽自己种下的苦果。车子漫无目的地驶向城市东面，离他的家越来越远。

夜很静，树影重重迭迭地映照在空空荡荡的路上，他已经不知不觉拐进了一个居民区。一座座房子静悄悄整齐地矗立，灯光从窗帘缝隙里挤出来，把房前屋后的草地映出斑驳的光明。他的大脑一片空白，雾一样的混沌充满那里的每个细胞。小米笑嘻嘻的笑容、那没有呼吸的孩子红红的透明的脸在他脑袋里东冲西撞，时而凝视他，不依不饶，时而幻灯片一样快速翻动，他试图制止它们移动，徒劳。胸口闷极了，呼吸里充满了固体颗粒，几乎窒息，车子开的东扭西歪，他感觉自己要出事，下意识地把车子拐进小区街道，终于晃晃悠悠停在一块草坪边缘。

他打开车窗让空气进入，靠在座位上闭着眼睛拼命呼吸，直到那呼吸里沉重的颗粒又转化成合适的空气。终于，他睁开眼睛，发现自己停在一个装修精致的花园门口，草坪中间铺了大块的鹅卵石人行小径，四周茂盛的鲜花放肆地盛开着，虽然夜色沉重，仍可在隐约的光明里看到不同颜色的花朵张扬的娇媚。

他从车里下来，伸了伸懒腰，一股沁人心脾的清香钻入胸间，身旁是一树紫色丁香，他奋力吸了一口，胸间摄入一丝甜滋滋的凉气，就突然想到了自己家的草地。那草地几乎荒芜了，自从妻子怀孕，他忙得几乎没有时间割草，疯长的除了草坪，还有草坪里间杂的黄色蒲公英，它们肆无忌惮地成熟播种，黄花很快就主导了绿草，好像一幅好画被甩上了密密麻麻星星点点的颜料。微风掠过，那些轻盈的花絮自由地飞起，飘浮，着陆，子子孙孙就接着以更强大的形势生根发芽。前两天邻居过来敲门，抱怨那些蒲公英的种子都吹到了他家一贯碧绿的草地上，希望他引起重视，勤割草，多施肥，找杂草控制专业人员来彻底清理蒲公英。任天意不是个强硬角色，得罪邻居的事他不会去做，但花很多精力和金钱来打点草地，不现实。能及时割草已经很不易，人还待候不过来，哪有时间侍候草？孟乔南和她肚里的宝贝还不够他操心的吗？建议归建议，决定还是自己做，草地是自己家的，不关别人的事儿。应付了邻居，他就把草地抛到脑后，任其自然了。什么时候自己的草坪能像个样子？这样精致的花园是想都不敢想的。任天意奇怪自己为什么可以想到草地，小米这桩凭空掉下来的灾祸正在让自己心焦神乱，这和草地有着什么关系？

　　房门打开的时候，任天意还在丁香树下发呆。男人开了门，转身和那送出来的金发女子拥抱着接了一个长久的吻，屋里桔黄色的灯光把一对恋人罩在摸糊的光环里，屋里隐约响着轻柔的音乐，光环笼罩的是一幅动人心弦的画面。画面终于动摇了，男人把女人关在了门里，沿着鹅卵石小径走了过来，手里拎着一个小旅行箱。任天意站在树下的阴影里没有挪动，他的大脑处于凝固状态，似乎被眼前的画面感动着，又似乎是个无动于衷的局外人。男人从他身边经过时没有停留，但显然意识到什么东西不对，走过去几步了，突然停了下来，回头望来，丁香树下站着任天意。两人的目光咣当撞在一起，像两柄利剑初次交锋，刷拉发出金属的脆响和白亮的光芒，　两人都愣怔了。

　　"你是谁？躲在这里干什么？"男人一头金发，被月光染成了灰白，一对抠抠眼亮晶晶地射出光来，如地裂，缝隙里涌出的岩浆。

　　"噢，我，我，我迷路了。下车来走走。对，对不起。"任天意不知道自己为什么要说对不起，自己只是头昏眼花，下车来透透气。

　　男人上下打量了几眼任天意，任天意干净整齐，满脸不自然的尴尬羞怯，典型的守法亚裔形象，不像歹徒。他又打量了一眼任天意开的本田吉普车，车子半新，车牌号清清楚楚。男人缓和了语气，三言两语指点了如何上高速公路，劝他赶紧离开，看着任天意进了车子，把车开走了，才转身拎着箱子钻进路边停着的车子里。

　　男人眼熟。任天意想。车子仍然漫无边际地开，大脑清醒了很多，金发男子指的路没有在他大脑里留下印象，他下意识地朝灯光明亮的地方走，条条大路通罗马，这个年纪，这个城市，迷路是不可能的，可能的是心里面方向的迷失。

　　到家时已经半夜，孟乔南早已睡着，床头灯却昏暗地亮着。任天意在妻子身边躺下时已想好策略，对孟乔南全面保密，自己瞅机会安慰帮助小米，不去刻意弥补自己的过失，一切顺其自然。

　　小米走过来推醒任天意的时候，他还在做梦。小米满脸泪水，嘴巴却咧开露出很多的牙齿，那是一个盛开的笑着的模样。小米一边流泪一边笑着，像戏台上专门逗乐的小丑努力扭曲着自己的表情，可任天意笑不出来，小米的手正抓着任天意的手往她肚子里伸。小米的肚子裂着口子，一层一层肉冻儿似的脂肪被她左一下右一下拨拉到一边，她拉着任天意的手直接进入了脂肪深处，手经过之后，脂肪又紧紧地合并了，生怕脂肪遮挡的秘密曝光一样。那里的深厚超出了任天意的想象，半条胳膊都深入了，任天意才感觉手指触摸到一个墙壁，手掌里滑腻温暖，如同握着一条流动的小河。小米仍然笑着，说："这就是子宫，它现在空空荡荡的，只剩下血液和羊水了，你的手活动活动吧，很舒服，好像一个小孩在里面旋转，这让我充实。我耐不住它的空空荡荡了。我很孤独，孤独是很难受的滋味，你懂吧？"任天意很害怕，想抽出手臂，心脏咚咚咚地好像跳在体外，可他的手臂被那些脂肪封锁得难以动弹。他感觉手里的河流正在一点点地变换形状，它从液体逐渐地变成了固体，固体本来只有黄豆那么大，却止不住地长，鸡蛋一样大了，正好一把。继续长，拳头一样大了，他几乎握不住那固体了，可它还在拼命长，花瓶一样长出了形状，有了明显的粗细之分。终于，那物体开始分裂，它的下端分裂出两截相等的圆柱体，它的上端也开始发芽，两边分别发出对称的顶端长着五指的枝杈。任天意的手似乎在躲藏，空间越来越小，他需要撤离，可脂肪仍然密集地聚集在手臂四周，他无能为力，他努力伸展手指摸索，指尖碰到了毛发一样的东西，一个圆形的表面，他的手往下延伸，碰到了几处凹凸不平的障碍，有两片柔软的东西停在他的指尖，他的手沿着柔软的缝隙抚摸着，是的，这是一张小嘴，那么小，几乎连一根指尖都放不进去。他小心翼翼地蠕动了那根手尖，被那两片软唇夹紧的感觉和裹紧胳膊的脂肪之力很类似，那钻心的痛楚却是突然到来的，那两片柔软就那么莫名其妙地奋力张开，狠狠地咬了他，牙齿的尖利刀刃一般。小米的大笑肆无忌惮，她一边笑一边说："太开心了，我的孩子会咬人了，我的孩子会咬人了。"

任天意惊醒过来，浑身冷汗。他打开床头台灯盯着自己的左手看，就是这只手被小米拽进了子宫。被咬的指头是中指，他仔细地盯着中指尖端那两个并排的小小凹痕，牙印，是孩子的牙印，泛着红色的光芒，西瓜瓤一样新鲜动人。任天意腾地坐起身来，他把手压在屁股下面，他不能看这胚胎的牙印，太离奇了，他疑惑着，胚胎会有牙吗？可这牙印明明白白地印在手上。

"你怎么回事？半夜三更还让不让人睡觉？弄这么大动静，一点儿不知道疼人。"孟乔南翻了个身，嘴里嘟囔着，半梦半醒着发出抱怨和牢骚。

任天意再没睡着，他被自己和自己的梦吓坏了，这根本就不是梦。他睁着眼睛一直到天亮。夜晚在他清醒的头脑里深沉得可怕，里面布满了走不出去的迷宫，迷宫是巨大的松树墙隔开的，白雪覆盖着一模一样的条条小径，和杰克.尼科尔森演的恐怖片一模一样，后面的追赶是无形而有力的，恐怖不堪，他必须找条路逃出去。他走了一整夜，一条路试到头儿，翻回来再试另一条，死胡同，都是死胡同。

这样的失眠之夜在之后的几天和任天意形影不离，白天工作时哈欠连天，回家尽量只做必要的家务，饭也烧得简单马虎。他似乎迷上了床铺，越是睡不着，他越是想睡。他很喜欢小米来光顾的时刻，他浑身说热就热了起来，燃着无法熄灭的火，他任那折磨肌肤的火焰灼烫着他的灵魂。有时候小米的孩子也会来看他，小孩用淡棕色柔软的头发搔痒任天意，灰蓝色的眼睛寻寻觅觅，一次那孩子还开口讲话，问："我妈在哪儿？你把她藏到哪里去了？"小米的子宫他没有再去探望，但小米的心、肝、肺他都光顾过，那些地方充满流动的河流，水一样不停变换。小米总是那一幅又哭又笑的脸孔，让他不知所措。他无数次在热汗中惊醒，无数次请求小米不要再折磨他，可小米不听，小米照样该来就来，漫不经心地打开自己的胸膛，带领他进去游览。

他的白天于是无精打采、恍恍惚惚，一种迷魂的气氛树根一样伸展到生活里的每个细小空间。他讲话很少，闷头做事。那个加班做的东西已经收尾，小米的活儿领导从外组借调了一个人来完成，测试按计划顺利进行着。单位没有因为小米没来上班而发生变化，世界就是这样，不会因为一个人的不存在而停止运转。任天意没有笑容，整张脸不可救药地阴沉着，和同事打招呼，眼睛低垂着，好像地上永远有个他要寻找的东西。项目经理和他每月一次的一对一谈心时问他："你是不是需要度假了？如果需要，别不好意思，现在虽然项目收尾，比较忙，但你做的那部分测试已经没什么问题。我可不想看到你这个技术骨干因为工作压力大而垮掉。"任天意低着的眼睛抬了几秒钟，他谢了组长，说不需要休假，压力不是来自工作，是来自老婆怀孕，新鲜的体验和压力，习惯了就会好。他意识到，自己的模样是需要改变了，给领导留下快垮掉的印象是很不合适的。组长说："你知道小米为什么休假吗？她流产了。老婆怀孕是比较操心，应该小心谨慎，我能理解。"

孟乔南的眼里，任天意一下子衰老了很多。她有点害怕，在电话里跟姐姐说："他都四十几了，不会得什么病了吧？过去这些年，他身体一直很棒，从没这样过。我这孩子还没出生呢。"姐姐说："你享了多年的福，现在也该多操点儿心了，老公是自己的，他的身体就是你的身体，他垮了，你怎么办？对他好点儿。"一天早饭时孟乔南问："你最近怎么总是半夜坐起来？是做梦？想什么呢？要不要去看看医生？"任天意既感激又愧疚，他伸出手摸了摸老婆的肚子，说："是单位的活儿，有个问题老解决不了，和别人的接口对不上。别担心，问题总会解决的。如果我影响你睡眠了，请你原谅，我搬到客房去睡吧，老影响你，对孩子对你都不好。"

任天意于是搬到了客房，从来不做早饭的孟乔南开始早起了，她说："你半夜里醒，早晨的回笼觉很重要，你不要早起了。"她把煮鸡蛋、烤土司和橙汁儿都在任天意睡醒之前就摆在了餐桌上。任天意开始面对准备好的早餐时不知所措，他几乎哽咽了，拥抱妻子的手臂搂得太紧，几乎令妻子窒息。

现成的早饭吃得多了，他渐渐地习惯着。他还是过着阴阳两个生活，夜里，和小米见面，到小米的胸腔里游荡，抚摸小米的小孩，和那个透明的小东西聊天。白天，上班下班，回家面对大肚子的孟乔南，烹饪晚餐，揉捏老婆的脚丫子。

一个月后，小米来上班了。人们尽量避开小孩的话题，笑容，面对小米都停留得略微长久。小米见到任天意的时候，吓了一跳，任天意比以前黑瘦了，胡茬没刮，遮了半张脸，从来没注意任天意还有连鬓胡须。小米停住脚步说："那天多亏了你，不知道该怎么感激！"她眼神低垂，没有直视任天意。任天意的脸红了起来，他眼里的小米比原来更加清瘦美丽，脸色白得玻璃一样透明，青色血管在皮肤下面淡淡地织着一道网，他突然觉得这网在拼命地发展壮大，好像要从皮肤里突出来一样。他把目光迅速转移，说："噢，谢什么，我什么都没做。"他逃跑一样转身离开，眼前突然出现了小米滑溜溜的心肝肺，窒息的感觉突然袭来，他必须逃跑，别无选择。

任天意上班的时候，养成了一个新习惯，经常把头探出自己工作间的过道。小米的身影一拐进楼道，他马上会缩回来，他耳朵的灵敏度大幅提高，小米的脚步是拐向休息室、拐向卫生间还是拐向组长办公室，他都能分辨得一清二楚。他对小米太熟悉了，这一个月里他的手多少次细致地捏拿这个人的心肝肺，数都数不清。小米身上血液的小河在哪里拐弯、在哪里奔腾，他都如指掌。他悄悄注视着小米的一举一动，小米高兴了，他就高兴，小米皱眉了，他就皱眉。开会的时候，他下意识地坐在小米对面，眼神一遍又一遍扫过小米的脸，虽然从不停留，却把小米的一举一动照相机一样存了档。

这张脸是憔悴的，令人怜惜，上面有着那死孩子被单下同样透明的质感，单薄而白皙。那对单眼皮的双眸总是大大地睁着，里面的光芒也有着那孩子同样单纯的质地，和梦里的一模一样，只是这个真实的人多了一层若有所思。小米还是很爱笑，但她的笑容在任天意看来并不纯洁，如同没有按紧的琴弦，发出沙粒般干涩的杂音。

小米有一次在休息室喝水，任天意跟了进去，他没话找话，说："小米，你姐姐跟你长得可不怎么像。"小米吃惊地问："你见过我姐姐？"任天意失望得差点背过气去，小米你怎么忘了我在医院见过你姐姐呢？任天意楞怔的时候，小米好像是自言自语，说："对不起，我怎么忘了你见过我姐姐，你是单位里唯一见过我姐姐的，你是单位里唯一……"小米顿住了，她的目光变得温柔起来，她走过来拥抱了一下猝不及防的任天意，在任天意耳边说："谢谢你！改天我请你吃饭吧。"小米甩下惊讶得哑口无言的任天意，转身走了。任天意就那样在休息室站了半天，连路也不会走了。小米的背影正是沿着那条她摔倒又爬起来的路远去的，他清楚的记得那米黄色的套裙上浅浅的咖啡印。

组长让任天意负责把刚完结的演示结果向小米介绍一下，帮小米恢复休息期间落下的工作。任天意的恍惚和萎靡不振从那天开始一扫而空。他兴高采烈地穿梭在自己的工作台和实验室之间，向小米做演示需要在实验室的大功能高效配电器上做。小米技术上算不上聪明，这正合了任天意的意，如果小米不用教就会了，他任天意还有什么用？有时候，正在讲解，他会突然想起学生时代的孟乔南，那个好学上进聪慧无比的小女孩。他似乎有些愧疚感，又有些幸灾乐祸。小米显然没有孟乔南聪明，但小米的滞顿有着一种惰性的稳定和谦虚，这让任天意很有成就感，小米并不勤学好问，但她有着一种天真的激情和单纯的态度，这让任天意感到新奇和兴奋。有那么几天他看到小米的时候几乎有了一种类似爱情的东西在心里爬行，软软地蠕动，又舒服又瘙痒，还有点儿不知所措。

他的夜晚出现了新的内容，小米子宫里那沉寂的小孩开始活蹦乱跳，小米的心肝肺经常变得五颜六色，那从手心里流过的小河也不再滑腻粘稠，变得清爽稀薄了。孟乔南笑着说："我看你气色好了很多，晚上睡眠改善了？别在客房睡了，我要你回来陪我。"孟乔南的脸上已经出现了对称而难看的蝴蝶斑，但她的笑容很迷人，那迷人的笑容令任天意血脉喷张。那天晚上任天意和孟乔南快乐了很久，两个人都前所未有地高潮了三次，除了手部运动做的十分卖力，孟乔南甚至邀请了任天意的短暂进入，她说孩子已经定型了，只要小心，已经不会有危险了。

任天意没有控制住小米对自己房事的注视，但他不在乎，他努力表现，在小米面前竭尽全力显示自己的演技。孟乔南的娇嗔有点儿响，这让小米皱眉，任天意无声地对小米说，你别在意，她就是这样。小米这次没有又笑又哭，她一直在微笑，脸上泛着光滑的红晕，苹果一样激发人的食欲和肉欲。任天意那天晚上搂着孟乔南睡得很香，小米的温度紧紧地贴着他，他一直注视着微笑的小米，怀中的孟乔南对他的思想一无所知。他庆幸自己不说梦话。从那天之后，他几乎不再失眠。

小米的办公间在楼道顶端，任天意很少过去。虽然只几步路，工作需要交流也是电话和电邮先约好了再在实验室碰头。这天中午从实验室出来已经不早，人们拥挤着准备下楼到餐厅吃饭，小米手一滑，一迭纸哗啦一下从文件夹里掉出来，身后的任天意蹲下来帮忙收捡，就看见了那张照片。照片上一个金发男子紧紧拥着小米站在一棵秋日的枫树下，两人脸上的表情都很灿烂。任天意的心咯噔了一下，什么东西在他心里撕裂着，一种强烈不安的预感袭卷而来。这个金发男子令他焦躁不安，这是小米的法裔丈夫，去年单位圣诞舞会上还握过手，当时大厅灯光昏暗，对他的相貌印象不深，但那天在丁香树下遇到的男人的确很像这照片上的人。

"噢，我要拿回家去换张新照片，这张在办公桌上摆太久了。"小米从任天意手里接过了照片。

"他还是老出差？"

"可不，他搞外联，老要外出，没办法。"小米摇了摇头。

那几天，任天意的大脑经常被金发男子占领，有个问题长久地纠缠他，小米出事那天晚上他误打误撞碰到的那个男子怎么会和小米的丈夫如此相像？小米住在单位附近的市中心，而他巧遇男子的那个小区却远在城市的东头，那天小米的丈夫还在法国，接到米香的电话之后，夜里才会回到家。这不可能是同一个人。可为什么一切这么奇巧？那橘黄灯光下一对恋人相拥的剪影还清晰地印在任天意的大脑里，那一树丁香是多么的沁人心脾，那一方鹅卵石小路穿梭的花园，是多么精致美丽。

四、密探

任天意的夜晚又有了失眠的症状，小米不再拉他去逛她的内脏，却总是没完没了地给他看她夫妻俩的照片，照片多不胜数，每一次都是不同季节的背景，雪霁初晴、春潮带雨、深秋枫林、夏日艳阳都完全了。

有一次小米不由分说把他拉进了照片，照片里小米和丈夫在喝着一种古巴鸡尾酒，任天意拗不过，喝了一杯。早晨嘴里的酒味刷牙时怎么刷都刷不掉。

小米出院后任天意曾经给小米姐姐米香打过一次电话，米香陪了小米几天就回康市了。任天意电话里说不想打扰小米，所以不便给小米家打电话，但很想知道小米是不是一切都好。米香在电话里千恩万谢了一番，她说时间会治愈一切伤痛，谁也抗争不过命运的安排，小米有丈夫陪伴，情绪稳定，一切都会越来越好。任天意准备经常探望小米的计划于是彻底搁浅，他庆幸自己不需要向妻子撒谎，也不需要做什么违心事，各自的日子各自过，小米的日子自己没法替她去过，至于那滩罪恶的咖啡，只好当它完全没有存在过了。可任天意的愧疚没法儿消除，有个声音不断地提醒他是他杀死了小米的孩子，上帝安排了这件事一定有他的原因。他想装着什么也没发生，那声音不饶他。他无数次和小米夜间零距离的接触和对小米无时无刻不在的关注，几乎变成了他生活的意义，和孟乔南一样重要的意义。

小米恢复了健身馆的规律运动，她飒爽英姿地换好运动衣衫准备下班的身影在任天意眼里是最完美的女性形象。他希望她的车再出故障，他就可以顺路载她，和很久以前那次一样。美好的经历应该重复，任天意渴望着。除了这个顺路乘车的渴望，任天意还渴望小米承诺的饭局尽快到来。但渴望的同时他又十分担忧害怕，怀疑自己是否有能力真的和小米单独交往，他会看着穿着衣服的小米想象她那些鲜活的内脏，这会成为一种折磨，他感觉自己还未预备好受折磨的心脏。好在小米似乎把自己的许诺忘得一乾二净，吃饭的事她没再提，她手头落下的活儿赶上来之后，连和任天意在实验室碰头的次数也大大减少了。

任天意悄悄地注视着小米的远离，他接受现实的习惯开始起作用，小米的麻木也使他多少有些失望。如果一个母亲丧失了自己的孩子并不十分悲伤，一个肇事的外人就有了更多理由来平衡自己的负罪心理。小米带领任天意游览她内脏的时候渐渐减少，任天意对此感到遗憾。这时候他才发现，自己早已迷上了那些极其内部而隐私的旅行，他手中握着的流动的河流和那些充满腥气的温暖所在令他青春时代的激情再次勃发，他喜爱这种热情和迷惑。上班是一件快乐的事情，因为在单位可以见到小米，看到小米，他就想起了那些血淋淋的内脏旅行。

孟乔南笑嘻嘻地说："你最近工作很敬业啊，比你读博士时还认真。家里的地毯两星期没有吸过了。"孟乔南没有指责的意思，她布满蝴蝶斑的脸蛋笑嘻嘻的，声音比少女时代更加纤细温柔。她仅仅是提醒一下。在过去的几个月里，她不仅学会了基本的家务活擦抹灰尘、整理台面，还学会了高级的家务活洗衣服和做方便面、下水饺，这些训练，使她逐渐积累了对家务劳动的喜爱。窗明几净的成就感和考试得 A+感觉同样美好，这是她过去不曾预料的，她怀疑她身体里面那个未出世的孩子正在牵引着她朝"贤妻良母"这条伟大的目标进军。一切都在不经意之间改变着，一切却都有着那么清楚的方向。她忽略着任天意的相对懒惰，或者说在努力忽略。他有了失眠症，他工作辛苦，他有理由稍微懒点儿。孟乔南这么想着的时候就被自己感动了，她想，我是一个多么体谅人的妻子啊。

孟乔南提醒吸地的时候，任天意就把地吸了，这些劳动的旧习惯保持着健康的惯性。他和以前一样回家忙碌在锅台水池边，效率高超。晚上仍然尽量给妻子揉十分钟脚，孟乔南那享受无比的模样令他的内疚之心松弛下来，他到底是一个好丈夫，关于头脑中小米的一切没有形状和色彩，外人不可感知。孟乔南的肚子逐渐膨胀的日子里，这对夫妻在人们眼里既幸福又滋润。任天意的呵护无微不至，饭菜变着花样，营养讲究丰富平衡，鸡蛋、水果、肉类都是从有机绿色食品专柜买来，花钱买健康，任天意很想得开。进出门、上下车的时候任天意总是小心搀扶孟乔南，其神情像捧着一枚脆弱的鸡蛋。幸福的孟乔南自己也很满意于自己的幸福，每次的产前检查都是任天意请假陪伴，每次的结果都正常，任天意的体贴细致一无既往地没有改变，任天意是一个优秀的丈夫，而且必然会是一个优秀的父亲，这点毋庸置疑。她继续仔细研究《What do you expect when you are expecting》，对照一切可以对照的指标，她给自己和孩子的评分都达到了书上没有办法测量到的最高指标。单位同事开始把家里多余的半新儿童用品送给她，她也开始逛妇婴用品商店，她在那些商店里心中充满欢乐，每次欢乐都会变成一两样婴儿用品摆进家里腾出的儿童房。任天意的周末被孟乔南指使得团团转，转的中心就是家里新的儿童房。带护栏的白色婴儿床，色彩明亮的花窗帘，层次分明的高低玩具柜，天蓝色的塑料小课桌，落地式儿童白板图画架，早早地安置妥当，只等着孩子的降临了。这时，离孩子出生还有二个月。小米流产也已经二个多月了。

任天意和小组同仁去给一个同事饯行时，坐在了小米身边。小米举着酒杯给要离开的雷纳德敬酒说："雷纳德，为你的决心，我敬你。"雷纳德准备休假一年，周游世界，这是他多年的梦想，他在过去的几年里一直在计划筹备，单位不能保留他的职位，他就选择了辞职。

小米转身对任天意说："我特别羡慕这些能割舍平常生活、走自己的路的能人。我也喜欢旅行，周游世界这样的壮举可是做不出来。"

"你先生经常到外国出差，你不跟着一起去？你应该比别人有更多的旅行机会啊。"

"他出差从来不带我，从来没有过，不方便，他的工作有保密性，我自己一人在家也挺逍遥自在的，他很羡慕我不用出差。"小米摇头说。

"你不会缠着他跟着他去啊，既省了旅店费，还旅行了，多好！"

"你以为我没有要求过吗？他不喜欢公私兼营，工作又要保密，又要避嫌，我有什么办法？"小米很无奈。

下午回了办公室，进入小米和丈夫照片里的旅行片段一直占据着任天意的大脑，他的舌尖甚至又飘起了那杯古巴鸡尾酒的味道。他突然有些坐立不安起来，好像座位背后有一面隐形墙壁，藏着几个世纪不曾挖掘的秘密，他必须起身查看。他看见小米进了休息室，也赶紧端着咖啡杯跟了进去，漫不经心地问："这几天老公出差去的那个国家啊？"

"英国。哎，你怎么知道他又出差了？"小米有点儿吃惊。

"你自己吃中饭时说的呀。"任天意回答道。

小米若有所思，她不记得自己告诉过任何人，自己丈夫出差这件事，她一直比较小心，家里只剩下自己一个人的时候，她宁愿谁都不知道。

任天意回到座位上就开始给孟乔南打电话，他说晚上单位要加班，让她去路口饭店吃了饭再回家，他要加班晚回家。

任天意顺着自己的模糊记忆从高速公路的一个出口下去，进入那个误打误撞的小区。他开着车慢慢地观察着，那个精致的花园和高大的丁香树是很别致的一景儿，只要找到这份别致，就找到了那户人家。半个小时以后，他发现了目标。慢慢从目标旁边开过，他看到一个男人和一个女人正蹲在花园里除杂草。女人离路边很近，朝任天意经过的车子望了一眼，又低头继续干活儿。那是一张漂亮的脸，鼻子尖尖地翘着，皮肤很白，金色头发松松地挽着马尾巴。男人蹲在草坪另一端的花池前，弹力球衣裹紧的后背弓出几道肌肉的形状，他的身影在那鲜花盛开的花园里多少有些另类，娇艳的花朵中间夹着一个力感的男性，这让任天意很不舒服。这显然是个热爱生活的男人，勤于花园里的劳作。

杜杜

　　一对一同在花园里伺候植物的夫妻一定是一对和美的夫妻。夜晚桔黄光影里那对热拥的伴侣形象再次闪进任天意的大脑，那情景和现在这情景同样美好，幸福与和谐的分子静静地弥漫，和若隐若现的花香一同飘荡在空气中。眼睛和心脏都感觉发麻，他把车子开过去，绕了一个圈又开回来，停在街对面一颗树下，熄了火。他在车里盯着花园主人的一举一动，他们即令他兴奋，又令他失望。兴奋是因为窥视，失望是因为他们很和谐。

　　窥视，是这一生不曾做过的事，自己为什么会来窥视别人的生活，任天意也搞不懂。但窥视着，他产生了前所未有的满足感，这崭新的体验令他血流加快。他隐隐约约知道自己在研究的事情是值得研究的，甚至可能有着意想不到的结果。他原本不是一个关心别人隐私的人，可小米流产的事情竟轻而易举地改变了他。他对旧的自己始终可以保持控制，对这个新的自己却无能为力，这个任性的新人给平淡的生活带来了意想不到的紧张和快感，甚至这种复杂多层次的心理状态，也是从没有过的人生经验，令他依依不舍。这种时刻，他可以把家庭责任的重担卸掉，像吸食了鸦片一样忘却现世的烦忧。

　　男人直起腰转身和女人说话，那张英俊的脸棱角分明，大方地裸露在黄昏仍然明亮的光芒里，左侧脖颈顶端有颗棕色的痣，在阳光的照耀下熠熠发光。真的很像，简直一模一样。

　　男人和女人说着什么可笑的事情，两个人都很兴奋，扔了手里的铲子，相拥着进了屋，房门紧紧关闭了，把任天意的好奇心无情地关在门外。

　　任天意等了一个多小时，终于放弃了进一步的期望，尽管他并不知道自己到底期望什么。男人和女人再没出来。

　　回到家时，孟乔南已经歪在床上看电视，时刻准备入睡。任天意吃了一个苹果，喝了一盒酸奶就打发了晚饭。他先跟妻子道了晚安，说加班加的辛苦，想单独睡觉，脚明天再揉，就一个人躲进了客房。孟乔南身子已经很笨，她只能朝一个方向侧卧才感觉不到婴孩的沉重。她并不希望丈夫离开，但她近来不得不翻来覆去地更换体位来减轻孩子的重压，还经常起夜上厕所，膀胱的空间被婴孩无情地占领了。她想起了姐姐劝她善待任天意的话，孩子生了还要他来出力流汗呢，就让他去好好睡一觉吧。

　　任天意在客房倒头便睡，他没开灯，任月光穿过窗户照在对面的墙壁上，安静的月光也许可以平复他激动的心脏，他的研究计划正在完美地进行着。那夜，小米和丈夫如约来访，他们带来一个影子一样的女人，她长着金色卷发，一声不响坐在旁边，静静地呼吸，静静地凝视，她的眼神和那个精致花园的草地上抬起观望任天意的那对眼睛一模一样。新的计划在睡眠中好像魔瓶里的烟雾一般，越变越大，魔鬼一样高高大大地主宰了视线所能及的每个角落，任天意兴奋着，不能克制冲动，他的明天将因为这项研究计划更加生动有趣。

中午，任天意踱到小米办公间，见小米正在桌上爬着小憩。他犹豫了一下，眼神迅速扫过小米的工作台，计算机旁边就是那张他希望看到的相框，里面果然摆着小米和丈夫的合影，夜里他不曾见过的背景，没有那些春夏秋冬的陪衬，是一张突出人物的室内照。小米和丈夫都笑得很放肆，小米在前，丈夫在后，丈夫的手臂从后面伸出来紧搂着小米。任天意寻找着那颗棕色的痣，丈夫的头紧挨在小米肩膀上，看不见脖子，他一无所获。正准备离开，小米抬起头来，眯缝着困倦的双眼说："觉得谁在我身边，原来是你。对不起，有点儿累，想打个五分钟的盹儿，有事？"

"我太太喜欢看连续剧，台湾的言情戏，你有没有？可以借我几片DVD吗？"理由早就想好了，任天意回答的很敏捷。

小米答应着，一连串说了好几部连续剧的名字，《楚留香之香帅传奇》《转角遇到爱》等等，还说自己有的，明天就会带来。她见任天意伸手端起自己和丈夫的像框仔细端详，笑着说："刚换了张新拍的。"

"幸福的一对。"任天意评价着，心里不是滋味，他有着一种想把金发男子从照片上抠出来的冲动。"你再歇歇吧，对不起，打搅了你。谢谢你。"他一边说着，已经把照片放回原处，转身走了。

"哎，天意"小米突然叫住了任天意，却又欲言又止，她突然抿嘴儿微笑起来，眼神流动，声调柔和地说："是我该谢谢你，我姐姐总说我该谢你。要不，明天吃中饭？"

任天意愣了愣，心脏蹦蹦蹦几乎跳到了嘴里，他想张口说话，又怕心脏跳出来吓着小米，就使劲点了点头。他走回自己办公间的时候，还有些恍惚，小米那柔和的眼神胜过世界上最高效的迷魂剂。啊，明天，明天中午！

小米的眼睛是典型的东方眼，大大的，单眼皮。大多数时候总是神采奕奕，看你一眼，你就被青春活力腌制一回，浑身长劲儿。这眼神和孟乔南的双眸相比，多了一种活波和灵动。加了刚才那瞬间温柔，过去一段时间的失眠与梦境都值得了，尽管一切都被假像掩盖。如果小米知道那一跂来自他甩掉的咖啡，她还会谢自己吗？她的眼神还会温柔吗？明天的午饭，当然不能让小米请，自己一个爷们，这点儿风度还是有的，他打定了主意。

什么时候感情变成这个模糊而混沌的状态，任天意搞不清楚。他曾经努力用理智克制，但这东西如藤蔓一般左右缠绕，难解难分，理智在它的庞大面前不堪一击。他的思绪终于回到了金发男子的痣上面，这个问题亟待研究，他甚至有种奇妙的感觉，小米的丈夫肯定会有那棵棕色的痣，这毫无疑问。

下班的时候，任天意照例跟妻子请了假，已经两天没有陪孟乔南散步了，他心中的歉疚停留了几秒钟就自己开脱了，明天是周五，周末好好补偿吧。

他的跟踪神不知鬼不觉，他从来没有像现在这么灵敏过，眼观六路耳听八方，可以在拥挤的车流中认准小米浅灰色的丰田卡罗拉车子。他怎么都没有想到，小米的家离自己家只有五分钟距离，两人平时走不同的路线，竟然很少碰头。

小米把车直接开进了车库，任天意把车停在街对面一个小米看不清楚的拐弯处，他决定等待，透过一颗大树的阴影，他可以方便地观察小米家的动静。上下班时间，如果小米丈夫在，他一定会这时候回家。

他耐心地等着，仔细端详小米家门前的花园。这是一个相对小得多的花园，没有石子铺就的小径，也没有散发诱人香气的紫丁香树。门口的花池却是用上好的花砖垒搭起来，设计出一大一小两个椭圆形状，里面的多年生木本植物间隔着色彩艳丽的草本植物。他不是一个对植物有研究的人，平时也很少端详鲜花绿草，但此时此刻他的眼睛突然明亮起来，这儿的花至少有三四样是他眼熟的，城市东头那对勤劳的夫妻悉心呵护的美丽花园里，开放着同样的艳丽和娇羞。他几乎兴奋了，只有共性可以使人总结规律，共性的终点就是得出结论。眼前的共性，意味着自己正在越来越接近目标。

两小时以后，没有等到他想等到的结果，他开车回家。五分钟的路不长，听着收音机里著名主持人罗格林的胡言乱语，路就更显得短。罗格林的政治倾向明显右倾，对新移民政策嗤之以鼻，华裔在他眼里是劣等民族，每逢谈论移民问题，总会拿华裔的负面故事说事儿。一次他举例说他二十年前在西部一个省的偏僻地点进了一个华人餐馆，看到老板用袖子擦柜台，二十年后他偶然又路过那里，进了同一间餐馆，老板是当年那老板的儿子，这个儿子给他上菜时，大拇指头浸在菜里。他的脱口秀就是这样把华裔老移民贬损得一无是处，负面的一切都被渲染扩大，掩盖着事实真相。可任天意总是忍不住要听他的节目，他善于煽动的口才让听众热血沸腾，一切普通得空气一样的东西，在他嘴里就变成了流动的风，风刮到哪里，哪里就有了不可抗拒的摇动，他喜欢这种被吹得摇动的感觉。市长、总统在他嘴里也可以一钱不值，这样不遮不掩地表达自己见解的广播方式让他看到这个社会自由和民主的宽松度，他感觉自己体内被压抑的情绪在倾听这样的声音时得到解放，就像他在卫生间对自己的谩骂和打向镜子里的拳头一样功效显著。

孟乔南歪在床上看电视，家里除了起居室一台四十六寸的高清大电视，三间卧房里两间都有小电视，孟乔南最喜欢的还是主卧房里的电视，她说她儿童时代家里买的第一台电视就是这样二一寸的，看着这台电视好像自己的童年正陪着自己一起看电视，这使她感觉不再孤独。

"做你的老板真美，手下有这样敬业的员工，不可多得啊！"孟乔南懒懒地说。

任天意没接茬，他知道孟乔南在抱怨自己又加班，没陪她。自从妻子怀孕以后，从开始要求她干家务那刻起，他就尽量用理性管理自己对妻子的态度，不温不火，不争不吵，原则却要始终坚持，她必须独立起来。小米事件之后，对妻子的忽略显而易见，但失眠的毛病掩盖着真相，孟乔南显然比自己想象的要坚强得多，她的可造就性也远远超过预料，聪明女人本该如此，自己到底有眼力，她多少年的好吃懒做都是自己娇宠她的错。看，连早饭都开始做出花样儿了，煮鸡蛋变成了煎鸡蛋，让自己给她倒水的事几乎再也没有发生过。他颇感欣慰，孟乔南显然正在向通往贤妻良母的阳光大道上疾步飞行。

"不接茬原则"从两人的婚姻开始就是任天意的和平法宝，每到两人意见不统一的时候，他就开始使用它。自己犯不上一切都说个清楚明白，夫妻俩就是一个组合，组合里没有泾渭分明，稀里胡涂的自然会和谐。孟乔南懂不懂这个，他不太在乎，自己大十岁，懂得这个并多些身体力行就够了，没什么亏吃，也没什么便宜可占。这原则是根软中带硬的柱子，软骨一样支撑在二人的生活里，弹性十足地联结骨骼，发挥着不可磨灭的伟大作用。孩子快要降临了，不知道有多少麻烦事儿和争吵在前面等着呢，这块软骨必不可少，这项原则显然应该继续发扬光大。

有件事任天意始终搞不懂自己，自己在小米事件之后神魂颠倒，为什么对妻子很少感到歉疚，反倒异常兴奋？多年来对孟乔南的呵护是不是日积月累积蓄了未曾爆发的怨烦？是不是潜意识里渴望有个能够懂得疼自己的太太？就像没有翅膀的鱼向往天空上的飞鸟，天空中的飞鸟又渴望能在大海里遨游一样。他不敢多想，不愿意多想，不去多想了。

"明天去产科检查，你没忘吧？还是老样子，你到车站接我，又约到中午了，十二点。"孟乔南嘟囔了一句，继续闭目养神，享受任天意的按摩。

"明天？中午？"

"你难道没标在日历上？现在两周一次，例行公事啊。"

任天意蒙了，怎么把这个忘了，那和小米的饭局怎么办？"明天中午有个会，检查能不能改时间？"

"天啊，你出国这么多年了，见过当天改预约的事情没有？医生办公室都要提前二十四小时改预约，你这算什么？不是早就告诉你了？再说，什么会，要中午吃饭时间开？"

"…… ……"任天意哑口无言，产前检查从来都是自己陪伴妻子的，这中间不是钻出来个小米吗，唉！罢罢罢！"好吧，十一点半我去车站接你。"

"检查完了，一起去吃牛排，我馋死了。下午我就不去上班了，吃完午饭，你送我回家，然后你再去上班。"孟乔南道。

任天意收回自己揉捏孟乔南的手，没洗澡就翻身上了床。孟乔南已经睡去，轻微的鼾声如泣如诉。那鼾声的输入和排出里有着自己骨血的味道。我快要做爸爸了，他叹着。他轻轻把毯子给妻子盖好，阖上了眼睛。他的思绪在半梦半醒之间迅速旋转，毫无阻拦地飞到了小米身边，对不起，小米，和你吃顿饭怎么这么难？如果我是斯蒂文，就可以天天和你吃饭，还能吃到你做的龙虾、排骨、鲑鱼。啊，那个可恨的斯蒂文，那颗可恶的痣！他俯视着小米和丈夫相拥的身体，不停变换角度，希望看清金发男子的左侧脖颈。关于对小米丈夫的研究，这事儿理论上不着边际，感性上却有着突飞猛进的进展。他知道真象大白已经指日可待了，那夜，睡眠没有阻碍他的梦境，他和小米面对面地举杯，小米嘴角一直有些流出来的西红柿汁，他想伸手去擦，手却总是落空，怎么都够不着。

周末的任天意格外勤劳，他把楼上楼下的地毯地板都仔细吸干净。孟乔南总是饿，任天意在厨房展开了大规模厨艺表演，除了土豆，鸡鸭鱼肉蔬菜水果，没一样不是精心打造出来的，连苹果都是用特制的花样刀切出刺激人食欲的美丽形状。

关于土豆，他是想过的，对土豆的想念时不时会突然出现在口腔的粘液之中，影响他对其他菜肴的品味。半年多了，没吃过一顿土豆。他抬眼看一眼饭桌旁的妻子，似乎生怕她看出了自己口腔里正在分泌的这点野心。孟乔南瞅了丈夫一眼，嘻嘻笑着，突然问他想不想吃土豆。他几乎吓得魂飞魄散，这样的心有灵犀并不多见，他迅速联想到了自己的梦境，如果孟乔南在夜晚也能如此心有灵犀，小米的事就藏不住了。此刻，他痛恨自己的贼头贼脑，赶紧收拾心思。他不知道妻子重提土豆是不是对土豆有了宽容的谅解，试探着问："你想吃吗？"孟乔南撇着嘴使劲摇了一下头，说："我一想土豆就反胃。"她的脑海里出现了那棵发红的土豆和自己手上磨出的水泡，它们的模样如此难看，难看到大脑里好像还有一双眼睛专门负责时不时地注视它们。"我什么时候没这感觉了会告诉你的。我是说，我不吃不等于不让你吃。你想吃就吃，别因为我憋坏了自己。"

任天意的眼睛多少有些红，不知道是嘴里那口饭太满了噎的还是被孟乔南的关怀感动的。他夹了一块鱼放在妻子碗里，说："我没想吃土豆，什么大不了的，高淀粉高糖分，不健康。"孟乔南笑了，她习惯了丈夫的舍己精神，觉得任天意这样的态度理应如此。如果他敢端着一盆土豆在自己面前吃，她一定会气的疯掉。她不在乎那盘土豆给她带来的直觉反应，她在乎丈夫是否在乎她的直觉反应。任天意的回答得了满分，她心满意足。她主动洗了碗，任天意竟然拦不住她的执拗。水龙头哗啦哗啦冲洗碗筷的声音音乐般清澈动人，水池前的孟乔南大大的肚子显得轻盈美丽，那一刻，任天意无限满足。

"咱的洗碗机从来不用，该启用了，我们都别洗碗了，以后脏碗放洗碗机里，两天开一次，省事儿。"

"三两个碗，洗了利索。咱俩碗少，脏碗塞洗碗机里等多了再批处理，挺不卫生的。"孟乔南不以为然地说着，一边用毛巾擦干手，挤了润肤霜擦在手上。

老外几乎没有不用洗碗机的，中国移民却手洗碗碟的占多数，也许这也是一种落后？难道勤劳使人落后？孟乔南想着，对任天意说："懒惰使各种机器的发明成为现实，看来懒惰的确可以成为推动社会前进的动力。"任天意乐了，这个老婆经常会有些怪念头，鬼灵精似的，可爱。

　　晚上散步，任天意和孟乔南手把手绕着小区走。到了一个小十字路口，任天意说："今天天好，我们可以多走一会儿。这条路我们没走过，今天走这边吧，这个小区树木多，比我们住的小区老几年。"他指的这条路通向小米家。

　　小米家比想象的还近，二十多分钟就走到了，他的目光一直注视着那个紧闭的大门，大门好像是透明的，他眼前出现了小米和金发男子拥抱的身体。赶紧掉头，这地方正是他停过车的拐角处，经常的注视虽然一无所获，却让他具备了这个看出透明门的本领，他生怕孟乔南看出来他如此高超的技能，说："我们就在这儿掉头吧，离家有点儿远了。"孟乔南扭头看了丈夫一眼，说："你现在经常搞突然袭击，咱们散步从来都是到了路口才掉头的，我还没累呢，你就累了？"她娇声娇气地嗔责着，却还是挽着任天意掉了头。

　　两人散步时有一搭没一搭地说话，孟乔南不看报纸不听新闻，看书也只看言情小说。聊起天来十有八九就是围着单位那点儿事儿。诸如部门换经理了，某某某孩子上大学了，谁谁谁又买了第二座房子等等。这时孟乔南正在兴致勃勃地告诉任天意男同事马克做手术变成女人的新鲜事儿："头儿今天给全部门发了邮件，说马克从现在起改名叫朱莉安了，开始上女厕所，请大家配合这个新转变，给他这个重要的人生过度一个人道的支持。"孟乔南说了咯咯咯地乐起来，她说："我可不愿意让他看见我上厕所，他明明是男人，说变女的就变女的了，还上女厕所，太过份了。我看见他进厕所，就只想吐。叫朱丽安这个女名，也改不过口来，明明就是马克嘛。"任天意希望自己能集中精力听妻子聊天，可小米家那透明门和门背后的景象还在固执地挡在眼前，他听见孟乔南乐，也跟着乐，却什么话都插不上，隐隐约约知道在谈什么变性人。孟乔南问："你说一个人在什么情况下会这样彻底地改变自己？"任天意想了想，他立刻想到了自己，想到了小米，他说："当一件突发事件到来，变化往往是必然的结果。"

　　"胡扯！你觉得人变性也需要突发事件？"

　　头脑混沌，他接不上孟乔南的话时会使用"反问"这个一贯有效的伎俩："那你怎么看？"

　　"我觉得这就是量变积累到一定程度之后发生的质变。马克做男人感觉痛苦，每一天都觉得苦，当这个苦积累到不能再忍受的程度时，他就作出了这个变性的决定。理性上讲，我是赞成他的这种自然变化的，他本性就是想做女人。可感性上讲，我觉得好恶心，这违反人类的正常状态。是不是？"

"老外，唉，这种事不稀奇。最近参加选美的一个变性美女不是被取消了资格？很多人为她打抱不平，广播里说她现在就是个女人，比女人还女人味儿，美得一塌糊涂，不该取消资格。"

"你说这些事复杂不复杂？想想，人类都很丑陋。不止老外，老中也一样，总有人热爱违背社会公认的道德准则。马克换性是可以看得见的，披了三十年的男人皮，可以脱掉变女人。有些人"换性"不过是看不见罢了，做了五十年的模范丈夫，也一样可以抛家弃儿，变成陈世美。咱们隔壁街上的那户中国人，那男人不是离了婚回国跟网上认识的云南妹妹结婚去了？老婆孩子都丢下不要了。这样的"换性"比马克要糟糕一千倍。"孟乔南说这些话的时候，小胳膊仍然自然然地紧紧搂着任天意。任天意却浑身不自在了，那只缠绕自己的小胳膊的沉重比得上身边的任何一座大房子。他眼前的透明门彻底消失了，孟乔南这是在隐喻什么吗？难道她看出了自己的变化？难道自己和小米那个不可知的世界已经可知了？虽然是初秋的黄昏，微风清凉，他还是出了一身汗。自从娶了孟乔南，他第一次想甩掉孟乔南善于缠绕的胳膊，这胳膊比她肚子里的小孩更加沉重不堪。

任天意那天晚上照例给孟乔南端水泡脚，天天淋浴，这便成了多余的一步奢侈。洗完澡从淋浴间出来，孟乔南还没把自己擦干，任天意就敲了卫生间的门在门外说按摩盆已经准备好了。任天意尊重妻子隐私权的态度一贯令孟乔南满意，婚后的孟乔南从来不肯在丈夫面前暴露裸露的身体，哪怕房事进行得热火朝天，也一定摸黑享受。任天意对这个羞怯的妻子倍加赞赏，他心里保留着孟乔南学生时代那个淑女形象，好学、聪慧、娇柔、传统。现在这个传统正在从"羞怯和自尊"的层次发展为"贤慧体贴和任劳任怨"。任天意不着急，过去的几个月孟乔南的进步突飞猛进，他知道迟早孟乔南会走上贤妻良母的康庄大道。他捧着妻子的脚用力揉压，好像在塑造未来的日子，那日子和脚丫子一样实实在在。他的每一下揉捏都在散发着自己的希望，驱除着自己的不安，经常走神儿的负罪感在那些有力的揉捏下渐渐疏散。

孟乔南一如既往地享受着丈夫无微不至的爱，她的心脏和她的脚一样惬意舒适。腹中的婴儿在缓慢地滚动，她闭着眼睛想象做母亲的感觉，好像泡在一汪温热的牛奶浴里，滑腻的温热甜滋滋地包裹着她皮肤每一寸有知觉的领地，每一颗牛奶分子都幸福地拥挤着她。腹中婴儿的蠕动是活生生的，在牛奶般的浆液里，安全舒缓。她暗下决心，我一定会成为一个一流的好妈妈，我没有理由不成为那样一个妈妈。

那是一个温馨的夜晚，任天意和孟乔南对现实和未来都满怀希望，他们的孩子将要降生在一对相亲相爱的夫妻怀中，就像所有的幸福家庭一样。任天意的大脑里突然间闪过的小米，没有影响他的幸福感，他甚至产生了放弃对小米世界探索的计划，但那念头，流星一样，一闪，就不见了，斯蒂文脖子上的那颗痣，无论如何是要弄清楚的。

五、揭秘

任天意断断续续跟踪了小米十几次，只有两次看到小米丈夫从车里下来走进家门的背影，那颗神秘的痣仍然神秘着。

他等候在小米街角处的每一分钟，都在平静的紧张中度过。他一遍又一遍地回忆小米内脏的形状和温度，他用自己的左手抚摸自己的右手，再用右手抚摸左手，每一下抚摸都好像在抚摸那些柔软的内脏，他的眼前会出现那个小小的透明的、安静的、沉寂的婴儿面孔，他并不吃惊，那张寂静的脸让他充满柔情，那张脸是他见过的最干净的脸，一个远离尘世的脸。那些静静注视小米家的时光就那样和那些内脏和婴儿面孔水乳交融在一起，孟乔南和她日渐笨重的肚子遁去了，时间遁去了，工作遁去了，他在那种恍惚里感到平静安详，他不去想自己在干什么，他没必要去想，他只是跟着感觉在做一件他想做的事。甚至揭开痣的谜底这个目的，在那些时间里也变得并不重要，他只是一边注视那个安静的透明门，一边抚摸内脏，好像和尚的打坐。

有一次他突然看到透明门里小米和斯蒂文相拥搂抱的身影，小米精干的身体变得柔软坚韧，弯弯曲曲地缠绕在斯蒂文的身上，斯蒂文的配合是冲动而尖锐的，他亲吻小米是狠狠的，搂抱小米是狠狠的。任天意在那种时刻会闭紧双眼，任那透明门在他紧闭的双目里更加清楚明亮，任凭斯蒂文的狠猛自由自在地抒发。他的感觉潮水一样淹没着斯蒂文，他感觉着自己和斯蒂文渐渐合二为一的过程，边缘没有了，界线没有了，知觉统一了，他感到了小米的柔软，小米的松紧，小米的呻吟。他对自己身体的反应分外满意，他的神经随着斯蒂文的动作变得狠猛而迅速。他的呼吸同样呼哧呼哧地进入了战斗状态，斯蒂文对小米的占据变成了他自己的一切，在窄小的车里迅速膨胀，很快就把车子涨得满满的。充满热情的车子发出了轻微的颤动，如一个微风中轻摇的摇篮。摇篮停止摇动的刹那，任天意是恍惚的，车子窄小的空间放大了喷射的力量，他的手霎那间握住了一条喧嚣的河流，河流如此粘稠，储藏着旺盛的激情。任天意具备了这种春天般生长的力量，当然归功于小米。

多少天来，强烈的负罪感如何一步一步引他走到了这个魂牵梦绕的失魂状态，他并无知觉，他只知道有一只巨大的手不可抗拒地拉着他亦步亦趋地往前走着，走着，不停地走着。他无助。

任天意清醒过来的时候，仍然感觉小米在空气中分子般的存在。虽然他丢失了几分钟对那扇紧闭之门的瞭望时机，却满心欢喜。他伸手从纸巾盒里揪了几张纸巾把手中的河流清理干净，不紧不慢，有条不紊，连裤口上留下的粘稠也仔细擦拭。他不时抬眼看看那扇门，这是一条安静的街道，没有很多行人，车辆经过发出轻微的轰鸣瞬间就消失在越来越远的距离里。

几天来他停靠在街道尽头的这颗大树底下，树阴在遮挡阳光的同时也遮挡着他窥视的阴谋，没有人留意他，他感到无比庆幸。他想起女同事艾伦抱怨警察丈夫好管闲事的闲话来，警察的职责令那位丈夫拥有超出寻常的警惕意识，街上有陌生车辆停靠超过一定时间，他就会上前质问一二。幸亏艾伦家不住在这条街上，否则自己的窥视行为经不经得起盘问就难以预料了。

他轻轻发动车子，把广播调到古典音乐台，小提琴悠扬的琴声立刻发挥了放松神经的功效。时间和车子都开始向前行驶，他知道自己该回家了，车上的表显示着七点四十三，孟乔南一定已经吃过晚饭了。自己经常"加班"，孟乔南的独立能力和忍耐力都日臻成熟，这太令人欣慰了，有人说怀孕可以改变一个人，是那腹中的婴儿挖掘了女人善良宽容的母性吗？早知孟乔南能做如此改变，应该早几年就毅然决然地做了她的主，取消避孕措施。是啊，为什么过去那么听任她的娇、骄二气肆无忌惮地泛滥？蠢透了，一流的学者原来只是个不入流的家庭成员，给老婆当牛做马十多年，才明白家庭应该两人共同劳动共同经营，如果没有小米的出现，自己会有这个领悟吗？小米，小米也怀过孕了，她改变了什么？啊，她最杰出的改变是改变了任天意啊。

任天意想到这里，大吃一惊，他伸手把音响调大，驱赶这讨厌的念头。他不但没有什么愧疚，还多少有些得意洋洋，他正理所当然地沿着一条自己设计的正确道路前进着。工作，回家，"加班"，他生活的三维空间稳定和谐，这种改变是自然的，一切都很正常。

　　任天意持久的监控并非一无所获，他发现小米丈夫三四天在家，三四天出差，那个背影从车里下来进入透明门的时间，规律而固定。他不出差的时候，小米下班总是比较早，急急忙忙一付兴奋的样子，健身房也不去了，好像家里藏着个就要出土的文物，等着最后的真相大白。这天，任天意索性拦住小米，问："什么好事儿，这么急着回家？"，小米嘻嘻笑着说："龙虾季节了，买几条回家烧了吃，斯蒂文最爱吃我烧的龙虾。"任天意灵机一动，说："他很有福！唉，我那天在街上看见一个人长得很像你桌上照片上的人，你先生斯蒂文这里是不是有颗痣？"小米点头说是，奇怪地问："你在哪儿看见他了？那么近距离，还看见那颗痣？"任天意窘了一下，说记不清了，借口有事儿转身逃了。心蹦蹦蹦地跳动着，他觉得那些跳动是可视的，他害怕小米看见他胸膛的剧烈震动，早知道这么容易就可以证明这个结论，何必如此拐弯抹角费心费时费力地跟踪调查？他心脏的舞蹈是为拨开云雾见光明的一刹那而狂喜不已。

　　任天意工作起来更加认真敬业，他花最大的努力把份内的事完成在份内的时间里，对于在轻车熟路的领域里工作了这样久的元老来说，这并不困难。他庆幸实验室有手机屏蔽功能，孟乔南从不在他"在实验室里加班"的时间里企图找到他，而他总是在进入"实验室"之前打电话问候一下大肚子的太太是否吃过晚饭，是在街口买的便当还是把他烧好的熟食热了吃的，他的无微不至不会让妻子疑心，他对自己的细密审慎颇感自豪。一切都很顺利，一切都没有什么阻力。他的车子驶向了城市的另一头，昨天没看到小米早下班，也没在小米家看到斯蒂文的背影，这是他出差的日子，任天意相信自己深知斯蒂文出差的地点和任务。

　　高速公路上车流缓慢，车与车之间首尾相接，一根无形的链条栓着它们缓慢而持续地向前摆动，如一条吃饱了爬不动的巨蟒。任天意有时间在缓慢的车速中观看远处的天空，那里罩着的云层油画般凝重静止，厚厚的深灰色浓云发散出不规则的边缘，下面放射出白色的阳光，一条一缕地亮着，那云便长出几条光明的腿来。任天意设想着在第几条腿下面就可以下高速，进入那个树荫密布的小区，那里有个房子前面长着一颗大大的丁香树，穿过美丽的花园，是一扇关着许多秘密的小门，而秘密的主人公就是那个脖颈上长着一颗痣的金发男人，这个男人和小米有着千丝万缕的联系，和小米有联系便和他任天意有了联系，他和那金发男子的物理距离正在缓慢而持续地缩短着，而金发男人竟然毫无察觉，这是多么神秘而令人欢欣鼓舞的现实啊。任天意的嘴角露出一抹淡淡的微笑，他早晨刮的干干净净的下颚经过一天的工作已经露出隐约的青黑胡须，那抹笑意渗进那些青黑之中瞬间就不见了，那丛青黑于是变得浅淡，脸上的色调倏然明亮起来。

任天意拐下高速的时候，天空中的浓云已经散去，黄昏的天空并没有黄昏的昏暗。这条路已经熟悉的好像车轮上长了自己的腿脚，只几分钟，他就停在丁香树的对面街角了。长焦距镜头的尼康照相机是刚买的，他端在手里体会着那个坚实的 重量，嗯，好东西一定会有分量，让人感觉到掌握它需要相应的付出。任天意抬腕看了看表，斯蒂文一般会在几分钟之后和女人一起出来清理花园。那金发女子显然有着对花园旺盛的热爱，而斯蒂文有着同样精干的能力去服务于她这旺盛的爱好。那样在花丛之中肩并肩接近泥土的情景是在小米家门口永远看不到的。

车库门打开时，任天意开始拍照。男人穿米色短裤，白色 T 恤衫，女人也是米色短裤，白色 T 恤衫，哈，情侣装。咔嚓、咔嚓！男人甩开长长的胶皮水管，拖出车库，延伸到花园里，女人在车库里嚷："准备好了？开吧？"女人弯腰扭开水龙头，男人手里的水枪嘴刷地喷出宽宽的水雾来，水汽腾在男人四周，黄昏的光在水汽里星星点点闪烁着金黄。咔嚓、咔嚓！女人戴上劳动帆布手套，一手握着小铁铲，蹲在花坛里弯下腰去，她开始拔掉杂草，冲着任天意的是一个浑圆饱满的米色臀部。咔嚓、咔嚓！斯蒂文边浇水边走动在花池里，嘴巴开启自如，显然在说着什么，女人抬起头哈哈哈地大笑起来，卷发笑颤了，遮了半边脸，斯蒂文的脸在水雾之后若隐若现，身体呈现出大笑的晃动来。咔嚓、咔嚓！邻居牵着狗遛出门来，经过花园停下来和二人寒暄着什么，三个人的脸都散发着阳光温暖的气息。咔嚓、咔嚓！

半小时之后，两人浇完花，女人换了修花钳子在花圃里剪枝，斯蒂文在收水管，一圈圈地把硬帮帮的水管往胳膊上缠。眼瞅着两人就要结束园丁工作了，任天意不敢怠慢，他把相机扔到后座上，迅速把车开了出来，反方向绕了一圈才慢慢开到丁香树下。玻璃窗摇得很低，他几乎探出头来，冲着正在车库前扫地的斯蒂文大声说："可以问个路吗？"

斯蒂文手里拎着笤帚朝他走了过来，微微带笑。任天意听得到自己心脏突突突的巨响，一辆火车正在那里狂奔。斯蒂文英俊的面孔一点一点接近了，任天意从来没有意识到这个男人会英俊得如此令人眼花缭乱，那座笔直光滑的鼻子雕塑一样耸立在那张白得虚假的脸上。他的笑是流淌的，让周围的空气充满潮湿粘稠的暧昧感觉，蓝色的眼睛洼在深深的眼窝儿里，像一只充了电的灯泡，可以迅速点亮漆黑的心灵。他修长的腿漫不经心地迈动着，腿上金黄的汗毛好像可以带动风的吹拂，而不是被风吹动，正朝一边轻轻倒着。任天意的眼睛停留在那两条裸露长腿上的时候，思想有些模糊，他眼前出现了小米。难怪！连自己这样一个大老爷们儿都挡不住这种帅男的俊美，何况小米？

正迷糊着，斯蒂文已经来到了近前，他语速不快，吐字清晰，浓郁的法国口音里闪烁着法裔特别的热情："你要去哪里？"

"对不起，上高速从哪里走？"任天意在车里仰视着斯蒂文，他颈底那颗棕色的痣光明磊落地冲着任天意闪烁着骄傲的光芒。斯蒂文啊，斯蒂文！任天意真想对着那张漂亮的面孔唾上一口，你太对不起小米了，可怜的小米，他的眼前晃着小米提到那颗痣时惊讶而自豪的笑容。

斯蒂文叽里咕噜指引着方向，和上次夜里丁香树下的指引一样详细而具体，耐心而友善，那夜的任天意完全不知道那样的巧遇意味着怎样崭新而焦灼的新生活的开始。任天意本来的摊牌计划被眼前突然出现的小米和面前这张脸上实实在在的友善干扰得不知所措。不行，还是再想想，不能伤了小米，等照片洗出来再说吧。

任天意的车子轻松地上了高速公路，他比任何时候都更清楚自己的方向，他的心情却不能如他的车子一样松弛和自由，他为小米悲愤不已，这个混蛋斯蒂文！如果世界上真的有人拿真实的人生做游戏，斯蒂文就是那最大的玩家。任天意突然觉得揪心的痛正从心脏向四周扩散和腐蚀，他要为小米抱不平，他今天的行动是一种挑战，斯蒂文已经认识了他任天意的面孔，他是绝不会善罢罢休的，为了小米！

关于自己的能力，任天意本来是怀疑的，他是个兢兢业业的学者型男子，过去的十年里，除了上班下班，就是回家关紧门关心妻子孟乔南。小米不仅改变了他的生活，还在不知不觉中赐予他新的热情和能力，业务能力和家务能力之外的侦查热情和侦查能力，好像静静燃烧的木炭里加了裹满汽油的木柴，腾起的火焰映红了周遭，一切变得明亮而温暖，他为这火焰自豪，他要这火焰长久燃烧。他的脸迎着落日的余辉，闪烁着橘色的光芒，他庆幸着自己的新添能力，兴奋地眯缝起双眼，跟着收音机里的轻摇滚乐哼了起来，他丝毫没感觉到一个不是侦探的侦探在现实生活里是不是变态。

照片非常清晰，感谢尼康相机的高精科技。他把整沓相片装进大信封塞在公司办公桌的抽屉里，盖上厚厚的文档。每张照片他都精心研究过，那是一对和睦伴侣在家门口建造生活的幸福图画，郎才女貌，相亲相近，取长补短，合作欢愉。出国十几年来，任天意从没见过如此步调一致收拾花园的家庭，或许是自己从来没有注意过？爱花爱草爱到这样规律而勤劳，直接受益者就是任天意。没有两人户外的相濡以沫，就不会有抽屉里那个秘密的大信封。合上抽屉，任天意暗自冷笑，好了，我把你们攥在我抽屉里了，你们逃不脱了。他的眼前出现了斯蒂文和金发女子闪烁的面孔。他们会向他祈求原谅的。

任天意那几天没有采取任何行动，夏天接近尾声，城市里一种尺长的植物开始披挂紫色衣装，这个干净的国家拥有大量对这类豚草类植物过敏的群众，小米没有幸免。任天意隔着几十米的距离仍可以听到她在自己工作间突发的喷嚏，喷嚏是连贯而剧烈的，他似乎可以看见成千上万的细菌从那张秀气的嘴里喷薄而出，它们在窗前的阳光下尽情舞蹈，任天意感觉到自己在它们彩色的环绕中被熏染得迷迷糊糊。谁也不会猜到他产生了这样超常的感受能力，他在自己制造的幸福里陶醉着。开会时，小米手里捧着纸巾盒，选了后排的座位，一把鼻涕一把泪地在脸上揩来揩去，她口鼻通红，两眼水汪汪，泪眼朦胧得好像时刻在感动着什么。任天意按捺了自己的焦灼之情，他舍不得让难受的小米更加难受，一切行动都可能引发什么新的状况，还是等小米度过这讨厌的过敏期再说吧。

单位有小道消息在流传，说今年政府在缩减开支，可能会终止和他们公司的合同，裁员会是必然的。任天意尽量不往心里去，高科技领域的动荡不安流行感冒一样在社会上流行了很久了，自己会不会被传染不是可以控制的，算了去费脑筋，即使裁也不会裁到自己这样的技术骨干头上吧？他对自己还算有些信心。他的心思更多的是研究斯蒂文的痣和小米的过敏症。

就在小米被豚草折磨的喷嚏连天的时候，孟乔南的肚子已经大到随时有人在公交车上给她让座了。她照常上着班，单位的活儿都是重复的数据管理工作，没有压力。在这个多民族国家里，女性少数族裔一直受到政府部门的青睐，相比之下，这些受过教育的外裔女性容易在群体工作中听从指挥，不会任意妄为独出心裁，移民背景使她们更珍惜来之不易的金饭碗，造就了她们工作态度的认真，工作技能的可靠。这些有颜色的皮肤穿梭在高高的政府大楼里，使这个移民国家变得名副其实。政府需要这些颜色不同的皮肤来显示这个国家的仁爱、公平、平等、尊重和人权。

杜杜

孟乔南一年除了两周带薪假期，还有额外十几天可以随意使用的病假和事假。她打定主意要挺着肚子工作到最后一刻，实在太累了就告一天病假在家歇息。歇息的日子并不多，她惊讶于自己皮实的身体，原来过去的十几年自己那懒惰和娇嫩都是表面现象，里面深藏不露地富含做母亲的能量，原子一样渺小不为人知，却原子弹一样蕴含强大威力。她亲眼见证着自己一天一天涨大的肚子如何无拘无束自由自在地在单位晃来晃去，在家里晃来晃去，在公交车上晃来晃去。家里总是窗明几净，这得归功于任天意对她的改造。挺着大肚子按部就班，她脸无倦色，也许因为体重的增加，那红润光滑的皮肤反而更加娇嫩，连对称的蝴蝶斑，都好像精心画出来的装饰，给她那准母亲的美丽加着慷慨的分数。她不能久坐，久坐窝得孩子直抵她胸口，她担心孩子会被那姿势压抑成一个小个子。她亦不能久躺，孩子的重量让她感觉呼吸困难，对孩子的氧气摄入造成影响。她学会了侧卧，轻轻抱着自己的肚子好像抱着那贴心的婴儿。她缓慢地在家里东走走西逛逛，手里拿着鸡毛掸子，前后左右地掸着看不见的灰尘。渐渐地，这擦擦摸摸的活儿计就无法满足她做母亲的渴望了，她给自己报名参加了一个毛线编织班，下了班就直奔小区中心和一群中老年西人妇女切磋编织心得。她的首部作品是一个婴儿的小毯子，简单的平针，简单的色彩。她选了中性的乳白，她不愿意女儿盖着蓝色，亦不愿意儿子盖着粉色，而那乳白是无论男女都适用的温暖干净而单纯的色彩，牛奶一样柔润宜人滋润心田。她美滋滋地干着这一切，规律而松弛地上班、下班、听音乐、织毛线。她时常上上下下打量自己的家，在任天意加班的空白时间里，仔细扫描迎接婴儿的准备工作是否充分而完美。一切都就绪了，她轻轻拍着肚子，说："就等你这个小东西出来见世面了！"一脸满足。

那天任天意回家时已经晚上八点钟了，孟乔南一边看着任天意借回来的台湾电视剧，一边织着毛线。任天意从冰箱里拿出两天前炖好的牛肉挖了一块出来，微波炉热了，就着面包和两片生菜叶子大嚼大咽起来。一口没咽完，他问："这牛肉炖得很烂，你怎么又没吃？保鲜盒里的生菜也不见你动，我专门买了你喜欢的希腊色拉酱。"

孟乔南翻了一眼任天意，又专心织毛线，嘟囔道："我不会亏待我自己和我的宝贝娃娃，今天叫了外卖，海蜇鸡丝和干煸豆角就着大米饭，我全吃光了，要往常，咱们两个人都吃不完，现在体重长了三十磅了，不知道生完了能不能恢复，丑死了。"

　　任天意这才抬头端详了妻子一眼，虽然每次孕期检查都是他陪妻子去的，因为指标都正常，竟未留意她体重增加的状况，可不，她原本瘦长的脸盘已经满月一般了。"不丑，不丑！胖点儿好看，真的好看！"老夫老妻了，留意彼此的长相反倒是件稀罕事儿。

　　孟乔南鼻子里哼了一声，说："别给我灌迷魂药了，我自己什么模样自己知道，你以为我会真在乎吗？为了孩子，别说丑点儿，再累再苦都值得的。我姐说了，我现在已经具备一个好母亲的心理素质了。你信不信？"

　　任天意答应着"信信信！"心下琢磨，仅仅几个月时间，翻天覆地的变化，那个连一杯水都要老公给倒到面前的梦乔南，现在居然能说出"再累再苦都值得"的话。他想，原来撒手不管是最好的训练手段，你看，最近自己总"加班"，孟乔南的进步就如此突飞猛进。他笑着说："还没做母亲，你已经变得越来越伟大了。你既然吃我烧的菜吃腻了，我以后就一周烧两次吧，取消一次，好不好？"孟乔南闷不做声，面无表情。任天意心想，完了，这又触犯了娇小姐的神经了，赶紧说："我开玩笑呢，你别当真。"

　　孟乔南却突然笑了起来，说："你真蠢，告诉你吧，我觉得我应该接受你这个提议，我在想，每周是不是应该让你认认真真教我做一顿饭。"任天意盯着孟乔南专心致志织毛线的面孔，猜测着她这句话的真实性。他突然想起了那个垃圾桶里发红的土豆，那天的孟乔南也是坐在沙发上的同一个位置，她委屈气愤的面孔清楚地在他眼前闪过。此时此刻的孟乔南表情安详平静，略带微笑，圆起来的脸蛋儿粉红得有点儿透明，如一颗成熟完美的苹果。她抬起眼来，把手里的毛线轻轻放在身边沙发上，站了起来，说："你发什么呆？快给我捶捶垂垂后背，坐久了就背困。咱们就这么说定了，周日你教我做一顿饭，四菜一汤，站在锅台前活动活动，抵了散步和锻炼了。"

　　任天意的手指稳定坚实地按在侧躺的孟乔南腰部，因为肚子都鼓在前方，后背变得扁平单薄，肉都去为前方服务了，胖也还是一按到底就接触了脊柱。他长长地舒了口气，快出师了，自己真是太有眼力了，孟乔南拥有一个贤妻良母的光辉形象指日可待了。

　　小米下班的时候，故意迟了一点。下午她在休息室碰到任天意，任天意和往常一样问她晚上回家给斯蒂文烧什么好吃的。

杜杜

"买了现成的酱好的排骨，烤一下就好了。我俩都爱吃烤排骨。"小米对任天意的好奇心本来并无察觉，可是上个星期的偶然发现，突然令她食不下咽，睡不安寝了。那天去健身房的路上在十字路口等红灯，后视镜里就看到了任天意的车子尾随在后面，当时也没多想，住得不远，大街又不是你小米一个人的，碰到很正常。可出了健身房，往家开的时候隐约又看见任天意的车不远不近地开在另一条在线。回到家里，鬼使神差地去擦窗框，就从窗户里看到那辆车子停在转角街口处，大树把车身遮的半严半实，只露着小截车头若隐若现。小米不敢确定那是任天意的车，就翻出很久没用过的小型望远镜找准了车牌，抄下露出来的半个号码。望远镜是为了去看大型音乐会准备的，想不到在家门口还可以派上用场，小米暗笑，世界上的事情有多少是躲在窗户后面进行的，不可计数。

第二天在单位停车场证实了那是任天意车子的一刹那，小米的心脏跳如扑兔。她仔细回想着任天意这一段的表现，的确有些异样，自己总能在不该碰到他的地方碰到他，他对自己的殷勤也不可忽视。那么，任天意把车停在自己房子的街口一定是和自己相关联了？这是为什么？难道他对自己有什么想法？不像啊！他妻子马上要生孩子了，他怎么会有别的想法？小米突然想到自己流产的一幕，绞痛隐隐约约地从心脏向身体四周蔓延，任天意是唯一的见证人，但那天之后，任天意并没有和自己有过任何超出同事的接触，几次要一起吃饭都因故取消了，她就不再把吃饭的事放在心上，她本来就不是个喜欢把事情放在心上的人。对任天意在她流产那天的热心表现和之后的守口如瓶，小米一直心怀感激，但她并不是个细致入微的人，她一贯顺其自然，如果非要热烈地表示感激，那就做作了。她甚至懒得去想任天意的动机，不外乎喜欢自己吧，有家有口的，能怎么样？婚外恋？她自己嘿嘿直乐。任天意怎么想她管不着，她自己对任天意从来就没有过同事之外任何非分之想。她的简单个性决定了处理一切的简单手段，不理不睬就好，一切由了它去。

但第二次发现任天意跟踪自己，小米感觉很不舒服，她可以劝说自己把任天意当空气，但任天意毕竟不是空气。她躲在窗帘后面看着那个遮遮掩掩的车停了近两个小时才离去。连斯蒂文的搂抱都不能使她专心一意，斯蒂文说："那个窗户有什么好看的，你老往这里跑？"

小米说："我只是感觉街上的风景很好，以前为什么没注意到。咱们家是不是该多种点儿花？"

　　"有这些花就够了。做园丁需要时间，老出差，回家就这么点儿时间，应该花在屋里，还是该花在屋外？"

　　斯蒂文的胳膊从背后结结实实地搂住了小米的腰，她才顺势撅起屁股和斯蒂文凑上来的身体蹭了两下，嘴里喃喃到："刚吃过饭，太早了。别闹，过会儿好好来。球赛马上开始了，我们先看一会儿电视去。"

　　球赛是本地的犀牛和 c 市巨龙队的比赛，小米和斯蒂文都是犀牛队的忠实球迷，每年一进入篮球赛季，两人就每场不落地看现场直播，有时候两人还买季票去现场看比赛。那天犀牛队表现不好，开局就输了几个球，对方势如破竹。小米听斯蒂文喝着啤酒骂骂咧咧，自己闷头走神。她起身上厕所时又跑到楼上看了看窗外，任天意的车子总算走了。

　　任天意一直是小米敬重的老师级别的同事，平时稳重踏实，技术水准数一数二。在实验室里给他当学生，格外轻松，他持久如一的微笑温暖如春，心平气和的话语恰到好处，他的耐心和鼓励可以像高效打气筒使小米对自己平平常常的技术水准瞬间胀满自信。这样沉静友善的一个人会到自己街上来蹲点儿？他能蹲出什么结果呢？有病。

　　小米忍不住开始留意任天意。从休息室出来，小米回想任天意看似漫不经心的问话，发现他的漫不经心已经由来已久，自己光回答今天给斯蒂文做什么好吃的就已经从鲑鱼、大龙虾、煎牛排、烧全鸭、酱排骨无所不及了。自己家的菜谱已经成了任天意最关心的话题。过去几天的观察，小米已经得出结论，任天意一定不会比自己早下班。她等公司的人都差不多走光了，才拎着包走出隔断，高跟鞋格达格达拐到了电梯前，却没有走进电梯，她假装翻包找东西，等待任天意。

　　任天意转到电梯间的时候，看到小米还在等电梯，吓了一跳。平时任天意掐算的时间准确精细到不会面对面碰到小米又可以成功地跟随她。在实验室之外的任何场合面对小米，他都会感觉恐惧，自从他在梦里与小米有了内脏的亲密，小米就神化了，面对小米他无法正眼直视，当初就是在电梯里开始噩梦般的一切，那摊裙子上的鲜血就是小米走出电梯的一刻刺激了任天意。

　　"嗨，你也才走吗？"小米冲着任天意露出笑脸，细眉弯成月牙儿。

　　"哦，是。"

　　电梯来了，两人前后脚进去。任天意听见自己梆梆梆的心跳，封闭的空间，让小米一下子放大成了整个世界。他斜眼看了小米一眼，她显然没听到他心脏的巨响。他低了头，憋着气，憋气也许能憋住心跳。

　　"你太太快生了吧？"

　　"哦，是。还有六周。"他憋的气喘吁吁。

　　"快做爸爸了一定很忙吧？"

　　"还行。"心跳还是当当的。

　　"你认识我家吗？"小米大睁着眼睛笑嘻嘻的望着任天意。

　　任天意的大脑瞬间缺血，他愣愣地摇了摇头，说："什么？"

　　"没什么，我好像看见你的车在我家附近停着，不过也许看错了，这一带开丰田车的人挺多的。"小米说完看着任天意呆愣的面孔笑了笑，也不等任天意回答就转了话题："裁员的事儿你听说了吧？我有点担心。你没事，是技术骨干，要裁一定裁我们这种小兵儿。"

　　任天意的震惊是无法掩饰的，他的表情尴尬地凝固着，血往上涌，所有的脑血管都被血液充满了，没有一丝空隙可以用来思考和反应。

　　"唉，你没事儿吧？"小米笑嘻嘻地说。电梯落地，小米挥了挥手，轻快地走出电梯。

　　任天意晕晕乎乎地开回家，好像睡眠中的夜游之人。小米发现了，再也不能跟踪了，怎么办？怎么办？？

　　这边小米握着方向盘正微笑着，她对自己这一手很满意。没想到警告任天意的跟踪行为，这么容易。她想起电梯里任天意石雕一样的表情，她几乎笑出声来。让复杂的事情变得简单化，开诚布公就是最好的途径。自己的简单总是很奏效，她跟着广播里比昂丝的歌曲美滋滋地哼起来。

　　两个人分别到家的时候，两个家里的一切都平平静静。孟乔南在沙发上织着毛线。斯蒂文在更换一只碎了的灯泡。关住门的日子就是这样各自遵循着表面的式样，没有人能预测表面之下的潜藏着怎样的凶猛怪兽。

　　不"加班"的任天意回到家就卷起袖子在厨房忙活起来，和往常一样，他惯性地做着一切，他很高兴可以有活儿干，忙碌让小米和跟踪暴露了的压力悄然逝去。他惯性地对孟乔南问长问短，你今天上班好吗？累不累？中午出去散步了没有？脚还是有些肿吗？今天没有编织课吗？晚上想吃什么？粥是想喝稀的还是想喝稠的？豆腐想吃凉拌的还是想吃麻婆的？

　　与此同时，小米也在做着相同的工作，她麻利地把酱好的排骨放进四十度的烤箱，一边切生菜。斯蒂文已经装好灯泡，围着小米转来转去，一会儿递个碗，一会儿递把刀，一会儿从后面抱抱小米。小米说："你不出差的日子多好，你换个工作吧，我不喜欢你老出差。"

　　"我喜欢我的工作，你知道的。"斯蒂文换了个姿势搂抱小米正在切菜的腰身，他把下巴搭在小米肩膀上，说："对不起，你嫁给我就得接受我老出差这个现实。我知道你经常一个人很寂寞，流产的事你不说我也知道你把它归罪于我不在你身边。我道歉。只要在家，我尽量陪你好吧？别要求我换工作，那不现实。"

　　小米扭了扭身体，偏过头用嘴巴叼了一下斯蒂文搭在自己肩膀上的脸，说："谁要你道歉？我抱怨过吗？流产的事都过去了，还说它干什么？我们好好活现在，活未来。我就是那么一说，没有要你改变自己的意思。"

　　斯蒂文的手伸进小米的衣服，放肆地在小米胸口用力揉捏。小米哼哼唧唧地扔下菜刀，就被斯蒂文放倒在厨房中心岛上翻云覆雨起来。小米看着斯蒂文英俊的面孔节奏鲜明地忽远忽近，气喘吁吁之中那张脸异常地生动，眼中的迷醉热哄哄地铺天盖地。小米的身体在飞，飞得好像一堆粉末在飘浮。"爱你，爱死了！"她闭上眼睛呢呢喃喃。斯蒂文的强大如此不可抗拒，小米渐渐地感觉自己一点一滴地粉碎着，她不想拒绝粉碎，她甘愿在斯蒂文的攻击下溃不成军。

　　这样的战斗对小米来说其实是家常便饭，做饭的时候，擦地的时候，洗衣服的时候，看电视的时候，中心岛、地板、洗衣房、沙发都做过战场。小米总是在突如其来的战争中对斯蒂文喜欢得五体投地，他帅呆了，棒成这样，出差就出差吧，久别总是胜新婚，不"别"的日子有这些美妙的战争陪伴，知足了。

　　烤箱鸣叫的时候，两人刚好完事儿，排骨烤了三十分钟，战斗也进行了三十分钟，切了一半的生菜还摊在菜板上。小米是个利利索索的主妇，裤子提上两分钟，菜已经切好了，三分钟的爆炒，满屋子都是诱人的耗油生菜香味儿。斯蒂文已经摆好了餐具，帆布镂空花纹的长方餐布上放着精致的拉尔夫劳伦镶银椭圆盘子，两边的刀叉立正一般，摆得一丝不苟。斯蒂文喜欢所有时尚而精致的东西，从衣着发式到家居用品，都喜欢精致的东西。蜡烛是晚餐必燃起来的，斯蒂文点了熏衣草芳香蜡，小米坐下的时候，火苗正摇曳出优雅的光芒，满屋香气缭绕。斯蒂文伸手捏了小米尖尖的小鼻子一下，小米就举着酒杯嘻嘻嘻地笑："生活很美好，我好知足！"斯蒂文也在笑，他笑的真好看，看他拿刀叉的姿势，多么迷人，小米禁不住想，这样的日子没什么可抱怨的，她的脑海中闪过流产的婴儿，手下意识地摸了摸肚子，但瞬间那念想就逝去了。我爱斯蒂文，斯蒂文也爱我，这就够了。她甜蜜地笑了。

另外那边，任天意帮孟乔南按摩过浮肿的双脚之后，就安顿妻子上床睡觉。孟乔南的身体早已颇为笨重，她捧着巨大的肚子侧身躺向左面，背对任天意，不一会儿就发出了均匀的呼吸声。任天意双眼大睁，窗外的月光透过窗纱在屋顶上投射出晃动不安的影子，一切都安静着，一切却又动个不停。是不是应该把斯蒂文的丑行公布给小米？这怕是挽救自己形象的唯一手段，要不怎么解释跟踪行为？

他迷迷糊糊地思考着，已经很久没有在梦中进入小米的内脏了，他竭力想象着那个温暖粘稠的感觉，为什么最近他进不去了？原来是小米发现了自己的跟踪行为，小米把她的大门关闭了！他拼命地想想出一条通道，可醒着的他怎么也找不见梦中的道路，他觉得自己心里好像塞进了一团乱麻，怎么理都理不清头绪。他不想在梦里再看到斯蒂文和金发女子，可是他们不停地被小米领着在他梦里来来往往进进出出。小米竟然还笑得出来，小米基本被他们骗成弱智了，跑来揭露任天意这个唯一愿意保护她的人。那两个恶棍除了直接伤害小米的幸福，还伤害他任天意和小米的亲密！他们不得好死！电梯间的小米竟然是笑眯眯的，她怎么笑得出来？可怜！他心里升起一层柔情，不管怎样，他必须当好小米的保护神，他下定决心：我对你的亏欠一定会通过我的努力给你补偿回来，我不会看着他们糟蹋你的幸福，小米，你等好，我不在乎我在你眼中是什么，我只想挽救你。

孟乔南忽然翻了个身，任天意伸手拍了拍她，像拍着一个孩子，她这样仰面躺不久的，孩子太重了。他开始数数，数到一五十左右，孟乔南就会重新翻过去。他数着，神经紧张，五十了，一百了，一百五十了，一百八十了，他开始不安，心悬挂着，孟乔南没有让他继续数，她翻了身，又是一个结实的后背对着他。他长长地舒了口气，闭上了眼睛。很多时候，睡着就是醒着，醒着又好像睡着，任天意没有想过自己怎么了，一切都正常，事实是一切看起来都很正常，很正常。

任天意沉静了两天，没再跟踪。他在等待斯蒂文出差的日子，小米早下班去健身房的日子斯蒂文一定在出差。整理出的几张照片静静地呆在抽屉里，他工作间歇的时候就拿出来看两眼，越看斯蒂文和金发女子那两张漂亮的面孔，他越是愤恨，有一张照片已经被他用签字笔戳了好几个大窟窿，每个窟窿都在两人致命的部位，斯蒂文的根部，金发女子的下身。戳完，他看到小米的目光就更加温柔怜爱。他被小米持久的积极性迷惑了，他不知道自己是不是暗地责怪她阳光灿烂的性格。她白皙的皮肤总是光泽耀眼，健美的身躯轻盈敏捷，爽朗的笑声松弛轻快，流产似乎在她身上没有留下任何痕迹，无论在哪里遇见她，楼道里、饭厅里还是休息室，她总是笑咪咪的，和女同事在一起便叽叽喳喳。斯蒂文经常性的出差似乎并没有影响小米生活的质量。他拿着那迭照片犹豫不决，应该选择谁做它们的第一阅读者？小米？斯蒂文？还是两人同时？

中午在饭厅里看到小米和几个同事坐在一张餐桌边谈笑风声，他的心蹦蹦乱跳，小米坐在窗口，脸被阳光映射发出透明的光芒来，淡红的脸颊好像水里刚捞出来的樱桃，她那娇美的红唇上下开启着，里面飘出来隐隐约约轻盈的话语。任天意感觉自己看到那口唇之间的一片软舌鲜红莹润，飞快翻滚，卷动起任天意无尽的遐思，他感觉自己身体的热量一点点地蔓延开来，从上身渐渐地向下流动着，他克制着，转开目光，他干脆端起还没吃完的饭盒起身离去，他躲躲闪闪的目光和小米似乎相撞了一下，又似乎没有。那一瞬间，他感觉到一种从未有过的暧昧在小米闪电般的目光里流淌，他的脖颈红了起来，难道小米觉察到了自己的异样？不会，自己一贯小心翼翼，不要多想了。他一边走出餐厅，一边和迎面的同事点头致意，但他知道小米跳跃的目光一直目送着自己走出了餐厅大门，他没回头。这时，他做了一个重要的决定，不能让小米做照片的第一阅读者，太残忍，他无法面对那张鲜活诱人的小脸变得气愤扭曲和不知所措，他不允许自己那样做。他要做个无名英雄，让斯蒂文自动悔改，让小米暂时蒙在鼓里。

小米看着任天意走出饭厅，心里突然生出一丝对任天意的同情和可怜来，他显然很关注自己又很害怕自己，中等身材的他在那躲躲闪闪的时刻显得单薄虚弱，无精打采，她几乎后悔自己电梯里的直白。刚才任天意对自己的凝视在她的余光中一览无余，自从发现了任天意的跟踪，小米对这对目光越来越熟悉，她发现自己一直被这目光包围着，她并不讨厌这对目光，这目光里有一种她从未体会过的包容和怜爱，没有攻击性的强硬，也没有萎缩的淫欲。一种温温吞吞的柔软就那样时不时地闪烁在自己身边，她就好像置身于一个点着明火壁炉的房间里，整个身体里的每根血管都可以在那片摇曳的红光中完全松弛舒张，血液流淌可以放慢放缓，又似乎伴着若隐若现的音乐。小米想到和斯蒂文谈到任天意时斯蒂文的诏笑，斯蒂文说："你怎么一直不请他吃饭？他在关键时刻

杜杜

帮助了你，吃顿饭是应该的。光听你唠叨，不见你请，莫非要我坐陪？没我，你们更方便，干脆说中文了，我在你们还都得就着我讲英文，我都替你们累。"小米搂紧斯蒂文，还在他金色的头发上亲了一下，算是理解万岁。那时斯蒂文正躺在沙发上歪歪地赖在小米怀里，小米的目光若有所思。她想不管怎么都应该请了这顿饭，还要叫上他快要生产的太太，免了尴尬。

任天意是在小米发出邀请之前就去先向斯蒂文摊牌的。

逐渐入秋，花园里的活计越来越少，斯蒂文和金发女子的花园劳作转入室内。任天意观察了两次，看到两部车停在车道上，不见人影。他迅速改变了策略，很早他就下班到斯蒂文的街上来等待，他很幸运，金发女子到家半小时以后，斯蒂文才一个人开车回来，斯蒂文从车子里一迈出腿来就被任天意拦住了。

"我可以和你谈谈吗？"他比自己想象的沉着。

"你？"斯蒂文感觉面前这位华人十分面熟，却想不起来在哪里见过。"我能帮你什么吗？"他和善地微笑着。

"我认识小米，我知道你是她丈夫，你这样做太卑鄙了，你必须停止。"

一瞬间斯蒂文的微笑彻底扫除了，他的震惊在脸上写得明明白白。"你……"他想说什么又改了主意，伸手指了指马路，说："到那边去吧。"

两人走到路边一颗大树下停住，花园房已经离得很远，斯蒂文说："你要干什么？"他的声音低沉而坚定。"我希望你少管闲事！"

"这事儿我管定了。你如果不停止，我就去对小米讲清楚！"任天意说着掏出照片在斯蒂文眼前晃动。

斯蒂文一把抓过照片迅速地翻看起来，脸涨得通红，每张照片都好像是一束燃烧的火焰，烤得他的脸要熟了一样。"你这个混蛋！你是什么人？"斯蒂文伸手抓住任天意的脖领子，揪得任天意几乎脱离了地面，尽管斯蒂文只比任天意高一点，斯蒂文的壮硕却明显占着上风。

任天意奋力推开斯蒂文的揪扯，他嘿嘿笑着说："我是正义的使者，你这个卑鄙的流氓，你给我马上回到小米身边去，否则，我就对小米揭发你的丑行。"他使劲伸了伸脖子，抖了抖臂膀，好像要把斯蒂文刚才揪扯的强势抖得一乾二净。

"我干什么用不着你管，你滚！"斯蒂文一把把手里的照片夹在腋下，推了任天意一把。

任天意嘿嘿嘿冷笑道："你好好看看这些照片，我随时可以给小米看。你不对小米一心一意，我不会放过你的！"他说完，就大踏步走向自己停在对面街角的汽车，既然是来摊牌，就没什么可以隐瞒的，他豁出去了。他感觉自己的步伐简直是雄起起气昂昂，车子发动时猛踩了油门，车轮和路面发出刺耳的摩擦声，不是跑车的车子跑车一般蹭地飞驰而去。

斯蒂文恶狠狠地看着任天意的车开出了街道，仍在大口喘气，他对着车子离去的方向狠狠地踢了空气两脚。从哪儿跳出来这样一个爱管闲事儿的侦探？为小米讨公道？太可笑了！跟我当侦探的来玩儿侦探游戏，屎！好在此人显然并没有对小米揭穿此事，那就不是死胡同。斯蒂文转身回到车里把照片快速地一张张看了一遍，又快速地藏在车座下面。他放下方向盘上方的车镜，端详着镜子里自己因为气愤而扭曲的脸。即使气愤，这张脸还是英俊的。他掳了掳头发，强迫自己对着镜子笑了一下。过了三年双重生活，一切都好好的，怎么会出这种事儿？萨琳娜在家早就等不及了，先回家再说。斯蒂文下了车大踏步走进家门，一副什么都没有发生的样子。

六、双面人

斯蒂文的双重生活并不是他预先设计好的，一切来的自然而然。他是个有很多很多爱，如果不用掉就会撑得生活乱七八糟的人。两个家，两个爱人对他来说不多不少正合适。他往返在两个家庭之间，轻车熟路，游刃有余。他甚至有时会想，如果再多一个家，再多一个女人也未尝不可去尝试。不过，以他目前的经济和时间状况，两个就够了。上帝给了他俊美的容貌、强大的性能力和让女人神魂颠倒的柔情蜜意，这在两个女人对他忠贞的爱恋中得到充分证明。

斯蒂文是个意大利裔女人和法裔男人的混血儿，他能够用意大利语、法语和英语流利交流。进入中学后父母离异，各自重组家庭，斯蒂文皮球一样在父亲和母亲家三天两头滚来滚去，他习惯了让孤独在心中默默吞咽。

萨琳娜是他高中时期的甜心密友，两人在乐队里肩并肩演奏萨克斯风。斯蒂文一吹错，萨琳娜就用胳膊肘捅他一下，捅得生痛。演奏完萨琳娜就建议自己给他做单独辅导员，萨琳娜的家从此变成了两人排练的

完美场所。萨琳娜父母离异，单亲母亲忙于工作和恋爱，对萨琳娜放任
自流。家里总是清静的随时随刻等待着两人的萨克斯风乐曲填满那个寂
寞的空间。房间填满了幼稚的音乐，两个年轻人初开的情窦却在音乐中
悄然绽放。初吻是在一五岁的一个下午发生的，萨琳娜摸了摸斯蒂文吹
得红扑扑的嘴唇，那张嘴棱角分明，因为努力吹奏，此时变得略显干
燥。她探过头去，用自己的嘴唇极轻地碰了一下，两张嘴都颤抖的不知
所措，初恋的陶醉感阳光灿烂地普照着。之后的事情顺理成章，青春期
的燥热在两个无拘无束的年轻人身上尽情释放，萨琳娜的热情使斯蒂文
从一开始打开性爱之门就肆无忌惮，两人初探云雨的羞涩很快就变成了
如胶似漆的疯狂，斯蒂文天然的多情和性能力的强大被萨琳娜的情爱挖
掘出来，并培养得日臻完善。萨琳娜家里所有的地方都留下了青春昂扬
的朝气，所有的家具上都散发着暧昧的甜蜜。两人进了房门就开始裸
露，直立的身体变成水平，两个身体变做一个身体。从沙发滚到地毯
上，从地毯滚回床上，从床上滚到浴室，从浴缸滚到厨房，平面的、立
体的、扭曲的姿态，在两个生龙活虎的青年人的演绎下变得如此激动人
心。甚至楼梯上都留下过两人汗流浃背的身影，楼梯边的墙上还留着萨
琳娜高举着双腿借力时留下的脚丫印儿。后来萨琳娜指着墙上那清清楚
楚的一根大脚趾印咯咯咯笑个不停，后背被楼梯蹬咯得生痛也顾不上抱
怨，她紧抱着斯蒂文，任两人的汗液粘在一起，她对着他的耳朵说：
"我不会放走你，永远不会，我要和你永远在一起，永远永远，不管你
走进天堂还是地狱！"斯蒂文没有辜负萨林娜的期望，他和萨琳娜留在
了同一个城市，萨琳娜进了专科学校学传媒，斯蒂文进了警察学校，在
校时两人的恋爱关系始终持续着，有高潮有低谷，甚至有过一段时间的
若即若离。因为上学不能经常约会，各自有了自己的朋友圈，萨琳娜有
了新男友，斯蒂文有了新女友，两人一见面就指责对方喜新厌旧，辩驳
说自己的出轨行为是报复，是出于爱，吵了闹了分了，又抱头痛哭，发
誓不弃不离。毕业后，斯蒂文进了国家警署，因为语言优势，做文职的
对外国际联络工作。萨琳娜进了政府。生活变得按部就班，两人上班的
地点只隔两个街区。合伙贷款买房子的提议是萨琳娜提出的，两人还在
大多数同龄人为爱情和工作漂泊寻觅的时候就过上了有房有车的夫妻生
活，婚却一直没结。萨琳娜说："这样不是挺好吗？那个形式我不在
乎。"斯蒂文知道萨琳娜从小对自己的家庭充满怨恨，单亲母亲家庭从
小在她心上刻下了不堪的烙印，她对婚姻充满恐惧。斯蒂文自己又何尝
不是？他往返于离异的父母家里时，时常受到继父继母的冷眼相待，他

无时无刻不在抱怨父母的自私和对自己的无情。他渴望爱情，又害怕爱情的维系会造成恶劣的后果。孩子是坚决不要的，在这点上他和萨琳娜不谋而合，他俩都没有承担孩子的思想准备。在一起就可以了，结不结婚不重要，趁着年轻好好享受生活。春来秋去，岁月如梭，两人就这样在城市东边的这个角落一起生活了七个年头。萨琳娜酷爱种花，斯蒂文也乐得当个优秀助手，那个花园在七年里发育成街上的一道绚丽风景，斯蒂文和萨琳娜不做爱的时候，花园的劳作成了夏季两人最享受的共同爱好。如果没有这个惹人眼目的花园，任天意能在大海里捞到这根可以刺伤小米的针吗？

四年前的一天，斯蒂文到城市西区协助调查一个案子，案子发生在小米经常去的健身房旁边，一个外籍人员的尸体在附近被发现，小米是几位目击证人之一。当时小米刚健身完毕，夜幕下经过两个尖声大叫的男女，一探头就看到了倒在血泊中的尸体。面对斯蒂文的询问，她语无伦次，她那纤细健美的身体在运动装下面还散发着腾腾热气，红彤彤的脸蛋儿上一对迷人的亚洲眼睛闪烁着惊恐的光芒。斯蒂文被路灯下这个女子的表情迷住了，小米已近三十的年纪在那张稚嫩的脸上显示出十七岁的单纯，斯蒂文从来没有在白种女性身上见过这样无助的光芒，拥抱她的冲动在心中膨胀，他不知道自己怎么会被这个并不出众的女子打动，额外留意了小米的联系电话。

约会是在案子转手给其他警官之后开始进行的，小米收到斯蒂文电话时惊讶的说不出话来："什么？你在健身房门口？你怎么知道我今天会来健身？"

"别忘了我的职业！"斯蒂文答。

"不是公事？那是什么事？"

小米天真的问话令斯蒂文欣喜不已，这个亚裔女子从第一次相遇就显示了无助的天真，这天真使斯蒂文感觉自己的强大和成熟，这种感觉是与萨琳娜在一起从来不曾有过的。萨琳娜太了解他了，两人从一无所有的中学时代就朝夕相处，建立起来的是左手了解右手一样的默契，那里不存在神秘，不存在你高我低和你强我弱，无论他怎样行事为人，他都没有权利显示强大和成熟，他和萨琳娜是天平一样水平平等的。

和小米相处，天平从一开始就是倾斜的。警官身份的斯蒂文在吓得浑身发抖的小米面前是强大和权威的代表，不容拒绝。后来的恋爱几乎是在斯蒂文势如破竹的攻势下节节胜利。小米的天真有一点土著人的淳朴憨厚，又略带一些忙碌的现代人懒于思考的粗心简捷。她轻信他，无

77

条件地信赖。他说出差，她就接受分离，她对斯蒂文的依赖感，从最开始就有些荒诞。她有时像小女孩一样兴奋地撒娇，蛮横无理，有时又像做了十年主妇一样熟知柴米油盐，把他侍哄得周周到到。她好像一团橡皮泥就着他的形状，该圆就圆，该方就方。和小米在一起，他舒服，浑身每个细胞都舒服。

　　小米要求结婚的时候，斯蒂文像中了魔法一样跟着小米转来转去。小米的家人除了姐姐在康市，其余都在台湾，两人去姐姐家住了几天，事情就定了下来。斯蒂文说想要一个浪漫的、安静的、没有他人干扰的婚礼，小米拍着手说自己也这么想："不劳民，不伤财，沉浸在我们的二人世界里，多浪漫啊！"。两人飞到牙买加，在椰树摇曳的海滨戴着鲜花编制的花冠，跟着牧师的指示相对宣誓："我将爱你，不论是现在，将来，还是永远。我会信任你，尊敬你，我将和你一起欢笑，一起哭泣。我会忠诚的爱着你，无论未来是好的还是坏的，是艰难的还是安乐的，我都会陪你一起度过。无论准备迎接什么样的生活，我都会一直守护在这里。就像我伸出手让你紧握住一样，我会将我的生命交付与你。"

　　日子过的平稳安静。斯蒂文隔三差五地出差，这是他的职业需求，小米从未怀疑，也不曾抱怨，恋爱的时候她早已习惯了他两天厮守、三天分离的规律。斯蒂文不明白自己为什么会和小米结婚，而仅仅和萨琳娜同居，这个后来者居上的状态他没去多想，拥有小米的唯一办法就是结婚，很自然。小米生来就是做妻子的材料，萨琳娜不具备这个欲望和稳定性，同居已经足够，尽管那样的同居已经构成事实婚姻。

　　斯蒂文说工作变动，经常要外出办案，萨琳娜只应了一句："去好地方，想着带上我！"她对斯蒂文的频繁离去，也早已习惯。

　　"我的工作有保密性质，怎么能带家属？"斯蒂文轻易地找到了借口，他简直庆幸自己是个警员。

　　她很快就适应了独守空房的状态，她有很多朋友，分门别类，一起购物的，一起运动的，一起吃饭的，斯蒂文的频繁出差，让她拥有了更多自由时间参加派对和群体活动。她甚至开始喜欢上了这种间歇性的团聚，她爱没有斯蒂文在身边时的自由，她也爱重逢时两人之间弥漫的热浪。分别几天之后，甚至在花园里劳作着，斯蒂文也会突然产生冲动，拖她回屋云雨一番，这样突如其来的激情把她带回窘懂的青春时代，她经常想起楼梯口自己印在墙上汗湿的脚印。斯蒂文越来越欣赏她丰满的身体，他的手一遍又一遍抚摸她硕大的胸部，他甚至经常把自己的家伙放在她乳沟里摩擦，那时候萨琳娜感觉他离她的心脏很近很近。那时刻的斯蒂文的确是爱她的，她所具有的正巧是小米缺乏的，小米具备的又是萨琳娜不足的。肉体的丰腴，小米显然不足，但小米的紧致，萨琳娜就只能甘拜下风。虽然两个女人都是白领丽人，独立起来也大相径庭。小米有着东方人的细腻宽仁甘心为辅，萨琳娜有着西方人的粗旷豪爽自我中心。斯蒂文哪边都可以爱得热火朝天，他怀疑过自己的病态心理，但随即就否定了。无论在小米面前，还是在萨琳娜面前，他斯蒂文都是正常的。他工作努力认真，对小米对萨琳娜都竭尽全力，这分明是个正常人。

自从娶了小米，他就申请了比较清闲的文字研究处理工作，不再外出办案。对两个女人，这文字工作就是频繁出行的外联工作，两个女人从来不曾怀疑过这工作的真实性。他精心策划着自己的时间，完美地支配着自己的情绪，轮番到小米和萨琳娜身边出差。小米的房子是认识斯蒂文以前就买好的，亚洲人的精打细算让斯蒂文大开眼界。一个二十几岁的单身女子，工作一稳定就开始买房买车，定期偿还贷款，有节有制，斯蒂文万万做不到，萨琳娜也同样做不到。他和萨琳娜合伙买的房子从来不曾多偿付过一分一厘，二十五年还清就二十五年还清，七年了，仍然是负债累累。两人的钱不知道都花到哪里去了，酒吧、餐馆、剧院、球场、花圃、娱乐，难道不是人生的最主要目的？拥有房子哪有拥有快乐重要？

和小米在一起生活则截然不同。小米也喜欢享受快乐的人生，但她的享受建立在一种有理有度的状态，一切恰到好处，不奢侈铺张，又不拘禁小气。她的顺其自然是理性和科学的，也是萨琳娜和斯蒂文都不具备的能力。

斯蒂文主动要求和小米经济分离，这样合理简单，避免用同样的名字来和两个女人分享银行、保险、法律等官方信息。小米对此无所谓，她明白夫妻经济分离在西方社会的婚姻中十分普遍，她爱斯蒂文，当然会尊重他的提议。她曾邀请斯蒂文购买一部分房产权，斯蒂文说不必了，我负担日常家用开销就是了，有朝一日卖房，婚前房产价值都是小米的，婚后增值部分两人分摊就好。小米没多算账，就同意了，她爱斯蒂文，爱情不应以金钱算计。她热爱她的小房子，也热爱那个安静的小区，斯蒂文没有要求她卖掉房产两人另买新房，是对她最大的尊重，这个爱人是如此善解人意。

杜杜

　　一切都顺理成章，一切都齿轮一样严丝合缝地配合着旋转。斯蒂文大大方方地穿梭在小米和萨琳娜之间，一晃就是三年。小米怀孕的时候，斯蒂文没有惊慌失措，他一直比较小心，体外射精对他这样的情场高手来说习以为常。怎么疏忽大意了？他不得而知，只能归结于某次无意识的遗漏，是上帝的安排。小米从结婚就想要孩子，她勾着斯蒂文的脖子，像做梦一样描述自己未来的小孩是怎样地可爱，她（他）会吸取东西方的优点，出类拔萃，美貌潇洒，聪明伶俐。小米那陶醉的神情令斯蒂文感动，他甚至有些激动，不要小孩的信念摇摇摆摆。他的双重秘密只有他自己心知肚明，他说："我们还是再过一段二人世界吧，这样的日子多么美妙。"

　　可小米莫名其妙地就怀了孕，她的欣喜若狂使他不知所措，小米说："你怕了？我的傻老公，每个人都做得了父亲母亲，这是上帝赋予我们的基本能力，你怕什么呢？一切都没有问题。哇，太棒了，你想啊，我们就要有个可爱的小天使加入生活了，他不经过我们的同意说来就来了，这太不可思议了，这是上帝的恩赐啊！"小米出生于一个基督徒家庭，从小在教会环境长大，虽然成年之后不再规律地去教会崇拜，心中对上帝的敬畏却时刻存在，堕胎是不可能的，那是违背上帝意志的。斯蒂文必须平静地接受小米的肚子一天天大起来的事实。

　　他多少有了一些负罪感，出差频率尽量地降低到最少。他甚至产生过结束这种双面生活的念头，但转瞬即逝。小米怀着自己的孩子，这是不可能结束的，而和萨琳娜多年的同居关系早已成为生活的自然，不到万不得已，他不愿意放弃那种默契的存在，至少他现在能够应付得了。他仍旧时不时地出差，小米是个身体健康，充满活力的女性，对家务劳动的勤劳像血液一样流淌在身体里，前三个月她的妊娠反映并不强烈，她照常做着自己该做的所有事情，上班下班，洗衣烧饭，每天乐滋滋地像个无忧无虑的孩子。每次出差回家，小米总是笑脸相迎，从无抱怨，她拉着斯蒂文的手去摸她鼓鼓的肚子，甜蜜地说："硬不硬？硬吧！这个大鼓包就是我们的孩子！"

　　有很长一段时间，斯蒂文无法对那个肚子里蠕动的生命和自己联系起来，他好像一个局外人一样感觉着那个腹部。直到有一天，小米把他的耳朵按在那光滑的肚皮上，一种来自深处的咕噜声从远到近地传来，像地震，到达耳鼓时仿佛一首音乐撞击着鼓膜，嗒嗒，嗒嗒，那声音针线一样沿着他的耳鼓向心脏蔓延，他突然发现那是"daddy，daddy"的呼唤，突然间，他就热泪盈眶了，有一种无法抑制的抖动紧紧地攥住了他的心脏，他紧紧抱着小米的肚子，用劲儿亲吻起来。

接到米香电话得知小米意外堕胎的消息时，他正和萨琳娜坐在一家意大利餐馆里庆祝萨琳娜的生日，这两个日子这样莫名其妙地巧合，令斯蒂文十分不安，隐约之间他感觉这是上帝刻意的惩罚，他想难过，想悲伤，却没有立刻感到难过和悲伤，相反，一种如释重负的感觉瞬间升起，这孩子本来就不是计划中的，质本洁来还洁去吧。

把萨琳娜送到家后，他并不急着要走，在小米世界里他现在还在法国。他躲不过萨琳娜的甜蜜纠缠，两人耳鬓厮磨了一阵，他始终无法坚硬，隐约间一直可以听到了那个咕噜咕噜呼唤着 Daddy 的声音，萨琳娜还在不停地扭动身躯："今天我生日，你竟这样无动于衷！"她嗔怪道。斯蒂文嬉皮笑脸说，吃饭时他接的那个电话是上面下了指令让他去查一个案子，无法集中精力。他不停地道歉，又帮她手工动作了半天才勉强脱身，坚持说有案子要办，最终拎着皮箱离开。萨琳娜依依不舍地和他在昏黄的灯光下亲吻分别，这正是他和站在树下神魂颠倒的任天意偶遇的那个夜晚。也正是那个夜晚引起了任天意的注意，延续出后来这些故事。

斯蒂文虽然心急火燎，Daddy 的声音一遍遍在他脑海里响着，他却不得不计算好如果从法国返回所需的时间。这个游戏他早已轻车熟路，他的手机总是最早使用最新的高科技服务，互联网一开始成为手机服务项目，他就高价购买了，他需要一切可以控制时间的工具，他需要在时间的缝隙里切换人生，对此，他从未感觉疲倦，他感觉到的只有心潮澎湃和频繁切换的刺激。

小米从堕胎的悲伤中苏醒是缓慢的，这种缓慢表现在小米经常发呆的眼神里。那几个星期，斯蒂文老老实实地没有出差，下班就守着小米。他对萨琳娜说去欧洲去参加一个培训。晚上小米泡澡的时候他总会和萨琳娜在网上聊半小时天儿，问寒问暖，履行一个合格同居者的义务和责任。那阵子，萨琳娜报名参加了一个健身教练的课程，每天乐此不比地下了班就去上课，她将成为一个业余的健美操教练员，这念头让她的血液兴奋地停留在每天青春激荡的学习中，她对自己日益增长的体重心有余悸，健美操教练的课程在最短时间内保证了她的运动量，加上饮食控制，她在短短一个月里减掉了八磅，乐疯了的萨琳娜干劲儿冲天，减肥健身迅速主导了生活。关于斯蒂文这个同居伙伴的去留，几乎成了一件衣橱里长久不穿的衣裳，属于自己，不会自动消失，每天从眼皮下一扫而过，但长久不去触摸也无关痛痒。斯蒂文暗自赞许，Fxxx，一切都严丝合缝地进行着，没有纰漏。

小米的简单和天然的自我消解能力来自于何处，斯蒂文始终不明白，那是一种天然的平和而顺其自然的能力。小米的眼神渐渐地有了生机。在家休息的几周里，米香给她准备了很多台湾电视连续剧，她捧着一盘西瓜子坐在电视机前，一呆就是一整天。晚上斯蒂文回家，从外面带回中餐外卖，上海炒面和蒜蓉菜心，他俩边吃边看模特大赛的选拔赛，小米问："泰拉本克斯这样的美女美的没有缺点，你觉得怎样？"

"确实美，那样的女人却不可爱，太强大了，强大到她的美只能用来看看罢了。哪像我们的小米，美是实用型的。"斯蒂文说完就把小米轻轻搂进怀里，堕胎之后很久没有做爱了，他很想。小米坚实娇小的乳房盈盈一握，像一只羽毛没有长全的小鸟。他身体涌起热潮，把小米楼得更紧了。他说："好了吗？干净了？三周了，子宫恢复得差不多了，我太想要你了。"小米的顺从出乎意料。堕胎之后斯蒂文已经有过几次要求，小米都十分冷淡。"不要。"小米的眉头微皱，把斯蒂文推开，孩子的阴影给小米的身心留下了伤痛之痕，欢愉的时刻来得太早了。可此时此刻，小米粘粘地搂住了斯蒂文的脖子，任他把自己放平在沙发上，她的小手软软地伸了出来，隔着他的裤裆揉搓起来，斯蒂文血往上涌，这就对了，我的无忧无虑的小米又回来了……

日子回到了按步就班的状态，斯蒂文隔三差五地出差，乐此不疲地奔波在两个家之间。秋天来了，万物显出沉重的厚实，院子里的树叶开始泛红，一切显露温暖生机，两个日子都蒸蒸日上地过着。可是，怎么会在这个时候，半路里杀出个程咬金？

斯蒂文进屋的时候，家里香气宜人，烤炉里正烤着比萨饼。萨琳娜捧着笔记本在沙发上歪坐。他像往常一样走过去和萨琳娜贴了贴脸，问今天怎么样？萨琳娜就合了笔记本，一脸倦容，说："你听说了没有？政府要裁员，我们统计局是重点对象，我有点担心，你们警局有影响没有？"

"影响不大，警力还需扩充，每年都在招人，我这块儿需要熟悉多种语言，我有优势，即使裁也裁不到我吧。你年纪轻轻已经干了这么多年，一定裁不到你，听说自然消化的就会有很多，退休的和合同雇员砍掉不再补充新鲜职位，你这样年富力强的应该不会受太大影响。"

"谁知道呢？上班时间大家都在聊这个，人心惶惶的，人们还说九十年代政府裁员时，房价大跌，利息上涨，说这次可能也会冲击房市，咱们的房贷又该更新了，这时候我可不希望背上失业的包袱。"萨琳娜一脸愁容。

斯蒂文伸手搂了萨琳娜的肩膀，把她揽进怀里，说："想那么多干嘛？什么时候你也变得心事重重了？以后上班少和他们聊天，女人最容易受环境影响，八字还没一撇，就想了这么远。你失业了，我还有工作，继续还房贷不会成问题的。"斯蒂文用嘴亲吻着萨琳娜的头发，眼前闪过小米，小米的房贷不用斯蒂文操心，她井井有条地把房贷地税等等安排得稳稳妥妥，那原本就是小米的房子。可怎么事情总是凑在一起？小米单位也要裁员，这俩女人嫁了同一个男人，运气的起起落落莫非也都有了一致性？和萨琳娜合买的房子，两人一切都是对半分担，如果萨琳娜真的失业，斯蒂文还真的不知道该怎么应付还房贷的局面，他一个人是负担不起的，他也不想一个人负担。如果小米被裁，斯蒂文不会太发愁，小米比萨琳娜容易找工作，科技行业凭技术吃饭，有技术就容易生存。萨琳娜在政府部门干的都是些有名无实的工作，从政府裁掉，怕是要拖一阵才能再就业。离开萨琳娜？念头一闪，斯蒂文的嘴唇正好要亲萨琳娜，被萨琳娜的额头电了一下。他尴尬地笑了起来，萨琳娜说："最近怎么搞的，老是产生静电，好像你我之间有相斥的电流。"斯蒂文心头一惊，一把把萨琳娜揽进怀里，说："什么相斥？现在我就要你看我们怎么相吸。"两人吻了起来，计算机歪在萨琳娜的头侧，斯蒂文一边吻着，一边斜眼看了一眼计算机，屏幕上是萨琳娜的近照，穿着跳健美操的紧身衣，肚子鼓鼓的，穿健身衣还是小米美丽。斯蒂文想起了汽车座位底下的那个大信封，那里有大选自己和萨琳娜在门前修剪花草的照片，他心里生出焦灼的恨意，那个混账男人，哪里跑出来的！萨琳娜的舌头这时在她嘴里好像一块无滋无味的胶皮。

烤炉预设的时间到了，发出滴滴滴的报警声。斯蒂文趁机爬起身来，去取比萨饼。打开烤箱，他心里惦记着那些照片，迷迷糊糊地伸出手去端烤盘，四百度的高温立刻刺激了毫无准备的手，烤盘哗啦一下掉在地上，整块比萨饼圆圆地扣在地上。萨琳娜跑了过来："我的上帝，你在干什么？没带手套？怎么会犯这么婴儿的错误？"萨琳娜念叨着，一边去拿盘子装比萨饼，装了饼，又去拿拖布擦地，说："你现在真是退步了，过去还知道做个三明治汉堡包，烤比萨饼也是拿手的，现在呢？连端个比萨饼都不会了，手套都不知道戴。我看你真应该少出点儿差，多干些家务了。除了花园你还帮帮我，家里的事情你什么都不做。"

萨琳娜念念叨叨收拾着的时候，斯蒂文一直在旁边斜眼观看，他左手握着右手，火辣辣地痛着，三根指头都被烫得起了泡。他打开冰箱拿出冰盒，镇在手指上。小米如果碰到这样的事儿，会怎么样，第一件事一定是跑过来看他是不是被烫坏了，然后先替他冰镇、涂药，心痛地又吹又哈，然后才去收拾地下的东西，谁会在乎那块他妈的摔在地上的比萨饼？这就是妻子小米和同居者萨琳娜的区别，小米对自己的爱显然超过了萨琳娜对自己的爱，毫无疑问！至少现在是这种状况，萨琳娜关注的是比萨饼和家务活，小米关注的是自己的丈夫。

斯蒂文转身坐回沙发，萨琳娜还在擦地，喋喋不休地唠叨着他犯的错误多么可笑。他看了一眼窗外，夕阳的余辉几乎在对面人家的屋顶沉落，树叶一动不动，一天要结束的样子呆板无趣。他犹豫了一下，起身走到门口，从壁橱里拿出外套穿上，又犹豫了一下，打开了门。停了下来，他从来没有过不打招呼就离开。他反身高声说："我单位有事儿，我走了。"萨琳娜喊着"什么？你又要走？"的声音还没落，他已经碰地把门关上了。得想想，得想想，这事怎么解决？为了一个莫名其妙的男人拍摄的一摞照片而改变现状？放弃一头？见鬼，放弃谁？Fxxx，我为什么要放弃？我斯蒂文为一个猥琐男人放弃自己现有的幸福生活？屎，必须尽快摆平！

车子开上高速公路，他的手虚虚地握着方向盘，那三个起了泡的指头还在火辣辣地痛着。他需要一杯酒，一杯自己默默独享的酒来镇静神经。车子朝着市中心开去，那里有一条他最喜欢的西班牙街，开着许多欧式酒吧，有几个西班牙酒友偶尔会在酒吧相遇碰酒。天已经暗了下来，他忘了开车灯，路灯亮着，车速很快，向笔直的前方驶去。

七、裁员

孟乔南开始做出象样子的饭菜了。麻婆豆腐、海米冬瓜汤、红烧肉、蛋炒面，齐整整地摆了一桌子，几个周末的特殊培训卓见成效，这个毕业典礼两口子磨蹭了一上午，终于大功告成。任天意早已不再对孟乔南的进步大吃一惊，怀胎这八月，孟乔南几乎从衣来伸手饭来张口的娇小姐变成了心灵手巧勤劳肯干的优质妻子了。孟乔南的肚子越来越大，进步在不知不觉中发生，任天意也在不知不觉中卸除了忧虑，多少年自己对孟乔南即是父亲又是丈夫的责任感，正在向简单的丈夫角色转变，父亲角色，可以放心地交给即将出世的孩子了。

他帮孟乔南解了围裙，从背后伸手环住妻子圆滚滚的大肚子，说："可把我这孕妇老婆累坏了，快去坐下歇了。"孟乔南挪动着笨重的身体，在餐桌边坐下，满脸笑容，她看着满桌冒着热气的饭菜，乐不可支，眉眼流盼，尖声尖气地说："哇，是谁这么手巧，整这么一桌子菜啊！太了不起了！"任天意明知道这顿饭有一半是自己又洗又切又端油又递水才成就的，还是心甘情愿把功劳百分百让给太太。"咱娃儿有这么个妈，要多幸运有多幸运！我这是哪儿修来的福气呢？"

两人吃着，孟乔南说："我姐昨天微信上夸我了，说我聪明人做聪明事儿。已经可以做个好母亲了。"

"这还用说？你姐总是一语中的。自从有了这个微信，你姐和你天天聊天，你姐简直成了你的现场指导了，油锅开了，你姐都来得及告诉你先放盐还是先放菜。"

"你嫉妒了？有个姐真好！你说社会发展成这样，是不是好方便？隔着个太平洋，交谈起来就像在隔壁一样。"

"可惜你姐来不了，否则，能帮着伺候月子就好了。"任天意早就有这个念头，不知道为什么一直没提起。

"你以为我没想过这主意吗？我姐家小孩功课那么紧，国内的孩子学习跟上刑似的，没白天没黑夜，家长陪着上刑，我姐夫又窝囊，靠不上，我姐根本不可能扔下孩子过来。我们还是自己解决问题吧。我已经跟几个华裔同事打问了，她们说能帮我找个伺候月子的老人，住咱们家，管吃住，每天六十块工资。"孟乔南一副胸有成竹的样子。

任天意往孟乔南饭碗里夹了一块瘦肉，他突然发现妻子在家务劳动中不仅仅生活能力变得成熟壮大，思维能力和处理家庭事务的能力也在突飞猛进，那块瘦肉里想表达的是他由衷的赞美和恭敬。自己每天神魂颠倒地操心小米，竟把雇保姆照顾月子的事儿抛到九霄云外了，孟乔南自己就把这事儿都搞定了，这太出乎意料了。

任天意抬眼看了看妻子，只见她慵懒的身体除了肚子和胸脯，其他仍是小巧可爱的，半靠在靠垫上，靠垫是为了防止孕妇腰痛，早就绑在餐椅上的。她鼓起的肚子上方十分平坦，两只小手胖乎乎温和地搭在上面，骄傲的模样好像天生就是个当母亲的料，此时此刻，那个圆滚滚的肚子在这样一个娇嫩的身体上显得分外和谐，完全可以和蒙娜莉萨那幅知名油画一比风姿。

任天意低了头，他不想在这个时候想起小米，可他没管住自己。小米摔在地上仰面朝天的样子不懂事地在眼前放大着，那张因疼痛扭曲的脸变幻着形状，有那么一刻几乎变成了孟乔南骄傲的微笑。他想安安静静地和孟乔南吃顿饭，他不想着时候见到那张痛得扭曲的脸。

"你走吧，我不想见到你。"他嘴里嚼着一块红烧肉，嘟囔道。

"你说什么？"孟乔南吃惊地问。

"啊？没说什么啊！我在嚼肉。"

"哦。"孟乔南没紧追不舍，她发现任天意最近经常走神儿，还自言自语地说话，好几次了，古怪，难道单位工作遇到麻烦了？应该跟姐姐提一提。

吃过饭，任天意看洗碗机满了，倒了很多专用洗涤粉，开了洗碗机。自从启用洗碗机，饭后的清洁工作大大减少，孟乔南感叹说："你说老外就是聪明啊，会用脑子来省体力，什么都发明机器，咱们中国人这点儿就落后些，说好听点儿叫勤劳，说难听点儿叫愚昧，光知道傻练手艺，从古代的卖油翁开始就练上了，发明个漏斗不就完了吗？省事省时省力，何苦练那个精确度？就是为了以后好给欧阳修写卖油翁用？"

任天意接嘴道："你现在什么都可以上升到理论了，长进啊，欧阳修都记得，怨不得人们总说女人只有生了孩子才会变得完整，咱们这小宝贝还没出生，已经把妈妈变得聪明多了。"

洗碗机隆隆隆轰鸣起来的时候，孟乔南已经上楼去泡脚了，他例行公事晚上要给她揉脚。这些跟踪小米和斯蒂文的日子里，揉脚这项活动已经有所减少，周末这次却总是在星期天，雷打不动，他的那个跟踪职业也实行日常的工作时间表，周末休息。

孟乔南泡过的脚散发着淡淡的清香，那是一种自然的肉香，任天意爱闻。一对玉笋因为支撑硕大的腹部，已经浮肿，胖嘟嘟看不到关节，白白嫩嫩，婴儿肥似的美丽。任天意突然想到了土豆。他自言自语道："真像一只漂亮的土豆。"

"你大概是憋坏了，明天我特许你吃一次土豆！"

"不用，我不想吃！"任天意咽了咽唾沫。

孟乔南闭着眼睛，双脚露在床沿上，任天意的拇指稳健地在那脚底由下自上按压起来，孟乔南感觉一股又一股尖锐的风顺着脚底钻进自己的身体，窜进两腿，团团围着丰满的肚子环绕之后，汇聚起来射向上体，她的心脏被射中了，阳光一样的温暖向心脏四周蔓延着，很快就控制了大脑，她好像躺在一块金黄色的麦田里，太阳慷慨地照着，风也不吝啬，软软地吹着她的皮肤，风中隐约有音乐鸣响，似有似无，若隐若现。她渐渐眩晕起来，意识轻飘飘浮起，飘在麦田上空，越来越高越来越轻，渐渐地失去了重量，渐渐地消失不见了。

任天意听见妻子发出了轻微的鼾声，才停止了揉搓，思绪也从朦胧中苏醒，他总是在按摩的时候变得神思恍惚，脑子里什么都有，又什么都没有，他的手和他的大脑是脱离的，手在干着手的工作，脑子在忙着脑子的活计，手接近面前这个现实的生活，脑子却在远离。也许有一天，会有人给自己揉脚？他的脑子想。他也想飘，很想，可他从来就不能，他只能站在地球上，脚踏实地。有时他的脑子会忽然回到手边，他就会感觉到拇指的疲劳，他甚至有了要停下来的欲望，可惯性却让他坚持。他会轻声叹口气，等待妻子的鼾声。

每次揉脚都是这样的结局，孟乔南酣然入睡，任天意默默起身给孟乔南盖好被子，把卫生间的泡脚盆清理干净。他做着这一切都得心应手，像个大户人家的佣人。

这个家里，他既是主人又是佣人，他没觉得这有什么不妥。现代生活里，大家都是身兼多职，在单位是工作人员，在家庭中，是丈夫、厨师、清洁工，现在很快又要增加一个父亲的头衔了，这种时候做做佣人更是心甘情愿。出国来的人们，有几个能逃脱这样平常的日子？谁又能逃避这些平常的角色呢？出国来的这十来年，正是国内经济突飞猛进、人民生活翻天覆地的十年，任天意这一茬儿年富力强的中坚力量，都逐渐站稳脚跟，非官既富了，这些发了家的同学同事们，要么养起了专职太太，要么替太太雇佣了保姆，最次的也用上了小时工，任天意这样主佣兼顾的大男人也只有到国外来找才找得到了。去年有位同学出国来开会，在任天意家小住了两天，同学对任天意的家务能力大加赞扬，任天意从同学的眼神里看出异样，他背转身就会嘲笑他成了妻管严兼保姆。他大度地笑着回答说："有钱难买愿意，为了这个家，让我干什么我都愿意。"他望着同学吃惊的目光继续说："你们成天忙得不着家，我可做不到，家就是用来回和用来住的，你们既不回家，又不住家里，那个家不是徒有虚名了。"同学哈哈大笑，他说："想不到这世道还有你这样的老实人，开眼了，在国外真能呆得傻成这样？大博士甘当保姆。唉，家，不就是个大后方吗？男人就该到前线去作战，前线风光无限好啊！官场上的险恶，商场上的刺激，情场上的逍遥，哪一点不比当保姆过瘾？任天意啊任天意，兄弟在你这儿还真的受教育了，纯洁之教育，你干脆回国开道德课吧，兄弟给你出飞机票。"同学说完就又哈哈大笑起来。

任天意想起同学的笑容，心里一阵抽搐，如果同学知道自己不仅当着保姆，还当了间接杀人犯，同时还学会了当侦探，更不知会怎样大跌眼球呢。难道上帝正在用这种古怪方式惩罚自己？出国来追求的日子就是这样的？上班下班，柴米油盐，老婆孩子？跟踪威胁？自己真是个闲人。工作上无缘再进步，不过给资本家打个工，混一个生活的饭碗，主流社会又无心去融入，不守着这个小家，不忙活一日三餐，不忙活正义的跟踪，又能忙什么呢？该错过的都错过了，连孩子都比同学们晚生了十年，更不要说什么飞黄腾达了。生活里一直充满的就是无奈，一直都是。孟乔南有那么可爱吗？小米有那么可爱吗？孩子是必要的吗？自己这份揉脚员的工作真的还没做够吗？自己单位那份半死不活的技术活儿还没干腻？

悲哀袭来，任天意在卫生间里背靠墙壁，出溜到地下，双手抱头，欲哭无泪。这是怎么了，他想理清楚自己的思路，脑子却只是乱麻一团，里面快速地飞旋着很多人的面孔，同学，孟乔南，小米，斯蒂文，萨琳娜，单位老板，死去的婴儿……他觉得脑子开了锅，咕嘟咕嘟冒着泡，沸水从壶嘴里溅了出来，他没意识到自己在骂人，声音很大，骂的是"我操你祖宗"，声音在狭小的卫生间里回荡着，他脸上露出了一丝笑容，这次，他操的是生活的祖宗，生活就是这样让他这样的无能之人给操得糟透了，尽管谁也看不出他的生活有多糟，还有人以为他的生活幸福得跟万花筒一样呢。

一切来得迅猛，公司突然就宣布政府终止合同了，裁员马上开始。公司附属于政府，政府砍掉这块研究项目是缩减政府开支的一项重要举措。任天意是凭技术吃饭的人，高超可靠的技术能力使他躲过了无数次裁员风暴，峰回路转，他总能立于不败之地。人们分析总结出大裁员时能够保留工作的的原因，一是有真才实学，往往可以被伯乐们保护支持，通过转换部门、调换岗位等方法保留职位，二是运气，所在部门如果运气不好，被完整坎掉，就算技术再过硬，也会被连锅端，伯乐们自身难保，亦无力保护良驹。难道这次是第二种情况？运气不好，谁有回天之力？

通知下来后，人心惶惶，会不会保留一部分人员来做后期维护和支撑，只有当头儿的心知肚明。任天意没跟孟乔南说，妻子待产，哪能经受住这样的打击？小米也在劫难逃，被裁几乎是肯定的，如果说任天意还有一线希望作为骨干留下，小米这样的普通雇员就几乎没有任何被留下的理由了。

上班的时候，人们相遇的目光里流淌着不安和烦躁，任天意想把小米的事情暂时放下，但每次遇见小米，他仍旧忍不住悄悄注视，有两次甚至红了脸。他还在为自己被发现是个跟踪者而羞愧。他暗自打定主意，如果小米被裁，他会把照片交给小米，把这件事了结，不能让斯蒂文得逞，更不能让小米蒙在骗局里。做事有头有尾，是他的一贯宗旨。

小米终于又一次提到吃午饭，她正笑着从他身边经过，看到了一见自己就鸡冠一样红了脸的任天意，她经过了又翻身回来，说："说了多少次要请你吃饭，要不就今天吧？拖到被裁了，就没机会见面了。"小米的脸上看不出一丝不自然，任天意却蓦然紧张起来，而且难为情，怎么又赶上孟乔南该做胎位检查？拒绝小米是唯一的选择，可是这顿饭他等了多久了啊？不陪孟乔南去医院的念头又闪了一下，孟乔南现在一周去一次医院，小米可从来没陪过，而且以后可能再也陪不成了。他红着脸正不知所措，小米似乎看出他的为难，突然笑出声来，说："我看我们真是没有吃饭的缘分，我想起来了，今天我还有个预约呢，还是改天吧。"话音未落，人已经嘻嘻笑着走了。

任天意望着她跳跃前行的背影，愣愣地不知所措。她怎么总是这么高兴？孩子一样。成人怎么总能这么高兴？让任天意倒退回去四十岁，他也做不到总是高兴啊。他背转身往自己工作间走，一路想，难道小米不怕被裁员？她凭什么这么高兴呢？斯蒂文正在她背后和一个金发女子过着像模象样的日子，她的婴儿摔了一跤就被摔掉了，她同事是罪魁祸首，她还蒙在鼓里，她有什么理由这么高兴？他似乎有些恨小米，又舍不得。斯蒂文的事儿难道就这么算了？

坐在计算机屏幕前面的任天意大脑一片空白，很多事都是未知数，他无奈。周围的一切都混沌一片，他自己也一样，没有目标。

通知是第二周下来的。每个人陆续被叫到经理办公室，那扇门关住的时候，大家都知道该说再见了。人们吃惊的是任天意没被留下，小米却意外地被留下了。大家分析了前因后果，发现留下的三个人，各有特点，一个是多面手，在项目具体的每个环节的具体技术上并不精深，但全面完整的了解和经验，对后期维护最有总体发言权。任天意这样专攻一个方向的人对后期维护用处不大。还有一个是系统硬件上技术最过硬的技术骨干，项目核心的支撑部分没他不行。最后一个就是小米，她是比较年轻的技术骨干之一，曾在项目里调换过几次角色，是第一位多面手最好的帮手，加上留守人员她是唯一女性，外联上比较占优势。三个人，一个钉一个卯，各尽所能，的确是可以胜任后期维护工作的。

小米自己也吃了一惊，一清早她打扮得漂漂亮亮，准备最后一天上班和各位同事告别，她怎么都不会料到自己会是留下的人选。早晨临出门她对斯蒂文说："也许我会受不了，今晚你一定要早点回家来！"斯蒂文抱她的力量很大，时间很长，好半天才松手放她走。单位裁员的事儿斯蒂文早就知道了，两人最近一直在商量这件事，小米总是笑嘻嘻的，她年轻，有学历有技术，心里并不担心失业，早晚会找到工作，只是时间长短问题，她没有理由不对前途充满信心。

一到单位她就给自己沏了一杯黑咖啡，和同事们笑嘻嘻地寒暄，一个男同事问："打扮这么漂亮等通知？"小米答："新生活就要开始了！当然要美美地开始。"她坐在自己座位上静静地等着自己被经理呼唤，内心反倒没有了几天前的紧张情绪。刚听说政府要结束和公司的合同关系时，她坐立不安，连跟斯蒂文做爱的情绪都没有了。斯蒂文安慰她说："你年纪轻轻已经干了这么多年，一定裁不到你，年富力强的总会特殊照顾吧。想那么多干嘛？什么时候你也变得忧心忡忡了？再说，你失业了，我还有工作，不怕。"小米并不知道同样的话斯蒂文刚刚对萨琳娜说过，经济上她虽然从来不依赖斯蒂文，但有斯蒂文这样的许诺，她还是满心温暖。她的车还清了的，房贷还不上，大不了卖房子好了，年轻无负担，兵来将挡，水来土掩，没有什么可担忧的。找工作说难很难，说容易也很容易，如果不在乎薪水，不在乎搬家换地方，怎么可能找不到？小米对自己多少有些信心。

她听着单位的脚步声陆陆续续地响在过道里，她没有像其他人一样互相道别，她的工作间在角落里，她只想静静地呆一会儿，面对这张她熟悉的桌子，这张她坐熟了的椅子，她可以感觉到椅子上每个鼓涨的形状在臀部下面的托举，她就要告别这些托举了，这些有温度的托举。直到任天意走了过来，她才从呆愣中清醒过来。

"什么，你也没逃脱？我以为你是安全的，你在远程那块儿是最棒的，他们怎么舍得让你走？"小米一脸遗憾："我们交换一下手机号码吧？万一以后需要联络。不能就这么断了音讯。"这种感情是复杂的，她发现任天意的跟踪以后，一直和他保持着若即若离的距离。任天意关注的目光里那种慈爱，比爸爸的目光还要慈祥宽和，比情人的目光还要多情粘连。她不用目光接触就可以注视任天意，她的简单随意使她的表现大大方方。她告诉自己不要去多想，无论任天意是什么意图，她小米总是以不变应万变的策略。她对任天意没有超越同事的任何情感，任天意的注视改变不了这个，她就是她，不必假装。她有时会对任天意的注视产生依赖之心，有一天任天意没来上班，她一直心里慌慌的，到了晚上，她才发现原来是任天意没来，她多少有些失落，她已经习惯了那些缠人的目光。她有时也会对那目光产生怜悯之情，她甚至有好几次想到要和任天意对视，但她终于没有去对视，她不想给任天意造成错误印象。

任天意没有把照片给小米看。斯蒂文的电话是前几天打来的，斯蒂文很客气，他说："咱们谈点儿男人的事，找个地方聊聊。照片你先别给小米，拜托！"

地点约在郊区一个可以钓鱼的湖区，斯蒂文说请任天意钓鱼。

任天意没多想，请了半天假，开了四十分钟车才到了那个湖。斯蒂文已经坐在岸边的岩石上等着了，周围很安静，没有人影。任天意突然想，我怎么答应他来这么偏僻的地方？斯蒂文看见任天意过来就站起身来，一身白衣白裤，高大的身躯笔挺笔挺，眼睛在白色帽舌下半眯着，单手掐腰，似笑非笑。那种晃眼的英俊突然让任天意顿感自卑。

任天意没笑，他忽略了斯蒂文伸出的手，一脸严肃走到斯蒂文跟前说："我没心思钓鱼，你有话说话吧。"

斯蒂文收回手，耸了耸肩，无所谓地笑着说："随你！既然你不赏脸，就不能怪我不友好，你帮过小米，我以为可以这样谢你，还交个朋友。我纳闷儿，你是怎么发现我这事儿的？"

"这不用你管。"任天意想起那天神志恍惚误打误撞走到斯蒂文另一个家门前的情景。怎么发现的？有上帝带路。

"你喜欢小米？这么在乎她？值吗？她管你叫'我们单位的那个小老头儿任天意'，哈哈，她可没把你当什么人。"

痛楚沿着任天意小腹朝胸膛升起，小老头儿？小米这样形容我？我在她眼里原来是个小老头？我和你的心肝肺子宫每一块肌肉都有过亲密接触，你竟然叫我小老头？他的眼神和他的大脑一样迷乱着，显得不知所措。斯蒂文斜视着他，一对眼睛蓝得如此可恶！"哼！我喜欢不喜欢小米，小米怎么看我和你这卑鄙小人做了卑鄙之事有什么关系？你不要以为你这样就可以转移话题，让我放弃对你的警告！"任天意大声说。

斯蒂文的眉毛往上挑了两挑，脸上又出现了无所谓的神情："也好，我们还是敞开天窗说亮话吧，你想要多少钱？"

任天意本来就抽搐疼痛的腹部瞬间燃烧起来，血往上涌，脸几乎青紫了，他一声冷笑："钱？你以为我是和你一样的卑鄙小人吗？小米怎么瞎了眼睛嫁给你！你，你，你简直是个畜生！竟然敢跟我谈钱？"他浑身颤抖，说话结结巴巴。突然升高的声音响在四周灌木林间，淡淡的回音沿着平静的湖面延伸而去，泛起细皱涟漪。

斯蒂文没生气，他歪着嘴角笑着，注视任天意的目光像是在欣赏一幅好看的风景画，他说："你动什么气？我是为你好，你工作丢了，太太又要生孩子，多点儿钱不是挺好？你守着那些照片有什么用？"说着他从口袋里掏出一沓钞票来。"多了我也没有，我给你三千块了事吧。这事就这样了，你从此守口如瓶。我们俩清。"

任天意抖得像树叶，一张脸变幻着五颜六色："你，你！我的事，你怎么都知道！我就是饿死，也不能用小米的幸福来交换你的臭钱！你这个畜牲！"任天意话没说完，拳头已经照着斯蒂文脸上挥了出去。他以为自己可以打个正着，谁成想，斯蒂文轻轻一闪，顺手扣住任天意的手腕，铁钳一样紧紧地箍住了。任天意整个身体被提溜起来，倾斜着，别着劲儿，无力反抗，如刚被扑获的猎物。

"我是警官，你忘了？每天的体能训练不是玩玩儿的。"斯蒂文的脸凑到任天意面前低声说："你不要敬酒不吃吃罚酒。还想打人？我马上可以把你扣起来。"斯蒂文说着胳膊一扭，上抓已经变成了下握，两人跌跌撞撞在草地上扭打起来，乍一望去，好像两个同性男子放肆的亲密。任天意显然不是对手，他的一只手被斯蒂文攥着不松，肉手铐的强硬不容抗拒，他几乎痛得叫出声来，面孔歪斜。斯蒂文已经把钱扔在一旁，握着任天意的手一翻按住他身体，同时用膝盖顶住任天意的胸口，他说："你学乖点儿，你以为你是上帝吗？救世主？你聪明一点儿，为了你老婆和孩子的幸福，少管闲事！否则，你老婆如果有个三长两短，你后悔就晚了！呆猪！"

任天意被压得喘不过气来，他觉得自己的大脑快要爆炸了，斯蒂文的脸离自己那么近，魔鬼，这是个魔鬼！他说不出话来，心里却喊着："你以为我怕你吗？吓唬我没用！你这恶棍！你必须停止对小米的欺骗！"

任天意是怎么被斯蒂文揍晕，他记不清，只觉得头上挨了两拳，天旋地转，眼前一片苍白。他很久才从地上爬起来，斯蒂文和他的车子早已不见了。他身上放着那迭钱。

八、真相大白

任天意和小米终于坐进了饭店。他必须在老婆生产以前解决这件事，他选了一家希腊餐厅。小米直接从单位下班出来，斯蒂文出差，她不必急着回家。她穿一件低领乳黄连身裙，项链很夸张，一串水晶珠串直直地垂向淡淡的乳沟，短发比平时松散随意，耳边故意飞起几缕，恰好染了黄铜色，火焰一般。

任天意点了这里最出名的烤土豆，据说每棵土豆都是刚出土的新鲜品种，不削皮就包在铝锡纸里高温烘烤，拨开锡纸一下刀，蒸汽腾地升起，白嫩松软的土豆和女人的肉体一样性感迷人，浇汁是酸奶酪和黄油调制加了希腊香料特制而成的招牌味料，滑腻地伴着土豆一同入口，世界上的一切都会瞬间遁去，只剩下嘴里那团鲜美异常的土豆。

小米和任天意几乎顾不上说话，就拼命吃起来。渴望土豆的焦灼感渐渐遁去，才开始交谈。

"你真会选地方，我最爱吃土豆了。很久没有吃到如此鲜美的土豆了。谢谢你。"小米撇开牛排不理，一转眼就干掉了半棵巨大土豆。

"你猜猜我多久没吃土豆了？"任天意问。

"一个星期？"

"八个月了。"

"哇塞，你家这么久都不吃土豆？"

"我本来是最喜欢吃土豆的，我太太也喜欢。她怀孕后，有一天就突然不能吃土豆了，看见土豆就恶心。从此，我家就再也不吃土豆了。"

"这样啊！好奇怪啊！怀孕会对土豆过敏？从来没听说过呢！那你快快多吃点儿吧，你要不要再要分炸薯条，过把土豆瘾？我请你！看你吃的这么香。"小米说着已经把侍者叫来，也不等任天意回答就帮他要了份薯条。又说："虽然薯条不健康，偶尔吃一次，也无妨。"

"谢谢。 无论如何是我请你。不要再推三推四了。同事这么久都没请你吃过饭，现在不同事了，这顿才补上。尽情吃，完了我想带你去一个地方看看。"任天意很坚决。

"带我去什么地方？"

"你先别问了！"

小米没再坚持，饭局有了短暂沉默才又活跃起来。她开始问长问短，工作开始找了没有？家庭压力大不大？太太生产在即，一切是否准备就绪？

任天意简单地回答着，十句话有八句是假话。他根本还没开始找工作，小米这事儿和太太生产的事都迫在眉睫，他顾不上。他已经拿到单位的裁员补偿金，之后还有政府的失业金可领，不急。他没有对孟乔南说自己被裁的事，生产之前给妻子这样的精神压力，不够男子汉。他每天照常出发，在图书馆一坐就坐一天，上网看看新闻，研究研究工作机会。偶尔不上班，只说提前请了几天产假，陪陪孟乔南。

任天意也西一下东一下的问着小米，单位剩下三个人都干些什么？最终会被裁掉还是会永远被政府留用？斯蒂文出差是不是还很频繁？两口子业余生活都做些什么？

有那么一刻，任天意几乎打消了告诉小米真相的打算。他问到小米和一个警官生活会不会担惊受怕的时候，小米说："斯蒂文最疼我了，怎么会让我担惊受怕？单位的事情他从来不提，有保密性质，再说他做的主要是跨国警署之间的外部联络，是比较安全的。"小米说完，突然羞涩起来，加了一句："你只见过他照片，如果你见了他本人，就知道他有多棒！帅呆了。"她脸上那付天真的幸福感，让任天意十分无奈和悲伤。帅呆了？心里是什么臭鱼烂虾，你知道吗？

"我见过斯蒂文。他当然和你单位这个小老头任天意不是一个数量级的。"

小米愣了愣，一双单眼皮因为惊奇几乎大到双了起来。"你见过他？小老头？"小米的脸在灯光下看不出是红是白，任天意心理很满足，是报复之后的快乐。你贬低我不是？小老头怎么了，没这个小老头儿，你自己成了骗局的悲惨受害者还蒙在鼓里呢，很快我就要让你感激我，懂吗，你这个小傻孩儿！还什么帅呆了，帅到弄的两个老婆傻巴拉叽屁颠屁颠地团团转。

"吃完再说。好好吃！你的牛排快凉了。来，再喝一口酒。"任天意嘿嘿嘿笑了起来，一脸慈祥！他指了指小米面前的酒杯，自己端起冰水伸过去碰了碰，一会儿要开车，任天意没给自己点酒。小米是被任天意直接从单位接出来的，小米的车子还停在单位停车场。

结账时两人都抢，小米没抢过任天意，任天意一边在账单上签字，一边说："没什么不好意思，更不要提感激。下次吧，下次你请！如果有下次！同事一场也是缘分！"

　　小米坐进任天意车子的时候，脚下多少有些飘浮感，只喝了一杯法国皮诺阿红葡萄酒，恰到好处的惬意松弛。"你到底要带我去哪里？你回家晚了，太太不着急？"

　　"没事儿，跟她说了晚回家。她很开明。"

　　小米心想，这个任天意真是古怪，这顿饭本来就在意料之外，电话打到单位一定要请，没法儿拒绝，本来打算自己请的，又被他抢了先。这会儿又要带我到哪里去呢？虽然他对我那么关注，看起来却不像是喜欢我追求我。这么老老实实的一个人，会有什么鬼点子？还遮遮掩掩的，如果去看个电影或这唱唱卡拉 OK 一定会征得我的同意，不会！怪了，那能去哪里呢？

　　车子开到斯蒂文家门口的时候，天还没全黑。深秋的天空如一块完整的灰色大布，平平地盖着，斯蒂文家门口的花圃已经开满了五颜六色的秋菊，大捧大捧的黄，大捧大捧的紫，和大捧大捧的白。

　　"哇，好漂亮的花圃！"小米叹着。"这是谁家？你是带我来拜访谁吗？"

　　任天意只在斯蒂文家门口停了一下，就接着开走了，到了街角转弯处才熄了火。他抽出了那个厚厚的大信封和三千块钱，递给了小米。

　　小米的笑脸一点一点地收缩着，笑容不见了，剩下蜡黄蜡黄的石雕模样。她眼神渐渐浑浊起来，升起一团浓浓水雾，眉头凝成大大一团疙瘩，呼吸渐渐地急促起来，脸上的血色渐渐散去，剩下白纸一样的苍白。

　　车顶灯黄黄地亮着，任天意从侧面看着小米痛苦的神情，心里嘿嘿嘿地笑着，舒适的松弛感，血液一样流遍全身，这一刻他等了多久啊，终于真相大白了，这个时刻终于到来了。他观察小米的眼神熠熠放光，脸孔兴奋喷张，每个汗毛孔都好像要喷出欢乐，他几乎按捺不住咚咚咚的心跳，恨不要下车大跑大叫一番。

　　过了很久，小米终于开了口："就是刚才那家，对吗？"她眼睑低垂着，盯着照片上那醒目的花园，照片上是夏季的五颜六色，与现在的花景截然不同，花坛的布局和卵石小径却同样美丽出众，独一无二。

　　"是！"

　　小米推开车门，快速地行走着，几乎跑了起来，任天意想阻止小米，张开的嘴又轻轻合住了，他为什么带小米来？不就是为了这一刻吗？他兴奋的心脏还没停止舞蹈呢。

杜杜

他静静地把车子启动，缓慢地跟在小米身后，停在花坛边缘，车窗打开着，他可以清楚地看到那个门里发生的一切。小米已经在敲门了，门开了，是金发女子，小米和她在说着什么，那金发女子回身对屋里说着什么，一会儿，门口出现了披着睡袍的斯蒂文，斯蒂文呆呆地望着小米，两人似乎在说着什么，小米突然挥起巴掌打在斯蒂文的面孔上，金发女子目瞪口呆地望着他们。小米抖着，嘴里大声地说着什么，斯蒂文捂着脸一声不吭。小米转身沿着卵石小径跑了过来，满脸泪水，身子钻进车子，还没坐稳就高声喊着："开车，开车！"

任天意听着小米一路呜咽的哭声，一声不吭。他此时的内心，静湖的水面一样平静。一切本该如此，从小米踩在那摊自己无意甩出的咖啡沉渣时，就注定了。

到了单位停车场，小米才停止抽泣。任天意已经给她递了好几张纸巾，她不停地团起被泪水湿润的纸巾抓在手心里，小手撑得圆鼓鼓的。任天意伸出手去，说："给我吧。"小米这才从悲伤世界醒了过来，惊讶于身边坐着任天意。"噢，不用。"她摇了摇头，顺手把脏纸塞进皮包。

停车场里漆黑一片，只有办公楼里从来不熄灭的灯光穿过停车场周围的大树在地上投下一团一团的阴影，两三辆车子零星停着，周围一片寂静无声。她终于清了清嗓子，说："这样的事！太可怕了！怎么会是真的？"

任天意很想把小米揽进怀里，抬了抬手，又放下，没敢。

"我走了。"小米说着，推开车门。

"你能开车吗？要不要我送你回去？"

"谢谢你，不用，我可以。"小米说着已经朝自己的车子走去了。

任天意目送着她的背影，没再说话，他叹了口气，一切都过去了，终于都过去了，他如释重负，却又莫名地失落。

小米却又返回来，径直走到车窗前。任天意已经按下玻璃，小米的脸在黑暗里苍白如纸，一双哭红的眼睛眯缝着，表情极其古怪。她歪着头问："有件事我不明白，你是怎么发现这事儿的？"

任天意不知所措，他的目光从小米脸上迅速转移，他回头盯着自己的方向盘，耸了耸肩。怎么解释？这一切怎么解释？

"我这是为你好。"他小声嘟囔道。

"你觉得我好了吗？"小米想起了任天意监视自己的行为，心里突然对面前这个人生出一股强大的厌恶。她忍了忍，说："我谢谢你的好意，你的确帮了我这样大的一个忙！那么，我应该怎样感谢你呢？"最迟钝的人也可以体会那嘲讽的语调。

"小米，我没有别的意思，我真的都是出于对你的关心，请你别多心，我不需要感激，只要你好，一切就好！"任天意急急忙忙地说，生怕小米会再说出什么过分的话。他的眼前是小米死去的孩子那张宁静的脸，我在赎罪，他对自己说。

"可我现在一点儿都不好！ 我要谢谢你让我感觉不好！我希望从今以后，我们井水不犯河水，各自走路，一切都过去了，也请你守口如瓶，我还想继续光明正大地做人呢。"

"你想到哪里去了，小米。你误会我了，只要是伤害你的事，我不会做一丁半点儿，你明白吗？"

"你还嫌我没被伤害吗？你真是个怪人！不，是病人！你跟踪我的时候在想什么？你跟踪斯蒂文的时候，又在想什么？除了拆散我们，你还能干什么？你有什么好处？现在你的目的达到了，我奉劝你，我的事情请你不要再插手了，我受用不起！"小米说完，愤愤然转身离去，把任天意留在无情的黑暗里。

夜风从车窗吹进来，撩着任天意的头发，像女人的手。他突然想哭，他从此失去小米了，这个结局，不是他所设计的，痛心疾首！他该恨小米，还是恨自己？我做错了什么？做错了什么？他一遍又一遍地问着自己。女人为什么都这样蠢？这样贱？自己的确是为了小米好，自己的确从来没想过自己。

九、土豆回来了

两周以后，孟乔南产下了儿子，任天意给他取名任其然，意为顺其自然。看似娇弱的孟乔南五个小时就生完了孩子，没有开刀，没有注射止痛药，顺利得好像一滴水从没拧紧的水龙头上滴下来。嗔怪任天意十几年如一日的习惯，在生产的过程中彻底消失。她痛得满脸汗水，却一声不吭。护士掐着表数着她阵痛的频率，不停地夸奖："Good girl, good girl！"然后冲着产床旁边的任天意竖竖大拇指，小声说："你很幸运啊！老婆这么能忍，棒！"

家里雇来的中国老人齐阿姨在中国做过护士长，近六十岁的人，看起来是四十岁的精干。她女儿给她办了移民，她闲不住，经常给忙碌的

杜杜

中国移民双职工家庭做饭收拾家带孩子，即打发时间，也挣点儿零花钱。因为做事热心踏实勤快利索，收费高些也还是很多人邀请她。她每天乐呵呵地烧饭熬汤帮孟乔南给孩子换尿布洗澡，一付主人模样。孟乔南很快就把她当成老师和母亲一样尊敬和爱戴起来。

"你看，得把小孩的头和脊柱整个枕在左手小臂上，这样半斜着，水才不会呛到孩子嘴里，然后你右手就来给他洗，对了，就是这样，多聪明的妈妈，很好，看，孩子多舒服。洗澡不难吧？一学就会。"她笑嘻嘻地一边用浴巾包裹孩子一边夸完妈妈夸孩子。

任天意寻思自己丢了工作，经济上紧张，时间又宽裕出来，不该雇人。但孟乔南什么都订好了，她还不知道他已经失业。任天意打定主意，出了月子再对孟乔南实话实说，别一着急把奶憋回去。

孩子闹奶，他晚上起来好几次，即便孟乔南母乳喂养，他仍然陪伴孟乔南一同醒来，他开始明白当母亲有多么辛苦，失去完整睡眠有多痛苦，自己过去即便失眠，也仍处在半梦半醒之间，可这种喂奶的辛苦，却是清醒的困倦和痛苦。这个不完整的睡眠状态， 好像一根漂亮的腰带，东一剪刀西一剪刀地剪断又拿胶水粘起来，腰带的精致完美彻底破坏，连基本的束腰功能也丧失掉了。

协助妻子喂好奶，睁着眼睛直到妈妈和孩子都入睡，他才合上双眼。他困极了，却睡不着，心里有个角落在呜咽哭泣。身边有爱妻娇儿，娇儿天天长大，爱妻每日进步，他应该感觉幸福才是，可他却感觉悲伤。

他跟妻子说请了两周假，在无数个难眠的夜晚失神地悲伤，在无数个清晨和老婆孩子一起抓紧时间小寐。白天他帮齐奶奶洗衣烧饭，带老婆孩子去医院检查身体，打预防针，时间过得飞快。有齐奶奶帮忙，他省了很多心思，有时候还能上网看看工作机会。但一天天过去，他总觉得什么地方不对，那悲伤缠绕着他像一付看不见的大网罩着他，他怎么走都走不出那张网。小米再没有消息，斯蒂文也同样没有。他希望一切可以过去，可直觉告诉他，一切并未结束。

小孩喂奶之后那些断断续续的睡眠里他还会经常地看见小米，是小米掩面哭泣的模样，还有她那红肿着眼睛嘲讽他的表情。他再也没有光顾过小米的内脏，那地方他也不愿意再去了。不知道她和那个畜牲斯蒂文怎么样了。出去买尿布的时候，他曾顺便拐到小米街上绕一圈，一切没有迹象，他不敢停留，看一眼那个曾经熟悉的大门，悄悄离去。他哪里知道，小米搬家了，早就不在那个房子里住了。有几次他打电话到单位找小米，小米始终不接电话，小米是真的厌烦他了，他确定。一切似乎都过去了。

孟乔南开始吃土豆了，事情发生的自然而然。齐阿姨不知道这个家禁止土豆，她不负责买菜，但总吃不到土豆多少有些奇怪。她一周六天工作，周末总有一天回自己女儿家休息。那天从女儿家回来就带了几颗新鲜土豆，反正不贵。刚好任天意出去买婴儿用品，齐阿姨的红烧牛肉炖土豆就烧好了。孟乔南嚷着喊："什么东西这么香？太馋人了！"月子里，齐阿姨不让孟乔南下楼，她说："咱中国人就守中国人的规矩，月子里少活动，少见风。家里有我和你丈夫，用不着你瞎掺合，你就管好小宝宝就好了。"她在托盘上端了满满一大碗刚出锅的牛肉土豆和一碗大米饭，外加一个粉丝鸡蛋排骨汤上了楼，孟乔南想都没想就呼噜呼噜吃了起来，土豆早已被老抽炖成了红色，被肉汤滋润渗透，入口即化。直到吃完了，她才发现自己吃了土豆，没有丝毫恶心的感觉。她大声呼唤齐阿姨："快来快来！"

齐阿姨又咚咚咚上了楼，以为孩子出了什么事儿，结果就被孟乔南抱了个满怀，她手舞足蹈地说："阿姨，你猜怎么着？我能吃土豆了！这都是您的功劳！我太爱您了！"说着，就亲了齐阿姨一口，从头把自己不吃土豆的原由详细叙述了。

"原来这么回事儿，傻孩子，这事儿包在我身上，不出一周，我就让你学会削土豆皮，让你熟练的好像削皮是你这辈子的唯一专职工作一样！"

任天意喜出望外，齐阿姨似乎比孟乔南的姐姐还管用，月子还没出，孟乔南已经可以单独给孩子洗澡，单独给孩子换尿布，单独喂奶，单独削土豆皮了，一个独立自主的合格母亲初具规模。任天意暗自庆幸自己没有辞退齐阿姨，他想，孟乔南还没下楼做事呢，应该再用齐阿姨一段时间，等她教会孟乔南做会其他家务再辞掉她，齐阿姨显然比自己的培训技能高超一万倍。

满月之后，任天意终于把失业的事告诉了妻子，孟乔南惊讶的不知所措。"快两个月了？你就这么瞒着我？你这么能憋？"怪不得他每天胡子拉碴的不修边幅，上班断断续续，忙孩子忙得都顾不上留心丈夫。她嗔怪道："那你还不赶紧找工作？每天在家晃什么晃？大男人，干点儿正事儿去吧，家里不是有我和齐阿姨吗？"

任天意看着果断坚决的孟乔南，恍恍惚惚，那个娇滴滴懒洋洋的小女人哪里去了？

任天意这才光明正大地开始准备简历，四处发申请，职业中介也都挂了名，简历一发就是几百份。D市来面试通知的时候，小孩已经半岁了，一颗小牙白白地挺立出来，一笑，就是一嘴风光。

D市是另一个省的首府，开车要七个小时距离，如果找到那份工作，只能一两周回来一次了。他并不想去。孟乔南说："先去面试，我们再商量下一步的措施。男人不工作，算什么？就算我修产假是带薪的，你的失业金也还有，终究不能坐吃山空，你还是赶紧找工作要紧。为了我们可爱的小宝贝，你也要加油啊！"

任其然的确可爱，出落的白胖白胖，大眼睛，双眼皮，黑发浓密，嘴唇圆润，蹬腿蹬脚，很爱笑。孟乔南乐颠儿乐颠儿地围着儿子转，齐阿姨乐颠儿乐颠儿地围着孟乔南转，家里一片欣欣向荣。只有任天意恍恍惚惚，那种脚踩在浮云上，心浮在海面上的感觉每天都伴随着他，这里不仅有失业的成分，也有小米事件的余悸。

D市的工作很快就拿到了，是任天意的本行，公司比原来的更大更有实力，前景看好。工作恢复，钱不再成问题，任天意和孟乔南决定继续留用齐阿姨，任天意过半个月就去D市上班。中国人出国来都是被工作牵着鼻子走，两地分居并不罕见，看来也只有走这条路了。

十、魔爪

这期间，发生过几次奇怪的事情。

任天意到D市上班前后，两次车胎被利刃扎破。头一次，他回家对孟乔南说开过一个建筑工地，不小心被钉子扎的。第二次扎了，他说上次没补好，又漏气了。斯蒂文啊，你终于开始行动了。任天意心存忐忑，提心吊胆，如热锅上的蚂蚁，每天都恐惧着什么。他很快地瘦了下来，眼眶深陷，无精打采，经常在梦中与斯蒂文谈判，嗡嗡嗡的说话声响成一片，他知道自己从来没有说服过斯蒂文。斯蒂文总是满脸笑容，两片性感的嘴唇蠕动不停，说着飞快的法语夹英语，像全速行驶的列车，任天意很想趁着那张嘴开着的时候伸手进去揪断那可憎的舌头。

后来，有一天，孟乔南和齐阿姨推小孩儿出去散步，回来发现地上满是玉米须，一路延伸到后门，后门忘了锁，纱门半开着。孟乔南赶紧一一检查家里大小对象，除了冰箱里的五颗玉米不见了，其他东西丝毫无损。盗窃者在厨房饭桌上留了一张字条，是打印的字迹："Pay what you get."（得到你所该得的）。我付出了什么？应该得到什么？一切都莫名其妙。那天是周六，任天意还没从 D 市返回，孟乔南抱着孩子傻坐在沙发上，琢磨是不是应该报警，为五颗玉米？齐阿姨竭尽全力安慰她："肯定是恶作剧，年轻人打赌说，谁敢进那家里拿出点儿东西来？哪个傻小子就来偷了玉米回去炫耀。别当回事儿。"

任天意回到家，神情恍惚地听着孟乔南和齐阿姨争先恐后的叙述，他的眼睛被斯蒂文英俊的面孔占据了，那张脸狞笑出远离人世的狰狞。任天意知道自己不能坐已待毙。他伸手紧紧搂了搂孟乔南，把孩子接过来抱在怀里，轻描淡写地说："齐阿姨说得对，一定是年轻人打赌干的好事儿，几颗玉米，别想了。好不容易逢个周末，全家团聚，别让几个年轻人的恶作剧坏了我们的兴致。"说着，他就爬到任其然的玩具堆里，爷俩嘻嘻哈哈地玩儿了起来。斯蒂文的脸还在他面前时不时晃动，别人却无知无觉，一切被爷儿俩欢乐的嬉闹场面掩盖了。

第二次失窃，家里丢了一个婴儿床上的彩色挂饰，留下的字条上写着："I get what I like."（我得到我想要的。）这次是周五夜里，任天意还在 D 市。孟乔南吓坏了，一个可以偷小孩床饰的人一定可以偷走孩子。小偷是晚上从车库顶上的窗口进来的，纱窗被刀割开，玻璃被锯开一块用来伸手拔开里面的开窗旋钮。孟乔南毫不犹豫地报了警，警察问长问短作了笔录，折腾了几个小时才离开。孟乔南筋疲力尽，瘫软在沙发上等任天意回家。齐阿姨也吓得不轻，她的房间紧挨着任其然的房间，她竟然什么也没听到，她不停地责怪自己睡的死，抱着孩子在孟乔南面前走来走去，双手从未有过地抖动不停。任其然似乎感觉到家中异样沉重的气氛，眼睛睁得大大的，不哭不闹，拼命吸吮大拇指，小小的腮帮子一鼓一瘪。

任天意回家后看着这老的小的一群手无缚鸡之力的家人，心如刀绞。必须找见斯蒂文，必须。他以最快速度换好了孩子房间里的玻璃窗，又把孩子换到另一间卧房，现在这个卧房没有车库可以攀爬，会安全些。他安慰孟乔南说："可能还是青年人干的，咱俩和别人无冤无仇，这种行为不是恶作剧是什么？别担心。现在的年轻人闲的无聊，找刺激。我们做了该做的，其他就是警察的事儿了。这里的警察真是白吃干饭，难道不该盯盯小区里的问题青年？这么恶作剧三天两头来一次，日子可怎么过？我在外地，可怎么能放心？"

"你还是回来工作吧，把那边的工作辞了，咱们哪怕收入少点儿，也不必这样两地分居，我不知道自己能坚持多久，我害怕！"孟乔南的眼泪把任天意胸前的 T 恤衫湿了大大一片。

杜杜

那夜，任天意极尽自己的能力讨好孟乔南，他希望殷勤可以弥补对妻子的歉疚。他拿出很久不用的电动按摩盆，在水里滴了熏衣草芳香油，又放了两勺埃普森盐，才端到妻子面前。"今天我给你揉脚。"

孟乔南的脚迅速在温暖震荡的水里升温变色，像两只刚蒸出来的红面馒头，又红又嫩。他的手摸着那两只尤物，身体渐渐地有了异样感觉。他抬头看，妻子脸部放松地舒展着，她脚下的松弛舒适正缓缓向全身蔓延。久别胜新婚，这些日子的分离，使每一次这样的团聚变得格外新鲜和珍贵。孟乔南眯着眼睛感觉着丈夫的抚摸，渐渐就把失窃的事仍到了脑后，她对坐在脚下的任天意笑了笑，突然扭捏起来："我不要你揉脚，你知道我想要什么。"

任天意赫赫笑了起来，他当然知道孟乔南想要什么，自从生了小孩，他发现妻子不但没有因为生产和带孩子的疲惫而丧失夫妻生活的兴趣，反而欲望大增，甚至角色转变，过去的被动者经常就变为主动者了。人们都说女人三十如狼四十如虎，看来不假。反倒是他自己多少有点儿力不从心，过去仅靠身体硬件就能坚持到妻子高了再射，现在要用缓慢的前戏来刺激她的兴奋点来代替长久的硬件工作了。他并不自卑，毕竟，最后的和谐高潮总是用硬件来完成的，自己并没老。他曾经想过，孟乔南希望他回来工作的另一个目的怕是生理上的需要吧？他虽然不懂得捻花惹草，孟乔南也不像喜爱红杏出墙，但世事难测，谁又料到斯蒂文的两面性了？两个女人无条件的信任还不是喂饱了那个披着羊皮的狼？分居久了，难免生事。

孟乔南的脚丫啪啪地拍打出水花，溅了他一脸，才把他从漂走的神思中惊醒。抬眼一看，孟乔南的脸已经桃红一片，眼神迷离："想什么呢？正事儿都忘了！"他看着妻子娇羞的面孔，一阵眩晕，赶紧用毛巾擦干妻子的脚，就一把把妻子放倒在床上，嘴唇紧紧地封锁了那张娇嗔的嘴，这个娇嗔的模样，现在只有在床上才能见到了……

儿童监听器里传出任其然在自己房间小床里翻身时咿咿呀呀的喘息声，两个人停下来，侧耳倾听，孩子的声音安静下来，两人才继续大动起来。那夜，任天意少有地和孟乔南同时高潮了两次，两人似乎把失窃的事情忘得一乾二净，可兴奋的情绪背后却有个影子默默地吟唱，模糊不清。失窃的事把两人的心灵和肉体都拉得更近了，两人是在用性爱的激情掩盖失窃的忐忑。

孟乔南入睡后，任天意也沉沉睡去，他站在一片混沌的河塘中心，脚陷在河中央，被什么巨大的力量吸附着无法脱身，河水缓慢地上升，上升，他想大声呼救，却发不出声音，河水一寸一寸地漫过胸口，沉重的压力令他窒息。河水还在慢慢地上升，快要淹没鼻孔了，一激灵他从河里一跃而出，从梦中醒来。

身边孟乔南还在酣睡，监听器里孩子无声无息，长长地叹着气，他知道，这件事不解决是不行的，他会永远被这个恶魔折磨下去，永远！他不会有一个轻松无梦的夜晚，哪怕是射精两次之后的疲惫也无法压垮这个魔鬼。他为自己的无力感到羞耻，感到无奈，该怎么办？每一次意外事件发生，任天意都觉得那张罩着他的网越收越紧，令他窒息。无论如何他得去和斯蒂文见个面。

萨琳娜的家门口已经被白雪覆盖了，石头小径胡乱地扫开一条路，像女人没扣紧的胸口。春夏曾经有过的艳丽精致都藏到了雪下，更像是藏到过去的时光里去了。敲开萨琳娜门的时候，萨琳娜没让任天意进屋："斯蒂文早就不住这里了。我不知道到哪里可以找到他。他早和我没关系了，对不起！"门砰地关紧了。

任天意给小米单位打电话，小米不接。自从揭露了斯蒂文，任天意就再没见过小米。他曾几次给小米打电话，座机手机都打过，小米一概不理。他找小米的理由简单，他只想知道一切是否正常，这个女子毕竟令他魂牵梦绕了那么久，多少珍贵的时间都在对她的观察和研究中度过，他只是想赎罪，别无他求。他真心实意希望她能过的好。可小米显然不领情。任天意对小米的冷漠有着自己宽容的解释，小米是应该选择向前看，不回头，如果自己是小米，恐怕也要断掉一切和过去有关的联系，被欺骗的苦是残酷难忍的，被别人说三道四或者被同情，都滋味难当。自己充当了一个揭疤的人，小米怎能把他当同事一样对待呢？他不怪小米。

终于有一天，任天意去了小米家，那个他无数次瞭望的熟悉的大门，这扇门曾那样焦灼地牵扯着他的心脏。开门的是一个黑人，敌意地看着他，任天意这才知道小米搬家了。

唯一的办法是去单位堵小米。

小米看到任天意朝她走过来的时候，假装没看见，转身朝单位另一个大门走去。任天意紧追不舍，一边还大声叫着小米的名字。大庭广众之下，小米只好停住脚步，她一脸冰霜，对任天意说："你找我干什么？你是个神经病，我不想见到你！"任天意设想过很多次和小米再见的情景，虽然不甚温馨亲切，却礼貌周到，客客气气，他唯独没想到小米会说出这样无情的话，他切实地感觉到心脏那个部位被揪捏的痛苦。

他的脸红成了鸡血："你怎么可以这样说？你，你！"他忍了忍心中的愤懑，尽量心平气和地说："对不起来打搅你。我一直认为自己在保护你，在做为你好的事情。你这样看我，太遗憾了。现在我是来请求你告诉我哪里可以找到斯蒂文，他暗地里骚扰我和家人，这都是因为你的事引起的，我必须跟他谈谈。我需要你的说明。"

"都是因为我的事引起的？是我请你当私人侦探吗？我和斯蒂文早就离婚了，他在哪儿我怎么能知道？他如果不恨你不报复你，倒不正常了，你使他失去了一切！对不起，我也帮不了你，再说，你被他骚扰那是你的事，和我无关！"小米说着已经甩开任天意，快速朝大门走去，进门前，她回头笑了一下，那是一种怜悯加同情加苦涩的笑，她说："你做个正常人好不好？为什么好好的要做这些事？实话实说，我感激你，但我也讨厌你！"说完一转身甩下了无言以对的任天意，他没看到她转身之后夺眶而出的眼泪，小米鄙视自己的狠心，但她必须这样，这个任天意无论为自己做了什么，她都无法再正常地面对他了，他知道的太多，这令她非常不适。

任天意最终没有找到斯蒂文，他甚至去了趟警署，打听斯蒂文的消息，有人告诉他斯蒂文早就不在警署工作了，原因不明，似乎是被辞退的，又似乎是自己辞职的。

任天意没有立刻辞掉工作，但已经开始关注本地求职网站的相关信息，有合适的位置就发简历，一边等待面试消息，一边仍在D城认真工作，两周回家一次。日子恢复了如水的平静，孟乔南也没再提起让任天意回来工作的事，她无法面对丈夫没有工作的状态，她宁可任天意在D市有个稳定的工作，赚这稳定的工资。每一次离开家，任天意都忐忑不安，又无可奈何。他不得不把一个未知的家全权留给孟乔南，这个已经十分贤慧能干的太太。这时，他真诚地希望有个上帝，仁慈的他不会看着无辜的娇妻弱儿平白无故地被伤害吧？他希望上帝制止斯蒂文，他祈祷。

十一、车祸

小米和斯蒂文的离婚办的十分顺利，斯蒂文被小米扫地出门。无论斯蒂文怎样解释和恳求，小米都不再搭理斯蒂文。与此同时，萨琳娜也把斯蒂文赶出了生活，同样的冷酷无情，同样的无回旋余地，斯蒂文就像一条狗被主人抛弃，突然就无家可归了。

　　小米和萨琳娜的行动是联合起来的，两人做了几次持久深入的畅聊，几年来的一切，全都赤裸裸了。两人笑不出来，也哭不出来，匪夷所思的一切都结束了。

　　街灯印在沿街中餐馆的透明玻璃上，照出里面淡淡的人影，靠窗的座位上，两个对面坐着的女子默默无语，静静注视街上稀廖的行人。桌上的食物几乎没动，红烧鱼的红色浇汁新鲜血液一样散发着流动的光泽，手撕鸡丝也几乎只被筷子拨拉了几下。

　　小米苦笑了一下，说："世界上有这么好的演员，而且就在你我的生活里，我们都做了他的配角，是不是好幸运？"

　　萨琳娜也收回目光，冲着小米似笑非笑："我一直不明白他为什么会和你结婚，我们在一起那么多年，他从来没有想过结婚。"

　　"不结婚，我不会和他在一起，而你会，就这么简单，他选择简单的一切。"

　　"我怕结婚，从小就怕。我无法信任男人，连斯蒂文都会干出这样的事，从中学一路走来啊！我，我这辈子会更加怕了，男人，哼！我怕我会对异性恋失去兴趣了，还是同性恋的好，我们熟悉女性的一切，我们属于金星，臭男人都是狗屁火星上来的。"萨琳娜骂完很过瘾地笑，小米也笑。

　　"那你呢？还会结婚？"萨琳娜问。

　　"不知道。我想还是会结婚的吧，我要重新开始，哪怕失败，也还是应该试试。斯蒂文，我当他是过去吸过的一缕空气。"窗外一对恋人走着走着，停下来疯狂地接吻，小米和萨琳娜相视一笑，小米接着说："希望我真的可以把他当空气。可是，可是，我总有点不安，我们去了警局。我们为什么要去警局？"

　　"那一刻我们恨他，我们有权利恨他，是不？不过，我发觉刚开始知道真相的那种恨，已经渐渐地消失了。不值。"萨琳娜低头摆弄叉子。小米伸出手搭在她手上拍了拍，说："忘了吧，我们一起忘。这事儿没错，我们必须相信我们这样做没有错。我们的确有权利恨。"

　　两人是在事情正相大白之后一起去的警局。斯蒂文的上司面无表情地看着两个义愤填膺的女人，石头脸上的眼神，露出些微的吃惊。难道警察都是这样假里假气的吗？要么是嬉皮笑脸甜言蜜语的两面派，要么是公事公办冷酷无情的官僚？他没有给两个女人任何承诺，斯蒂文的事实重婚行为，已经结束，不起诉，还能怎样？两个女人显然都无心从斯蒂文的欺骗行为里得到任何法律上的补偿。走出警局的时候，两人暗自心里都有一丝后悔，这冲动，没有意义，除了报复的快意。事实是，两人都没有因此快乐起来。

小米偶尔会想起任天意，那是一种恨和厌恶的情感，她似乎想感激任天意所作的一切，但她感激不起来，她厌恶他的揭发。相反，一想起斯蒂文，她的心就爱恨交织，掺杂着一些柔软舒适，也掺杂着一些自责。生活从此改变了，斯蒂文从生活里消失，她感觉自己长大了十岁。她并不喜欢现在这个常常发呆的自己。回想起和斯蒂文在一起的日子，她心中充满温情，她可以想起来斯蒂文的每一丝微笑，每一个拥抱，家里的每一寸角落都残留着斯蒂文的味道。那时刻，她恨斯蒂文，她更恨任天意。只要任天意那躲闪的目光浮现在眼前，她就恶心，正常人怎么会如此下作？跟踪的招数都用上了。她对斯蒂文的恨好像都转移到了对任天意的厌恶上，如果没有任天意的出现和跟踪，也许一切都还是老样子，老样子有什么不好？她倒宁愿自己被骗，宁愿蒙住双眼生活在虚伪的爱情里，她不喜欢真实的残酷。

萨琳娜保住了工作，她所在部门只裁了一个快退休的，算是劝退。她和小米一样好像喝了斯蒂文调治的迷魂汤，斯蒂文给她带来过世界上最激动人心的快乐。她也不恨斯蒂文，但她无法再面对一个世界上最高超的骗子。她把斯蒂文的衣物统统扔到了大街上，把大门的锁头换了，任凭斯蒂文敲门，不再开门。几天之后，斯蒂文不再敲门，他空气一样消失了，似乎一切都不曾存在。

只有任天意可以感受到他的无所不在，甚至上厕所，他都会觉得有人在偷看，有一次他越想越害怕，撒尿都尿不出。他的车胎又有两次被扎，在公司的停车场里。他悄悄地修了车，守口如瓶。他每天给妻子打一个电话，家里一切安好。

他变得十分神经质，当年每夜访问小米腹腔的时候，外人看不出他的异常，现在不同了，连同事都知道他不是个善长社交的人，性格内向孤僻，经常自言自语。但因为技术过硬，大家就都把他的神经质当作聪明人的特质和超常表现了，好像人们评论梵高的割耳行为，是成就他天才画家的必然举动一样。

任天意每次回家，都竭尽全力与孟乔南和孩子一同欢乐，把内心趋之不去的不安藏严。他尽量地忙里忙外，让妻子有点时间放松，孟乔南却把很多家务都做得差不多，只剩下院子里的重活等他来做。

任天意推着剪草机在草地上画格子的时候，常常会想起斯蒂文的花园，剪草机的突突突声掩盖着他奔腾的情绪，的确，那幅夫妻携手相濡以沫养花护草的美景是被他破坏掉的，这样的破坏，理所当然，是为了正义和公平，他没做错。不破就不会立。

任天意突然想到一个从来不曾思考的问题，自己这个"破"，"立"起了什么？立起了斯蒂文重新做人的良知？还是立起了小米和萨琳娜觉醒奋争保护自己的勇气？小米为什么讨厌自己？车胎为什么被扎？自己所"破"掉的更像一个陷阱的井盖，下面是什么，只有陷下去才会真相大白。这就是为什么总是心神不安，因为自己"立"起的是时刻存在的危险，无处不在，无时不在，没有天气预报可以让你提前准备雨伞。这是一个恐怖的"立"，立起一个刑罚，内心失去安全的刑罚，一分一秒的折磨。他大声喊叫起来："我操你妈，任天意！我操你祖宗！你这个蠢货！"割草机的声音遮住了他的狂喊，他脖子上的青筋暴跳着，脸色通红，他想哭，哭不出来。他在明处，斯蒂文在暗处，他能干什么？一切都没有解决办法，一切都是未知。

那是一条修缮良好的高速公路，规律的行驶让任天意感觉闭着眼睛都可以开车，哪里弯哪里直哪里平哪里缓，他都心中有数。平素逢到回家，早晨松松地动身，7个小时，到家正好饿了，齐阿姨和孟乔南烧好的晚饭已经上桌。可那个长周末，他手头有个活儿剩个尾巴，周六早晨便到公司里收尾，不知不觉，竟干到下午三点，午饭慌掉也不自觉，急急地在麦当劳拎一个鸡汉堡，就匆匆上了路。

那样漫长的行驶中，古典音乐是他有声的伙伴，清淡悠扬，思想是他无声的朋友，漫无边际。他看得到自己思想的颜色，时而鲜艳，时而混浊，时而混杂，时而单调。他想到任其然的时候，眼底会呈现无限的黄色，梵高的画活了起来，路面开满向日葵，任其然的小脸是一个又一个葵花的中心，笑的，嗔的，哭的，怨的。无论它怎样变幻，那艳黄恒久不变。这恒定的黄，让任天意可以停留在稳定中感觉满足和喜乐。孟乔南的出现，却使他的思想转向紫色，发蓝的紫色，紫的好像可以滴出分离的蓝与分离的红，那样充满空间的浓厚让他感觉车子都重了起来，方向盘的把握需要力量。孟乔南早已不再是那个娇娇女，她仍然和颜悦色地讲话，语调里却少了矫揉造作，那声撒娇的"嗯"，几乎从记忆中消逝。那娇弱的十年似乎是属于别人的。她劈哩叭啦地做事，虽不时犯错，不时懒惰，却终究可以撑住那个身边没有男人的家了。她的蓝与她的红同样醒目，醒目地混杂成紫色，一边是白领女尤，一边是贤妻良母，一边是过去十年，一边是当下和今朝。任天意想到妻子，心头涌出温暖，他不怪她的迟钝，过去两年里发生在自己身边的事，孟乔南无知无觉，她懵懂笨拙如婴儿。

任天意每每想到自己，眼前就被灰色蒙蔽了。他在车轮平缓的滑动中复习着自己曾经走过的路，中国的那截，艰难，山路。但目标明确，上山。攀爬的每一步都需鼓足勇气，每一脚的踏出都要有稳定和持久的耐力。求学的激烈竞争中，他从始至终立于不败之地，他是个天生做学问的好材料，在数字领域里如鱼得水，数理化从来都是他的强项，他只需花别人二分之一的时间去掌握全部要点。更多的时间他花在政史地上面，只有全科优异才能保证进入一流大学。稳定的决心和定力使他过关斩将，顺利进入名牌大学，又以优异成绩毕业，顺利考研，顺利留校。那个年代，留校的都是尖子生，高校拥有做学问的最佳环境，授课之外的所有时间都可以灵活支配。会当凌绝顶的感觉，使他四周环绕着迷人的光环，一切都顺理成章。山外之山却悄悄地吸引着他，出国留学的欲望，一天天逼近，小挠子一样挠着他的心，小火山一样随时准备喷发。爱上孟乔南之前，他所有的业余时间都用在背单词做英文考题上，托福一考就是六百二十分，GRE也拿到了两千多分。孟乔南还没毕业，任天意的录取通知书就下来了。那个山虽说上的辛苦，却终究一步步地上到了顶。

任天意回想出国后的一切，感觉从山顶又下到了平地，别人的国家，别人的领地，曾经的一切都归于零。他身上的光环暗淡下去，新的语言，新的文化，一切都新鲜未知。他须从婴儿做起学习走路，平路尚不知如何走，何敢祈望高山？脚踏实地，感受地上的尘土，路边的石砾，是唯一认知这个新世界的途径。好在读书、做学问难不倒他，从头来过，虚心求教，在他，是求知的享受。如果让他分类，他会把国外的这一段奋斗历程，比作沼泽地，是比爬山还要艰难的行走，一步一陷，每一步都是未知。十几年的打拼终究过去了，摸爬滚打，一路胆战心惊，竟然走出了沼泽，踏上了坚实的平地。一门门考试，一场场答辩，一次次面试，一份份工作，事业稳定，家庭和美，人生的基本元素虽然说不上繁花似锦，也可称得上蒸蒸日上。他任天意所创造着的生活不是人上人的绚烂，是知足的中产小康的满足，两手空空地来到异国他乡，难道还能期望更多？看，虽然两地分居，毕竟可以用得起全职保姆，这在劳动力昂贵的资本主义社会，也是日子过得不赖的标志呢。

可是，为什么这一切笼罩着灰色？为什么？一种没有情绪没有动感的颜色，缺乏激动，缺乏意外。迟钝的稳定，在灰色画板上如静湖之水，无声流淌，又如一条刚铺好的柏油马路，和一部无声电影的首映式。任天意在这样无声的躁动中感受到一种难耐的沉寂和无望，他几乎可以听到自己像哮喘病人一样艰难的呼吸，呼哧呼哧。那天，这种难耐的憋闷，比往常行驶在回家的路上更加强大和无法抵挡。

夜，近了，一切朦胧在没有界限的灰色之中，和任天意思想中的灰色衔接的天衣无缝。有那么一阵，不安袭来，莫名其妙的心慌，他感觉腹部隐隐作痛，就拐进路边的麦当劳长途休息中心。从厕所出来，他买了一个汉堡和一杯不加糖的三份浓咖啡。他安安静静找了一个靠窗的座位坐下，窗外是宽敞的停车场，几辆巨型卡车侧身平行地停着。这种跨省公路，到晚间总有大量的卡车频繁地奔跑，路边休息中心自然成了长途司机良好的充电场所。这些司机大多有着共同的体貌特征，随便舒适的衣着，长久日晒黝黑的面孔，转动巨大方向盘坚实的双臂，雕龙画鹰的纹身图案。任天意知道自己在他们面前不过是个异族文弱书生，也就躲的远些。他低头吃着汉堡，希望面前的热咖啡能驱散环绕自己的不安和灰色气氛。咖啡的浓香在腹中温暖地旋转着，他感觉放松多了。吃完最后一口汉堡，他给孟乔南拨了一个电话，说还有两个小时就能到家，这才收了手机，起身离开。电话里孟乔南语气生硬，怪他回家太晚，任天意都睡下了。任天意收拾起心里的歉疚，长周末，还有两天可以和家人共度好时光，一定尽心尽力弥补今天的延迟。

车子上路时，天色已经全黑，大段大段的道路没有路灯照明，车头灯闪烁着几十米有限的距离，灯光之前，又是莫名的黑暗。路上车辆不多，偶尔超车的，都是那些巨型载货卡车，三十几个车轮轰隆隆很久才从身边响过，地面被卡车的沉重压得上下颠簸，小型地震一般。任天意把古典音乐的音量扭大，是莫扎特的什么二十五号 G 小调交响乐曲，他努力地听着音乐，强迫自己停止思想。在这样漆黑的夜晚，他不喜欢自己那些思想的多变颜色，他累。快点到家吧，任其然兴奋的小脸在眼前晃悠了一下，瞬间又被眼前的黑暗吞没了。他觉得头有些重，重得几乎压沉了他的眼皮。他干脆把收音机调到了摇滚台，电贝司的轰鸣占据了车子里的整个空间，他使劲儿摇了摇头，想让自己清醒，清醒得像那摇滚音乐中快速而兴奋的鼓声。

有那么一瞬间，他感觉身后有辆车子若即若离地跟着，斯蒂文的脸在他脑海里倏忽闪过，好像墨黑的调色板上一条无意甩上去的朱红，瞬间闯破了夜的完整和黑暗，又如裂开一条闪电的天空，和谐的完整被破坏了。任天意恨自己的多疑，怎么会突然想到他？自己实在是太神经质了。

那辆小型卡车从后面撞上来的时候，任天意正在转动方向盘。那是一截缓慢的盘山公路，一侧是岩石削立的山壁，一侧是灌木丛生的低谷，公路平坦顺滑，两条并行车道，朝一个方向延伸，宽敞易行，并不是一段难开的险路。任天意以为那辆小卡车要超车，下意识略微朝山谷一侧靠了靠。卡车却没有从旁边车道超过，车头赶上一半的时候，猛地朝他车子的腰身撞了一下。任天意吃了一惊，他感觉车子朝山洼处跳着，他猛地把方向盘朝公路上打回，车子尾巴似乎下了路沿，又被他拨回来，可还没有开稳，旁边那车又第二次撞在车尾上，车尾轮子几乎要滑下路沿，任天意急踩刹车，车子歪歪地停在路沿上。任天意还没来得及想明白正在发生的事，整个车子又被重重地撞了一下，这次是从驾驶窗外撞过来的，任天意只觉得自己的左臂被狠狠地推了一下，就随着整个车子滑向侧面的沟壑，车子只稍微滞留了一下，就皮球一样翻跳着跳向沟底，任天意感觉自己被什么东西胡乱地推来推去，头部、四肢、胸口、腹腔，轮流撞击着什么，又轮流地被甩开，被装卸，他没感觉痛，因为痛的感觉突然被一种浑沌蒙蔽了，这种浑沌鞭子一样抽着他和车子，像抽着一个旋转的陀螺，他想等待陀螺的停顿，可它似乎永远也不会停，他试图在旋转中睁开眼睛，他试了试，觉得成功了，眼前是一片模糊的红色，一切都是红的，他想伸手抹掉这讨厌的红，可他感觉不到自己的胳膊和手。那层红色却慢慢地流淌而去，眼前出现了模糊的图形，是半个圆圆的东西，是方向盘吗？一半支在眼前，一半穿进半个胸膛。他听见自己嗓子里发出咝咝咝的声音，他觉得自己应该想点什么，还没来得及，头就沉沉地耷拉在那半圆之上了，咝咝的声音变成了一声长长的没有间歇的嘘，一生的氧气在这一口嘘里，缓慢地，沉着地呼尽了。

一切都静止下来，只有风声吹着灌木林，树叶沙沙作响，述说着一个不为人知的故事，故事埋没在山谷里，直到天明才会在日光中若隐若现。夜深了，一切都是黑暗的，那辆从高速公路上滚落的汽车斜插在沟底几棵纵横交错的灌木树丛之中，一动不动。高速公路上偶尔开过一辆夜行的车辆，天空的黑暗被车灯划破，黑暗经受不住这样的冲击，夜空瓦片一样碎成耀眼的几瓣，每一瓣似乎都淌着汩汩的朱红鲜血，滴答滴答。

任天意的车祸是个谜，肇事者始终没有找到。

孟乔南成了单亲母亲，欲哭无泪。任其然只哭闹着找了几次爸爸，就忘记了生活里曾经有过一个和他滚在地上玩耍的父亲。他太小了，他有理由忘记幼年的生活，他前面的未来还很长很长，需要他记忆的东西会很多很多。他成长着，春天的小草一样一天一个样儿，他的笑、他的哭、他的闹响亮惊人，放射着旺盛的生命力，孟乔南不得不从悲伤中苏醒过来，孩子提醒她一切还在继续，提醒她前面还有希望，"妈妈，我需要你！妈妈，你没有理由停留在过去和痛苦中停滞不前。我要你笑！妈妈，你笑！"她看着健康的任其然嘎嘎地玩闹，就把那洪亮的笑声翻译成了这样的鼓励和鞭策，于是，她笑了起来，虽然开始只是苦笑，苦笑的多了，苦涩的滋味竟然越来越少，日子还得过，一天也不能省地过下去。

十二、Daddy

两年以后，一个叫查理的本地白人住进了孟乔南的家。查理身材高大，面孔英俊，对孟乔南百依百顺，对任其然亲如生子。孟乔南不知该如何感激上帝，她只知道自己从世界上最悲苦的女人变成了最幸福的女人。查理，改变的不仅仅是她的生活，更重要的是任其然缺少的那一半从此有了着落。

认识查理，是偶然中的必然。任天意还没出事的时候查理就经常在上班的公交车上和孟乔南碰面。有时碰巧坐在一起，就闲聊起来。天南地北，工作家庭孩子，车开一路，话就聊一路。车到站，两人道别，各奔东西。

查理真正走进孟乔南的生活是任天意出事以后。孟乔南一个多月没有上班也没乘公交车。再在公交车上相遇，查理望着憔悴的孟乔南，突然红了那张肤色极浅的脸，他说："你这么久没来坐车，我以为你换工作了，很着急。我习惯了经常在车上遇见你，你看，你很害人。"

孟乔南不争气，也红了脸。两人的红，面对面彼此映照，灿烂无比。公交车正好转弯，两人被闪的轻轻撞了一下，孟乔南觉得心里什么东西被晃荡得不稳当，柔情外溢，她责怪自己不象样子，任天意才去了一个月。她微微地低了头。

"你怎么了？"查理伸出手摸了一下孟乔南的手，没有停留，闪开了。孟乔南感觉到那手的温度，心里的什么东西又被晃了一下，这东西一晃，和查理之间的距离就缩短一大截。

"我丈夫车祸去世了。"她幽幽地说。

查理的手再次伸出来，握紧了她的手，这次，他没有松开，孟乔南开始企图挣脱，只试了一次，便放弃了。有多久没有人这样握着自己的手了？她需要这样的温度，这样被关心的感觉，她不想拒绝，她的鼻子涌上来一股酸楚，她好想靠在这个紧握自己手的人怀里大哭一场，命运为什么如此捉弄她？为什么？

查理开始频繁出入孟乔南的家，他帮孟乔南割草，帮她铲雪，帮她看小孩，甚至开始帮孟乔南开拓一片小花圃，四周铺上设计精巧的花砖地。工程耗时耗力，查理用了两个多月才做完。这两个月来，他的勤劳自然而然地换来了享用孟乔南家美味中餐的权力，那些中餐给他带来了更多勤劳的力量。他用他的热情迅速地填补着孟乔南失去任天意的空虚和悲伤。

花砖地工程接近尾声，有天查理收工晚，孟乔南请他吃喝洗涮之后，已经月上树梢，查理说要在院子里坐一会儿，欣赏一下自己几乎完工的作品。孟乔南偷偷看了看表，已经十点多钟，任其然早已在他忙碌的时候入睡了。清凉夜色，月光如水，孟乔南感觉有些魂不守舍，查理的胳膊轻轻地绕着她的肩头。交往已经有几个月了，孟乔南始终无法摆脱任天意的影子，她克制着自己的情绪和欲望，等等，再等等，她一次次地对自己说。多少次查理的嘴唇凑上来，她都偏了头，让面颊轻轻滑过他热情地嘴唇，她小声说："你给我点时间。"查理也就不再勉强，他会轻轻地挽住她的肩膀，拥她入怀，他宽大的胸膛正是孟乔南需要的避风港，她逐渐学会了轻松地让自己的头颅毫无保留地停靠在那里。

今天，一切都有些不同，月光下，她眼前是五只半圆形堆砌美观的花池，花池虽尚未最后竣工，下面的走道却已经竣工，那是一条蜿蜒的不规则石头走道儿，走道两侧拳头大拥挤的石子花边翅膀一样延伸着，上面间隔种了地毯草，一丛一簇。走道尽头，是几块大石堆放的造型，高高低低俨然是几个女人和孩子在翩然游戏，大石中间穿插了多年生的矮树丛，刚种的，根上新铺的一圈松树皮还散发着若隐若现的松香味儿。

"真好看！"孟乔南娇声赞道，是发自内心深处的赞美。如今这个花园，今非昔比了，任天意从来没有过这种美观意识，他再也不会有机会知道自己家的院子可以漂亮成这样了。她心头滑过一丝哀伤，但瞬间就飘散了。查理刚洗过的面孔英俊的令人眩晕，天，上帝怎么对我这么好？她望着查理的眼神里流淌着温度，那温度从她心里缓缓涌出，而且还在渐渐升温，缓慢的焦灼点点滴滴向斯蒂文飘送。

查理看着她的目光凝固起来，搭在孟乔南肩上的手用了几分力气，一扳，就把她拥进了怀里，他低头看着仰起头的孟乔南，四目对视，都感觉到一种燃烧的气氛。他感觉到自己的身体骄傲地坚硬起来，紧贴着孟乔南的小腹。孟乔南的呼吸急促起来，她似乎想要避开那坚硬，可无能为力，她已经被查理箍的紧紧的，无处可逃了。有一条小河正在她小腹里喧嚣奔腾，她无法阻止它巨大的冲击力。为什么要这样压迫自己？生活不是还得往前走吗？那就让它往前走吧！她索性放弃了躲避的努力，不自觉地用小腹贴紧了那坚硬，查理发出了难耐的呻吟，他的嘴毫不留情地压了上来，孟乔南两片柔软的嘴唇瞬间成了世上最香甜的美味，她浑身瘫软，彻底无防卫，任凭查理的舌头贪婪地在她嘴里探索玩味。她感觉自己的大脑越来越眩晕，浑身只有一个愿望，就是溶化在查理的怀里，或者让查理溶化在她的怀里。

院子里的夜晚已经从世界里消失，只剩下两个人饥渴的欲望纠结缠绕，烈火炎炎。查理终于把嘴唇移开，他一弯腰把孟乔南从地上抱起来，走进房里，直奔楼上卧室。楼梯发出沉重的响声，那是两个人的重量累积在查理一双腿上的沉重，好像在大声宣布一个新生活的开始。

孟乔南的双臂吊在查理脖子上，头埋在他胸前，心跳如擂鼓，等待她的是什么？她不想去管，一切都随意吧，她吃的苦难道还不够多吗？是回报到来的时候了。她不能拒绝，不愿拒绝，不舍拒绝！她要让小腹那条奔涌的河流肆无忌惮地流淌。

那夜，两人的烈焰燃烧了整整一夜，查理的勇猛和任天意的细腻截然不同，她兴奋异常地迎接一切新鲜的挑战，满怀惊喜，持久频繁的高潮几乎让她昏死过去。有那么一瞬间，她惊诧于查理超乎寻常的强大，她甚至要庆幸查理的到来，这样死去活来的快感，结婚十余年并未尝过，难道不可惜？她被自己的想法吓坏了，怎么可以如此下作？难道任天意还不够对自己好吗？难道他的离去成就了自己的快活？自己是个什么女人？太淫荡无耻了！她不敢让那可怕的念头停留，就尽心尽力地享受起来，这种时刻，一切都应该消失，只剩下感觉，升天一样非人的快乐。道德，看不见摸不着，就让它见鬼去吧！她发出很响的呻吟，和身体下面正在持续的巨大的响声此起彼伏，交响乐一样……

从那以后，查理就搬进了孟乔南的家，三个人像一个稳定的三角形，平稳地旋转着。最令孟乔南欣慰的是任其然很快就和查理熟了，查理身体里西方人特有的激情比任天意的爱更加猛烈和激动人心，他乐此不彼地和孩子滚在地上一同玩耍，学狗叫，装马被孩子骑着跑，在院子里和任天意拿着浇花的皮管子喷水玩，带孩子到公园足球场踢球。查理一来，家里就充满叽叽嘎嘎的笑声，刚开始说话的任其然很快就学会了这位男子法裔特点的英文口音，甚至连法语也时常冒出来两句。

孟乔南脸上现出越来越多的笑容，查理和任天意相比是如此不同，一个英俊潇洒充满活力，一个沉着稳重慈祥痛爱，尽管那父爱曾填充了她十几年的生活，留给她一个乖巧可爱的孩子，往日的怀念却无法阻挡查理新鲜活力的吸引。这样的时刻，查理的出现就好像上帝特别的怜悯，让爱情的滋养来带她走出悲伤的阴影。她庆幸生命的赐予。

查理两年之后才正式搬进了孟乔南的家。他是个私人侦探，工作时间十分自由，但不甚规律。那时齐阿姨已经辞退了，任其然开始上全日制幼儿园。

孟乔南的勤劳麻利在这几年的忙碌中锻造的更加炉火纯青，曾经衣来伸手，饭来张口的那个娇小姐几乎从她自己的记忆中彻底消失。她规律地上班，规律地忙着里里外外，规律地烧全家爱吃的中国炒菜，其中最受青睐的是醋溜土豆丝。任其然和查理大声赞扬孟乔南炒的土豆好吃的时候，她偶尔会有那么一瞬间，想到任天意出色的烹饪手艺。虽然锻炼了好几年，她知道自己烧的菜，色香味，无论哪一条都达不到任天意生前的水平。她从餐桌上起身去拿饮料，背转身的时候，叹了口气，是只有她自己听得到的叹息，那一刻她想念任天意，有任天意在，哪里需要她上阵？她还想起来自己曾经有一段时间看到土豆就要呕吐，那好像是前世的记忆了，一切都已模糊不清。

任其然第一次呼唤查理 Daddy 的时候，在场的两位成年人都露出了难以掩饰的惊讶，孟乔南望着查理惊喜的目光，表情凝固，她说不出自己是高兴还是悲伤，一切自然而然，那个角色终究是需要一个人来填充的。任其然的认可，是任其然的选择，也是查理的付出换来的应得回报。她凝固的表情终于舒展开来，一排牙齿咧开，白白地泛着光芒，映照着查理同样明媚的笑容。查理抱起任其然，亲了一口，说："好娃娃，Daddy 现在就带你去买你想要的那支玩具枪。"

　　长着黝黑眼睛黝黑头发的任其然被这位金发碧眼的男人紧紧搂抱着，呈现出一幅美妙的黑白画面，和谐的如同白天和黑夜，白天离开黑夜不成其为白天，黑夜离开白天也不成其为黑夜。孟乔南看着他俩的背影消失在门口，才收起脸上的笑容，坐到计算机面前，打开 QQ 和姐姐聊天。

　　姐姐说："一个人把小家建设的有模有样，不容易，了不起！姐没白痛你！"

　　"可我心里多少有些心慌，不知道为什么。总觉得太快了点儿，查理对我和孩子也太好了点儿。"

　　"别疑神疑鬼的了，上天让你受了那么大的苦，总要用甜来补一补。"

　　齐阿姨也经常过来看望这一家子，顺便给任其然带个小车小枪的小玩具。她不会说英语，看见查理就点头说个 Hello，她从来没有对孟乔南说过查理的坏话，人家的日子人家自己过。可她从最开始就不喜欢查理，她总能从查理英俊的面孔里看到一层怪异。她就尽量不去看他，她想，也许咱不了解老外，连眼神都带了偏见，还是悄悄地吧，毕竟查理取代了任天意，孟乔南和任其然的日子平静地过着。

　　孟乔南有时会独自掉几滴眼泪，被查理看到，他会搂着孟乔南娇小的身体，轻声劝说："命运，这就是命运。每个人都有他自己的时间，时间到了，谁也拦不住。"

　　夏天的傍晚，一家人坐在后院的长椅上欣赏查理刚开辟的新花圃，花香淡淡飘散。孟乔南一手抱着任其然，一手搂了查理，她因劳动变得略微粗糙的白皙小手玩弄着查理脖子上那颗鼓出来的痣，她忍不住歪头嘴对嘴亲了一口他，说："看，你不出差的时候我们三口之家多好！以后少出差吧！"又扭头问三岁的任其然："Daddy 的痣好看不？妈妈好爱这颗痣，有了它，Daddy 走到哪里，我们都认得出他！"

（二零一二年完稿，于网络连载）

杜杜

关于《不吃土豆的日子》

杜杜

创作背景:

我的白人朋友安德丽恋着有妇之夫比利,比利和安德丽相恋的几年里一直过着双重生活,他公开在安德丽的朋友圈里充当安德丽的丈夫,又在妻子和孩子面前做着称职的丈夫和父亲。安德丽认识比利三个月就知道了比利的家庭状况,但安德丽不在乎,她爱比利。比利最喜欢把情人房前的花园打理得万紫千红,相比来说,他以更多的热情爱着情人安德丽,他从安德丽这里得到的东西是他太太无法给予的。安德丽和比利的分手是因为比利全家搬去了法国。爱情终结,安德丽虽然苦恼,但接受现实。

我得知这件事时哑口无言,和安德丽相识多年,我一直以为比利是安德丽的丈夫。当时震惊的程度在这个世界上找不到合适词语来形容。感慨于人类可以怎样虚假和莫辩,生活可以怎样的表里不一。而人的情感又会怎样在善恶之间摇摆,在对错之间徘徊,被欲望驱使,深陷其中,不愿自拔。多数人身处混沌之中,接受着命运安排,悄无声息。表面的衣冠楚楚、容光焕发,也许掩藏着无限撕心裂肺的悲情和无奈。我们的生命究竟意味着什么,不过是一种代代延续的相似符号,与种族和地域无关,在世界的所有角落,一模一样地、一遍又一遍地演绎重复。

人与人之间原本无法清楚交流,也无法拥有相同的价值标准,这种断裂,注定了许多喜剧后面的悲剧,天堂下面的地狱。安德丽向我揭开她秘密的一瞬之间,我欲泣而不能,内心早已泪雨滂沱,那一刻,我知道我会把比利的双重生活写成小说。

拥有美好的黄皮肤黑眼睛黑头发,使用美好的中文写作,我的主人公自然多以华裔为主体,无论黄油面包如何在身体里常出常入,我仍然固执地迷恋着龙的渊源、龙的血脉、龙之后人的安危生息，哪怕在地球的这边，住在远离那块黄土高坡的大洋彼岸，我仍然会一遍又一遍的复习风沙骤起时，那风雷激荡黄云蔽日的壮观景色，心中波涛汹涌，间或，一遍又一遍地思念油条豆浆混沌包子馒头咸菜凉粉臭豆腐。反映海外华裔人群的真实生活一直是我的热情所在。成就此文，以华人为主角，是为因。

人的本性是很难改变的，上帝造人时便在个体的肉体和魂灵里注入了单只属于你自己的内容和标记。循着时间的脚步和你生命的既定轨道，不紧不慢，生长、成熟、结果、凋零，谁也逃不出那条轨道，无论你使多大的努力。故事里我使用了大量心理描写和梦境与现实的穿插手法，希望借用现代主义文学的抽象色彩来表现男主角的精神困境以及混沌世界无序和无助的神秘本质。

故事线：

孟乔南与任天意这对夫妻移民之后在国外过了十几年的平静生活，孟乔南的怀孕，改变了平静的一切。一贯宠爱孟乔南的丈夫任天意受到公司同事小米的启发，开始培养妻子的家务能力。一次意外，小米因为任天意无意泼洒的咖啡摔跤流产，从此，内疚的任天意开始了对小米生活的关注，竟意外发现了小米丈夫斯蒂文的双重婚姻生活。为了弥补自己的过失，把小米从婚姻的谜团里解救出来，任天意开始了对斯蒂文的监视，并揭露了斯蒂文的双重生活。真相大白之后，一切变得难以控制。小米离婚并与任天意反目，斯蒂文消失，任天意失业。这期间，一直蒙在鼓里的孟乔南已经逐渐变成了一位称职能干的妻子，并生下了儿子任其然，任天意对小米之事守口如瓶，妻子孟乔南一无所知。任天意的新工作在另外一个城市，两周长途驾车回家一次，妻儿在此期间屡受匿名骚扰。任天意忧心忡忡，但找不到解决问题的办法。最后，在一次长途驾驶回家的路上，任天意被一辆卡车撞入山谷，身亡。肇事者未知。孟乔南在痛失丈夫的悲伤中独自抚养任其然，这时，一个名叫查理的男人走进了她的生活。理查德是谁呢？小说到此嘎然而止。

杜杜

　　小说中的"土豆"构成暗线。削土豆皮是孟乔南在学习做家务过程中遇到的巨大困难，适逢壬辰反应，她无法再吃土豆。随着故事的发展，土豆偶尔出现，承载隐喻。小说结尾时孟乔南已经重新恢复吃土豆，她炒的土豆丝受到男友查理的喜爱。"土豆"所承担的角色，预示人生中变化莫测的一切可能性。它的重量，只有请读者自己去阅读、感受和评估。

作品人物小叙：

故事的主人公任天意这样以求学身份出国的中年华人，在海外的华人圈里具有普遍性，老实本分，工作努力，居家度日，心满意足。许多心理描写，与其说写任天意，不若说写这类型的华人。十几年移民生活过去，这群人基本都过上了衣食无忧的中产生活。但生活注定不会一路顺风，没有高低起伏、没有喜怒哀乐、没有渴望和失望，生活就不成其为生活。如此，任天意在故事中所经历的生活状态也是有代表性的，这样的人在我身边比比皆是，我的故事才拥有存在的土壤，也才可以培育想象和创造的花草树木。任天意略带神经质的隐忍内向、温吞善良与他的保守、拘谨、懦弱原本就是相辅相成的，他柔软之中的坚韧和对斯蒂文事件表现出的勇敢精神却是尘土覆盖着的金子，在笔者心中是一尊无冕的桂冠，哪怕恶胜了善，死亡掩埋了正义，世上的阴暗也不能磨灭它曾经和持久的存在。我们这个社会难道不是特别缺乏任天意这样很少为个人着想的勇者吗？我们只是需要更多一些智慧、力量和胆量，少一点无原则的隐忍和对自己的懦弱、对世界的无情的一味屈从。任天意的精神困境显示了他不健全的心理状态，他的梦境正是这种困境的载体。

任天意的妻子孟乔南在小说中从一个衣来伸手饭来张口的娇弱女子演变为上得厅堂下得厨房、懂得负责任的贤能女人，显示了人的潜能在天时地利人和都合适的情况下经过合理激励，会怎样得到最大程度的挖掘和修缮成熟。人一生可以成就许多变化，二十岁的你和六十岁的你可以判若两人，牛粪变鲜花、鲜花变牛粪都具有可能性。希望孟乔南这个形象在当今中外年轻女性崇尚好吃懒做不劳而获、视劳动为耻辱的年代，闪出一丝微弱、但令人欣喜的光芒。孟乔南外柔内刚，在自己的小天地里过着上班下班、家和单位两顾的简单生活，亦是海外中年华裔女性中较为普遍的类型。她们的欲望值不高，甚至目光短浅，很少进行复杂思考，心地和善，目标简单，没有过强的欲望和祈求，一日三餐按部就班，看看电视学学编织就已满足。她对身边事物也缺乏关注和敏感关心。否则，任天意的反常举止，应该早就被妻子发觉。

夫妻相处，咫尺天涯，在孟乔南和任天意的婚姻中反应突出。任天意对小米事件的隐瞒以及孟乔南对丈夫异常状态的忽视，正是这种婚姻失调状况的折射。世间的夫妻，极少能彻底逃出这种沟通失调或沟通断裂的情势，哪怕阶段性的失调，哪怕为着善意的出发点而隐瞒，也是一种可怜的沟通失败，竖起了婚姻中不应有的高大城墙。孟乔南和任天意的和睦，是可怜而且可悲的假像，和所有人类的幸福一样，背后可能蕴藏着大量不为人知的秘密和伤痛。

小说的另一个重要角色，任天意的同事小米的随意简单朝气蓬勃，独立自主，自爱自信，应该是二代华人在海外比较普遍的状态，他们没有经历过中国那种严酷的历史政治运动和求学的艰苦竞争磨练，一切来得自然容易，生活状态和西方青年没有明显区别，但因为少年时代的家庭影响，仍保留着华人经济上谨慎、学业工作上敬业的生存习惯。但他们大多以自我为中心，随心所欲，很少从他人角度考虑问题。造成后来真相大白后小米对任天意不公平的冷漠态度甚至厌烦心态。我们生存的这个社会，这样冷漠之人日趋增长，笔者对此感到忧心忡忡。一个人没有足够的怜悯心，世界会变得多么可悲。

而小米的丈夫斯蒂文这个光明正大周旋于两个女人之间的两面男人，在我们当今这个道德和公义概念变得模糊的现代社会，是一个虽然另类但并不罕见的扭曲形象，他大模大样地拥有着两个家庭，欺骗着两个爱着他的女人，用一种非正常的形式过着正常的生活。而他警察的职业，讽刺了一种正义使者与罪行相互缠绕你我不分的荒诞现实。很遗憾，我的文字最后以一种嘎然而止的方式结束了小说，任天意的死亡和斯蒂文的得逞形成了"恶胜了善"的情势，使小说变成了悲剧。不是我写的累了，也不是我看不到希望和正义的闪光，生活的复杂性注定世界不仅仅被美好充斥，悲剧的结尾本身就形成一种隐形力量，可以给人的心灵更多冲击和感受。我也希望给读者和我自己一个较大的留白，一个思考、回味、延伸的空间，让读者自己去填充他们所希望的结局。也让这个混沌的世界在无序和难解的循环中找出属于自己的答案。世界不总是美丽的，事实是，很多事情，很不美丽。

斯蒂文很可能良心发现，是真心要成为孟乔南的丈夫和任其然的父亲；也可能恶性爆发，在将来的某一天伤害这两个无辜之人；还可能继续他不变的两面习性，与其他女性共度虚伪时光；也可能被小米或萨琳娜揭露，再次被抛弃；甚至可能被发现是杀害任天意的策划人而入监成囚……一切的一切都留给后面这大大的空白吧。

本文除了斯蒂文和花园情节有模糊原型，其他所有人物、情节全部虚构。

文章千古事，得失寸心知。作品也是有命运的，我的笔下之子，希望它有自己应有的运程。

水晶珠子

杜杜

一、

大雪，硕大的雪片狂飞乱舞，上帝大概在天庭撕毁文件，反叛的手下任这无字天书的碎屑毫不犹豫地飘洒降落，白天，夜晚一样失去了能见度，被这天庭的暴动统治了。

肖能剥开窗帘凝视灰茫茫无丝毫界限的天地，大声对母亲说："妈您听我的，我们正好顺路，您就别逞能了，我们捎您过去！"

"我怎么逞能了？我自己又不是没长脚，公交车月票是买来浪费的？"肖母在厨房里叮叮当当地剁饺子馅儿，那声音是军乐队的阵容，说话声音需要高亢嘹亮，如军号，才能在军乐声中独占鳌头。肖母买了六五岁以上的老人月票，比正常价格便宜三分之一。乘了多年公交车，她很喜爱自己的独立和自由。

菲利普眉头皱了疙瘩，走到肖能身后，在她耳边低声道："你和你妈就不能说话小声点儿？幸亏邻居隔的远，否则会被报了警，告你们骚扰邻里休息。"他怀里抱着睡眼惺忪的尼尼，孩子午睡刚醒，小脸儿睡得一半儿白一半儿红，红的那半儿小脸上印着雕花线毯的花纹，小鼻子抽抽嗒嗒，要哭不哭的样子。

尼尼继承了妈妈的黑眼睛细眉毛，爸爸的白皮肤高鼻梁厚嘴唇。棕发又软又细，却非常茂密，这头发遗传了爸爸的质量，妈妈的数量。

肖能伸手接过孩子，答："哎呀，我又忘了，小声小声！你提醒的对，提醒的好！谢谢谢谢。"这几句的音量虽然降了几度，却还延续着刚才的惯性，语速很快，炒豆子一样在女儿耳边轰鸣作响。

尼尼呜呜咽咽地哭起来，两只小胳膊向往地支巴着，挣扎着想返回爸爸的怀抱。

"对不起，对不起！"肖能赶紧温柔下来，张嘴湿漉漉地亲了孩子几下，耳语道："妈妈不好，吓着宝贝了，妈妈坏！"她一边拍着孩子，一路颠着晃着，走进厨房，说："妈，我们等尼尼醒全乎了，就动身，您撂下手里的活儿，赶紧收拾一下，跟我们一块儿走吧。"说完，不等母亲搭话，就逃跑似的上楼，果然听见母亲回嘴的声音响在身后："我剁完馅儿再走，耽误不了你们。催催催，没完没了！好像我真在拖你们后腿一样，这个妈真难当！"

菲利普虽然听不懂肖能和母亲用中文进行的唇枪舌战，但清楚地嗅到两人之间无时无刻不存在的火药味，这对母女，你有来言，我有去语，像一条怎么都砍不断的河流。这条河流在他身边流来流去，菲利普好像水草一样被河水长久浸泡腌制，也变成了河流西松平常的一部分，无声无息地存在着。

菲利普天性温和随意，封闭内向，认识肖能以前只象征性地谈过一个对象，没几天那女子就耐不住他墙一样的无语和沉默弃他而去。肖能从学校毕业进公司的时候，英语并不流利，磕磕巴巴地讲话，一开口就脸红，一脸红就笑，笑起来眼睛鼻子嘴巴眯眯弯弯地挤在一张本来就不大的脸上，婴儿一样单纯可爱，让你恨不得伸手过去帮忙把那些可爱的小褶子揉平整。单位里的人就都当她是孩子，见了这样的笑脸，再硬的心肠也只好软下来，谁也舍不得跟她过不去。菲利普约肖能看电影，两人一个没话，一个语言不好不愿多讲话，约会时就干脆非讲不可的就少讲，能不讲的就干脆不讲。看电影这项活动碰巧禁止喧哗，非常完美地照顾了俩人的短处，两人于是看了一场又一场。看着看着，两个单纯的人，都感觉只要有这个人在身边坐着就很舒服惬意，仿佛认识了很久，彼此不需要语言就可以直接抵达对方的心脏，那里面是相似的善良、单纯和真诚。十几场电影看下来，婚事就决定了。菲利普心满意足，觉得自己是世界上最幸福的男人，自己这么普通，笨手笨脚，还特别缺乏谈朋友的经验和技巧，却轻而易举地娶到一个清纯可爱的中国妻子，一定是上帝暗中帮了大忙。

换房子之前，两人的小日子平静快乐，上班下班，业余时间看看电影散散步，两人都无可抱怨，经常眼对眼心对心地傻笑，幸福得不得了。直到肖能怀孕，肖能的母亲逐渐增加了来探望的次数，日子才开始发生变化。

肖母能干。每次急急忙忙地来，风风火火地去，进门就找活儿做，勤快的手脚和勤快的口舌都令人应接不暇。她对这个小家气氛的影响，像一股飓风，刮到哪里哪里就失了原来的模样，她走了，飓风刮过的现场需要繁杂的修复工作才能回到原来的状态。最令菲利普吃惊的是她那永不疲倦的战斗精神，她能冲肖能没完没了地唧唧歪歪，同时激发妻子也变得一样唧唧歪歪。肖母这个罕见的紧张元素，会把妻子变成一个自己不大认识的女人。那时不住一起，肖母来来去去，菲利普客客气气，不多想，不多嘴，雨过马上天晴，日子仍然基本和平。母爱，是颠覆不破的公理，普世公认，菲利普坚信。每个人都有妈，每个妈都痛爱孩子，他并没意识到肖妈会有什么特殊化。直到肖妈搬进了小两口的家，菲利普才渐渐体会到肖妈的巨大能量，她本身就是一场打不完的战争，只要她在，就像中国神话里河底住着的巨龙，只要它轻轻一翻腾，一河的巨浪就会汹涌澎湃，无法阻挡。从此，这个家就跟绵延持续的中东局势差不多了，冲突是必然的，和平反倒奇怪了。

菲利普静悄悄地跟着肖能上楼，该帮尼尼换衣服了，周末全家出动去超市采购下周的食品，是例行公事，尼尼在超市里总是欢天喜地，她喜欢看面前拥挤的人流，更喜欢爸妈每次都满足自己的小零食。菲利普想到要捎上肖妈，心里略过一丝不安，唇枪舌战的战场转移到汽车里，是最可怕的事，空间缩小，战争会无限放大，那个金属闷罐子里，想躲都没处去，开车会变得心慌分神。他悄悄叹了口气，紧跟着妻子进了卧房。

"你妈明天就回中国，你今天一定少说话，别跟她吵。听话！"菲利普一边帮肖能给尼尼换衣服，一边叮嘱。

"放心！"肖能抬头看了丈夫一眼，眼神柔软。她有点儿恨自己，自己为什么总要菲利普提醒，才能做得到？她目光中的柔软是五分爱恋五分感激，菲利普懂得体会母亲的辛苦，他的劝说总是从和平出发，让妻子克制，肖妈应该为拥有这么一个懂事的洋女婿，谢天谢地！

二、

肖妈对菲利普这个洋女婿的确十分满意。这是一个说话好脸红，每天安安静静没有声响的温和男性，温文尔雅，知情达理，对女儿和颜悦色娇宠有加，对自己比女儿对自己还尊敬，虽然他很少称呼自己"妈"。一个洋女婿，身体里流淌着洋血，叫不叫吧，肖妈并不在乎。

菲利普虽然看不惯肖妈，但乐于接受她的与众不同。他对妻子说："人都是个体，你就是你，他就是他，你妈就是你妈，我们应该接受她是她自己这个现实，无论她怎样与众不同"。

菲利普天性善良知足，生活里躲不过去的事，他懂得去平静面对，有色眼镜他不喜欢戴。除了看到肖妈明显的缺点，他也看得到肖妈身上数不清的优点，比如肖妈热爱劳动，重视身体力行，六十五岁了，比两个三十岁的人加起来干的活儿还多。老人家整天围着孩子转，围着厨房转，围着洗衣房转，双脚双手永远处于运动状态，这样勤劳的母亲，谁都不能说她是个坏母亲。可是，他的确私下里疑惑，这个母亲为什么不能在言语上对自己的女儿宽容一些，理解一些，温柔一些呢？从她搬进来，这母女俩的战斗就没有停止过，这多么奇怪！菲利普看出肖母天然的攻击性和传染力，肖能在她面前，下意识的防卫抵抗和脾气指数的迅猛上升成了自然的生理反应，经常丧失理性控制，单纯、温和、宽容等美好品德的化学成分瞬间会发生本质变化，温柔体贴变成凶悍无理，善解人意变成吹毛求疵。这时候菲利普深感自己无能，对肖母对妻子对自己都无能。他除了提个醒儿，能干什么？他像路边的指示牌一样，傻站着指指路，车辆如果看错路牌上了歪路，他是一点办法也没有的。

菲利普的父母都是早年移民加拿大的意大利人，母亲温柔如水，从不大声讲话，他不记得母亲抱怨过什么，不论生病、疲劳、经济紧张、生活艰难还是亲人亡去，她都不会有半句抱怨，相反，一张并不漂亮的脸总是宽和地微笑着，显得圣母一样美丽。"上帝保佑！"她经常默声祷告。由于她永远轻言细语，音量过低，菲利普只好哼哼哈哈地经常忽略了那低语的内容了。她还总是感谢上帝感谢个没完没了，好像上帝每天都要等够她两百多个感谢才能赦免她的罪孽一样。但潜移默化，菲利普也总是心存感激，他感激上帝让他拥有了这个单纯善良的妻子，他甚至也感激上帝让这样两个极端的母亲，都成了自己的母亲，来给予他生活中更多的经验和体会。如果少了肖妈的存在，生活的确会无风无浪平淡如水。有了肖妈，填了堵心的争吵和烦恼，也同时增加了人去体会不安、挫折和面对矛盾的能力，多好！上帝做事儿总会有他的理由。菲利普虽然早就不去教堂，但对上帝的信赖是从小就从主日学校稳扎稳打地扎下了根基。"应当一无挂虑，只要凡事借着祷告、祈求和感谢，将你们所要的祷告上帝"这段经文，他记的很牢。

菲利普有时也会安静地想一想肖母的问题。开始的时候，他对肖妈的表现又惊又怕，他想不通为什么世界上存在这样一个整天看着自己孩子不顺眼，极力想激怒孩子的母亲？生活的久了，他才逐渐发现了这位肖妈深藏的矛盾之爱。她不愿给女儿增添一点物质负担，却总是适得其反地增添了肖能的精神负担，她在用一种不自觉的斗争方式来示爱。她身体的无私付出和嘴巴上的无情暴力，缺一不可，共同组成了她特有的母爱，好像硬币的两个面，缺了哪个面，这枚硬币都不再成为硬币。渐渐习惯了一些，他才开始在两个女人之间斡旋调节。肖妈从来不对菲利普发飙，刚刚对肖能的横眉怒目，一转脸就会变成对他的慈眉善目，他天然的震慑力可以在瞬间压制她语言和表情的残忍。她的精神暴力只对她自己的亲生女儿施加，这个女儿似乎是她愤怒之泉取之不尽用之不绝的源头水泉，好像亚马孙河的源头小溪一样，小小一股，流着流着就铸造了未来奔流到海不复还的波澜壮阔。

很多时候，肖能母女两人拌嘴，菲利普会不吭不响地躲开，中文听不懂，心烦，就当没听见，或者戴上耳机打游戏，与这口唇之战彻底产生音响世界的隔绝。但他从心里可怜自己的妻子，可怜的结果只能是百倍的痛爱。肖能是个没心没肺的简单女子，工作勤恳认真，心地善良，容易满足，热爱家庭，这样一个好女儿怎么会成为母亲眼里的眼中钉肉中刺？肖能有时被母亲气的浑身发抖，语无伦次，菲利普就会走过去心痛地搂住妻子，把她拉开。他抬头对肖母瞪视一分钟，这无声而有力的目光立刻奏效，肖母就躲开注视，低头干活儿，鸣金收兵。

在老公面前，肖能基本上言听计从，随和顺服，丈夫疼自己，她明白。一个洋老公，没有中国传统孝道的熏陶，能接受和这样好斗的母亲生活在一起，已经十分不易，还要从中协调母女僵硬的关系，这需要多么宽广的心胸和耐心？自己十分幸运啊。丈夫的意见她便接受，言听计从。菲利普在两人之间的劝说当然总是从肖能开始，他一个眼神，肖能就住了嘴，或者像刚才那样儿逃离战场。他的提醒是一盘冷水，使易燃体迅速躲开母亲燃烧的火焰。

三、

两人迅速帮尼尼收拾利索，一家人收拾停当，就坐在沙发上等肖母。

肖能说："妈您快点儿，我们在等您了。"肖母这才小跑着从厨房出来，慌慌张张地上楼，楼梯绊了脚，她一只手扶住了楼梯蹬，整个身体几乎扑倒在楼梯上，菲利普看见肖能想起身，又张嘴准备说什么，立刻用脚捅了她一下，肖能就低头装着没看见。为什么一个六十岁的人要像个孩子一样跑跑颠颠，如果摔伤了怎么办？肖母果然一瞬间已经爬起来上了楼，敏捷得像个特警。

肖母很快就换好衣服，又跑跑颠颠地下了楼，嘴里不停地说："催，催，催，我说我能自己乘公交车，非要捎上我，赶命呢！"肖能强忍自己，嘴巴抿得紧紧的。她想说你明天就回中国，要给亲戚朋友买的礼物还没买好，厨房那点儿事重要，还是回国这么大的旅行重要？这么多人在等您，您还说我们催您，一点集体主义精神都没有，不管什么时候你都得你行你素，这到底都是什么事儿？你要去的地方开车半小时就到了，乘公交车要两个半小时，难道我们要捎上你给你节省时间节省辛苦，是大错特错？

可她什么都没说，她真希望自己是个聋子加哑巴加傻子。经常有那么一瞬间，她恨不得母亲没有生出过自己，那么这个女儿就不必让母亲看着心烦，自己也不必时时刻刻捍卫自己，用抵抗的争吵和母亲唇齿相争了。

车轮压在雪路上，发出吱吱呀呀的声响。窗外的一切都被风雪覆盖，车辆存了额外的小心，行驶缓慢，穿着夹脚的鞋子。虽然是白天，车灯都开着，隔着风雪，可以看到前面车辆朦胧的灯光。置身车内，似乎被一个灰白色的幕布罩着，肖能突然觉得自己像在戏台上，一切都好像是戏剧，失了真，失了纯，这是一场演不完的戏。

"慢点儿开。"她对丈夫叮嘱着，然后转身问母亲："妈，您买完深海鱼油和多种维生素就直接去看张阿姨？我们把您放到张阿姨家，您结束的时候，我们再去接您吧。"

"不用不用，我去老张家不知道会耽搁多久，你们自己忙自己的，我乘公交车回去。"

"明天早晨五点钟就得走，你的行李还没收拾完，应该早点回家来，我们接你能节省点时间，天气不好，也省了您辛苦。还是我们来接您吧？"肖能和颜悦色地劝说。

"不用你管就是不用你管，我自己回去！"肖母天生嗓门大，这几个字说出来像敲着两根铁筷子，钢楞钢楞的。

肖能住了嘴，她心里升起莫名的悲哀，母亲从来不能和颜悦色地和自己讲话，无论自己怎样克制自己的情绪，怎样地心平气和。刚才这几句话，她是把每个字都用力在自己的情绪控制下缓慢安排发放的，她的百分百的努力，就这样仍然会换来百分百的抵制和抗拒。她知道母亲不愿意麻烦自己，她的独立自主在母亲看来是对女儿最大的支持。可是，肖能不明白为什么母亲看不到，一个母亲如此僵硬凶恶的语气早已造成了蔑视女儿的效果，是对女儿极大的伤害，她的独立自主只给她自己带来了满足，没有给女儿带来任何快乐，相反，这个独立自主经常使生活变得复杂和烦心，造成时间的浪费和不必要的担心，这是一种极端自以为是的不合作，是一种以自我为中心的负能量，彻底破坏了家庭团队的和睦氛围和整体安排。

肖能越想越气闷，悲哀着，车里无声无息，尼尼偶尔发出几声嘬手指的啧啧声。各人想着不一样的心事，没人去制止孩子吃手。

那家中国人开的保健品商店坐落在城市东头，掩藏在一片高大的居民楼背后。门口停车场零星停着几辆车，早被大雪盖了个严实，车顶带了一尺多厚的白帽子，车轮一半被埋进雪里，只剩下中间短短一截车身显示着汽车的颜色和金属质地。

车子缓慢拐进车场，轮下的厚雪发出唧唧呀呀阻挠和抗拒的呻吟声，肖能几乎能感觉到那被压实压扁的厚雪无奈无助的痛苦和悲伤，雪地被动的受伤和母亲面前的自己有多少区别？她的心在母亲永无休止的训斥下，难道不像这被单方面挤压的雪地？你没有权利呐喊，你太弱小了，弱小到只能躺在车轮下忍受挤压之痛，默默承受重力，默默地变得结实坚硬，甚至默默地改变着形态和特性。肖能想哭，但不能哭，她瞥了一眼菲利普，菲利普凝视着大雪徐徐地飘洒覆盖着车前窗，他顺手加快了窗刷的速度，那些飘雪刚落下就被粗暴地刮到了一边，另一些雪却仍然奋不顾身地飘落，前仆后继。世界就是这样，遵循各自的规律，百折不挠。自然如此，人造的也如此。

车子里响着本地新闻，说河里发现了一辆淹没的车子，里面有两具尸体，初步认定是母子两人，警察正在爆破冰层，以便把人和车打捞上来。天空中雪花的肆意迷漫不知道还会造成多少事故呢！肖能想象着那个突然失去两个亲人的家属，悲伤无比。有菲利普陪伴，有可爱的尼尼，有母亲在身边健康地呵斥，比起那突然失去生命的两个人，比起那个突然失去了妻子和儿子的男人，自己是多么幸运！她长长地吸口气，强迫自己笑出声来，扭头和菲利普对视，挤眯了双眼，说："这雪，很好看啊！"菲利普伸出手摸了摸她的脸，也笑了，用中文说："好！"这个字他很努力地练习过，可以说得比中国人还中国味儿。

尼尼正在津津有味地吸吮手指，发出喷喷喷响亮的声音，肖能本来想说她，突然改了主意。她把头躲在车座一边，突然冒了头："Peekaboo！"尼尼看妈妈在和自己玩儿藏猫猫，格格格地笑了，露出一排齐刷刷的小牙牙。肖能的心终于松弛下来，啊，尼尼，如果没有尼尼，日子会怎样无趣？自己小时候，母亲也这样和自己玩过吗？肖能记不起来。她不再去想，她知道一件事，自己绝不会对长大的尼尼动辄训斥谩骂，她不允许自己这样，绝对不能！她要给孩子爱，无边无际的爱，让尼尼天天都感觉快乐，天天沉浸在爱河里不愿意上岸。

十几分钟之后，母亲买好保健品走出来，硕大一个塑料袋塞得圆圆鼓鼓。"好了，你两个姨妈和咱两家邻居都够了，保健品是最通用的好东西，这年头，生活好了，谁都想长寿！外国的保健品都是正品，不会造假，拿回去最拿得出手了！今天买的阿拉斯加深海鱼油还是特价呢，一瓶便宜三块钱，不错。"肖母进了车，自言自语完，对菲利普用英语说了句："菲利普，我们走吧！"

四、

肖母能说几句英语，在华裔老人里是文明进步的代表，和同龄人相比特别超前。她五十几岁就移民出国了，当时肖能还在大学里学计算机软件工程。肖能的哥哥肖刚当时已经在国外学成就业，在通讯公司里做电子工程师。肖母被哥哥办来不久，肖刚就被派到德国工作去了，这一去就安顿下来，娶了德国太太，生了混血宝宝。忙碌的肖刚一直没机会回北美，肖能和母亲更没有机会去德国。肖母就一直和肖能在北美定居。

肖能被哥哥办出来读书的时候刚刚在国内大学毕业，她学的历史，到了国外无用武之地，只能重打鼓另开张，选了最热门的的计算机专业，希望以后可以以此找份技术工作，语言运用不多，大可安身立命。哥哥走了，肖母和肖能挤在租来的楼房单间里，妈妈住门厅，肖能住卧室，卧室里一桌一椅一床，窄小封闭，关门学习便于集中精力。门厅反倒宽大舒适，沙发是可伸缩的沙发床，娘儿俩平时没有客人，不必在乎好看，沙发就只当床用，时刻铺展着。肖能上学和娘儿俩住宿的费用基本上靠政府和银行贷款，哥哥有时会寄来一点钱给肖母补贴家用，日子过得难免干干巴巴。

肖母的英文是在旅馆里做工时学会的，单词一个一个蹦出来，语法往往不通，但别人大多听得懂她在说什么，基本日常用语交流无碍。肖母的工作是在旅馆里打扫卫生，迭被铺床，每天要打扫一五个房间，多干还可以多挣钱，虽然辛苦，却是个稳定工作，收入固定。肖能起早贪黑地读书，英文不好，只有把时间加上去才能多出点功夫把功课应付了。有时她筋疲力尽地下了课，会接到母亲的短信，说又多干了两个房间，天太黑了，让她来接她一起回宿舍。肖能拖着疲惫的脚步乘公交车到旅店大厅里等母亲下班，旅店的其他华裔员工就会大声地跟她寒暄："肖能你可太幸福了，你妈真了不起，今天又多干了两个房间，为了供你上学，老人家恨不得把命都豁出去！你可得对你妈好点儿，不能惹你妈生气啊！"

　　肖能有苦说不出，她多么希望母亲少干两个房间，早点回宿舍去烧饭，等女儿回来吃饭，这样她就能心无顾虑地好好用功读书，她肖能不需要母亲多干出来的两间房的钱去上学，她需要的是休息和精力，母女俩这么晚回去，母亲已经很疲劳，肖能只能亲自动手烧饭给两个人吃，时间一耽误就是两三个小时，这两三个小时她可以复习完整的一个章节书啊！这是帮她吗，这明明是害她啊！自己贷款读书，如果没有母亲工作，不过是多贷些款，毕业工作了以后是会有能力偿还的，她不需要母亲拼死拼活为自己挣钱。为什么母亲走到哪里都要炫耀自己的苦劳，非要让自己的孩子背上个沉重的精神包袱，好像是孩子欠着她的，而且永远也无法偿还这笔情债一样？

　　肖能面无表情地看着对面的华裔清洁工那张开开启启的嘴巴，心中麻木而痛苦。今天考试考砸了，有一道大题没做出来，可能会需要补考，如果这样，下学期有可能还得重新选修这门课，她脑子里还时不时闪烁着自己在试卷上写满的程序语言。对面那张嘴却分秒不停地开启着："你得对你妈好！你得对你妈好！"

　　她脑子一片恍惚，一切物质的和非物质的事物都翻卷模糊地搅拌在一起，分不清颜色，分不清形状，分不清内容，她觉得这一堆没有性质的东西已经占居了可视和不可视的所有空间，世界原本就是这样一个混沌的大熔炉，当你想搞清楚什么道理的时候，你是怎么都搞不清的，就像黑夜里你无法用白天去证明白天，又像拿着一片黑色的纸，你无法说明什么是白色一样。自己和母亲的关系永远是如此，在母亲那边，母亲永远是真理，在肖能这边，永远是委屈。到底谁对谁错，是一个永远无法证明的命题，自己尚且证明不了，又怎么能要求局外人来分辨清楚？她觉得自己快要睡着了，这是一种大脑被疲惫充满的感觉，一种非要用睡眠来解脱的状态。

　　"哎，你没听我说话啊？难怪你妈说你不懂事，我说这些都是为你好，你倒不爱听。"这位华裔清洁工是个五十几岁的大妈，从大连来，心直口快，肖能被她的责怪唤醒的时候，并没有责怪她的心思，她却感到了加倍的疲劳，她使劲地摇着头，想把自己摇醒，她多想躺倒在这沙发上睡一觉啊，可是她能吗？她盯视着楼梯，希望母亲从那里赶紧下来，她挺不住了。肖母下楼的时候，她迅速站起来，天没有了，地也没有了，一下子什么都没有了。

　　醒来的时候，身边都是人，母亲的眼睛大大圆睁着，看着她。"旅店叫了九一一了，你别动别动。"母亲说。

"怎么了，我没事儿啊，走了走了，不要叫九一一！"肖能挣扎着坐起来，不明白发生了什么，"我晕倒了？奇怪！"刚才那一瞬间的晕厥好像发生在别人身上。救护车很快就来了，检查结果仅仅是疲劳过度。肖能心里怪旅店兴师动众，知道还要付百十块钱给救护车，有些心痛，又怪自己不争气，怎么好好地就不省人事了？这种事儿发生了，也没办法。

两人破例在旅店餐厅买了最便宜的三明治，吃了才往家赶。

肖母说："没事没事，我年轻时也动不动就昏倒，那时候穷啊，饭都吃不饱，老挨饿。你们现在好多了，不就念点儿书吗？就累成这样了，多吃点儿，多睡点儿，没事儿，该干啥还干啥吧！"

肖能心酸不已，她永远得不到母亲温柔的痛爱和关心，连累昏倒了在肖母眼里都是无所谓的事儿。那夜早早睡了，入梦时肖能满脸泪水，她不知道自己为谁哭，哭什么，她就是觉得累，累得不想醒来。

第二天上课时肖能忍不住走神儿，她知道自己不应该对母亲耿耿于怀，母亲这是鼓励她坚强，并不是不关心她，这是一种更高境界上的关怀，是一个打气筒，让她浑身充满十足的干劲，迎接生活的挑战。这样劝说着自己，她就基本上可以时不时地把心思收回到课堂上来努力求知。她告诉自己，自己是幸运的，能有哥哥给自己办了留学，能有母亲在身边陪伴，能读书，能贷款，能有一个未知的未来，这一切都是幸运的，自己能做的，只有好好用功，好好努力，尽早学成，尽早工作。

这样的自我化解工作在求学的日子里隔三差五就要重温一次，她脑子里那个会鼓励上进、会排遣怨仇的她总能在需要的时候跳出来大显身手，软弱的她和这个坚硬的她就这样手把手磕磕绊绊地读完了学位。肖能没有再昏倒，硬的她赢了软的她，一切沿着肖母所期望的方向运行着。工作顺利找到，电讯通信公司。高科技公司是每个毕业生都向往的单位，工资高，待遇好，她无可抱怨。第一天上班她就遇见了菲利普，一个说话脸红的白人同事。这个害羞的白人将从此长久地和她一同创造新生活，是她没有料到的。

五、

她的目光转向窗外，外面大雪仍在肆无忌惮地纷纷扬扬，五米之外就看不清路了，整个世界罩在一个灰蒙蒙的罩子底下，一切都失了真，一切都梦幻一样模糊不清，这梦是沉重、甚至令人窒息的。菲利普开的很慢，像在试探着什么，那东西却总也试探不着。

这样的天气，等公交车会很辛苦。母亲坐在后排，肖能扭头撇了一眼，看见母亲的眼睛瞪得老大，体态僵硬地挺直着坐在尼尼的儿童座椅旁边，像个全神贯注随时准备举手发言的好学生。母亲的帽子是她自己织的毛线帽子，纯白色，一绺黑发从帽子里溜出来，衬着被冻红的面孔，整张脸显得格外年轻，但那双眼睛却假的一样，目不转睛，过分地坚定和刚硬，一下破坏了整体美丽的效果，恶狠狠的。肖能张了张嘴，把想说的话在嘴里饶了几圈，最终还是没说出口来，她选择放弃努力。母亲说不用她接，就不用吧，她的固执己见和独断专行难道是什么新鲜事物吗？她不想在别离前再反复争吵了。再次把目光转向窗外，窗玻璃上映出她自己略显疲惫的面孔，她想起两年前母亲擅自从老年公寓搬进家里来的情景。

门铃响的时候，肖能正在给孩子喂奶。

"周日，谁会来？可能又是拉赞助的吧！"菲利普自言自语着开了门，就被眼前的肖母吓了一跳。只见肖母的肩头扛着两个系着疙瘩的帆布包袱，脚下一边一个塞得满满的大旅行袋，上气不接下气地喘着粗气，风大，灰白的头发刮的没有顺序，一缕儿贴在面颊的汗水之中，一缕儿支巴在蓬乱的头顶心，脸上因为又累又热，放着红光，两团红苹果熟得透透的样子，像个赶集的乡下女孩儿。

肖能抱着孩子下楼来，惊奇地瞪大眼睛："妈，你，你这是干什么？"

"老年公寓都是些又老又粘的人，我把公寓的房子退了，那些个中国老头儿老太太太无聊了，我不高兴进进出出和他们打招呼，最近那个老廖还动不动就去敲我的门，六十岁了还想谈情说爱呢，烦死我了。你买房子时不是说让我过来吗，我这不是来了，来帮忙带尼尼，我也有个用武之地！"肖母一边低头往屋里搬行李，一边不歇气地说完话，没打一个结巴。

菲利普虽然没听懂肖母的话，看着肖能目瞪口呆的表情就猜了个八九不离十，肖母经常不正常出牌的习惯，他也不是第一次遭遇。

肖能趁着母亲低头搬行李，小声用英语凑着丈夫的耳朵说："她搬来住了，公寓的房子都退了。"

杜杜

小两口加上孩子还在发愣的时候，肖母已经端端正正地坐在门口会客室的沙发上了。"好了，其他东西我还得再去搬一次。我住那个屋？"她伸手摸了一把汗，顺手擦在自己深蓝色的裤子上，直愣愣地盯着肖能问道。

"妈，你怎么没有提前打个电话啊？弄得我们措手不及！"肖能磕磕巴巴地说。

"你这么大的房子，多我一个人算个啥？还用准备？再说，我来是帮助你们带小孩儿、烧饭、收拾家的，什么都不用准备，多我一个人，你们就多了一份福气，福气，谁不想要？打什么招呼？就是怕你们准备才不打招呼的。"

"至少我们可以去接你，这么多、多的东西！"肖能还是磕磕巴巴。

"我自力更生，这么多东西我从公车站拎过来，也没觉得累啊！我哪像你那么娇气！"

肖能本能想回嘴说：谁娇气了？我怎么娇气了？一想母亲刚过来，就压制了情绪，没吭声。小两口抱着孩子站在地当中，定格的慢镜头似的，恍恍惚惚不知所措。

肖能的确是还没搬进新房的时候说过一次："妈，你到时候想过来住就过来住，房子大了，方便。"可她并没有让母亲彻底搬过来的意思，让母亲过来住，是偶尔，不是天天。城里的老年公寓肖母已经住了三年，不是住的好好的吗？地理位置好，整个大楼百分之九十的住户是中国来的老人，平时可以串串门，唠唠嗑，出门买菜、乘公交车都是步行距离，离华人小区服务中心提供的各种文艺体育活动、英文学习都近。那是移民来的中国老人们排队等两年到四年才能轮到的房子，怎么说退就退了？也不商量一声。这下可好，母亲说来就来了，虽然一切尚未开始，肖能已经能够感觉到心脏出奇活跃的律动，她的太阳穴噗噗地跳着，血往上涌，脸色都涨红起来。

每次见到母亲，她就是这样紧张不安，从小如此，长大了，症状也从未减轻过，她试图想清楚是自己的问题还是母亲的问题，却从来不曾想清楚。她悄悄告诉自己，镇静！镇静！

肖能怀里的孩子吃了一半奶就被断了口粮，这时开始咿咿呀呀地哭起来，哇儿哇儿的哭声小猫一样细弱无力。肖能晃着孩子，还站在地当中发愣。

"孩子饿了吧？快喂奶啊，当妈的，怎么连这个也不晓得？你什么时候能长大啊！"肖母皱着眉头数叨着，已经站起身来，伸手要抱肖能怀里的孩子。

菲利普的眉头皱了皱，他立刻伸手从肖能怀里接过孩子，对肖母说了声 No，就对肖能说："客房，你快去把客房收拾一下，给你妈住，我先哄会儿尼尼。"

肖母就这样住下了，从此，三口之家多了一个勤快的肖母，也多了一个永无休止的战场。

日升日落，万物悄无声息地向前运动着，肖能想不出日子会走向哪里，她只能尽力克制自己，尽力让大家都开心，虽然她知道这比上天揽月下海捉鳖更加艰难。

六、

张阿姨住在当年肖妈住的老年公寓里。这幢公寓位于市中心，旁边就是唐人街，不会开车的中国老人们都对这座楼情有独钟，虽然散布在城市各处的福利楼可以缩短排队等待的时间，居住条件更宽敞明亮，楼房设备更新，可中国老人都不去申请，死盯住这座旧楼不舍不弃。可想而知，当初肖母放弃那套房间是多么的大义凛然和无所顾忌。

移民出国来的中国老人大多是子女担保办来，来了之后，帮孩子照看孙子孙女，洗衣烧饭，等孙子孙女长大了，就不需要再和孩子生活在一个屋檐下。大多会申请政府补贴的老年公寓，排队排上一两年，独门独户地住出来，老人有了自己独立的生活空间，建立自己的老人朋友圈，又和儿女生活在同一个城市，即不必烦扰孩子们的生活，也可以随时互相照应，的确是华人圈子里最自然、最理想的生活状态。

肖能在公寓大楼门前停下，对肖母最后叮嘱："那你确定要乘公交车回家？我们……"

"烦死了，我说了乘公交车就是乘公交车，你还没完没了了？年纪比我小几十岁，怎么比我还唠叨？怎么教都教不会！"肖母一边下车一边念叨着。

肖能装没听见，但她每个字都听的清清楚楚，她的心噗通通地跳着激烈的吉普赛舞蹈，舌头在口腔里火一样地燃烧着，想冲破那个约束着它的牢笼，甚至她的头发都被头皮上火热的情绪烧灼不安，激烈地抖动着，她的眼眶红了起来，鼻翼红了起来，激动地忽闪着，她多想放开口舌跟她大吵大叫一回啊，她想说："我是为你好，我烦？你就是这样教我的？从来都是一贬到底，把我贬低到地上的尘土一样下贱肮脏，不可救药？你把自己的女儿贬低成这个样子，你就抬高了你自己吗？哪个母亲会这样？我真想辞职，不当你的女儿了，我不想再受罪了，我受够了！"

可肖能坐在座位上，一动没动，嘴巴紧紧关着，纹丝没动。她恶狠狠地看着母亲慌慌张张的背影消失在公寓楼的大门里，才长长地叹了一口气。菲利普的手长长地伸过来摸住她的胳膊，轻轻拍了两下，说："好了，我们去买东西！"他的语气轻松自在，好像刚结束了一个生死攸关的考试，终于轻松下来。他回头对尼尼做了个鬼脸，说："宝贝，我们去买零食吃，ok，出发喽！"

菲利普那夸张的快乐语气是为了活跃车里的气氛，也是为了庆祝肖母的离去，肖能无可奈何地笑了笑，她没有权利阻止丈夫欢乐，而且说实在的，她自己也莫名其妙地松弛了下来，她也有权利在肖母不在的时候欢乐欢乐。尼尼发出配合爸爸的声响，吸吮大拇指的声音啧啧啧地毫无掩饰，小喉咙里发出咕噜咕噜的笑声，孩子似乎也明白外祖母的离去，车子里的气氛一下从冬天变成了夏天，死气沉沉的一切似乎都脱去了沉闷的外衣，变作五颜六色盛开的春天。这种兴奋情绪的充满，立刻把车子变成了一个游乐场，爸爸开始哼起了一只莫名其妙的歌儿，妈妈看着爸爸的眼神松松软软的，很舒服很适宜。尼尼津津有味地吸着手，爸爸妈妈竟然没有一个人记着提醒她停止吃手。

购物的经历一如既往的欢乐，全家到了一个卖华人食品的巨大超市，虽然大雪纷飞，停车场仍然找不到停车位，菲利普拐到街角等了一会儿才勉强等到一个车位。这几年，有华人的地方总是一如既往地拥挤和繁荣，华裔像细菌一样迅猛繁殖，你想不出他们怎么能如此迅速地遍布世界各地，就像风吹着蒲公英的种子走，吹到哪里，哪里就生根开花，漫山遍野黄灿灿了。

肖能还记得刚出国的时候，这座城市还没有很多华裔移民，连亚洲食品也很少见，肖能为了吃一顿豆腐要倒好几次公交车到一个小小的华人超市里去买，那个华人超市是早年一个香港移民开的，售货员不懂国语，只讲广东话，对说国语的大陆华人总有几分不屑的侧目，这边刚和一个讲广东话的顾客谈笑风生，转脸就一脸冰霜，对国语顾客歪眉瞪眼。有一次肖能不小心拿了一颗有烂菜帮的白菜，收款时想去换一颗，收款女人竟然夺过白菜，说："怎么不早挑？你们这些大陆来的人最事儿多，没看见后面那么多人排队吗？"她那高声快速的广东话，肖能虽然没有完全听懂，还是从周围人们的窃笑中看到了鄙视和幸灾乐祸的表情。肖能初来乍到，无心争吵，也只能忍气吞声，放弃那颗令人羞辱的白菜。而如今，华人商场早已遍布城市各处角落，这样巨大的超市也在东西南北各个角落兴起。大陆来的移民越来越多，很多是带着大笔金钱而来的投资移民，说广东话的人都在拼命学习普通话，再也没有人敢对普通话顾客横眉竖眼地鄙视了。钱真是可以让鬼来推磨啊，肖能跟菲利普讲当年被歧视的经历时，大发感慨。

"对我们来说，都是中国人啊，说什么话不都是华人吗？很奇怪！"菲利普难以理解。

肖能耸耸肩膀，她也不理解，但事情就是那样的，过去大陆人受歧视，因为都是穷学生，现在大陆人受尊重，因为面前站着的可能不是大官儿的亲属就是富商的后代。这个世界就是这样物质至上，为什么，谁能说得清？

华人商场里的商品丰富充实，五花八门红红绿绿，过道能摆满物品的地方都被塞满了，远比单纯的西人商场琳琅满目，嗡嗡嗡的人声也异常嘈杂，人们的推车里满满地堆着食品，似乎要闹饥荒，要大量仓储似的。销售点前排的长队延伸到了货架深处，每到周末就会有这样十几条长龙在结款处蜿蜒。这样的购物气氛，在西人超市里完全看不到。更有趣的是，当你站在香味袭人的熟食品专柜前排队，可以从人们的眼神中看到异样的光明，那光明里有那么多对食物的渴望和期待，那种对食物的热情和执着是只有华人的眼睛里才能看到的。这个眼神可能储存在一个非常瘦小干瘪的躯干里，可他眼中的热情，比十个西方大汉加起来都炽烈，放射着难以克制和焦灼难耐的光芒。

肖能面前就站着这样一位。她看着那双注视食物的饥饿目光，心中暗笑。她想起单位同事爱莉萨。爱莉萨每次看到她吃饭，都会露出羡慕的目光："肖能啊你吃起来像猪像牛，怎么能一直长得像一只轻盈的鸟？上帝太不公平了，你看我，喝喝水，看看饭就长成这个大象的身材。"爱莉萨平时中午只吃水果饭，一只苹果，一小盒酸奶就是一顿饭。

肖能中午带饭，满满一大盒米饭炒菜，额外还有水果和饮料。那饭包一亮出来，经常比西人同事两个人的中饭都多。她会兴高采烈地说，唉，你要不要尝尝这个？要不尝尝这个？虽然大多时候没有人来尝，她还是乐此不彼地推广她的热心肠和中国饭。吃的多却永远是一付娇小玲珑的身材，的确不能不让人高马大、每天和减肥飙劲的西人羡慕嫉妒恨。爱莉萨并不是个例，和她一样永远在参加减肥中心活动的人们成群结队。可是你面前还是晃着那些巨大的臀部，硕大的乳房和圆滚滚的大腹便便。

肖能在熟食专柜前排了一会儿，终于买到了尼尼爱吃的烧鸭、虾饺、粉蒸排骨和炸茄盒。菲利普带着尼尼欢天喜地地采购了各式各样的饼干糖果，全家拎着够一个星期的蔬菜水果肉蛋奶，这才排队付款完成了采购。时间已经过去近两个小时。

出得门来，那大雪还在不知疲倦地下着，似乎上帝要撕毁的天庭档含括古今中外历史长河中的所有档，否则怎能聚集如此之多的数量？菲利普让肖能带着孩子等在门厅里，自己一溜烟逆着风雪跑去把车开过来。肖能看着丈夫健硕的身影一转眼被风雪淹没，心头涌出一股热潮，多好的丈夫，如果没有这个丈夫进入自己的生活，如果没有他在母亲和自己中间充当润滑剂，日子会是怎么样的？肖能不相信上帝，这时却诚心诚意地向上帝千恩万谢。尼尼在推车里咿咿呀呀，肖能俯身亲了她小脸儿一口，那一刻，她整个人从唇尖到心脏都是甜蜜幸福的。但突然有个念头在她脑海里闪烁了一下，为什么母亲不在的时候，自己就能轻易地快乐起来，为什么？

七、

到家，天已经擦黑，这个北方国度的冬季五点钟已经开始进入夜晚。路灯都亮了起来，车灯闪烁，大雪任意舞蹈着，与灯光抢夺着行人的注意力，车速缓慢滞顿。

一进屋，室内的温暖就唤醒了尼尼的活跃情绪："妈妈，妈妈，我要听这个故事！"尼尼手里挥着刚从超市买的一本中文图画书《宝莲灯》。

"你去，你去！"菲利普对肖能说。

菲利普把大大小小几个环保袋的食物搬进屋就开试往冰箱里安放，这项工作往往要花十几分钟来做，这边放爸爸的洋饭菜，那边放妈妈的中国餐，比人高出一头的双门大冰箱轻易就塞满了。

两人结婚三年多了，吃东西还是不能协调一致，让一个人改掉多年的生活习惯，可以成为终生的奋斗目标。人习惯保持习惯，破坏和改变习惯，总给人带来不悦、不适和不满。一盘生菜色拉夹两片面包就可以是菲利普的一顿饭，肖能却无论如何要焖碗大米炒个热乎乎香喷喷的菜。尼尼刚刚开始吃大人饭的时候，很喜欢中国饭，坐在儿童饭椅上，小手黏糊糊抓着大米饭，小脸儿挂着白花花饭米粒，咧着没牙的小嘴兴高采烈的。上了幼儿园以后，除了饺子，别的中国炒菜大米就越来越疏远起来，小朋友们集体进餐，那些统一的简易饭菜具有不可阻挡的传染力，小胃口眼瞧着就往这西方水土西方饮食上靠拢了，一盒酸奶，一条奶酪，半片面包，一根婴儿胡萝卜就饱了那个小胃胃。

肖能即不是个能干的母亲，也不是个霸道的母亲，她只会追着孩子喂上几口炒菜和大米。每当她追着孩子跑的时候，肖母总是冷一句热一句地念叨："根本没有威信，一点儿都镇不住孩子，我怎么就生了这么个窝囊孩子呢？我来管吧，又不让，嫌我不会英语，又嫌我惯孩子，你好，你比我可惯得多了，要我，就逼着她坐下吃完才离开，棍棒底下出政权，是真理。好好好，你管，看你这样能把孩子管好！"

肖能憋着不发作，她打定主意，绝对不能让尼尼变成第二个没有主见没有个性，只懂得被动受委屈的自己。她要让尼尼过上自由自在的生活，活在宠爱之中，远离谩骂和羞辱。

从小受肖母的严厉管教，肖能满心委屈。她从小性格温顺绵善，对于长辈的训斥和压制，从来不知道反抗。一味的顺从，血液一样流淌在她血管里。她也从来不懂得保持自己的思想和个性是人类应有的权利。现在懂了，一切却似乎已经成了定局，想要也要不来了，一贯委委屈屈的女儿，仍然在母亲面前保持持久不变的委委屈屈。她怎么舍得让尼尼接受母亲那扭曲的教育？一百个不能，一千个不能！她要尼尼活得强大、自由、快乐，对父母没有距离感和畏惧感，她要让尼尼活得比自己好，比自己幸福，比自己更像她自己。谁也别想奴役尼尼，谁也别想。

肖母不在，她会略微严厉些，当着肖母的面，她反而对尼尼加倍放纵，从不高声对孩子说话，从不对女儿横眉怒目，她就是要让母亲看到自己是怎样热爱自己的宝贝女儿，她要让自己变成一个活的样本和教材，让母亲产生反省，感到羞愧和遗憾。她的行动却总是失败，肖母显然一堵钢墙一样滴水不进。相反，肖能的所有表现都可以成为肖母训斥她的工具和理由。但她不准备因此改变策略，她藤一样保持着自己柔软的坚定，在教育尼尼的路上，她坚决地迈着步伐，坚持地走自己规划的痛爱之路。

杜杜

吃过菲利普烧的意大利牛肉通心粉，已经是晚上 7 点。肖能开着电视陪尼尼搭积木，心里忐忑不安。她一遍又一遍地站起来爬到窗口剥开窗帘看。

雪越下越大了，雪片狂乱地飞舞着，碎纸机好像出了毛病，还没完全粉碎的纸片不负责任地任意飘洒，天庭的秘密似乎都要被这些档泄露殆尽。黑魆魆的天地被白色的大雪涂染得仿佛亮成了半个白天。　整个天地灰灰一片，没有声音没有界限。那个灰蒙蒙的大网罩在窗外，屋里的生命被它的严密和笼罩遮盖的严严实实。那个罩子里有个秘密是关于母亲的，母亲正在风雪中寒颤地等待公交车的到来，她不停地跺着脚步，擦着围巾上热气结出的冰凌。车来了，她矫健地登上车子，找了最近的座位坐下，摘掉帽子，解领口那个扣紧的纽扣，让自己痛快地舒展筋骨靠在座位上，车上的温暖令她感觉安全，她需要这点儿暂时的温暖来储存力量。车要晃悠将近一个小时才能到中转站，然后是又一轮等待，寒冷，风雪，车来了，晃悠，晃悠很久，很久……

"妈妈，你在看什么，我也要看！"尼尼讲的英文还磕磕巴巴，中间夹杂着一两个中文字眼，比如这个"看"字，于是造就了一个很可笑的句子："妈妈，What are you 看？"肖能笑嘻嘻地把尼尼抱到窗口，母女俩从窗帘缝里看着外面倾斜飘洒的大雪。灰蒙蒙的背景下，窗户成了一面镜子，映出娘儿俩拥抱着的身影，窗玻璃上有着淡淡的霜，肖能拿着尼尼的小手在上面一按，就出现了一个手印儿，再按一个，就又出现了一个手印儿，窗子上很快出现了一个漂亮的小梅花，两人咯咯笑成一团，笑容在梅花里摇曳抖动着。肖能在那欢乐的片刻忘记了肖母。

母亲回到家，已经是八点半。肖能把尼尼甩给菲利普，她说："这么晚才回来，我得关照关照她，你弄孩子洗澡睡觉吧，我得帮我妈把行李打好。明早还要早起去机场送行呢。"

"怎么回来这么晚啊！没吃晚饭吧？"肖能问。

"雪大，公交车开的慢，都延迟了。从张阿姨家出来用了三个多小时才到家。"

"说我们去接您，您不让，有这个必要吗？有那么多事要做呢。"肖能嘟囔了一句，不敢再说就住了嘴，半句咽回去的话是"你总是不知道轻重缓急，难道这种时候独立自主乘乘公交车玩儿比早点回来收拾行李重要？你知道我心里有多着急？"

"我不明白有事要做？我都是安排好的，什么都不会耽误，用你教我、教训我吗？"肖母厉声道。

140

肖能躲进厨房，把刚才给母亲留出来的饭菜放进微波炉去温热。肖母慌慌张张的已经轻装上阵，换好了宽松的家常服装，围裙套好，就拿出出发前还没完工的饺子馅儿忙乎起来。

肖能把热好的饭放到餐桌上说："妈，您又在干什么？吃完饭，我们该收拾行李了，今晚要早点睡觉，明早四点多就要动身去机场了，您现在去弄饺子馅儿干什么？"

"我要给尼尼包好饺子冻起来，这事儿必须今晚干了。你少管闲事！"

"今晚重要的事儿是收拾行李，明天要上飞机，您这是主次不分，尼尼没有这些饺子不会饿着的！"肖能强压着胸中怒气，基本上还是和颜悦色："而且，您应该先吃饭！"。

肖母咚咚咚走到餐桌跟前把肖能热好的饭端到饺子馅旁边，用勺子舀了大大一勺，吃了起来，嘴里繁忙地咀嚼着，手里呼噜呼噜地搅拌起饺子馅儿来，酱油咸盐香油虾皮手起瓢落往饺子馅儿里添加着，一转眼厨房里弥漫出诱人的香味来。

香味却无论如何无法让肖能产生一点美妙放松的感觉，她不知道怎样才能使母亲放下手中的筷子，去收拾行李，她头晕眼花身心俱疲，可对肖母毫无办法。心脏正在忽悠忽悠地上下乱跳着，像要奋勇地从嘴里跳出来。她用手使劲按着胸口，想要按住那发疯的心跳。如果从旁边观看，你可以看出她的脸泛着潮红，眼神里放射着紧张的光芒，目光落在任何物体上都会被轻易地弹回来，那是一种没有自信的逃避，一种缺乏根基的松动，一种魂不守舍的疲倦和无力，一种无法形容的焦虑。她很想赶走这讨厌的紧张不安的感觉，可做不到。她站起身来，看见肖母又舀了一勺饭在嘴里猛嚼，一边奋力地搅拌饺子馅儿，突然的眩晕和厌恶几乎在这时把她击倒。

这样不行，决不能这样看着母亲飞快的动作和亢奋的样子，太令人紧张了。她收回目光，起身离开，必须对肖母不理不睬，如果她熬夜收拾行李，大不了是整夜不睡觉，不睡觉就不睡觉吧，肖能只能放弃努力。

八、

叮铃铃的电话铃声响了起来，这么晚的周末，是谁？她接起来。是同事钟荃。钟荃坐在肖能隔壁，隔着隔断，两人可以一探头趁领导不在打开一个小小的话匣子，两家的家长里短你一言我一语的就知道个大概，几年同事下来，两人也变成了关系不错的朋友了。

"肖能，你知道我女儿参加竞技韵律体操比赛穿的那种紧身体操服吧？"钟荃问。

"看过照片啊，很漂亮的。"肖能很惊奇钟荃会在周末晚上打电话来聊体操服。

"记得体操服身上那些闪光的模拟水晶钻石珠子吗？"

"记不清了，就是觉得亮晶晶的。"

"那都是自己贴上去的水晶珠子，在这边买很贵的。我想，你妈马上回国，能不能给我捎一些回来？"

"那有什么不行的？但你得给我妈看看是什么东西，要不她不知道买什么啊。"肖能这才恍然大悟，这是义不容辞的，何况水晶钻石占不了什么分量，又不是带扇玻璃窗回来。

"太好了！"听得出钟荃的声音里抑制不住的快乐。"那我这就开车过去，给你妈看看是什么东西，好吗？"

"好呀好呀，你赶紧来吧！"肖能想，母亲现在情绪这样坏，再晚，还不知道会怎样给同事脸色看呢。她有一丝紧张，母亲不会让同事难堪的，一定不会。

钟荃敲门的时候，已经九点多了，肖母站在厨房操作台前包饺子。肖能刚跟母亲发生了一点口角，两人正别着劲儿。

肖能在楼上呆了一小会儿，心情平复一些了，觉得无论如何应该帮帮母亲，就又下楼来，说："我来帮您包，我们快点儿包完，好收拾行李。我们坐到餐桌上包好不好？又舒服，空间又大，这么站着，多别扭！"

"你嫌别扭，就别包，帮点儿忙怎么那么多事儿？我这么个老人，今天从早忙到晚，没看见我饭都是抢着吃的？为了走了以后尼尼还有饺子吃，这么晚了还在拼命干活儿，我还没有抱怨累，你倒想舒服了，站着包就怎么不舒服了？"肖母的声音已经到了音量的边缘，在升高就要爆破了一样。

"您，您这是胡搅蛮缠！明明不必要的事，您非要干，还都是别人的错！能坐着包为什么要站着包？"肖能气的冲撞起来，这一晚上，她受够了，简直有点忍无可忍！正在这时，门铃响了，钟荃来了。

肖能拍了拍手上的面粉，起身开门，回头对母亲说："我同事来了，我希望您给我点儿面子。"

钟荃进得门来，被肖能引到厨房。钟荃喜滋滋地掏出体操服说："肖阿姨，我得麻烦您给我在北京买点儿东西。"

"天，你要捎东西，怎么不早说，这么晚了才吭气儿？"肖母头也没抬，就蹦出这么一句来。

钟荃一下子楞在地当间儿，伸在包里的手定在半空中，嘴张的老大，面孔一下僵硬起来。

肖能也楞了，她想不到母亲和自己刚才的争吵真的会延续到钟荃身上。她满脸红红白白的不成样子，身体四肢非常尴尬地支棱着，站在地当中，像个没放对地方的家具。

钟荃迅速把体操服往包里塞着，脸骚红了，说："那，那就算了，我不用您捎了。"说完就低头往门口走去。

"唉，你这人真是，我又没说不给你捎？快给我看看是什么东西，我给你买就是了，你怎么说走就要走，你们这些年轻人怎么都是出尔反尔的？"肖母一边擦手，一边追了过来，伸手去拉钟荃。

钟荃躲闪了一下，动作并不坚决，她显然不确定是不是应该决断地拒绝这位长辈。肖母已经顺手把那还没完全塞回去的体操服拿到手中了，迅速地翻了几下，说，就这些珠子？好了，我知道了，我去了立刻就给你去买。没问题。"说罢，就把沾了很多面粉手印的体操服塞进钟荃手里，一边往厨房走，一边说："对不起了，我不是忙着么？得赶紧给尼尼把饺子包完。"

钟荃迷迷糊糊地把体操服塞进包里就已经走到门口了，肖能这才苏醒了一样急急忙忙跟了过去，拉了她衣袖一把说："别介意，我妈今天累了，你千万别在意！实在对不起，她刀子嘴，豆腐心，一定会给你买好的，你放心。"

钟荃穿好鞋子，直起身来，眼里有一层很深的疑惑，蠕动着嘴唇，她用极小的声音说："你妈每天都这样？太可怕了！"说完，拍了拍肖能，摇着头，消失在夜幕下的风雪里。

肖能关了门，顺势靠在门上，听到外面钟荃发动车子渐渐远去的声音。这个世界太无聊了，她突然想，有什么意思？自己实在太笨了，谁都哄不了，母亲每天看不上自己，动辄呵斥，这下把同事也得罪了。为什么自己就镇不住局面，为什么？只有明天去单位好好安抚钟荃了。现在，现在还得去帮母亲把这该死的饺子包完，然后熬夜帮她收拾行李，再早起送她上飞机。生活为什么总是如此手忙脚乱，如此紧张无奈，明明可以松弛自由的日子总是如此暗淡无味，好像新鲜蔬菜不懂得立刻下锅，非要腌制发酵之后去享受那陈腐霉烂。

肖能磨叽着走进厨房，悄悄地站在母亲身边包饺子，听见楼上尼尼和菲利普隐约的说笑声，菲利普一定在给孩子讲故事，如果自己也能和那爷俩儿挤在一处有说有笑该多好啊！

"你用不着拉拉个脸，我回去立刻给她买那水晶珠子就得了，什么大不了的事儿！"肖母一边迅速地把饺子馅在手里那片皮子上压实，一边念叨。手里那两根筷子因为用力太大，似乎有些弯曲。

肖能无力申辩，她只想快快地把这无聊的饺子包完了事儿，她不能不拉拉个脸，她没有任何力气让这张疲惫不堪的脸松弛快乐，她心力憔悴，还在做着一件百般无奈却毫无意义的事情，她觉得自己机械的动作好像行尸走肉。她心里甚至闪过一个念头，妈，你快点走吧，快点走了，我就可以不必顾虑地睡睡觉吃吃饭走走路了，我多么渴望那个没有母亲管制，没有专横训斥的自由生活啊！但迅速地，她又在批判自己了，你怎么可以这样混蛋，怎么可以这样不孝，简直是狠毒无耻啊，竟然想摆脱含辛茹苦的母亲，你算什么人啊！她对自己简直咬牙切齿了，恨不得把自己千刀万剐了。她几乎哭出来了，她真想到一个荒山野岭去放开喉咙大哭一场，像鸣叫的苍鹰或者像个自由的苍蝇，都行。可她连一个石缝儿里的蚂蚁都不如，她无声无息，自己闷着难受。她无权放声呻吟，那样她太娇气了，她无权大哭大叫，那样，她太蛮横了，她也不能表达自己的思想，因为她会侵犯母亲，太不尊敬了，她更不能跟别人抱怨，因为那是她的母亲，她太不懂的容忍了。但母亲呢？母亲有做一切事情的权利和自由，她可以独立自主，可以居功自傲，可以想干啥就干啥，可以把女儿像一件东西一样随手乱放，随口乱骂，只是还没有出手就打罢了。

整个包饺子的过程中她的心灵就是如此这般撕扯着斗争着，一会儿站到母亲一边，一边端详着可怜的自己，一会儿开始对自己开展批斗会，一会儿又咬牙切齿地声讨母亲。

饺子终于包完了，她庆幸自己始终没有开口，虽然母亲还是时不时在念叨着什么，"我走了以后这饺子够尼尼吃十几顿呢，你别嘴馋偷吃啊！""我回去住姨妈家，姨妈如果和你通话，你可不能像跟我一样没大没小地强嘴。""我一走五个月，你得学会给菲利普烧西餐，我回来要检查你的手艺，他大多时间自己烧西餐，你不管不问，算个什么老婆？"

肖能把饺子分成小包冻起来，就上楼帮母亲整理行李。菲利普和孩子都睡了，钟表已经指向十二点。肖母上了楼就从来不再大声喊叫，好像那些楼梯是她声音的开关，一上楼就把音量关没了，侵犯孩子和菲利普的事，肖母一般不做。肖母的房间夹在尼尼和主卧房之间，房子不隔音。

肖能进门时，肖母和满地的东西挤在一起，原来已经收好的东西都重新翻腾出来，肖母拿着新买的保健品在箱子里左摆又摆，看见肖能进来，她说："你来干什么？去睡觉！我的忙谁也帮不了，不是四点半走吗？你到点儿送我就成。我自己慢慢收，你甭管！"

肖能犹豫了一下，在门口站了一会儿，转身出来。她必须对肖母放心，不放心也得放心，一切都必须按着她的意思办，半夜三更，肖能不想把丈夫孩子吵醒。肖能摸黑上了床，尽量不碰菲利普。菲利普正发出均匀的鼾声。月光穿过大树的影子，透过窗帘照在房顶上斑驳一片，仿佛幻灯打出来的梅花印，那些影子里闪闪烁烁地闪现着母亲的面孔，是母亲笑着的面容，那样的面容她难得一见。她闭上了眼睛，努力地睡去，那几个小时的睡眠却一直半梦半醒，始终不能沉入令她放松的梦境，她便感觉根本就不曾睡去一样。

四点钟，闹钟粉碎了夜的静寂，菲利普和肖能同时醒来。肖能坚持自己去送母亲，让菲利普在家照看尼尼。母亲显然一夜未睡，肖能出了主卧房的门来，母亲的门已经大开，箱子打的齐齐整整，两个中号箱子，一箱换洗衣服，一箱礼品。菲利普已经把车子发动着，热着车，发动机的声响划破了静夜，在路灯下跳跃的尘埃里沉重地叹息着。整个小区还在沉睡。菲利普帮着把行李搬进车里，悄悄叮嘱肖能路上小心，不要再和母亲对着干。

路灯悠悠地亮着，街上安静的像一幅图画，没有车辆，没有行人，从车窗望出去，甚至没有温度。肖母出门时和菲利普道别之后，再没出过声音。两个人默默坐在车里，肖能开车目视前方，肖母也同样目视前方，从旁边看去，两个人的姿势几乎一模一样，脸上木纳的表情也一模一样，那是一种无法否认的基因链接，相似的外部特征，是任何高超的表演和训练都达不到的默契和谐。唯一区别的是肖母没有抬起两手控制方向盘，她没必要控制物体的方向盘，她只需要控制着肖能生活的方向盘就行了，肖能不过是一个驾车的司机罢了，路往哪里走，都是肖母说了算。

肖母知道机场停车费出奇的贵，死活不让肖能进停车场，肖能只好把车开到机场入口，帮母亲把行李拿了下来。肖母说："我自己进去，用不着你陪，你赶紧回家，争取再睡一会儿，我到了北京安顿好了，你就来个电话。"说着，肖母推起盛了两件行李的推车就走，好像这不是隔着太平洋的分别，而是到隔壁串门儿。肖能看着肖母的身影闪进旋转门，她站在幽暗的路灯下等着肖母回头。肖母出旋转门的时候动作很急，行李车咚地撞在门框上，她使劲扭曲了身体和推车，努力了好几次，才顺利推进了机场大厅。她身上的米色大衣显得笨重陈旧，那个停下来重新摆放行李箱的身影弯曲得像一个不情愿的风中旗杆，肖能眼里涌出一层水雾，"妈！"她轻轻地叫了一声。肖母终于推着车子开始往前行走，走了几步，才好像想到了什么一样，回过头来，显然里面亮，外面暗，看不清楚，她定了好一会儿，才看见肖能站立的身影，她脸上露出一丝不易觉察的笑容，高高挥起手来，虽然肖能听不见她的话，从嘴形看得出是在喊"回去吧，回去吧！"

肖能开车回家的路上，眼泪流了一脸，她不知道自己为什么流泪，但这泪水流的让她心里松弛了许多，啊，她想，我是爱母亲的，不管她怎样凶悍，母亲走了，心里就抽搐地疼痛，这不是爱是什么？抬手摸干眼泪，她打开摇滚广播电台，绿日摇滚组合钢劲的重金属音乐立刻充满了车子，她跟着那强劲的鼓点儿点着头，空荡荡的马路上她感觉自己像一个飞快移动的音符，跳跃，兴奋，但混乱不堪，动感的音乐掩盖着无奈的疲惫和忧伤。车灯射在不远的前方，前面漆黑的马路立刻被这束光刺破，车子如剪刀一样裁剪着夜的黑布，静静前行。

九、

肖能虽然一夜没睡，还是按时起床去上班，她惦记着钟荃会怎样反应。

菲利普和肖能在一个大楼上班，不同楼层的两个项目组。两人总是同出同进，早晨先把孩子送了幼儿园，再直奔单位。肖能到的时候，钟荃已经到了。肖能在钟荃隔断门口停下来，说："钟荃，你早！你还生我妈的气吗？"

"我什么时候生你妈的气了？那是你妈，又不是我妈，我犯得着生气吗？"钟荃笑嘻嘻地说。

"听你这么说我就知道你还在生气。唉，我替她给你赔不是，她好歹都会给你买到水晶珠子的。"

钟荃伸手把肖能拉近，说："哎，你真可怜。我长这么大，我妈从来没有这样对我说过话，我是真的没见过你妈这样的妈。我倒不生气，我是替你难受，我现在才明白为什么你过去动不动就牢骚你妈几句，那时候，我不明白你妈的状况，心里悄悄怪你对自己妈不好呢。是我该道歉，误解你了。"钟荃的手一直抚弄着肖能散在肩膀上的头发。

肖能把目光避开，她知道自己眼圈已经红起来："我妈也没那么糟糕，她是刀子嘴豆腐心。你不怪就好！我这就放心了。"肖能说着赶紧离开，走进自己的隔断，才抬手把已经流出来的一滴眼泪擦了。伸手打开计算机，她知道只有工作起来才能忘记和母亲相关的一切。

肖能是第二天早晨上班之前给姨妈家去的电话。她知道母亲不会给自己打电话，自从几十年前家里有了电话这台现代交流工具，从来都是她给母亲打电话，出国以后，更是如此，国内打电话不如国外电话卡经济实惠，一张五元的电话卡，可以打四百分钟，相当于一分钟一分钱。

肖能等了一天，才给姨妈家去电话。姨妈性格沉稳，说起话来不慌不忙，但充满权威。"你妈只睡了一小觉就出去了，说有重要的事情要替你去完成。你这孩子真是的，你妈大老远回来，你还给她安排任务，什么事儿这么急？老太太时差还没开始倒，就先替你忙活起来了，你可真幸福，有个这么惦记你的妈妈，你可得好好待你妈！"

肖能立刻就想摔电话，不摔姨妈，摔母亲。她又开始背债了，母亲即使远在中国也要让全世界知道她肖能是欠着母亲一大笔债的。她好像那压在五行山下的孙悟空，五百年不得翻身，孙悟空还有师傅来渡化，她肖能有谁？自己是永世都不得翻身了，谁来为她揭去那压石头的魔贴？可她不能放电话，她是成人，她需要冷静和克制，需要对姨妈礼貌有加，需要尊敬长辈的谆谆教诲。她的声音莫名其妙的沙哑起来，像磨毛了边缘的锉，那是她要爆发怒火的标志。她赶紧岔开话头，说晚上母亲回来再打电话过来，就撂了电话，心里已经在跟姨妈大声诉着苦了："世界上没有任何任务是我交给母亲让她下了飞机就立刻去完成的，同事让捎点东西并不是我招揽来让我妈去受的罪，我没有让我妈不倒时差就去逛街，我也没有让她把这件事当成一件大事儿来做。她完全可以倒头睡觉，品品国内的香茶，和姨妈您唠唠嗑。是她自己的心放不下，把这件事当成大事儿，和我没有关系，我没有罪，我没有！"

第二天是周末，肖能吃了早饭就给母亲打电话。

杜杜

"我买了四百多元的水晶珠子,昨天走了整整一天,东打听西打听,别提多少冤枉路了,两年没回来,这北京面貌全非了,路都不认识了,好在地铁和公交车路线变化不大,后来到了永定门外那个百荣国际小商品城才找到卖这种小玩意儿的。完成任务了,你赶紧告诉你那个同事啊,别好像我不办事儿一样。"肖母接起电话,呼笼统就把这件事儿汇报清楚了。

"……"肖能本来想问问妈妈时差倒过来了没有,听母亲急急忙忙地说这件事,立刻什么都不想说了,她的心咚咚咚地跳起舞来,和无数次给母亲打电话一样,一听母亲急急忙忙的声音,她就会产生这样令人不安的生理反应。

"不过,我在那挑珠子的时候,发现我没看清楚那体操服上珠子的规格,只好凭印象买了,这个是水晶圆光珠,八毫米的,我想啊,体操服上粘贴那是要人远远的被看见,就挑了大一点儿的。你赶紧告诉她,看我想的周到不?"肖母兴高采烈地说。

肖能 哑口无言,她突然想起钟荃似乎说过那些珠子是有规格的,当时就那么几下拉扯,当然看不清,那天不快的场面立刻幻灯片一样浮现在眼前,她心头腾地燃起火焰,下意识地说:"妈您光顾抱怨人家告诉的晚了,根本就没有顾得上看规格,这样瞎买一气,买错了有什么用?不知道您就先别买啊,买错了还不是费力不讨好?在国内买东西又没法子退。"

"什么?我瞎买一气?我买了这些珠子能吃能喝还是能发财?错都在我是不是?这一整天的辛苦是为了什么?我,我怎么养了这么个不孝之女?"肖母的声音越来越高亢,肖能好像感觉到火焰顺着电话线烧灼手掌的滋味,她很想一把就把话筒扔的远远的,最好是扔到太平洋里去永远不被打捞出来。

"你这孩子真不懂事,别怪姨妈说你,你妈在外面辛辛苦苦忙活了一整天,你怎么一打电话就惹你妈生气?算了算了,先放了电话吧,你问问规格,我得安慰安慰你妈。"是姨妈抢过了电话,她果断的声音不容商量,接着,电话吧嗒就断了。

肖能握着话筒的手猛烈地颤抖着,耳边电话嘟嘟嘟的响声似乎放大了无数倍。一口气堵在她胸口,她张着嘴,那口气却纹丝不动,死死地坚守阵地,不肯呼出来。她觉得身体几乎快要被那膨胀的气体撑爆炸了。她扔了电话,咚咚咚地跑下楼,鞋也没穿就冲出门去。

外面是秋天艳红的风景，门前的枫树红得灿烂，刷拉刷拉在风中抖动着，温度里已经储存了凉意，她不由自主地打了一个寒颤，深深吸了口凉气，才终于长长地呼出那口憋闷的气，眼泪顺着面颊哗啦流了下来，有个恶毒的念头闪过大脑，如果没有这个妈该多好，别回来了，我和你决裂！她恶狠狠地想着，好像有一把尖刀握在自己的手里，一块一块地剜着心上的肉，她痛着，但同时也快乐着，她恨死了，恨得咬牙切齿。贱啊，肖能你为什么这样贱呢？为什么你要在电话里埋怨母亲？为什么你不能忍气吞声？你这不是自讨苦吃吗？你永远只知道自讨苦吃！

不知道过了多久，尼尼的声音在门边响起来："妈妈，你在外面干什么？"

肖能擦眼泪，回头看见菲利普抱着尼尼站在门口。她赶紧低下头来，嘟囔着"没事儿"，转身从父女俩身边挤进门去。她知道菲利普同情的目光又大雨一样淋在她身上，这雨淋得很让人舒服，让她感觉安全。她等爷俩儿进了门，才靠上去，紧紧抱了孩子和丈夫，说："Sorry, I'm sorry！"

十、

肖能叹着气，进了房间，来到电话机旁。得问问那些珠子的尺寸。

"唉呀，肖能，对不起，不用你妈买了，我在网上自己找到一家合适的网店，已经订购了。什么？规格？是四毫米的。早知道这样简单，也不用那天去受你妈那顿气。哈哈哈！"钟荃的笑声乱刀乱针一样飞进来戳扎着她的耳膜。她默默地放了电话，没提母亲跑了一天的路买了八毫米的水晶珠子，说出来能怎样？让钟荃感觉不适？让母亲的辛苦被认可？除了哑巴吃黄连，这事儿还能怎样？

她没忍住，抓起电话告诉了母亲规格买错了，如果能退不妨去试试，便放下电话，静静坐在沙发上发呆。阴天，房间里也像有一片乌云沉沉地压着，让人想伸手去把这块沉重的云撕碎撕烂。光明，她多么渴望光明。她起身开了灯，房间立刻亮了起来，人造的光明微微颤抖，但毕竟明亮让人感觉安慰和温暖，她低下头，不自觉地笑了笑。

菲利普撺掇着尼尼端着一本图画书来找妈妈讲故事。肖能蹲下身体抱起孩子，用中文说："好娃娃，妈妈这就给讲故事。妈妈绝不能让我们小尼尼过上妈妈这样的日子，我要让你成为世界上最幸福的女儿，永远快快乐乐的。"

杜杜

那天，肖能整夜在半梦半醒中辗转反侧，似梦非梦的东西在她四周包围漂浮着。有那么一阵，肖母的眉目变成了毕加索的抽象绘画，伸缩、挤压、变形，三维立体。那些重迭的眼睛，翻转的鼻孔，开放的耳朵，蹦蹦跳跳地在她身边闪烁，她看到自己大睁着眼睛，目不暇接地跟随着每一件漂浮的器官从眼前飞过，她想叫"妈"，可是不知道该叫哪一件。她于是犹豫了，哪一件都是妈，哪一件又都不是。她觉得自己应该拯救母亲的分离和散乱，她应该把它们集合拼接，重新组合成一个完整的母亲。可是那些飞驰的部位不肯停歇，快的超过她的决心。她闭上眼睛，等待着什么。等待什么呢？她想自己是在等待那些飞奔的物体飞累了飞不动的时刻，可它们似乎永远不会疲劳停歇。她突然想到应该张开双臂用一张大大的床单把这些分散的部位归拢拦截起来，它们也许会听从她的重新安排和归整，把眼睛放回眼睛的地方，鼻子放回鼻子的部位。她会把那张薄薄的嘴唇安排成微笑的模样，她还会让那一对大大的眼睛里充满慈祥和笑意。可是，一切都是空想，它们还是不停地飞舞，上下左右，无规无矩，速度越来越快，她觉得自己的神经跟着这些变换着形状的器官舞蹈起来，好像地心的吸引力一样抓着她的一切，她被吸得跟着跑，跑啊跑，跑啊跑。她感觉自己的身体也逐渐地分离成碎片，眼睛掉了出来，牙齿正在一颗颗地脱落，头发一片片地散布在空中，一切都和母亲的面部器官搅和在一起了，它们磕磕绊绊地舞蹈着，相互撞击，露出丑陋无遮拦的姿态，眼睛横着竖着，滴着粘稠的眼泪，鼻孔朝天，鼻涕鼓出沸腾的气泡，她不知道自己在用什么观察着这场没有控制的舞蹈秀，每个演员都是一个又一个独立的器官。这个完整的混乱场面之外，自己是唯一的观众，可又不知道自己藏身何处。她只觉得心里像被群蚁撕咬着，千疮百孔，而那些无情的器官却仍然对自己这颗破碎的心无动于衷，她们在瞎忙个什么啊？这一切到底是为什么？她啊啊地大叫了出来。

肖能被菲利普摇醒的时候浑身是汗，她一迭声地说着对不起，伸手轻轻拍着丈夫的胸口，说："你睡，你睡，我做恶梦了。对不起，对不起。"

早晨，她头痛欲裂，心里恨恨的不知道想干什么。尼尼把牛奶翻了，她举起手掌，做出恐吓的姿势，她知道如果不是努力控制，那手掌几乎瞬间就可以落下。她一边蹲着收拾到处泛滥的牛奶，一边恨自己，一切不快来的莫名其妙，难道什么坏事正在发生？她知道自己在恨，可是恨的没有对象，她多么渴望那个对象啊！最好是一个玻璃杯子，她可以随便地拿来摔碎，或者是一片白菜叶子，她可以咚咚咚几刀就切成碎末，或者是一颗软不拉几的心脏也好，她可以使劲攥在手心里，攥得它变形，攥得它滴出鲜红的血来。

肖能沉默了三天。她上班努力工作，下班轻言细语地和菲利普讲话，笑嘻嘻地陪尼尼玩耍。

三天之后，肖能才又拿起电话，那时，她已经心平气和。姨妈不在家，是姨夫接的电话，说姨妈陪母亲出去晨练了。难怪母亲愿意回国，时差还没倒好，就开始晨练了。国内的热火朝天这样快就和精力旺盛的母亲同步前进了！难怪自己总是无法令母亲满意，自己什么时候能有母亲这样用不完的精力，能如此快地适应环境就太好了。不行就是不行，这个笨女儿永远也不会青出于蓝而胜于蓝了，如果自己本事大点儿，也许母亲就不会这样对亲生女儿动辄呵斥了。

她和姨夫随便聊了几句，就放了电话。她松了一口气，如果每天打电话都不用和母亲说话，也很好。母亲知道自己在惦记她，又不会产生冲突，两全其美！

这几天，钟荃在单位还是和肖能叽叽喳喳，但一切似乎都变了些滋味。隐约之间，肖能总觉得钟荃有了居高临下的姿态，钟荃妈也变成了她话题的主角。她很骄傲地说："我妈给我来电话，问寒问暖的，我每次和我妈都能聊一个多小时。她可真慈祥，我想放电话都找不出理由。我好幸福，有这样体贴的母亲。"

肖能不知道该怎样答话，她睁着不太大的眼睛，看着不知道什么地方，自言自语："菲利普的妈妈也是这样的。"至少她还有个菲利普的妈妈可以用来充实自己的话语。

钟荃却莫名其妙地说了一句："他妈是你婆婆。"

肖能迅速收身回到自己隔断里，她哑口无言。她想专心工作，可专心不成。她想说，我妈能为了你这个同事的一个电话，就把北京的大街小巷跑遍，她虽然没有轻言细语，但她有着一颗谁都比不上的善良热情之心。可是肖能一如既往地沉默着，一如既往地说不出自己心里想说的话。她恨自己的笨拙。

心，悬浮着没有着落，她突然很想母亲。不知道她时差是不是已经倒了过来，不知道母亲是不是也像自己惦记她一样惦记着女儿。几天来她总是在设想和母亲的对话，那是一段温柔平和的母女聊天，丝毫争吵都没有。她的手多少次伸到话筒上，又缩了回来。母亲走的几天，她对母亲的抱怨一点一滴地消逝着，她想起母亲的好，母亲的勤劳，母亲总是尽量不给自己添麻烦。越想越自责，自己是不孝而任性的，一切都是自己的错。母亲那张很少微笑的面孔在这些美好的想象中逐渐变得慈眉善目了，她甚至想象出母亲也像钟荃的妈妈和菲利普的妈妈那样，轻言细语地跟自己说了一个钟头的话。哇，多么好啊！她打定主意，晚上回家就给母亲打电话。

这里和国内相差整十二小时。晚上，也就是国内的早晨，肖能还没吃完饭就迫不及待地抓起电话，铃声响了很久，又是姨夫："你妈和姨妈去串门儿了。"姨夫一边清嗓子，一边说。"你放心，你妈说你不用打电话了，她很好。水晶珠子的事也不用你操心了。"

"那她们几点回来？回来之后我再打吧。"

"没准儿。她们没说几点回来，你好好上班去吧，不用打了，一切都好。"姨夫又咳咳咳清了嗓子。

"您病了吗？"肖能觉得姨夫的咳咳嗽里有些奇怪的做作。

"啊，没有，没有！"姨夫吞吞吐吐。

"那我晚上再打吧。"肖能说着就放了电话，心里突然忐忑不安起来。

一觉醒来，肖能还在被窝里，浑身酸痛，又是一夜似醒非睡的噩梦。她伸手抓起床头柜上的电话，仍然是姨夫，又说母亲和姨妈去晨练了。

肖能迷迷糊糊地把自己和丈夫的中饭准备好，一家人开车去上班。她心里疙里疙瘩，不安，空气一样环绕着她。她对正在开车的菲利普说："你不觉得奇怪吗？我连着打了三天电话都和我妈说不上话。"

"不放心就再打吧。"菲利普什么时候都是平平静静的，他没有不平静的理由，肖母不是他母亲，他也没有听到姨夫的干咳。

十一、

肖能是第五次听到姨夫接电话，才彻底不饶不让的。姨夫经受不住央求，坦白了真相："你妈不让告诉你，怕你着急。她去退那些水晶珠子，在商城门口被车撞了，一直在住院，姨妈伺候她，你不用担心，腿骨折了，其他都没事儿。你可千万不要赶回来，千万千万。不然你妈会气死的，你知道她的脾气。我没搂住这事，一定会挨你妈批斗！"

肖能迷糊着放了电话，她头脑眩晕，下意识伸手推着菲利普："完了完了，又是为了那些水晶珠子，我妈出车祸了，骨折，我得回去，必须回去，现在就买飞机票！"

飞机起飞的时候，天刚蒙蒙亮。她的心还停留在刚才和丈夫孩子告别的辛酸里。尼尼显然还不懂得发生了什么事，快三岁的孩子还从来没有和母亲分开的体验，蜷缩在爸爸怀里，本想继续睡觉，陌生的机场环境却迅速激发了她的好奇心。小人儿直起身体，大眼睛盯着排队的人群努力端详，每个人脚下都有那么些个形状各异的大箱子，脸上都有些漠然又欣然的表情。

"他们为什么都拿着那么大的盒子？"尼尼用英语提问。

"不是盒子，是箱子。"菲利普说。

"什么是箱子？"

"箱子就是出远门的时候专门用来放衣服用品的东西。"菲利普答。

"妈妈为什么没有那么大的盒子？"尼尼对箱子（luggage）这个词显然不以为然，继续用她的盒子（box）。

肖能格格格乐了，伸手抱过尼尼，使劲亲着，说："妈妈走的急，去看生病的外婆，没有来得及买东西，所以只拿了这个小箱子。妈妈走了，尼尼乖乖听爸爸话。妈妈给你打电话。"

"打电话？"这个玩具总看见妈妈用，尼尼还没有过亲近的机会，眼神呆着，小脑子很费力的样子。肖能抬手弯了三个中间指头，拇指和小指一伸做了话筒搭在耳边，说："你会从话筒里听到妈妈，你跟妈妈说话，妈妈也听得到你，可好玩儿了。"

菲利普在登机口抱着肖能很久不放。"一定要克制，记住，你妈断了腿，你更不能跟她意气用事，我不在你身边，没人提醒你，你自己好自为之。"

肖能眼圈红了，克制着没流泪："你自己没法儿接送尼尼的时候一定要给赵阿姨打电话请她帮忙，不要不好意思，我妈住过来之前，不都是她帮忙打理吗？我尽量早些回来，单位请了两周假，应该够了，情况稳定了，立刻回来。"

两人结婚后同进同出，从未如此分别，心头不舍在眉眼间流淌回旋，久久不去。尼尼在爸爸怀里做了中间人，被夹得尴尬，小人儿不哭不闹，静静地搂着妈妈的脖子，多少明白这特别的双人拥抱很是奇特，三个脑袋挤在一处，给机场添了一幅上好的和谐风景。人们从周围绕着走路，免不了多瞟两眼。肖能勉强松了手，一步三回头进了登机口，尼尼一手搂着菲利普，一手横着挥舞着再见，画着小小的弧型，似乎在帮爸爸扇风乘凉。再见，孩子，再见，老公！肖能窝了一泡泪，直到坐稳了才放松让它流一流。座位定的急，在过道中间，被两个陌生中年男人挤着，她赶紧伸手擦了泪。谁的一生不经历几次分别，自己未免太小家子气了，虽然这是第一次和丈夫孩子分别。

肖能没有通知国内就动身，下了飞机也没给姨妈家打电话，叫了出租就往医院赶。

出国以后一直在求学打拼，工作、结婚、生子，母亲在身边，哥哥在德国，也就有了理由不回国一探。如今高楼错落、鳞次栉比。车多人少，高速公路七盘八绕，一圈圈层层又迭迭。肖能的想象力远远跟不上北京的变化，此时不像回国，反像出国。置身在出租车里，宛若外星客下凡，脉搏七上八下，窘困的心慌。

随身一个小拖箱，并不累赘。肖能没回家就直接让出租车开来医院。

姨夫坦白的彻底，开销不小。母亲是胫骨骨折和腓骨错裂，用了钛合金加压钢板和带锁的髓内针固定，手术费一万多，住院费一天一千元出头，几个月后取钉子，还需一个小手术，再另收费。肖母国内的退休金都是姨妈帮着领，人民币比价低，在国外指望不上这点儿钱，这退休金便积蓄出几万元。姨妈做了主，手术材料都用了高级的进口材料，身体里面用的，哪敢含糊？手术顺利，肖母一生吃得起苦，术后麻药劲过去，痛得一头汗也是无声无息。肖能叹姨妈果断，安了心。她摸了摸包里揣的几张旅行支票，准备随时找中国银行兑换了补贴给母亲付医药费，买营养品。

母亲的病房在三楼，一个朝阳的四人病房。床上的病人合眼微鼾，靠窗，阳光暖阳阳地洒了一床，拉满到脖颈的白被单亮的晃眼，往下看却从半当中伸出一条腿来翘在一个悬吊的支架上，白石膏打的硬邦邦，只露出一截脚尖。这腿从那被单下分离出来，一截白木头，哪还像身体的一部分？站在母亲身边，眼泪早淋的肖能整张脸湿漉漉，像刚从水里拎出来的。

肖能在床角推开被子挤了半个屁股坐下，静静端详熟睡的母亲。旁边床上一个中年妇女直盯着肖能看，一会儿又去盯那手提箱，终于开口问："是女儿？"

肖能怕吵醒母亲，不答言，只点头。那女人再问是从国外来？她就点头不做声，下巴朝母亲方向努了努。那女人知趣便住了嘴。病房里很安静。肖能自顾自看着母亲，细细地想心事，母亲的点滴好处就无限放大开来，每一样都能推动眼泪的生产，她就一会儿抬手擦一下，干了，过一会儿，又湿。

"哎呀！怎么是你？！你姨回去炖骨头汤，还没回来？你姨夫怎么这样快嘴？说了不让你回来，你偏回来！"肖母醒来，一眼看见肖能的红眼眶，虽然又高兴又心痛，还是没忍住声张，声音一如既往地高亢尖利，其他病床上的病人和陪护就侧了脸看过来，耳朵支的老长。

"刚下飞机吗？还拎着箱子呢！"马上有人问，想必都知道这女儿在外国，人们的目光里就都有些许异样的关切和羡慕。

肖能只是抿嘴笑笑，并不多话，只低声对着母亲怯怯地说："妈，你别怪姨夫，是我逼着他讲，你手术，我回来难道不是应该的吗？"

肖母碍着人多眼杂，没有训斥，一贯的反对习惯这样难忍，脸都憋红了。她低声嘟囔："浪费机票钱，你回来就能帮我长骨头？算不过来帐！尼尼怎么办？扔给菲利普一个人，你舍得？真是！"

肖能听的清清楚楚，也装听不见，只是傻傻地笑着，给母亲端水喝。

肖能接替了姨妈的陪护工作，姨妈专门负责煲汤送饭。肖能晚上在床侧支张椅子，直溜溜坐着合上眼，醒来时歪歪扭扭的一滩，浑身酸痛，似乎从未睡过，站直了伸个懒腰，松了绑似的舒服。母亲尿短，硬邦邦的石膏腿举着，难得下地折腾，医院给配备了可以塞到臀下的躺便器。陪侍最主要的任务是胜任这个工作。肖能从来没想到母亲有这么重，少了一条腿的分担，人便如此无助，那样风风火火的一个人，躺倒便倒成一滩沉重的肉，一塞一抽都要两人一二三配合着使劲儿，心中多少不忍和愧疚，恨不得替母亲受了这罪。于是，任凭母亲怎样唠叨，都不回嘴。

姨妈并不比母亲少唠叨，母亲唠叨了的她替她重复着，母亲没唠叨的她要补上，自己不在时，姨妈张罗着里里外外，单小便这一桩辛苦差事，也够她那半百年纪经受了。如此，肖能在姨妈跟前就连身子也不敢站直，比对母亲更要加上额外的尊敬和小心，凡事点头称是。

病房里别人的陪护不在，肖能主动帮忙，笑眯眯的脸，再累，也是笑眯眯的。肖能出去倒尿，病房里就你一句我一句夸肖母有福气，女儿脾气这样好，孝顺，勤快，又不吭不响的，怎么就闯去了国外，难怪嫁了老外，在国内怕也是要男人抢呢。听起来，肖能的性情成了她唯一的好，模样乖巧、读书一流、工作认真，倒都被忽略了。肖母嘴上谦虚着，心里爽，时不时还要补充一番菲利普和尼尼的好。人们又感慨，现如今国内的女孩子，择偶标准都变成这样了：有车有房，父母双亡，外面做处长，回家进厨房。达目标少，于是剩男剩女都成堆。肖能这样温顺娴淑的女子自然是稀罕宝贝，一进一出，频繁沐浴着人们赞赏羡慕的目光。

母亲在外人面前增加了许多克制，竟少有地和颜悦色，姨妈送饭来，肖母和肖能一递一让，那模样是从来没有过的和睦。

肖能在楼道里伸伸腿脚，站在玻璃窗前看着医院门口拥挤川流的人群，虽然在三楼住院病区，楼道里贴着大大的"静"字，楼下的喧嚣仍然背景一样响着。国内这热闹，即使在医院里也是一样，更不要想象商场饭店了，肖能那局外人的感觉就越发强烈起来。忽然想到热闹的母亲因为这手术温柔安静了，心里就蜜腌了似的舒服起来。战争消失，迎来了和平时代，倒希望母亲多住几天院，有外人帮衬，有环境烘托，这和平就持久些吧。

十二、

消炎吊瓶和止痛针总算可以停了，肖母坚持要出院："没来由地给医院扔钱，咱们不是富翁，我脑子没病。石膏六周才能拆，反正是养着，现在我都能柱拐杖上厕所了，不住了，赶紧回家！"

出了院，肖母就催肖能回家，没了顾忌，憋久的口舌突然有了自由，言辞刻薄起来毫无界限："你如果再不回去，我就不认你这女儿了。"

肖能胸中突然塞进个个火球来，这样的话怎么说得出口？我做了什么伤天害理的事了？看着驻着双拐的母亲站在床边哆嗦着，舌头打了结，竟说不出什么话来。

孝顺要从"顺"开始，她懂，只好一边上网查找回程机票，一边打点行装。来的时候不知道要耽搁多久，买了昂贵的单程机票。这一来一去，砸进去不少钱。肖母死活不让肖能兑换旅行支票，口口声声："你如果敢留下一分钱，我就给你带回去两分钱，你听好了！那边房贷那么多，得瑟啥？我的退休金还不够我在这边五个月的生活费？给我留钱？笑话！何况我还有房产呢，这几年那房租也积蓄了不少。"肖能哑口无言，在姨妈家一句不敢强嘴。肖能父亲去世早，却留下一套单位分的两室一厅，肖母出国前拿了大红本，产权自主了，房子空下来一直是姨妈照看着，地理位置好，出租方便，的确赚了些钱。这几年房价大涨，这套房少说也有几百万的身价了。可是自己力出不上，钱也不给，心下不安，碰上肖母这样决断，也只有无奈。

移民身份熬够十年，六十五岁以上的老人就可以拿到加拿大的政府补贴，工资一样月月进账，掐指算算，还有两年就可以享受着天堂般的福利了。这几年肖能生活稳定了，肖母每年都回国住住，只呆五个月，超过五个月，在加拿大的居住年限就无法连续计算，移民的老人们把这笔帐算的清清楚楚。这次腿伤成这样，这五个月呆在国内，真不知道是祸还是福。

肖能询问了大夫，到母亲回程时，腿伤基本无碍，恢复期间会辛苦一些，需要很多复员运动。这边一切都需自费，肖能突然大着胆子提议："妈，要不你跟我回去休养吧？那边医疗免费啊。"

"不回！石膏还没拆，不折腾。我的事儿我自有主张，你甭管！"肖母一如既往地坚决。

肖母是怕到了国外给女儿添麻烦，肖能怎能不知？这边姨妈姨夫都退休了，有时间招呼，休养期间老姐妹做伴儿唠嗑，比在国外孩子上班走了一个人干巴巴口对心、心对口舒服自在多了，就不再强求，也不敢强求，怕惹出战争来。况且后期取钉子那手术回到手术医院比较合适，跨了国，医疗技术有差异，也是给医生出难题。

这中间，肖能带着水晶珠子去了一趟百荣国际小商品城。国外买了东西，过两个月仍然退得来钱，在国内哪里行得通？好说歹说换了四毫米规格的，打算回去送给钟荃，讨个人情，钱也不要她的。这一包水晶玩儿艺，搞得母女二人伤心伤神又伤了身，钟荃那边还竖了隔膜，肖能的委屈没处诉说，不知道哪个环节出了错，一错便一路下滑出溜成这个样子，六十多岁的母亲吊着个石膏腿，撇下老公孩子跑回国来的肖能，花儿霜打了一样，焉头耷脑，一脸黄昏。

两次菲利普来电话，肖能都没出息，没说话先掉泪，听见尼尼咿咿呀呀的声音，恨不得变了电波从这根电线里穿越回去。尼尼还小得不懂电话是怎么回事，听见妈妈电线过滤过的声音和平时不同，全不当肖能是妈："不是，不是妈妈！"菲利普怎么连哄带骗她也不肯和这个电话机里的妈妈说话。父女那边叽歪着，这边肖能又疼又爱，脸上早又挂了一张瀑布。菲利普撂电话时放低声音说了句"早点回家吧，我们想你。我爱你！"肖能一动不动，耳边是滴滴滴连续的忙音，电话冻在手里，人已经呆了。两人生活了好几年，头一次隔山隔水听这三个字，心儿立刻零距离，魂魄早飞回去又搂又抱了。

肖能悄悄兑了一万元人民币塞给姨妈，怕姨妈不收，就说是给母亲买营养品的，千叮咛万嘱咐不让告诉母亲。姨妈脸上笑着，夸肖能懂事儿，又说肖母对女儿太严厉了，她一定好好劝劝，孩子大了，不该这么唇枪舌剑地刺戳了。肖能低头笑，想着姨妈训起自己并不比母亲逊色。姨妈一生未生育，本来也是把肖能当半个女儿看待的，毕竟没做过母亲，说话大多都似蜻蜓点水，碰不着心灵深处，风一样轻飘飘的过去罢了。这次因为母亲，才露出和母亲不相上下的训斥能力。肖能记忆里姨妈总在过年时给自己一百元压岁钱，多少年不曾增长，即便那一百元也到不了肖能手里，早被母亲扣留了。要说亲近，是谈不上的。可自己不在身边，儿女当做的活儿都摊到姨妈身上，嘴短口软，肖能对姨妈的满心感激，不掺一点虚假。

　　肖能要动身了，自己乘出租车去机场，在楼道口和大家一一告别。母亲驻着双拐站在楼梯口，肖能下了半截楼梯，放下手提箱，回头看见肖母坚硬的目光里薄薄地蒙着雾，那坚硬便软弱下来。咚咚咚翻身跑回去，大家都还愣着，肖能就抱住了母亲，母亲的身体僵硬着，肖能听见胸口贴胸口的心跳声。松了手，肖能又咚咚咚地下了楼，再没回头，怕被看见自己这张水帘洞。她从母亲突然僵硬的身躯里感觉到她的震动，多少年来肖能几千次想象和母亲拥抱的情景。从记事儿起，她就从来没有和母亲拥抱的经历，有时全家坐在电视机前看情感剧母女相拥的情节，肖能就十分不自在，她多希望自己有一天可以和母亲脸贴脸地亲近啊！终于做到了，做的突然而坚决，她颇感欣慰，为自己也为母亲。母亲没有把自己推开，也很庆幸，多少次想到和母亲拥抱就有多少次想到自己被母亲无情地推开。母亲没有推她。她第一次没有征求母亲同意就做了一件需要两个人合作的事情。她头一次做了一次主，并成功实现。坐在出租车里，她几乎想振臂高呼，她想跑下汽车在高速公路上飞快地奔驰，她想立刻给菲利普打电话通报。她抱了妈妈，抱成功了！一个小女孩儿吃了蜜糖穿了新衣般的喜悦，在她身体里激荡着，直到上了飞机，她的心都停不下，跳着只有她自己可以欣赏的舞蹈，旋转了又旋转，跳跃了再跳跃。她忘记了母亲打着石膏柱着双拐的伤势，心里只剩下憧憬，等母亲回来，一定要好好待母亲，和和睦睦的。这远大的志向，这时在她理想的大脑里，也变的好像唾手可得了。

　　肖能回到家，三个人过上了没有母亲参与的日子，都有些不习惯。下班回家，肖能和菲利普肩并肩在厨房做饭，尼尼在两人腿中间钻来钻去，抱抱这条腿，又抱抱那条腿。菲利普和肖能胳膊肘碰着胳膊肘有说有笑，话题却转来转去总是不自觉转到肖母身上。

"我是真的想过，请母亲单独出去住，但这话是无论如何开不了口的。"肖能道。

"开不了口就不要开口，人要跟定自己的心。你开不了口，说明心还不到。只要我们避开她的火爆脾气，这样三代同堂，也没什么不好。我看西方父母和儿女的关系平淡疏远，没有你们中国人的家庭关系亲近，并不好！"菲利普答。

"可是，我觉得你们西方这样不同堂而居才符合人的本性，避免代沟冲突，有助于小家庭的健康和睦，难道不是最人性化的？你想你父母会愿意和我们同住吗？请他们来小住几天，就急着回去了。"

"各家有各家的情况，都不可一概而论。别管那么多，事情来了，就面对它。你妈来了，就接受，她要有搬出去住的心思，我们也没意见，你说呢？"

肖能手上沾着蒜末，伸手搂了丈夫的脖子，这个通情达理的丈夫，能把她的心中的坚冰化得一乾二净。

钟荃收了肖能的水晶珠子，执意要给钱，肖能推着，说："你说在网上买到了，并没有再让我捎，是我自己要买的，提钱就见外了。"钟荃在网上定的珠子是圆滑表面，反光不好，质量不如肖能买的一四面立体多棱的珠片晶亮透明，心下高兴，肖能不要钱，她就给尼尼买了个电动娃娃，两人都知道是迂回着付了珠子的钱，也不捅破。有一搭没一搭，两人还是隔着隔断聊天，隔膜化去了一些，开春的冰河一样，河流虽然携带着冰块流淌，毕竟在流淌，卷携着的冰也渐渐冲刷消融。钟荃说话又渐渐直爽起来："你妈那种脾气，伤筋动骨也是早晚的事，看她那天从我手里抢体操服的驾式，吓死人，性子太燥了。我好奇怪，你妈怎么生出了你这样随和的女儿？"

"我像我爸！"肖能说完就后悔了，这样回答好像承认了钟荃对母亲的评价。其实，她是反对钟荃的，自己的妈再不好也轮不到别人来贬低，何况钟荃仅凭那天晚上小小一个回合，怎么能了解真正的母亲？母亲的腿怎么断的？还不是为了这些珠子？

钟荃果然得寸进尺："你爸那么早就走了，别是被你妈气的吧？"

"…… ……"肖能一口气堵在胸口，脸就红了起来，隔了半晌才嘟囔了一句："你对我妈有误解。"说完苦笑了一下就回自己座位，她没有力量为母亲辩解，也不想再和钟荃争辩。

杜杜

钟荃女儿受伤是两个月以后。孩子表演时，竟被身上掉下来的珠子咯了脚，一交跌的血流如注，教练和家长们从没见过这样的事情，水晶珠片从体操服上脱落也是经常事，哪里出过事故？大家手忙脚乱，表演终止了半小时，到医院才把脚底心半颗碎珠片取出来，小脚要慢慢痊愈了才能再去跳体操。钟荃修了一天假，捧着女儿的小脚左研究右研究，不知道该怪自己还是该怪别人，想着就想进牛角尖了，越想越生气。撂下女儿的脚，就给肖能打电话。

"你怎么没来上班，病了？"肖能正在调程序，乐呵呵地说。

"别提了，昨天女儿体操表演，出了点事故。身上的珠子掉下来，偏巧她跳起来劈叉，老高地落下来就踩碎了，流的血够一茶杯，走路也不会了，今天在家休息，我得在家照顾她。"

"珠子？怎么会掉下来？不是熨斗熨上去的吗？"肖能很吃惊。

"谁知道怎么回事儿！我是请了专门的裁缝一颗一颗按设计图案熨烫上去的，用刀片撬都撬不下来，表演前还专门检查过，见了鬼！偶尔几片掉下来也正常的，过去也有过，哪里会见血？体操队谁也没见过这样的事情。你说这东西是不是带了邪气啊？这事儿出的，得有多少巧合？你想想，珠子要掉下来，还正好掉在她落脚的地方，舞台那么大，这就难了，她满场跑着跳着，怎么就跳到它上面了？还得正好腾空用了大力踩在上面，那么小而硬的东西，怎么会一脚上去就碎了？这珠子还得恰好是一个竖着的角度，才能够被踩碎踩进脚底心吧？你说，难道不是邪了？"

肖能接不上茬，钟荃打这电话就是为了给自己扣这么大一个屎盆子？邪气？邪气是什么意思？千山万水的捎回来送人，出钱出力用心耗神，自己这是干了什么？母亲万里之外还吊着石膏呢。电话撂了，肖能欲哭无泪，脑子里嗡嗡嗡都是钟荃的声音：邪气，邪气，邪气。计算机屏幕里程序语言的每个字符都好像一个个蝌蚪不停地晃着，她掉进了一个深不可测的池塘，被水流，被蝌蚪，被冰冷包裹，浮不出水面。她憋得难受，干脆起身往楼下跑。

肖能和菲利普两口子虽然在一个楼上，上班时间却都懂得尽量回避，在餐厅就餐也各自和组里同事坐一起，不搭伙秀夫妻恩爱，今天这是破了例。菲利普被拉到没人走的楼梯里，不等沉重的楼梯门自动闭合，就被肖能抱住，接了一肩膀的泪水。菲利普听懂来龙去脉，只把妻子紧紧搂了，上下抚摸她后背，可怜这单纯的好心人儿凭白无故总是受着委屈，温声劝道："只要你问心无愧，就好了，不要在意别人怎么想。我们管不了别人怎么想，我们管得了自己啊！不哭，别傻了，乖！有我在，不怕。只要我明白你，别的一切都无所谓。"

有菲利普安抚着，肖能心下渐渐坦然起来。有同事来走楼梯锻炼，狠狠地笑话了两人一通："夫妻在家还亲热不够吗？"两人才红着脸散了。见了钟荃，肖能强迫自己面不改色心不跳，水晶珠子是一片好心送出去的，有人要把正说成邪，由不得自己。

有一天钟荃告诉肖能："我把那件体操服捐了，那可是专卖店买的，很贵的！你也有贡献，上面镶了那么些你给的漂亮水晶珠子。"

"你不怕别的孩子穿了也会扎脚？不邪气？"这难道不是要把邪气捐出去？

钟荃翻了翻白眼，竟笑了，说："我那是开玩笑，什么邪不邪的，不过是寸劲儿了吧。"

两人已经不能像过去一样无拘无束心无芥蒂地讲话了。有些人，自我中心，不牵扯个人利益，你好我好，个人利益受损，首先想着嫁祸于人。肖能从此对钟荃加了提防，两人工作不需要合作时，就尽量保持独立，实在避不开，凡事请示领导，不和钟荃单独解决问题。女人之间的悄悄话彻底断了，那层隐形隔膜，墙一样隔住了两人若即若离的关系。

恰好公司人员调整，肖能看另外一个小组做的项目和自己对口，就下了决心，申请很快批下来，立刻搬了办公室。以后和钟荃楼道里碰面，寒暄两句，脸上热热闹闹的，心里立着那墙，拜拜擦身而过，也就与楼里叫不上名字的陌生同事没了区别。

那水晶珠子闹心的事儿，蜿蜒着的彗星的尾巴拖拖拉拉，肖能只当和钟荃没有关系，母亲却委实为此受了大罪。

十三、

伤口肿胀流脓是三个月以后的事儿，骨髓炎。从没主动打过电话的姨妈突然来了电话："你走后你妈伤口一直肿，拖了两个月。前几天就开始化脓，钢板都露出来了，立刻住院做了消炎清洁去死骨的清创手术，钢板只好取下来，断骨用了外固定方法，现在还在手术恢复中，炎症还没退。你妈整天发烧，大夫说再输两天消炎药，如果炎症不消，无法退烧，怕是要截肢了。"一贯果断坚定的姨妈断断续续说完，早抽泣如碎了的风声。

杜杜

肖能一听"截肢"二字，晴朗朗的早晨瞬间蒙了黑罩子，眼前忽然地黑魆魆了，幸亏依着床，软软地出溜到地下就起不来了。菲利普赶紧向单位给两个人都请了假，怕肖能精神上挺不住，要陪她回去，肖能脑子还没胡涂，说："别傻，我上次回去办了探病的多次入境签证，你办签证就算加急也要两三天时间，尼尼跟着回去折腾？你们去了，语言不通，我还得招呼你们，倒分心，你们别凑热闹了，你在这里照顾好尼尼，我自己走。"菲利普就让肖能躺下缓缓精神，自己给旅行社打电话，定不到当天的直达飞机，只好迂回从美国转机走。

那天尼尼没送幼儿园，爸爸忙着打电话，妈妈躺着掉眼泪。尼尼没个玩伴，委委屈屈地自己下楼，一脚滑下去，连滚了几个台阶，哇哇大哭，惊天动地。肖能翻身下床奔了出来，菲利普已经把孩子抱在怀里哄，小膝盖撞了楼梯栏杆，青紫了拳头大，身上身下细细检查了一遍，确定没伤了其他部位，这才放了心。肖能抬起手连头带脸摸了一把，也不知道是泪还是汗，就势坐在楼梯上，幽幽地对丈夫说："我这心吓得快要爆炸了。我走了，你看好尼尼，我妈出了事，大家心情不好，凡事要小心，平平安安，我才不会乱了阵脚。"说着，眼眶里又汪满了一泊湖。三个人就在楼梯上搂做一团，不管世界多么大，不尽人意的事情有多少，只要三个人这般搂着，世界就缩成这臂膀环绕的那个圈， 这圈子的团结紧密便足够对付圈外的一切了。

仍然是一个小推拉箱，仍然是下了飞机直奔医院，路边同样的高楼林立，高速上同样的车水马龙，肖能却一下老了十岁。坐在出租车里，泪泡眼焦虑地着着火，窗外略过什么，都想把什么推翻、焚烧，只盼没了障碍，一瞬间飞到母亲身边做了她的腿，天天载着她走路。千万不能截肢啊，截了肢可怎么办呢？那样一个火暴脾气，好强好胜，身体少了一个重要部件，不寻死也会把周围人折磨死。健全着尚且烽火连天，残疾了就要天天发原子弹了。肖能一路想着，自己把自己吓得一声短一声长地出气，世界末日似乎要到了，浑身乏力不支，恨不得此时就闭了眼，省了马上就要面对的辛酸、心烦、心痛。她不停地向上帝祷告，上帝啊，不管你管不管我家的事儿，我都求你帮我这一回，保住我妈妈的腿啊！

肖母躺在病床上，这次是两人间的小病房。肖母脸色潮红，虚虚睁着眼。肖能进门时，姨妈正在床边坐着。肖能出现的一刹那，肖母眉毛挑了起来，眼睛放出光来。姨妈也咧开嘴，给肖能让座位，一边说："你哥哥也通知了，今晚上到。你妈这回没拦着。"

　　肖能把手放在母亲的额头上，小烙铁滋地烫了手。肖能眼睛又红又湿，鼻子也抽了起来。肖母竟笑了，说："哭，就知道哭！你的眼泪能给我消炎退烧吗？我还没哭呢，你倒来勾我哭。"说着眼角流出两缕清泪，滴答跌落在枕头上，阴湿出一个小圆圈。

　　"妈，我得接您回去，您在加拿大可以接受免费医疗，在我身边也方便照应，总这么拖着姨妈也不是事儿。您说呢？退了烧我就给您买飞机票。咱们回去治疗。"肖能本来想说这骨髓炎一定是手术感染造成的，她对这家医院心存怀疑，话到嘴边还是憋住了，这话说出来没人喜欢，崇洋媚外的帽子会压死人，这是祖国，这家医院是祖国心脏里一流的医院，谁能保证在加拿大骨折手术不会引发骨髓炎？千分之一的机率轮到你头上，就成了百分之百的机率。

　　肖刚到的时候，已经是万家灯火。肖刚中等身材，一身休闲衣裤套在适中的身体上，干净利落，一副无框眼镜架在瘦长的鼻子上，灯光下眼神显得朦胧不清。头发刚开始秃，前额两端向后退出圆弧形状，灯光下那两个半圆和额头连成一片，熠熠闪光，似乎头发从来不曾在那里驻扎过。他的嘴唇是刚劲的，棱角分明，不说话已经可以看出他的力量。

　　这对兄妹站到一起，哥哥明显比妹妹英俊而强大。肖母的笑无遮无拦，握着肖刚的那只手，抖得像机器的震荡，那震荡是从心脏发动机放射出来的喜悦电波。肖能无法阻止母亲的偏心，从小她就明白。母亲对肖刚的爱是三月的春风六月的夏雨，对自己的爱则是十月的秋寒二月的冬雪，一年四季轮回不停，缺哪月都不成其为一年，这样天然的分配毫无商量地落在月份头上，月份无权选择。肖能面对自己的角色，基本坦然。她对哥哥尊敬甚至崇拜，肖刚的出色是天生的，他沉稳聪慧，不张扬不骄傲，不用用功就可以做第一名，不用拉选票就可以当班干部，不用拍马屁就讨长辈器重，一路优秀地走过来，他的面前似乎只有坦途，没有逆境。母亲喜欢哥哥理当是正常现象，不喜欢这样的儿子才异常。

　　肖能心头的苦涩不是因为哥哥，是来自母亲的偏向，你看那笑，那颤抖的手，肖能把目光移开，低头摆弄衣角，口腔里酸酸的。

　　"妈，您受罪了。"肖刚开口道，"不要紧，骨髓炎不是什么大不了的病，很快就会好的，您放心。"

　　谁也没想到当年在加拿大分手，一别就是八年，团聚地点会在中国的医院里。世界已经变得很小，世界大同的思想在海外华人圈里十分普遍，改变国籍，远离祖国，这样大同的观念是一根支撑自己和这个群体在外生存的脊柱。抱着民族主义的标杆不放，就避不开抛家离土弃国求荣的负罪感，生活起来未免唉声叹气、缠手缠脚。国外这些无数个肖能和无数个肖刚，抱着大同思想才做到在国外安居乐业而心安理得。复杂的生命路程不能给每个独立的个体划定正确与错误的界限，混沌的一切在大同中混沌着，仿佛给这些飘离的心脏一个个不需要解释的安乐港。

肖刚的出现如明星进入会场，大家都高兴的不知所措，虽无欢呼雀跃，人人脸上挂着专注的注视，人人都在期望他来掌管大局。不负众望，他有条不紊地安排一切，和大夫具体商谈治疗方案。原则是鲜明的，截肢先不做考虑，加大力量消炎保腿，保守治疗。

或许是儿女双双在眼前带来的兴奋，或许是持续大剂量的药物作用，第二天，母亲脸上的潮红就开始退下，体温一路降下去，腿部肿痛开始消退。又过了两天，肖母精神头见好，竟半坐起身，眼神透出以往的精亮，病似乎好了一半。她突然抓住坐在床边的肖能的手说："看你哥多行，什么事儿到他那儿都有解决办法，你得跟你哥学学。"

肖能望着妈妈，又望着哥哥，笑了，脸蛋儿挤成一团，婴儿一样。哥哥站在床边，就抬手摸了摸她的头，暖流就那样从脑顶心儿滋溜闪电一样穿透了心脏，她希望哥哥的手能永远放在那里，这是多么幸福的感觉啊，和爸爸一样。这么想着，眼圈又红了。她没看哥哥，却抬了一只手，搭在母亲握着自己的那只手上，温度缓慢传递，那一刻，她又回到了孩提时代。

妈妈牵着她的手走在天安门城楼底下，她仰头看了看微笑的主席像，问："爸爸真的骂过毛主席？"妈妈蹲下来攥紧她小手压低声音说："你如果再胡说，我就打烂你的嘴！"妈妈因为爸爸的反革命行为和爸爸断绝过几年关系，后来父亲出来后得到平反两人重归于好，但父母从此感情淡漠。父亲沉默寡言，低头抽烟，闷头喝酒，恢复公职后在单位也无法担任重要角色，母亲仍然会时不时提醒父亲，他曾给这个家庭带来了多少苦难，给她的人生带来了多少折磨，他出来也一样是个罪人。三天两头的吵闹从不间断，与其说吵架倒不如说是肖母一个人的高声抱怨，摔盘子摔碗，那是一个人的战争，没有敌方。父亲总是默默地，无声无息，没过几年，就得了肺癌去世了。那些年头，母亲是普通办公室文员，有爸爸的反革命问题牵扯，始终无法升职，人虽然能干，也总是被压制，福利待遇她总是轮到最后，精神和肉体双重疲劳。父亲去了，肖母一个人带大兄妹俩，供出两名大学生，很受了些苦。肖能对父亲记忆不深，父亲被放出来时肖能已经十来岁，她喜欢看着父亲沉默的样子，他总是坐在书桌前，悄悄地读书，狠狠地抽烟，她也喜欢父亲摸她的头，他就总是摸摸她，再摸摸她，并不说话。母亲不喜欢肖能偏袒父亲，肖能不懂事，总是替爸爸说话："我爸那么老实实在，怎么会犯罪？""我喜欢我爸，他不说话我也喜欢他，妈你为什么恨他？""是我去给我爸买的酒，不是他自己买的，妈妈，你别怪他。""他抽几根烟就怎么了，为什么你生这么大的气？"肖母就会推搡一下她，说："他给你吃了迷魂药吗？和反革命穿一条裤子！"肖能照例会哭，肖母也哭。这时哥哥如果在场，就会拉着肖能的手出去玩儿，哥哥会用草叶做成口哨，吹出好听的歌儿来，还会用瓦盆扣蛐蛐。他总有无穷的手段逗着妹妹破涕为笑。他也同样可以让母亲破涕为笑，他走过去给母亲捶背，还在母亲面孔前面做鬼脸儿。哥哥是个家人的开心果儿，逗了这个，又逗那个。

肖能的手还握在母亲的手上，母亲坐直身子，自然地把手抽走了。肖能这才从回忆中醒来，她下意识地看了看空空的手掌，忽然意识到她和母亲手把手的时刻的确十分尴尬，不要说母亲不习惯，连自己也是不习惯的。她冲着母亲笑了笑，抬头看哥哥。哥哥正在拿着一张大夫新开的处方端详着，他的脸在窗影里暗了一块，鼻子正好亮出半个笔直的鼻梁，这是多么沉静安全的一张脸啊！肖能使劲地想，她希望哥哥可以呆在他们身边，哥哥使母亲忘记烦恼，哥哥抹消母亲心里的烦躁和仇恨，哥哥使妈妈忽略肖能的笨拙。自从哥哥回来，母亲没再呵斥过她，这样罕见的和平，对肖能是一种慷慨的赏赐。

儿女团聚，快乐在母亲眉目里飞扬着，这剂世界上最有效的良药，迅速刺激着肖母的免疫力，肿腿气球放气一样，一天天小下来。两周之后，消炎针停下来，肖母终于可以出院了。她终于听从了兄妹俩的劝说，答应跟随肖能回加拿大。

一家老小搅扰了姨妈一家这么久，心存感激。肖刚执意要在姨妈住宅楼对门的王府饭庄设宴感谢。

王府饭庄那几层楼雕梁画柱的阔气，金碧辉煌的气派，军队一样往来穿梭的服务生，都是在国外见不到的。肖刚和肖能都暗自吃惊，知道价格一定不菲，进了门便退不得，肖刚的沉静盖住了他的惊讶，抱着豁出去的想法，要了包间，总不至于国外的钱拿到国内来花，还小心翼翼，吃不起一顿饭。兄妹俩因为母亲的病，一直不曾联络同学朋友，回国次数少，自然不会有机会见识这样的排场。菜单上来，名字精致得好像博物馆的艺术品，什么千层翠耳，蜀香红驹，华岳仙掌等等，也不知道是些什么食材，兄妹俩就把点菜的任务交给姨夫。姨夫退休前做着个处级干部，吃过不少席，退休几年了，餐饮业的发展风起云涌，这样的豪华饭庄也难得进来，反正比肖刚兄妹见多识广，对照着图片，有荤有素地推荐了几个，都捡了便宜的。肖刚知道姨夫也被菜价吓住了，只好自己点，八菜一汤，最便宜的铁板豆腐都要五十元，图片上五六块豆腐上拌了些虾米酱，盘子摆得跟珍珠玛瑙的珠宝柜台般精致，多半那收费都是收在这摆样儿的功夫上了，食材怕是五元都不到。中档的虾呀肉的点了几样，每样少的也要两百元，一顿饭轻松地冲着两三千元冲刺。肖刚兄妹都知道，在国外，这一顿饭够两个星期的菜钱了。

肖母一反常态，没有参与点菜，也没贵呀贱地唠叨，一切交给儿子，她放心。全家人你一句我一句回顾着肖母伤腿的光荣病史，免不了时而欢喜时而忧郁，水晶珠子的话头就又提起来，肖能说了一句："妈，本来这么小的一件事，您大可不必着急，好像不去做天会塌下来一样。"肖母一下就火了："我怎么养了你这么个女儿，我这次受的罪还不够吗？你个白眼儿狼，说出这样的话来。我这都是为了你啊！"

大家伸到半空的筷子都停了下来，肖能眼圈就红了，她后悔得想钻地缝。肖刚迅速看了看局势，给母亲夹了一块兔子肉，说："妈，妹妹随口就那么一说，您别当真，您受的苦我们都明白，是我们不好，您大人不计小人过，千万别生气。"姨妈也跟着劝，姨夫夹了一筷子茶树菇到肖母盘子里，大叹鲜香，这才把注意力岔开了。肖能无法原谅自己嘴烂，一顿饭闷头吃完，鼻腔里储了满满的货色，就等着出了门把自己藏起来流淌个痛快。

那晚回到姨妈家，肖能藏在厕所里哭，心想，母亲这是马上要跟自己走了，给自己一个下马威，一切还会回到从前，自己的好日子就要结束了，就越发伤心起来。母亲训斥谩骂自己的神态在她眼前晃动着，心上像载着陨石，就更猛烈地哭起来。终于哭痛快了，才洗好脸，镜子里看着眼睛不太明显红肿，才出了门，看见哥哥在帮妈妈打点行李，就悄悄立在门口。就听哥哥说："妈，我妹妹那么老实，您就别说她了，现在她也不是小孩子了，都做母亲了，您不能再把她当孩子那么管教了，就算我求您。"

"你说我怎么能不管，她到现在都好像长不大的，做事说话没深没浅的。我也不是想说她，就是看着她、听着她，就忍不住。"肖母解释道。"如果她有你这样利索省心，我哪里还用多嘴。好好好，我听你的，儿子，不说就是了。"

肖能听了，也不知道该进还是该出，想到哥哥的好，又想到妈妈的偏心，鼻腔又满了，只好转身又进了厕所。她听到哥哥从箱子底下抽拉打包带的声音，锯着锯一样，心脏也好像被锯着，兹拉兹拉的，痛。未来很迷茫，一切没有定数。

夜里肖母入睡后，肖能被哥哥叫醒，两人躲在阳台上聊天。肖刚说在打听给母亲申请移民德国的手续，但德国的移民政策一贯很紧，这个想法怕是不容易实现，母亲跟着肖能在加拿大定居看来只能是长久对策。

"我对不起你。"肖刚悠悠地说。"我也没办法把整个家搬到加拿大去，你明白吗？你嫂子吉娜是土生的德国人，不肯离开德国，你侄女萨林我也不可能丢给吉娜一个人管。我没有办法回加拿大了。哥哥对不起你，让你承担母亲的责任，让你受苦了。我只能时不时接她过来探亲。她那样的性格，你就当她是病人，别认真，别老哭，你长大了，对不对？好妹妹！"

肖能低着头不响，她知道哥哥什么都明白，母亲对他的偏心和对自己的尖刻，哥哥从小就看得很清楚。她把头靠在哥哥胸前，抽搐着肩膀。兄妹就在阳台上拥抱着，无声无息，月光落在他们头上，清清凉凉的，世界很安静，却似乎到处都是声音，从哥哥的心里到妹妹的心里，不停地诉说着什么。她爱哥哥肖刚，她不怨他。没有办法，这不是谁的错，谁都没有错。

肖刚买了迟几天的飞机票回德国，叫了出租车先把母女送走，又是一番生离死别的依依不舍。肖能和肖母过了安检找到登机口，安心坐在候机大厅等候。肖母还沉浸在和肖刚分别的痛苦之中，唉声叹气，时不时擦擦眼泪，嘴里自言自语："这一儿一女，一个嫁了老外，一个娶了老外，都整出混血来，再往下，更不知道中国是什么了。我这到底是命好还是命苦啊！"肖能接不上嘴，不做声。她默默想着母亲的话，心中一片茫然，这不正是世界大同的微型缩影吗？连血统都不纯粹了，能不大同吗？民族的概念越来越模糊。可她对自己充满怀疑，自己明明就是中国人，无论走到天涯海角，也改不了这黄头发黑皮肤的外貌，改不了中国人勤恳刻苦的精神，改不了抚养照顾老人这中国习惯和传统思想，菲利普显然被她同化的程度是高过她被他同化的程度的。这么一想，她忽然就高兴起来。

坐位对面，坐着一个带着十来岁小女孩儿的母亲。女孩儿一刻也不肯停歇，在座位中间跑来跑去，时不时旋转着。肖能开口问那孩子的母亲："您这孩子学跳舞的吧？转起来很美丽很协调。"

"是，是学艺术韵律体操的。"

"哦！" 肖能很吃惊，她想起钟荃的女儿。

肖母听着两人的对话，目光也随着那孩子转来转去，脸上有了点儿微笑的神采。她把自己的拐杖挪到一边，让自己的身体坐的舒服了，让直视那女孩母亲的目光没有了阻挡，她问："这孩子就是跳那种穿水晶珠子体操服的艺术体操吧？"

"是啊，就是那个。平时训练不穿那么漂亮的衣服。表演和比赛时才穿。我这次专门买了很多水晶珠子带回去，很划算的，在国外要贵四五倍呢。"

"就是那种四毫米大的水晶珠片？"肖母追问。

"哦，有很多种规格呢，要看设计什么花样，来选择珠片的大小。我买了四毫米、六毫米和八毫米的好几种呢。在国内买太划算了，干脆多买些。您看，我还在她现在穿的裙子上熨了一圈上去呢，是不是很好看？"那母亲等孩子转过来就拉住孩子的裙摆给肖母和肖能看。

孩子却不肯停顿，早又咚咚咚地跑走了，转着她美丽的圈。

肖母和肖能的目光就追随着女孩儿远了又近，近了又远，直了又弯，弯了又直。阳光透过落地玻璃窗在女孩的身体上闪烁跳动，那圈水晶珠片就折射出七彩绚丽的光来，横的竖的，变幻缠绕。时间似乎也在舞蹈，随着女孩的裙裾蝴蝶一样飞旋着。女孩儿时而碰了这个叔叔的腿，时而又碰了那个阿姨的脚。女孩的母亲终于起身去阻止她，女孩只是不听，躲避母亲的身姿轻盈灵巧，格格格的笑声泉水一样叮叮当当，在候机大厅里快乐地回响着。

肖能和肖母挨着坐，姿势一模一样，轻轻往前倾着身体，双手交迭搭在膝盖上的模样也像商量好了似的，两人的目光步调一致地追随着女孩移动的身体，女孩裙摆上靓丽多彩的反光在两人的眼睛里忽明忽暗地闪烁着，好像一部电影正在四个电视屏幕上同步上映。那电影是一段难解的彩色梦境。那貌似一致的银屏下面，是两个截然不同的梦境，如两条被水晶珠片镶满的线段，时而笔直交叉，时而弯曲绕行，它们带着各自从太阳借来的光芒在不同时间不同角度任意发散自己的光辉，有时两束光辉一经碰撞就会发出巨大的爆裂，闪电一样亮如白昼，雷鸣一样发出巨响。它们单独的轨迹又是那样清楚干净，时而刚硬，时而圆滑，在阳光里时而绿了，时而红了，时而又蓝了，闪烁着，闪烁着，不熄不灭。谁知道这反光的世界什么时候可以旋转着交替成一个和谐的光集？那一定是一个完美的诡异变化的集合。世界上没有不完美的颜色，从来没有，只有不完美的搭配，大多是人为的错误搭配。

　　开始登机了，肖能扶着柱着拐杖的母亲跟着队伍缓慢前行，小女孩闪烁的裙摆已经被登机口吞噬不见，母女俩搀扶的身影也很快就消失在流动的队伍里。

　　这是个明媚的晴天，飞机在飞向世界的另一方角落。机舱空气里飘散着清洁剂的芬芳，机窗外的云层宣厚洁白，团团迭迭一动不动，母亲在身边打盹儿，脸上的皱纹像被什么拽着，朝她倾斜的方向统一地垂着，那是一张安详的脸。肖能的目光移向窗外，看着奶油般大团的云朵，她感觉身体很轻很轻，鸟一样了。

（二零一三年完稿，二零一五年刊发于《香港文学》）

杜杜

寻找如弟

杜杜

　　凌晨两点，陆亦亦在漆黑中醒来，感觉自己是夜的幕布上一条高高隆起的皱褶，窗外的月光从窗帘缝隙挤进，暧昧地在她身上映出一缕光芒，清晰而尖锐，好像一个黑夜与白日的分界，和地平线一样不可抗拒。

　　白昼，在陆亦亦的生物钟里提前降临，物理上太平洋两边一二小时的时差只是一种单纯的表现形式，它带着一种梦魇中迷失方向的空茫，像一只纤细的手，略带关怀地揪住她的心脏，悄悄说：醒来，醒来！到家了，这里正是你的故乡，一块大大的土地，保留着你的温度，记载着你青春的痕迹。

　　陆亦亦彻底醒来。家里很安静，每个人都在各自的梦中徘徊，不管喧嚣热闹还是平安静谧，都是藏在梦里无解的秘密，睡眠之外的世界在黑夜中无声无息。

　　起身扭开台灯，她静静地坐着。"时间"这个公正的法官常常给她一些特殊的待遇，即使不倒时差的日子，也会让她经常多出夜里的时间独自思索，抚摸旧事斑驳凹凸的痕迹，幻想月光出没云层的日子里，怎样守住自己心底这份孤傲和清白。它让一个灵魂在不受日光和人声干扰的情况下，孤独地回头，细细索索寻找从前，思索今天，然后在晨光的鱼白肚爬上窗棂时，悄悄在嘴角挂上微笑，迎来又一个明天。

　　床是两只巨大的松木箱子并起来的，每只木箱都装满书籍、日记和信件。出国前她把钥匙递到哥哥手里，眼泪汪汪。哥说，你走你的，没有什么割舍不下，放心，所有重要的东西我都给你锁好，就像你把它们锁进自己心脏里一样。你自己的心脏做了保险箱，还有什么不放心的？

　　陆亦亦很放心，她在进入安检门的一瞬，满脸阳光。她向哥哥挥着的手好像一只漂亮的蝴蝶，轻盈美丽地抖动着，久久留在了哥哥的记忆里。十五年倏忽而逝，那两个箱子的锁，仍牢牢地锁到了今天。

　　陆亦亦把褥子卷起，一层，又一层。箱子裸露出来，木色的清漆已经发暗，但依旧沉重踏实。轻轻开锁，轻轻掀盖，她不让一丝声音惊醒家人。这一刻属于她自己，不属于别人，这样的奢侈是值得小心翼翼地珍爱的。

　　箱子里除了很多旧日藏书，就是两大摞厚厚的日记本和大塑料袋包裹着的信件。每次回国，她都会打开这箱子看两眼，但匆匆来去，几乎不去翻看细节。回忆是一种奢侈品，需要时间、心情甚至愿望来支撑。

杜杜

当她没有心情和愿望翘首回眸的时候，她宁愿封存记忆，把一扇旧门贴紧封条。

一、

陆亦亦跪在地上，从箱子里随便抽出一本日记。这是中学时代的，日记的黄色塑料皮已经一块块地泛黑，混浊的斑点浮在表面，不再拥有干净的透明感。指尖抚摸那层依旧光滑的黑斑，她感觉自己在微微颤抖。连塑料的老化也是有形式的，那么人呢？

日记里是生涩的钢笔字，还不会连笔字，却努力地去连接笔画，那份天真、勉强和呆板，爬满了一页又一页。她翻着，微笑起来，如果一个陌生人把这本日记递到她眼前，她是怎么都不会把它和自己联系到一起的。她的连笔字在大学时就被公认写得又快又好了，课堂笔记总是记得最完全，被误课的同学拿去抄来抄去。出国多年，英文字写得多过了中文字，她的汉字已经退化，但偶尔提笔，生涩之中虽然填了几分沧桑，却依旧是成熟而漂亮的一手好字，一看就是在良好教育的熏陶中成长的文字，和面前这本日记上稚嫩的笔迹早已不可同日而语。

继续翻着，一张照片忽然从日记本里飘落下来，悄无声息地落在脚边，她弯腰捏起照片，仔细端详。照片是自己和一个同学的合影，两个剪着短发的少女假惺惺地咧着嘴，牙齿不自然地裸露着，想必是尊重了摄影师"一、二、三，笑！"的指挥。两人都穿着白衬衣，陆亦亦的眼睛故意睁得老大，好像可以装下整个世界，却充满疑问。她想自己在怀疑什么呢？那个时候，什么都是问号，生活还没开始呢。照片上另外那位女孩有对别致的眼睛，神采奕奕，好像会从照片上跳出来，一汪秋水荡漾的涟漪颤颤抖抖地溢出相片，纯黑纯黑的一对瞳仁即使在发黄的黑白相片上仍然星星一样明亮。

如弟！陆亦亦嘴里轻轻叹了一声，她感觉自己的心正慢慢浸泡在一股温暖的热流中，好像触摸着如弟陶瓷般的皮肤。和如弟要好，是有历史的，从初中持续到高中，大学，一直断断续续延续到自己出了国。这次回来，无论如何得找见如弟，十五年了，真该见面好好聊一聊。陆亦亦下定了决心。

她把照片夹回日记本，忍不住读起来张开的那页。

174

"赵老师今天疯了，她在全班同学面前揪着如弟的耳朵把她拉出了教室，她说，我看你还敢撒泼，你再敢背着我们打如天，我就到教室里来收拾你。说着，她就在教室门口的院子里踢了如弟一脚，如弟当时就摔倒了，她站起来的时候手上沾了地上的黄泥，她伸手去捂自己的眼睛，被赵老师一巴掌打掉了那只手，她雪白的脸上就被黄泥搞得很脏，眼泪黄泥和在一起，难看极了。赵老师把如弟拉到教室对面的树下，说，今天你就在这儿上课吧，我就不信教不了你！你必须知道做了坏事是要负责的！我怎么养了你这么个混帐！

赵老师说完就转身回了教室，她碰地关上了教室门，走上讲台，恶狠狠地对全班同学说，你们发什么愣？都回座位！今天我们讲《曹刿论战》。

整节课我什么都没听进去，赵老师抑扬顿挫的声音好像讨厌的马蜂，嗡嗡嗡地响个不停。我坐在窗边，忍不住不停地往窗外看。如弟开始还在树下站着哭，她一动不动，眼泪哗啦哗啦的也不擦，脸上花花的。我心如刀绞，很想陪着她一起哭。我不知道为什么赵老师要这样欺负如弟，难道如弟不是她亲生的孩子？怎么赵老师待我这样一个普通学生都这么好，待自己的女儿却好像有着深仇大恨？不管怎样，我下课一定要去安慰一下如弟，可是赵老师会不会不让我过去呢？她会不会因此而骂我呢？会不会因为我这个时候去和如弟套近乎而反感我呢？

整堂课我就这么心神不宁的，思想斗争着，直到后来发现如弟已经不见了。不知为什么我好像一下就松了一口气。就是，如弟为什么要站在树下？谁能受得了这样的屈辱？她凭什么像个猴子一样被人参观？她早就该走掉的。

我看赵老师在讲台上早把如弟忘得干干净净了，她一眼都没往窗外看，下课时她出门也没往树下看一眼就回教研室了，好像如弟压根就没存在过。我几乎在怀疑今早发生的那一幕是真的？还是一个梦？

如弟那天再没来上课，我中午犹豫着想去赵老师家看看如弟是不是回家了，可沐玉说我不应该去，她说她也想去，但觉得我们不应该管赵老师的家事，沐玉说我们应该等明天如弟来上学，再去安慰她。沐玉做事一贯稳妥周到，她和我一样既是如弟的朋友，又是赵老师喜爱的学生，她说的一定没错。

我一整天就这样想着如弟，连体育课都心不在焉，金老师叫我帮忙去体育馆搬垫子，叫了好几遍我都没听见，金老师说我灵魂出窍了。

我期待着明天，一定要问问如弟到底发生了什么事。哎，今晚不知道自己能不能睡着觉，眼前总晃着如弟站在树下可怜兮兮的模样，那个模样太凄凉了。"

她轻轻合上那本日记，没有再翻下面一页。忽然很想如弟，很想很想。

如弟的事情，陆亦亦清楚的记得每个细节。

如弟第二天来上学时，脸蛋恢复了以往的白净，除了黑葡萄似的一对凤眼神色有些黯淡，脸上温和的笑容和过去一模一样，淡淡的，好像生下来就长在脸上，没有一丝虚伪。

下课陆亦亦拉着如弟去小花园散步。如弟的手柔软似棉花，那是一双无骨的手，圆润饱满，出奇地洁白，伸展开来，胖嘟嘟的手背上会露出十只漂亮的小坑儿。每次攥紧她的手，陆亦亦就无力松开，好像它们具有莫名其妙的吸附力，蜘蛛网一样只要被粘住，就难逃蛛丝的牵扯。

你没事吧？陆亦亦急急地问。

什么事？如弟的凤眼很清澈地看着她，好像这样的问题很古怪。

你说什么事？我昨天担心了一整天，怕你难过。

哦！如弟耸了耸肩，说，能有什么事？还不是一切照旧呗。她的目光盯在一片正在变黄的花叶上，若有所思。

你真的打你弟弟了？你知道你爸妈宠他，你为什么还打他？那不是找着挨骂吗？以后再别干这样的傻事了。我们看见你妈打你，心里都难受得不行。

如弟停了一会儿，转过身来，目光游离不定，似乎看着陆亦亦，又似乎哪儿也没看。陆亦亦突然感觉寒冷，那束目光里的冷漠无情冰冰凉凉地射向不知名的地方。

亦亦，你难受什么呢？我都不难受，你难受干什么？我想打如天我就打如天，凭什么我每天得挨他的打，还不能还手？他打我的时候怎么从不需要负责任？我打他一次就得让全校学生看我出丑？告诉你吧，亦亦，我才不怕呢，他们重男轻女，恨不得我死。我过去打过如天吗？没有，我只有受欺负的份！所以如天从来不知道我的厉害。我昨天还了手，你知道我下了多少次决心才做到了还手这一步吗？我真为自己高兴！我掐了他，把他胳膊掐青了，他吓得一整天都绕着我走路。我以后还要打他，打得他见了我就怕，看谁欺负谁！你以为我爸我妈能把我怎么样吗？踢我？我巴不得他们把我当众打死呢，到时候看，是他们没脸还是我没脸！

陆亦亦呆了，她半张着嘴看着咬牙切齿的如弟不知所措，一贯逆来顺受的如弟怎么突然变了一个人？

如弟甩了甩辫子，忽然咧嘴笑了起来，眼里的冷峻不见了，跳跃着温柔的光芒，好像月亮面前的乌云一瞬之间溜走了，又剩下干干净净的月亮。她拉着陆亦亦转身往教室走，说，我吓着你了吗？别担心，你看我多会下台阶？那么没脸的事情轻而易举就解决掉了，我昨天整天躲在家里想了又想，我从今以后要变个样子活，过去我太软弱了，软弱就要挨打，这是毛主席说的。从此我齐如弟要站起来了，就像中国人民站起来一样，你看，我们站起来独立自主了，资本主义却在吃二遍苦受二茬罪呢，谁敢欺负我们？这就是站起来的好处！

可是，如弟，你这是当真要和你爸妈对着干呀，你可要想好。我听你这样说话怎么这么害怕呢？

如弟停下来，回转身，她握着陆亦亦的手紧紧捏了一下，小声说，亦亦，别害怕，他们是我爸妈，又不是别人，他们再不喜欢我，也不会真让我去死的。我都不怕，你怕什么？

陆亦亦没想到本来是自己想要安慰如弟，却反被如弟安慰了，自己想给如弟鼓劲，却反被如弟的一番话鼓励了。是啊，软弱就要挨打，应该站起来。那一刻，陆亦亦从如弟的觉醒里获得的感动和启发，在她生命中写下了一个重要篇章，在以后的日子里经常会在某一天的某个沮丧无助的时刻，突然闪现在脑海。站起来！陆亦亦会对自己重复着说，然后浑身无力准备躺倒的她就会挣扎着鼓足勇气，摇摇晃晃地站立起来。

如弟果然从那之后变得强硬，赵老师似乎没再当着全班同学面打过她，甚至不再当着全班同学面呵斥如弟学业上的蠢笨了，取而代之的是赵老师的冷漠。如弟姣好的容貌和不显山露水的个性从来不能激发赵老师做母亲的亲情和热情。赵老师对如弟没有训斥，也没有夸奖，没有怒目相向，也没有眉开眼笑。如弟如果忘了带家门钥匙，走到赵老师面前，"妈"也不叫，直愣愣地说，给我钥匙！赵老师就掏出钥匙放在讲台上，一边继续判作业，一边说，把稀饭熬上，面和好！她没抬头，好像在叮嘱作业本。人们逐渐习惯了流淌在如弟和赵老师之间的这种冷漠，就像人们习惯了东边日出西边日落一样自然而然。

其实赵老师对学生好起来像个最慈善的母亲，她会和学生一起涕泪横流，她会公然偏心给学生开小灶补课辅导，甚至带学生回家吃饭，她会使用世界上最华丽的语言大肆表扬和赞美学生，相反，她讨厌一个学生也喜欢用极端无情的手段让学生当众出丑，比如让学生重复一句道歉的话一百遍，推一下搡一下更是家常便饭，她在脸上涂写自己的态度，在行为里展示自己的情绪，只有对谁彻底失望她才会不管不问不理不睬。所以对于赵老师和如弟之间这种加了冰碴的冷漠态度，同学们一致认为赵老师对如弟是真正的失望了。

陆亦亦是个好学生，各项成绩都是尖子，天生一副好嗓子，当着班里的学习委员和文艺委员。这样的学生没有老师不喜欢的道理。有时陆亦亦会对赵老师对自己的嘘寒问暖产生怀疑，甚至对她在班会上夸奖自己单纯善良聪明好学感到厌倦。一个女老师，为什么会对自己的孩子不管不问不痛不怜，对别人的孩子充满欣赏和赞美呢？在陆亦亦年轻的心灵里，这是过分的大公无私，不太符合逻辑。她喜欢赵老师，谁能不喜欢喜欢自己的老师呢？但她不喜欢喜欢自己的老师不喜欢自己的孩子这个奇怪的事实。

陆亦亦在如弟妈妈赵老师带的初中班里顺利毕业，考上了如弟爸爸齐老师带的高中重点班。赵老师和齐老师两口子是学校出了名的教学尖兵和模范带头人，能进他们的班级是每个家长的期望，更是每个学生的荣耀。

如弟一直都在自己爸妈的班上跟班上课，和陆亦亦一同学就是六年。子女在老师班里上学的情况在这所著名中学里很普遍，教师都希望近距离监督照顾自己孩子的学习，可惜教工子弟十有八九都是中下等生，比如如弟。

齐老师和赵老师截然不同，他天生一副石雕般的面孔，喜怒不形于色，他那常年不变的深蓝色中山装好像和他的身体长在一起，板板正正的没有一丝皱褶。他说话总是一字一句清楚缓慢，绝无一个多余的字眼。

一次如弟课间结束回教室晚了二十分钟，她在教室门口"报告！"了三遍，齐老师才说"进来！"。齐老师问她，你干什么去了？如弟说，上厕所！齐老师的嘴唇横方向蠕动了一下，同学们都把那个表情当作是笑容，他说，哦，我知道了，你拉铁屎去了。

全班同学都想笑，可谁也不敢。"铁屎"这个词却让全班同学兴奋了一个星期，一下课，就有人快乐地嚷嚷，快快快，抢厕所去，我要去拉一回铁屎！

如弟从此有了外号，铁屎。

陆亦亦回家和家里人讲述关于"铁屎"的来源，乐得前仰后合。陆亦亦的母亲突然喝斥陆亦亦闭嘴，说，不许笑，给一个那么漂亮的女孩子起这么恶心的外号，成什么样子？亏你还是如弟的好朋友，怎么笑得出来？你们齐老师也太过分了，怎么可以这样侮辱自己的孩子，什么父亲！可怜的如弟，就算是从小跟奶奶在乡下长大，没她哥她弟讨人喜欢，也不应该得到这样的待遇啊！

陆亦亦这才发现这的确是个十分不雅的外号，心里就替如弟难过。她和如弟在一起的时候，就试探着问，你知道别人给你起外号不知道？

知道呀！不就是铁屎吗？那算什么。别说我的屎是铁做的，在我那个伟大的爸妈熏陶下，我的心肠都是钢筋混凝土造的，有什么稀奇？如弟说这话的时候，她的脸上笑模笑样的。

如弟的嘴角天生有一丝倾斜，笑起来那只上倾的嘴角就微微张开，露出一小截雪白的牙齿，整个脸蛋出现一种失衡的美丽，好像柔嫩洁白的皮肤太多汁液，需要借着那条倾斜而张开的缝隙倾倒出去，滋润所有面对这张脸的人们。

陆亦亦看到如弟的笑容，心就柔软下来。唉！你真想得开，了不起！陆亦亦羡慕地赞道。

不想得开又能怎样？如弟又笑，嘴角一丝苦涩。

亦亦，你看你今年又有新书包了，还是人造革的，那么好看。你这么幸福，是不会明白我心里到底想什么的。你看我有一件衣服是他们专门给我买的吗？我都成了我哥的影子了，衣服、书包、文具，没有一样不是捡如松剩的。谢天谢地，这些衣服都很长，盖着裤子，露不出男式的前门扣。

如弟穿着一条警蓝裤，本来是这两年流行的的确良布料，却在膝盖上大大地补了两块布补丁，两条腿就有了一对醒目的眼睛，左腿的补丁已经磨破了，破口边缘飞卷起来，露出里面一层警蓝色，好像一只眼睛睁，一只眼睛闭。

你看看，那天我就是穿着如松的这条破裤子，前门扣的扣子还掉了一个。我早晨问我妈要另外一条裤子，我妈没时间帮我找，我自己又找不着，就去如松和如天房间里翻，被我爸揪着我的耳朵拉出房门，他说我不好好学习，整天想着打扮，不许我换裤子，他说看我今天不换裤子会不会死。我怎么会死呢？我当然不会死了，但我可以想迟到就迟到，想拉铁屎就拉铁屎，我倒是想看看他会不会被我气死！

原来你是专门迟到的？如弟，你这是干什么？唉！

陆亦亦本想劝如弟几句，可是话到嘴边又咽了回去。眼前的如弟穿着一件男式的蓝布上衣，长长地盖住了屁股，衣袖卷了好几圈，如弟洁白的小脸支在那块黑不溜秋的布上，好像一枚晶莹的钻石摆放在生满苔藓的石桌上。陆亦亦想起如弟的弟弟如天，如天在本校上初二，教室隔着两排房，下课时经常看到，如天从来没穿过补丁衣服。改革开放都好几年了，家家都在添置四大件，整个学校又有几个女孩儿穿补丁衣服呢？

陆亦亦拉着如弟柔软的手默默地走在小花园的泥径上。她们的大脑和她们的身体一样，刚刚开始发育，如弟这么美丽的女孩儿为什么不能得到爸妈的宠爱？世界上的事情为什么这么不公平？都不是刚刚开始发育的大脑可以分析清楚的。世界将在两个女孩的前面铺就怎样的路，只有未来可以回答。

学校大喇叭里响着《校园的早晨》。

"沿着校园熟悉的小路
清晨来到树下读书
初升的太阳照在脸上
也照着身旁这棵小树
亲爱的伙伴亲爱的小树
和我共享阳光雨露
让我们记住这美好时光
直到长成参天大树
让我们记住这美好时光
直到长成参天大树"

高中的时光是美好的吗？对陆亦亦来说，是肯定的。对如弟来说呢？

将来会长成参天大树吗？也许会，也许不会。

那年，陆亦亦和如弟上高二。

二、

陆亦亦来到母校是走的后门，这一带正在大兴土木，和二十年前相比早已面目全非，表姐刘希望正巧住在这个城市，提前下了班陪她过来。

后门是陆亦亦当年每天上下学都走的门，过去只是两根没有门的水泥柱，一放学就被学生们挤满了。往东边去的是部队、铁路局和化肥厂的学生，往西边去的是市区和北庄的学生，东边的学生普遍富裕一些，会讲普通话，穿着洋气，西边的学生就很羡慕东边的学生。要了解一个陌生的同学，一般都会问，是东边的还是西边的？

陆亦亦的思想飘回了遥远的青春时代，过去的日子黑白电影一样充满情节却又模糊不清。她呆呆地盯着眼前漂亮的大铁门和铁门里迎面六层高的教学大楼，一脸惊异和感慨。

那时候哪有这座楼啊！

她望了望大门两侧的门房，想起原来门房这个地方只是个小土坡，总有卖瓜子和卖酸枣的农民蹲在坡上等学生们上下学，一毛钱一小杯，小杯往撑开的衣兜里一倒，一路走一路吃，一颗酸枣吃了枣肉，枣核含得没了滋味才舍得吐掉，那是多么诱人的零食啊！

陆亦亦喃喃地对表姐说，那时候我偶尔会有两毛钱零花钱，所以很克制自己，经过小贩的时候总是昂首挺胸，眼不见就心不烦了。偶尔买了零食，总会留一些给如弟，她爸妈从来不给她零花钱的。其实给如弟吃，她也总是尝一尝，她说不爱吃。

这个如弟真的和你那么好？为什么你出国以后和她断了联系？前几次回来也没听你说起她啊！这次竟然专门跑这么远来找她。刘希望不理解。

唉，我们俩的友谊，一言难尽！陆亦亦没再说下去。两人刚进了大门，就被门卫拦住了。门卫是穿着制服的保安。

不说出具体找哪个老师不可以进入！他态度坚决。

什么？二十年前毕业的学生？寻根之旅？不行不行，现在没有被找老师的签字，谁也不能进，全国都一样，新政策！没听说有人在学校门口拿着砍刀砍杀学生的事儿吗？全国都好几起了，死了很多无辜的小孩儿。我们要是不小心放进坏人，这责任可担负不起。

寻根之旅显然对保安没有任何特殊性，他坚决得像块石头。

陆亦亦报出赵老师和齐老师的名字，保安仍不让步。

退休的老师不行，家属院不在学校里。石头保安坚决地说。

可是我们进去了才能从办公室查到他们的住处啊，我们就是为了这个来的呀！陆亦亦有点急。

刘希望拉了拉陆亦亦，说，别急，我想起我有个同事的老婆在这个学校，我问问看。她说着掏出手机打起电话来。

杜杜

半小时之后，陆亦亦和刘希望终于拿到同事老婆的签字，顺利进了学校。陆亦亦说，表姐，想不到现在进个中学的校园比入党都难，太夸张了，又开始搞阶级斗争了？真有敌人要对学生下毒手？听着比美国的校园枪杀事件还凶悍。

亦亦，仇富心理，听说过吗？很多底层人生活无着落，压力和愤满无处发泄，就拿手无缚鸡之力的小孩子开刀泄愤，反正自己也不想活了，死了捎上几个童男童女，还会因此出个名，引起社会的关注。

刘希望说着，挽着陆亦亦往教学楼走。陆亦亦咯咯咯笑起来，说，你挽得我这么紧，在外国人家会以为我和你同性恋呢。别别别，别松手，就这样，久违了的亲切感。对不起，你接着说接着说。

这两天这件事是单位的八卦主题，虽然我没小孩，也躲不开这件事。开始是福建一个男人在小学疯狂砍人，八死一伤，然后是湛江一个学校砍伤十九人，后来江苏幼儿园出了同样的事，死了四个小孩，伤了三十多人，前两天陕西一个幼儿园，又被砍死八个。这不像恶性感冒了？砍杀手无寸铁的孩子还带传染的！全国上下有孩子的家长都吓得胆破心惊。你我这是放学后才来，保安只是问问，按规办事，如果你我是上下学的时间来，就吓人了，学校门口都是武装警察，笔直笔直地守着校门，两手端着上好弹夹的大枪。听说武警不够，还动用军队保护学校呢。全国各大城市都紧急行动严密部署了，你说如果再发生类似的事，孩子好好的去上学就被杀了，还不引起民心骚动吗？

陆亦亦听得心惊肉跳，想起哥哥的小孩欣欣放学回来兴奋地说，学校组织去博物馆参观，前后都有警车开道，跟国家领导人出访似的，满大街的车流都停下来让路。小孩子不懂，还兴高采烈的。看来那也是因为砍人事件引发的后遗症了。

两人一路说着话，已经进了教学楼。教学楼的门厅高大宽敞，正面的墙壁上写着大大的红字"团结紧张，严肃活泼"。

陆亦亦开心地咧开嘴，当年教室黑板上方总是这八个不变的大字，这条标语曾经像头发一样飘扬在身边，伴自己度过了青春时代。可自己却对这八个字发生过深刻的怀疑，写进日记里。既然是"团结"，五湖四海皆兄弟了，应该是一件大快人心、幸福轻松的好事，怎么就"紧张"了？既然是"严肃"，就是一丝不苟、板板正正的认真态度，怎么在同时做到嬉皮笑脸的"活泼"呢？难道毛主席也是在用自己的矛戳自己的盾？为什么全中国的学校都高挂这样病句的标语而毫无置疑呢？

青春期的陆亦亦虽然政治课学习辩证唯物主义时经常满分，却不会在这八个大字上活学活用。她对自己的疑问感到恐惧，悄悄地写了又撕掉，撕掉了又不舍得扔，夹在日记封面的塑料皮里藏着。

人生的很多时候，你想隐藏的东西正是你最想在未来的某个日子复习和重温的东西。日记应该就是这样一个最隐秘而又最有可能泄露秘密的角落吧。

门厅左面墙上高挂着爱因斯坦、牛顿和居里夫人几幅世界著名学者的黑白画像，右边墙上则是马恩列斯毛的素描画像。伟人的居高临下让人顿觉渺小，这种久违了的校园氛围瞬间包裹了她们。陆亦亦小心翼翼地放轻自己高跟鞋的脚步声，她不想惊扰的是一种庄严的回忆，还有离别多年之后将要面对的未知。

门厅里空荡荡的，陆亦亦掏出数码相机拍起照片来，她渴望记录母校的现在，更渴望记录自己回归的足迹，同时希望咔嚓咔嚓之中，表姐刘希望不会注意自己莫名其妙湿润的眼角，这种激动不安的情绪太幼稚了，陆亦亦感到有些害羞。

两人走进长长的走廊，支出门框右上角的门牌在楼道尽头窗子射进的夕阳映照下，静静地泛着幽暗的光芒，门牌上标着每个教研室的名称。两人正在抬头搜寻办公室的门牌，一个中年男子拎着提包从旁边房间里走出来，好象要离开，看着游客般的两个女人，停下了脚步。

哦，打听人？你们毕业时还没这个楼？那可是老毕业生了，欢迎欢迎。你们碰对人了，我在这儿工作快二十年了。哦，赵老师和齐老师？很好很好，都很健康，早退休了。校园里的老宅子早拆了，你去哪儿找？老师们都住上新楼房了，跟我来吧，我给你们查一下他家的地址。

两人跟进办公室，男人一边打开柜子翻找档案，一边和陆亦亦说话。

什么，你和齐如弟是同学？结婚没？当然结了，好像是嫁了个学电脑的，一起开过一个电脑公司，据说搞得挺大。现在呀，呵呵呵，这个，这个，就不清楚了，你们还是去问赵老师和齐老师吧。

陆亦亦听得云里雾里，她不明白为什么男人一听齐如弟的名字马上递给自己那个异样的目光，充满好奇和怀疑，好像自己这样的提问很不合时宜。难道如弟发了大财或者做了大官，自己这样的小老百姓问不得了？她更不明白为什么男人说起如弟的现在，要含含糊糊，嘴角还挂着那样隐晦的笑容？好像有点幸灾乐祸的揶揄，又有点守口如瓶的忠诚。

这个如弟，搞什么名堂，怎么会令一个普通的学校办事员都如此另眼相看？

揣好地址，两人道了谢就走出教学楼。虽然已经是下午五点多钟，外面的阳光还是中午般鲜亮温暖。陆亦亦拉着刘希望沿着茵茵绿树遮起的小径四处奔走，不停地拍照。树影斑驳，跳跃在陆亦亦脸上，动感分明。她微红的面孔突然显得分外年轻，青春的记忆在她血液里澎湃激荡，这里曾拥有她的喜怒哀乐，这些道路曾留下她数不清的脚印。回归，是一种热情，一种挖掘多年前埋藏在地下那个宝葫芦的激动，让宝葫芦重见天日，会让人忐忑不安，却又欲罢不能。

这儿是当年我们初中教室的排房，现在是红墙绿瓦，当年是一色的灰砖暴露，我还是更喜欢过去的古朴庄重。

那个厕所还在啊！我们总是一下课就奔出来抢厕所，晚了就要排大队呢。回来的时候要经受男生的注目礼，他们会在那个墙根站上满满一排，对女同学品头论足。如弟经过，总会有人喊"铁屎"，反正谁都知道如弟绝对不会去告状，她的状也没处可告。

这个就是我和如弟经常散步的小花园啊，看现在都成了苗圃了，灌木树丛比人都高了，那些花开得如此兴旺，必然是有园丁专管吧！当年不过是些零星的草丛和野花，有很多裸露的泥土，散完步，裤脚经常是泥土包裹着，连裤子本身的颜色都看不见了。

操场这么现代化？能举行奥运会了！在国外可见不到有橡胶跑道的中学操场，太夸张了，一看就是个受党中央重视的好学校呀。

这个是学校的餐厅吗？气派！当年不过是座简易木板房，大大的饭厅，几个没有漆的长条木桌，几条长凳。午饭总是高粱红面压的粗面条，炖土豆的块头比拳头都大，特别难吃。记得赵老师经常会让如弟送来她炸的油糕给我们几个住校的女生解馋，那油糕可真好吃，这么想着就在咽口水了。

看，那边就是原来教工们住的平房，就在校园里，如弟家和教室就离这么近。

…… ……

那个下午，陆亦亦的心长了翅膀，轻快的脚步如踏青云。母校的每个角落都能给她带来惊叹，时间把人的青春催老，却把母校的陈旧涂新。现代化的设施取代了简朴的一切，当年的小树已经郁郁成荫，当年的学生早已桃花遍野。

　　谁能想到许多年后的某一天，夕阳挂在天边，欲垂欲落的不舍时分，一片飘落到天边的花瓣会轻轻地飘回来，落进桃树母亲的怀抱，它用嘴唇仔细抚摸树干丝丝缕缕的纹路，抚去叶片上的灰尘，允许树的汁液再次流进花的叶脉，点点滴滴。花瓣于是在这样一个下午被温暖地滋润了，晶莹温润的光泽闪烁着，那种靓丽的光泽会在以后的日子里持续很久很久……

　　赵老师开门时，陆亦亦一眼就认了出来，刚叫了一句"赵老师"，眼泪就毫无准备地淌了下来，她不知道自己是怎么回事，她无法克制。她抽抽噎噎地搂着赵老师坐在沙发上，鼻翼抽搐不止，手里拎的大盒补品也不知道放下。刘希望伸手拿过补品放在茶几上，拍了拍她的后背，那是安慰她说，别激动，别激动。

　　这是我表姐，在地税局工作，我来这儿，就住她家，陪我专门来看您。

　　哦，地税局，那儿有我一个学生，名叫李大海。你坐你坐。

　　落了座，赵老师红着眼圈，上上下下打量陆亦亦，一双手紧紧抓着陆亦亦的胳膊，说，陆亦亦啊，陆亦亦，还是这么漂亮！老齐，你快出来，看看谁来看咱们了，是陆亦亦啊！

　　齐老师从里屋出来时，陆亦亦还在抹眼泪，她站起身叫着"齐老师"，被赵老师拉着手按着坐下来。齐老师和当年一样，没有笑容，深蓝色的中山装换成了深蓝色的衬衣，他的嘴角略微歪向一边，算是笑了。他坐在一边的单人沙发里，静静听陆亦亦和赵老师叽叽嘎嘎，目光有些游离。陆亦亦怀疑他还记不记得自己。

　　老齐耳朵背了，听不清咱们说话，你别介意，他老顽固，不肯戴助听器，随便他。我啊，很好很好，就是得了这个严重的关节炎，瘸了，膝盖换了金属的，总是不如原来纯天然的好，现在啊，什么都讲纯天然。

　　陆亦亦的眼泪还没干，就被赵老师的话逗得笑了起来。

　　你表妹当年是我最得意的学生，你知道吗？赵老师转身对刘希望说。她从外校转来，长得那个水灵，人又聪明，能歌善舞，文体全能，班里的文艺活动都是她主持，学习又好，最可贵的是天生的温文尔雅，不骄不躁的，我都不知道该怎么喜欢她。你看你看，果然就出息了，一出息就出到外国去了。

刘希望笑了，说您真幽默。您对她好，她总是念念不忘，昨天她还在想您炸的油糕，想得直流口水，她说您老让您女儿给她们住校的女生送去吃，您这样的老师也少见啊。

是啊，赵老师，如弟呢，我可想她呢，她怎么样了？一提到如弟，陆亦亦生怕错过了话题，赶紧说。

赵老师好像没听见，很热切地自顾自地问陆亦亦，说说你吧，你妈好吧？那时候你妈真不容易，你爸身体不好天天住院，你妈操心啊，你哥呢，你哥也好吧？你哥也优秀，小伙子帅呀，和你一样长着飞毛腿，接力总是跑第四棒，老拿冠军。

陆亦亦妈妈呀哥哥呀一一答复着，赵老师好像有问不完的话要问，陆亦亦就有答不完的问题要答。好容易有个空档，陆亦亦从包里掏出一套伊丽莎白爱顿的化妆盒来，递给赵老师，说，这个给如弟，这些年也没跟她联系，不知道她怎么样了，很惦记她。

赵老师哦了一声，还没回答，突然电话铃响了起来，赵老师起身一瘸一拐地去接电话。她对着电话大声说，我过来看看吧，可能是顶楼曲老师家水管漏水，我们得联合起来跟雷校长说说，我们退休老师怎么都成后娘养的了，这楼房出问题总是找不到人来及时解决，欺负我们无权无势吗？世道变成这样，只剩下权钱交易了。对了，就这样，没事儿，我不忙，你稍等，我马上就上来一下。

赵老师说着撂下电话，说，亦亦啊，你先坐着，我上楼一下，马上就回来。你和表姐喝点茶。

赵老师说着一瘸一拐地开门出去，她不均匀的脚步声缓慢地在楼梯上洞达洞达地响着，渐渐地远了，弱了。

陆亦亦突然感到心酸，赵老师真的老了，花白的头发顶在一张铺满斑点的脸上，脸上因为丰满虽然没有很多皱纹，眼角却耷拉出典型的三角形，原来的大眼睛变得小了一圈。她的身材曾经是健硕的，长腿迈开来一步顶两步，充满精神气儿。可现在身体发了福，横向发展着，支在一瘸一拐的腿上，走起来似乎负担沉重，肚子上的肉隔着衣服也看得出，左一晃右一晃。

赵老师不在，陆亦亦有些尴尬。这么半天，齐老师没有说过一句话，她不知道齐老师的耳朵到底能听到多少，是不是还可以正常交流。她想问齐老师还记不记得自己，没张嘴就否决了，他是耳背，又不是痴呆。可现在他这个样子，真好像从没给陆亦亦当过老师一样。伪君子！陆亦亦恨恨地想。

　　同样做了三年学生，陆亦亦却不曾在齐老师身上感觉过一丝温暖。记得那时每次给老师拜年，齐老师的学生都好像变成赵老师的学生一样，吃糖、嗑瓜子、唠嗑都是赵老师统一招呼。陆亦亦本来对齐老师充满崇敬，他课讲得好，出口成章，脑袋像个古诗词大典，随便一说话就是诗句拼成的句子。不喜欢表达感情的老师不影响他是个好老师啊。可后来真晴退学的事儿对陆亦亦打击很大，从此她对齐老师充满厌恶。

　　陆亦亦低头转了转手上的茶杯，抬头打量起客厅来。这是个装潢舒适的家，木质围墙包到齐腰高，客厅四周有好几扇敞开的门，房间里面都是木质地板，很多绿色植物上上下下地点缀着，一定是赵老师亲手栽种的。电视柜的侧门里摆着成套的精装图书。客厅墙上挂着一幅草书"难得糊涂"，是齐老师的字。齐老师的书法很出名，学校一有活动，齐老师的毛笔字就到处高悬，时而是端庄的正楷，时而是潇洒的行草。

　　陆亦亦转身面对齐老师，说，齐老师您还写字吗？您的字现在一定更加炉火纯青了吧？

　　齐老师侧过耳朵，下意识地用手遮着耳廓，好像陆亦亦的声音来自远方，手掌起了聚音器的作用，把声音全拢进掌心，然后交给耳朵。

　　嗯，还写，写得不多了，心劲儿没了。月有阴晴圆缺，此事古难全啊！

　　陆亦亦看齐老师冷不丁念出这句诗，如此怅然无奈，知道是叹人生无常，力不从心，也不知道该说什么好，就干脆闭了嘴。

　　齐老师起身给两人添茶，陆亦亦赶紧欠身说谢，头莫名其妙地就撞了齐老师的头，哎哟，对不起对不起，陆亦亦惶恐不安地道歉，眼睛正好和齐老师的目光相遇，难以置信，齐老师的脸竟然挂着笑。从来没见过齐老师笑容的陆亦亦心跳突然加速，她脑子里闪出了真晴的面孔，那张黑牡丹一样圆圆的脸上满是泪痕，真晴说，我就是不想上学了，不想了，就退学了！

　　陆亦亦走神的时候，齐老师已经坐回座位，他对陆亦亦的道歉没有理睬，好像在自言自语，又好像在和陆亦亦讲话，他说，"东归轻舟下江沱，回首岁月悲蹉跎"。

　　陆亦亦不知所措，齐老师坐在两尺远的地方，却明显地隔着千重山万条水，她却还嫌千重山不够远，万条水不够长。她突然有种想逃跑的感觉，极度迫切。她需要距离，她需要和齐老师的距离。她是来看赵老师的，她是来寻找如弟的，她发现自己心里压根没有想过要来看看齐老师。

她扭头看了表姐一眼，表姐也正在看她，两人眼神一对，彼此都了解了对方的心意。

刘希望笑着对齐老师开了口，齐老师真有学问，出口都是诗句，这可难住我这种没文化的了。齐老师您这么好的学问有接班人吧？您的孩子们都喜欢中国文学吧？他们也都大了，现在都在干什么？

呵呵呵，齐老师松弛地陷在沙发里，发出了笑的声音，脸上的肉轻轻地抖动了一下。他叹了口气，唉！没有一个走了我们教书的路，更别提中文了。人见生男生女好，不知男女催人老。老了，就由孩子们去吧。如松毕业后在天津定居了，搞保险，如天在北京外企干，搞了金融，也结婚生子了。

刘希望和陆亦亦兴奋地等着齐老师往下说如弟的情况，齐老师却没了下文。他起身说，陆亦亦你是母亲了，做父母苦吧？孩子不懂。懂的时候已经远走高飞，各奔前程。哀哀父母，生我劬劳。无父何怙，无母何恃？现在的孩子，不懂这个。

赵老师的脚步声终于响在楼梯上，咚哒咚哒地近了，陆亦亦顺势站起身来，她一刻都不想再和齐老师聊天了，这样莫名其妙的对话能把人憋疯。

我们准备走了，赵老师。赵老师进来时，陆亦亦说，看看你们心就安了，您能不能把如弟的电话……

来来来，老师给你带包饺子走，是我早晨刚包的，白菜猪肉香菇馅儿的，给你妈尝尝。来来来。

赵老师拉着陆亦亦的手进了厨房。

这房子真不错，哪年搬进来的？陆亦亦顺嘴问。

是不错，九六年就搬进来了，楼层也好，你看我这腿，二层最合适。这包饺子你拿着，老师来不及给你做油糕了，以后来通知一声，我事先炸好。来，我带你看看这几个房间。

陆亦亦拎着饺子，跟着赵老师一间房一间房地转。卧房一共三间，一间是老两口的，床侧摆着齐老师练书法的巨大桌子，铺着宣纸，笔筒里插着很多毛笔，赵老师没有停留。第二间略小，布置得十分精致，墙上挂着大幅的艺术照，一对夫妻中间夹着个漂亮小男孩。

这间给如松留着，他们回来就住这儿，你看那孩子是不是很像爸爸？淘气得很！如松不错，媳妇娶得好，儿子也生得好，如松从小就不用操心，最省心的一个孩子。

来，看这间。一进门的五斗橱上盖着整块玻璃板，下面压满了照片。

这是如天，你看他跟我长得多像？这是他媳妇，也在外企，忙得要命，女儿今年才两岁，雇了人看，我们俩瘸的瘸，聋的聋，帮不上忙，就给他们留个窝儿，回来有个家的温暖。

如弟呢，如弟回来就不需要家的温暖？陆亦亦很心寒，她没有在这个家里看到一丝如弟的痕迹，一丝都没有。

亦亦啊，你把国外的地址留下，老师以后去看你。说着，小本本已经递了过来，陆亦亦赶紧接过来写。写完她伸手抱住了赵老师，在赵老师耳边说，您一定来啊，世界变小了，出国不再是什么困难事儿，您来了，多住几天，我给您做饭吃。

赵老师使劲拍着陆亦亦的后背，哽咽着说，这个好孩子，老师没白痛你，真比我自己的亲闺女还亲啊！

亲闺女？这是陆亦亦在赵老师家听到的唯一一句提到如弟的话。

她忍住不让眼泪再次落下，也忍住了再次询问如弟的念头。有些事不对头。

三、

从赵老师家里出来，天已经全黑。两人钻进刘希望的车，半天没人说话。刘希望插了片周杰伦的CD，悠扬的古筝叮咚响起，"素胚勾勒出青花，笔锋浓转淡"，青花瓷美妙的歌声悠然流淌，陆亦亦终于叹出一口气来。

亦亦，我带你去喝咖啡吧，别想太多了。

咖啡厅坐落在市中心一座商厦的顶层，曲曲折折，又深又大，灯光幽暗，音乐轻慢，小格子座位中间隐隐约约有三两对男女影影绰绰，低声细语。

两人找了个靠墙的角落坐下，刘希望点了一盅彩虹果茶，要了绿茶瓜子、话梅皇几样零食，姐俩漫不经心地吃起来。

外面的霓虹天地闪烁着变幻莫测的诱人光影，一扇透明的茶色玻璃却坚决地隔离着那个花花世界，桌上茶盅下燃着温暖的橙色火苗，显然可以给桌边的丽人更多的踏实和安全。新鲜酿就的果汁稍加思索就被如此茶化了，透明精巧的茶盅变成艺术品，明火燃着的酒精小炉好像缩小了的壁炉，把一个活着的太阳摆在面前，松弛的感觉成倍地放大，你不想放松都不行了，血液舒缓流淌如音乐。

你好像很不喜欢齐老师？他看起来满有学问的。刘希望一边拿起透明的玻璃茶盅给陆亦亦斟茶，一边问。

橙色浓稠的液体款款流出，茶盅里的桔片漂到盅嘴，转了一圈，停顿下来。陆亦亦端起果茶抿了一口，一股暖流轻悠悠滑入食道，淡淡的果香在血液里弥漫开来。

真好喝！

陆亦亦微笑着，她的眉头终于舒展开来，从赵老师家出来一直无法释怀的郁闷轻悠悠在那小朵跳跃的火苗四周蒸发散去。

你说齐老师？我讨厌他，确切地说是厌恶！碰巧知道齐老师有个秘密的故事，时过境迁，现在讲给你听也无妨。

高中的时候，班里有个叫真晴的女孩，长得很黑很胖，小眼睛大脸盘，当时的女孩瘦干巴豆芽菜形状比较普遍，真晴那种发育良好前拱后撅的样子就比较另类，除此之外，她基本上是那种人群里看不见的女生。到了高三我才不知不觉和她走得近了些，她语文不好，经常问我借作业看。

后来，如弟说她妈和她爸因为真晴在吵架，说齐老师给真晴开小灶，下午自习课时在家里给真晴补课，我还不相信，齐老师对任何同学都是没有笑脸的，怎么会对笨呼呼的真晴这么好？我当时还想，齐老师那么严肃吓人，吃他的小灶一定是世界上最可怕的事情，如果换了我，宁可学习不好，也不能让齐老师单独辅导，真晴胆子可真大。这时才留意到真晴的确每周都有几堂自习课缺席。

真晴有个邻居是我初中的好朋友小杰，和真晴非常要好，她俩一起玩大的。小杰没考上我们学校的高中，我和小杰虽然不同校了，可都是东面的学生，她家在我上下学的路上，我还是时常会去她家玩儿，有时候就会碰到真晴。

真晴退学的时候，同学们以为她病了，也不在意，后来就再也看不到她，齐老师把她的课桌都搬走了，我们才知道真晴退学了。大家都快高考了，玩儿命学习，谁有时间操别人的心？都以为真晴学习不好，没信心参加高考，所以放弃了学业。

高考前不久，我去看小杰，在小杰家碰到真晴，真晴说正在联系一所子弟中学准备来年参加高考。我就奇怪了，问她为什么好好的上着重点高中要退学，再去舍近求远上个烂学校明年再考？真晴眼泪就流了下来，说，我就是不想上学了，就是想退学。

这不莫名其妙吗？不想上学你还联系子弟中学干什么？可是小杰坚决不让再问了。那时候多天真，哪里会想到有别的什么事情。

后来我要离开这个城市去大学报到，走前去和小杰告别，小杰才告诉我实情，说补课的时候真晴被齐老师猥亵了，具体到什么程度，她也不知道。真晴也只跟小杰说过一次，说她正坐在齐老师家的书桌前写着齐老师布置的功课，齐老师就在她背后用硬梆梆的那个东西顶着她后背蹭来蹭去，还用手揉她胸脯，她吓得要死，又不敢吭气儿。后来过了一两个星期，真晴就退学了。

他可真不像这种人，知人知面不知心！眼前就碰到这样道貌岸然的伪君子！刘希望摇着头大发感慨。

陆亦亦往茶盅里添了水，晃匀了给表姐斟满，说，我当时听了这事儿吃惊得要命，觉得真晴好可怜，受了委屈还耽误了高考。我们赵老师也好可怜，嫁了这样的丈夫。那年代，这可是天大的事，估计真晴是哑巴吃了黄连。

这事儿我一直没敢和如弟说，有个这样的爸，她心里会更难受。那阵如弟的日子非常难过，每天挨骂。她考不上大学，可把她爸妈的脸丢尽了，她又死活不愿意补习再考，他爸就托关系让她上了师范专科学英语，算是什么部门的代陪生，如弟各门功课里数英语还算不错。

就是那个时候，你俩逃课去西安旅游？你妈有时说起，还耿耿于怀呢。

嗯，现在想想，真是两个疯丫头。不过那次去西安的经历，把我俩的关系拉得特别近。

陆亦亦神秘兮兮地微笑起来，她好像看见如弟娇嫩的面孔晃动在茶杯里，一对黑溜溜的眼睛涟漪荡漾，桃花谷里的鲜花四处盛开。

这个如弟天生是个美人坯子，招蜂引蝶是自然而然的事情，上了师范住了校，从家庭牢笼里解脱出来，翅膀立刻舒展开来，故事就一个接一个地来，哭哭笑笑，吵吵闹闹的。那时候我们一直通信，她对我无话不说。

陆亦亦说完住了嘴，抬头盯着表姐说，你听到声音了没？我肚子里的声音，咕噜……咕噜……，我给你翻译一下，那意思是：我有点饿！

刘希望咯咯咯笑起来，伸手招呼服务员点餐。

杜杜

陆亦亦诧异道，这咖啡店还兼饭店啊？真是中国特色！我还以为咱们得换地方呢。

老土吧你？什么不可以灵活？别说咖啡厅兼饭店，兼旅店也不稀奇。刘希望把头凑近了陆亦亦，小声说，这楼下就是旅店，小时房随便开，男男女女吃饱了喝足了，下楼娱乐一番不是很方便？说着，她做了个暧昧的鬼脸，世道不同了呀！你知道这家咖啡店叫什么名字吗？随欲咖啡，就是让你喝了咖啡就随心所欲！

陆亦亦笑了，回国才两天，让她吃惊的事情已经很多，她的兴奋神经多少被磨练得不再轻易兴奋了。

表姐，我想吃面条，吃多少点多少，不要铺张浪费啊！

知道知道，你少操心，我尽地主之谊。这两年，表姐我手头也有点小权，一顿饭找个给报销的主不是什么事儿，你敞开肚子吃你的，吃得饱饱的好好给表姐讲故事。现在我越来越想了解这个如弟了，她爸妈那么回避谈她的话题，真是歧视她，外人都看不过眼。如果我是如弟，可能心理上早有毛病了。

你怎么知道如弟心里没毛病？陆亦亦低声嘀咕。

菜陆续上桌，有地皮菜，酱鹅肝，荞面卷，烧河豚和海鲜面。每上来一样，陆亦亦就惊叹一番。

你看我这洋插队插的，中国菜怎么全都不认识？

刘希望说，河豚是名贵鱼，我指定了活豚现捞现做的，比较稀罕。其他都是饭店里最普通的菜肴啊，你离开太久了，中国都发展成什么样儿了，饭菜能不与时俱进？哪能呆在过油肉的档次上停滞不前呢。

刘希望说着要了一小瓶二十年汾酒，说，知道你能喝白酒，咱姐俩今天喝个痛快，反正你妈不在，管不着你，好好放松一下，你吃你吃，别停，接着讲话。

陆亦亦说，二十年的汾酒？好。我们那里有个酒类专卖店，也开始卖中国酒了，一瓶普通的汾酒二十几块外币，二十年的好汾酒不知道比得过伏特加威士忌那些洋酒们。她两口酒下肚，全身暖和起来。窗外花红酒绿，霓虹闪烁，对面刘希望的脸被映照得斑驳陆离，轻烟般朦胧美丽。

刘希望是个时尚的成熟女人，四十出头，离过婚，现在过着自由自在的单身生活。此时的她一手举着酒杯，本来一丝不苟的刘海打着轻盈的小弯，现在有些散乱，桃红唇膏淡淡发光，脸颊在酒精的刺激下微微泛红。

192

陆亦亦看着表姐笑起来，说，怪不得你这么了解随欲咖啡厅的灵活性，大概是身有体会了。

刘希望剜了陆亦亦一眼，说，你啊，还敢拿姐姐开涮，看我不罚你喝酒。闲话少说，快接着讲如弟吧，我都听得迫不及待了。

陆亦亦抿着酒，品着菜。旧日时光酒精一样流淌在她的血液里，汹涌澎湃。年轻时那些激动人心的片断呼啦啦涌进脑海，拥挤着想要从嘴里冲出来。

那次逃课去西安，被我妈知道，我妈从此不让我和如弟交往。说实在的，不能怪我妈霸道，我们确实过分，那么规规矩矩的年代，哪有不好好上学，和男同学出去疯跑的？在我妈眼里我们快成女流氓了。

如弟在宿舍楼门口等我的时候，我们刚下课。她学校到我学校火车要乘四个多小时，我还以为出了什么事。她说上学上的没劲，请校医开了病假条，来看看我。我白天就旷课，陪着她出去四处逛，晚上回来挤一个被窝儿睡觉。

如弟睡觉喜欢搂着人，我半夜经常被她搂得透不过气，就转身给她个大后背，大后背就大后背，她还是能从背后继续把我搂得透不过气。她半梦半醒的时候，手会下意识地在我胸脯上摸索，我就下意识地把它推开。醒来了，谁也不提那几下揉捏和推挡。第二天入睡，还是照样重复一样的情节。

有一次我问，如弟你在家搂谁呀，你妈又不跟你睡觉，你怎么养成这么个腻歪的习惯？如弟说，谁说我没人搂？我从小都是搂我奶奶睡觉的，被我爸妈接回来才断了，我没人搂就搂枕头呀，这还能难倒我不成？再说，现在想搂我的人多着呢，我想搂谁就搂谁，把我爸我妈欠我的都补回来。

然后她斜着眼睛问我，你不觉得我搂你搂得舒服？

我无语，脖子以上火烧火燎。心里不得不承认，被如弟搂抱，是温暖而甜蜜的。

那几天，不出门的时候，如弟就和我一起去上大课，打了饭在一个饭盆里吃饭，出门她穿我的衣服，我俩进进出出好像一个人。我们班里有个男生叫孔东明，人高马大的，男子汉之类的词都可以用在他身上。他在饭厅吃饭时老是凑过来和我俩说话，还约我俩一起出去看电影。

看着电影，我就发现身边的两人不见了，电影演完了，两人才回来。回宿舍我就恶狠狠地问如弟干什么去了，跑到我这里还和男同学不清不楚的，成什么样子？如弟就一脸无辜，说，哪里不清不楚了，你这是以己之见度人之腹啊，我们只是在电影院门口谈了一会儿理想。哎，你说，人家谈理想，我哪能干涉呢？所以后来两天，她就每天都和孔东明单独出去谈理想。

刘希望咯咯咯乐得花枝招展，一边给陆亦亦夹菜，一边说，我觉得现在我很需要和谁谈谈理想！

陆亦亦说，唉，你看，那边那个单身男人在抱着笔记本上网呢，挺帅的，要不我过去跟他换换位置，你和他谈谈理想？

刘希望伸着筷子过来敲陆亦亦，陆亦亦压抑着自己的笑声，说，哪有这样当姐的，你到底听不听了，不听就算了。我觉得当时如弟是真的谈理想，不是你心里想的那事儿。

我想哪事儿了？你说！刘希望不干了，跑到陆亦亦近前咯哩她。俩人闹了一阵才停下来。刘希望劝陆亦亦多吃河豚，把最肥软的胶质部位都夹给表妹，说，女人吃这个大补，这种扬州做法最易品到河豚的原汁原味，这家店这道菜是招牌，专门点了让你尝的。

陆亦亦知道河豚名贵，滑溜溜地咽下去，觉得鲜透了肠子，也不客气，伸了筷子又夹。馋劲儿稍压了压，才放下筷子，她给俩人倒了酒，举着杯子说，表姐，咱俩好好喝，我给你慢慢讲，真是好多年都没这么痛快过了啊！在外头没有这样的河豚，没有这样的酒，也没有这样的咖啡厅，自然也没有这样的回忆。我发现回忆简直是种享受，它可以让人忘记"现在"和"将来"的意义，没有了对"现在""将来"的在乎，人还有烦恼吗？

嗯，深奥了一点，表姐不想那么多。亦亦，我只知道酒好喝，菜好吃，故事好听！

嗯。话说如弟和孔东明谈了几天理想之后呢，两人就有点儿恋恋不舍了，当着我的面也忍不住眉来眼去。那个孔东明有个好友在西安交大，也不知道是谁的主意，我们就动了去西安旅游的念头，孔东明还约了他政治系的一个老乡一起去。

到了西安，我们四个人白天在一起，华清池呀兵马俑呀四处游玩，晚上回去，我们两个女生就去研究生院住，孔东明的同学有个女研究生老乡正好在外省实习，空出床来，我和如弟就去挤那张床。

有天在西安街上走，碰到一个算命老头儿，我们从他身边经过，他突然拉住如弟说，我给你算个命吧，你此生不易，我能帮你化解。你下身有个黑痣，不信你验验，看我说的准不准，明天你再来找我，我帮你排忧解难。

我们几个听了乐得要命，孔东明说他要是有算命老头的透视眼就好了。如弟就和孔东明在西安街头追着打闹，差点被自行车撞倒，被人家大骂"骚青"。

事情过去了，我们接着游玩，在街头吃羊肉泡馍，凉皮凉粉，就把算命老头忘得一干二净，没想到如弟却上了心。

晚上如弟上厕所，厕所在楼道里，她问同室的另外一个研究生借手电，人家说厕所有灯不用拿手电，她还是坚持要借，还顺手揣了一面镜子。我自然会陪她去，问她上厕所干嘛拿镜子，她说，美呗。上完厕所，她半天不出来，出来的时候两眼通红，我就觉得不对劲，可问她她什么也不说。

半夜我睡得正香，就被如弟的抽泣惊醒，她紧紧抱着我，浑身抖动，她说她害怕。我说你怕什么？她说她那里真的有颗黑痣，算命老头说的是真的。我说你怎么胡说八道，那怎么可能是真的呢？不可能！别说他看不见那里，就是你自己也看不见那里呀！她说，是真的就是真的，我拿了镜子和手电，验证过了！

我当时心里也有些发毛，觉得这事儿确实离奇，心里还是不信，就坚持说她看错了。可如弟说，她睡不着，老想着自己不对劲，怎么老头不算别人，专门算她，算得又这样准，看来以后的日子真的不好过。

我心里嘀咕，如弟一定是自己命运多舛，心理作用强大，产生了超现实的幻想，照镜子看走了眼。

如弟不肯睡，我俩在被子里蒙着头说话，生怕吵醒了对床的研究生。

后来如弟把手电塞给我的时候，我还不以为她是认真的。她说，我知道你不信，我自己现在也被你说糊涂了，怕自己看走了眼。你还等什么，给我验验吧。说着她就细细索索脱光了。

陆亦亦说到这儿，顿住了。刘希望睁着大大的眼睛静静地看着陆亦亦。

那，那，那你看了？

看了。

真有痣？

真有，很大一颗。

好看吗？

特别漂亮。

陆亦亦的头撇向窗外，她的眼前是那尖锐的夜晚在生命的瞬间划出的一缕痕迹。好像彗星的尾巴，明明划过了天空，却瞬间失去了迹象，那块星星落在了天地间的某个角落，静静地消蚀。存在过的，毕竟存在过。天空上看不见的痕迹早已不再重要，重要的是有过那颗彗星，它的美丽早已深深地刻进了大脑的皱褶里。

漆黑的被子被如弟弓起的腿和陆亦亦的后背支起来，像一个古老的洞穴，桔色的手电光焦距着穿透的力量，凝聚在含苞待放的花朵上。粉色的花瓣小心翼翼地舒展着，几条慵懒的皱褶在花瓣上淡淡扫过，像是微风吹起秋天的湖水，波纹荡漾。花瓣的交接处一滴晶莹的露水若隐若现。

没有什么黑痣，干干静静的早春花园，充满芬芳。

你得用手拨开。如弟的声音在被窝里压得很低，有些颤抖的沙哑。

陆亦亦的头在眩晕，她不想承认自己的心跳在加速，可它跳动的声音如惊鼓重钟。她感觉自己的血液粘稠滞顿，似乎要停止流动，却又奋力地想要冲破阻滞，向前奔流。手指触碰花瓣的一瞬，花瓣突然的抖动令血液停滞的堤坝瞬间决堤，血液的奔流势不可挡。电光照得花蕊深处明明亮亮，一颗圆圆的太阳，光光亮亮地挂在亮粉色的墙壁上微笑着，墨黑的色彩不掺一点尘埃的污浊，露水晶莹地包裹着它，温润透明，像是生怕它逃出美丽的花谷，带走这眩晕的美丽。

芳香弥漫，陆亦亦被熏得醉意沉沉，仿佛吸食了鸦片，无法自己。一种强烈的冲动簇拥着她接近桃花谷，晶莹的晨露充满期待，热情地等待她温热的掬捧和 亲近…… ……

陆亦亦转过头来，刘希望正在冲着她淡淡地微笑，已经要了第四瓶酒，斟好的酒杯已经递了过来。

我喝多了，表姐。这件事从来没和人讲过，今天破了戒。

有些戒是应该破的，不破不立。再说，那时候这是个事儿，现在这年头，这也不算什么了。

表姐，你前卫。现在这年头，这事儿对我来说，同样是个事儿。

嗯，明白。你讲，我懂。

　　第二天，我和如弟避开了孔东明他们两个男生，跑到昨天去过的那个街口寻找算命老头，却怎么也找不到，走了几条街，问遍了那一代街边所有的小铺子，没一个人知道，我们几乎开始怀疑他是不是一个幻觉了。

　　我和如弟心里不爽，都没了兴致再继续玩儿下去，就嚷着要当天就打道回府。孔东明两人虽然觉得奇怪，也没坚持。

　　如弟回去的路上，谁也不理，闷闷地看着火车窗外田园茅舍倏忽而逝。孔东明极力想巴结她，只是徒劳。他肯定不明白这个女孩一天前还和自己在街头嬉笑，一天后怎么就变成了石膏像？他男子汉的高大形象几乎被突然而至的沮丧腌制得缩小了版本。我看孔东明对如弟实心实意，多少有些可怜他，回去就让他单独去车站送走了如弟。

　　如弟回去以后，再没跟孔东明联系。孔东明心里毛燥，就老上我宿舍串门，坐在床上不说话，也不走。我跟他说，远水不解近渴，如弟和你没戏的，你想是不是？学校不在一起，家乡不在一起，以后分配也不会在一起，你何苦折磨自己，别再写信了。其实如弟来信已经告诉了我实情，她来看我并不是无缘无故，她和教她中文的讲师谈恋爱，他俩在树林里接吻，被讲师老婆撞上，那老婆就找到如弟上大课的时候大庭广众之下辱骂如弟，她才躲到我这儿来散散心。如弟却是真的喜欢那个讲师，回去就又扯上了，孔东明只是临时填了个空，如弟哪里会用心？算命那件事正好应了如弟陷入的困境，加上她从小吃苦，她才会那样在乎老头儿的预言。

　　一年后，孔东明在校运会上为运动员服务，我刚跑完八百米，他递毛巾给我擦汗，不知怎么我就感觉火烧火燎，这时他早就不去我们宿舍发呆了，平时连话也难得说一句。我装着咳嗽，弯腰蹲在地下喘气。孔东明突然拨拉了一下我的头，说，你别再跟如弟交朋友了，她不好。我倏地抬起头仰视他。他说，没跟你说过，那次我送她，她问我借了一百元，是我两个月的生活费。我有个老乡是她校友，说她欠好多同学钱，你小心，离她远点儿。我还了毛巾，没说谢，低头就走，跑了第一名也不觉得高兴。当时觉得跑得累，心更累，只想回宿舍休息去。

　　三个月后，我拿了一百元给孔东明，说如弟寄来让我还他的，他没怀疑就收了，又提醒我远离如弟。

　　我的吉他因此一直没买，被老妈问就乱支吾，那一阵老吃素，酸奶也少喝，攒了半年饭票才又凑够买吉他的钱。如弟从不知道我替她还钱的事。

那时候已经大三了。

陆亦亦不再说话，她的脸藏在灯光的暗影里，若隐若现，往事也如光中的影，有风吹着，抖动不停，明暗参差，在脑海里翻滚跌宕。

陆亦亦觉得当时的自己充当着马缰绳的角色，艰难地拉着如弟这匹野马循规蹈矩地走路。如弟写信发脾气说，什么叫胡来？什么叫道德？你连对象都没搞过，有什么可说？你懂爱情吗？你好吃好喝，你懂受虐待穿补丁衣服的滋味吗？

陆亦亦不再回信。如弟一封接一封地来信，言语渐渐由生硬变柔软，最后几乎是跪着赔不是的语气，说，是我胡说八道，我知道你是为我好，可我爱起什么来就是没有原则，这没有办法，物质和男人能给我我缺乏的慰藉，这个你不能理解，你优秀，前途无量，拥有父母之爱，朋友之爱，老师之爱，你是社会的宠儿，我呢，什么都没有，只有这点来自男人的欣赏和自我点缀的骄傲，你怎能试图剥夺？如果你不能理解这点，我太难受了，亏你还和我……

陆亦亦明白省略号的意思，那里面有泪光点点的辛酸，也有不可言述的隐秘。她幻想过自己如果是个男人会怎样对如弟，一定是又怕又爱又想拥有又想抛弃，但她不是男人，她也只是一个正在小心翼翼打开人生之门的大学女生。

身体这样东西能承载一个鲜活的生命，当身体最隐秘的部分不再隐秘的时候，就好像揭开了那个生命最厚一层面纱，你瞬间就拥有了优先权，可以近距离凝视这生命，它不必要对你防备，它愿意展示鲜活的一颦一笑，它愿意分享片刻的喜怒哀乐。命运的撮合是神秘的，无法抗拒的终究无法抗拒。

陆亦亦和如弟和好如初，鸿雁传书，匆匆来去，搭完了大学时光的友谊之桥，疯狂的逃课事件仅此一出，如弟也从来没问陆亦亦借过一分钱。

陆亦亦省心思，免了用数字来计算如弟的恋情，如弟还是孤身一人，那些数字等于零。她被分配在一所中专当英文老师，小路曲折蜿蜒，七拐八拐的，不知在朝哪里延伸着。

毕业不久，陆亦亦就在准备和男朋友订婚，男友是一起留校的同班同学魏飚，他很爱她，她也是。她的世界是晴朗的天，天很蓝，云很白。

　　走出咖啡厅的时候，陆亦亦步履蹒跚，舌头多少有点大，她说，表姐，我决定了，要顺其自然，不再专门找如弟了。她出现就出现，不出现就不出现，一切都是缘。我也不过是因为看日记动了怀旧的心思，日子没了谁，还不是一样地过？

　　刘希望扶着她坐进汽车前排客坐，看她东倒西歪犯困，想着是不是该给她寄上安全带。安全带老不用，扯了一手灰，刘希望拍了拍手，把陆亦亦扶正，看她笑眯眯说谢谢，干脆就不系安全带了。在市里开车，车速慢，从来没人查什么安全带，也没人感觉自己不安全，谁系它。

　　陆亦亦发现脚下好像有什么东西，弯腰去摸，竟是赵老师给拿的饺子，在车里放化了，软得快成泥了。她转身把饺子放到后排脚垫上，免得漏油脏了座位。她对表姐说，赵老师包的饺子，应该很好吃。说完就咽唾沫，刚喝过酒的口腔，竟又口水涟涟。

　　刘希望微笑着想，看来八两白酒对陆亦亦真没大碍，还知道照顾饺子。知道她能喝，没想到这么能喝，二两小瓶汾酒喝完一瓶要一瓶，一共五瓶，自己根本没怎么喝，早知道就要大罐坛儿装汾酒了，味道更浓厚。

　　方向盘在夜色霓虹中缓慢旋转，路上车不多，刘希望开得很稳，存着小心。酒后驾车不是第一次，路不远，从没被逮住过。这阵严打，只要查到酒后驾车，立刻吊销执照，进学习班学习三个月，才能重新申请驾照。

　　灯火阑珊，夜，已经深了。

四、

　　妈，这饺子冻了化，化了冻，结疙瘩了，我和表姐当片汤喝了些，味道不错，给您带回来尝，赵老师专门问候了您的。

　　陆亦亦离开江城回到家里，母亲已经摆了一桌子菜。欣欣从房间里飞出来，架势是千里万里奔跑来的样子。陆亦亦的臂膀环绕她的时候，觉得自己很大很老。这么想姑姑吗？

　　是啊，我爸说你才能呆三周，每一天都宝贵。姑姑，你这夹克真好看。我同学那天看到你来学校接我，都说你漂亮，像个外国人。

　　陆亦亦笑问，哦，是因为漂亮，才像外国人，还是因为像外国人，才漂亮？姑姑觉得你这中国眉中国眼中国鼻子中国嘴最好看！

说着一只手指指点点地在欣欣脸上眉毛眼睛地戳打着，两人揉搓在沙发上，好像五岁的孩子一起玩闹。

这饺子还是冻了吧，难为她还记得我。赵老师挺好？母亲走到餐桌前摆筷子。红烧肘子是你最爱吃的，洗手吃饭，凉了就不好吃了。亦亦，你几岁了？和欣欣那种玩儿法？

母亲和哥哥一家桌子一围，浓浓的家的味道掺着菜香环绕着，陆亦亦大刀阔斧地吃起来。

当年赵老师对你可真好，周末转来转去乘一个小时公车才能来家访，攥着你的手不放，咱们家什么事儿她都过问，住校的时候还给你们几个小姑娘做好吃的，这样的老师再没见过第二个。你看现在欣欣的老师，想换个座位都等着你塞购物卡，低于五百块钱都拿不出手。家访？门儿都没有，过年过节上的供就别提了。马上小学升初中，学校没着落，还不知道得贿赂多少呢。

哥的眉头皱了起来，给妈使着眼色，说，跟您说别当着孩子的面说这个，您，唉，老没遮拦。

什么呀，爸爸，你以为我不懂吗？奶奶不说我也懂，不就是给老师送礼吗？我早就知道了。

嘘，别嚷嚷，什么光彩事儿！你要明白家长和老师这样做都是错的，孩子。嫂子在一旁制止欣欣。

错的，为什么还要做？欣欣显然兴趣盎然。

吃菜吃菜，母亲夹了一筷子百合西芹给欣欣，说，社会太复杂，你大了才明白。别问那么多了。

那赵老师两口子都退休了？没再在外面代课挣外快？他们如果给中考生高考生补补课，很容易挣钱的。母亲望着陆亦亦说。

我没问，他们孩子都大了，没负担，老两口都有退休工资，不挣外快也活得不错，没必要把自己搞那么累吧，要多少钱才够？

那你见着那个神叨叨的如弟了？

妈，您怎么这么说话？如弟怎么神叨叨的了？多少年的事儿了，您还这样感情用事。

我这么好的女儿都能被她拐得逃课，她还不神？

陆亦亦心里生气，压了压，闷头吃饭，不再说话。

收拾碗筷的时候，母亲说，我也就是顺口说说，你们都成人了，我哪管得了你和谁交朋友，那时都管不了，何况现在？

　　陆亦亦不爱听，碗也没洗就回了房间，哥跟了进来，说，这手机给你，随便用。你昨天去江城表姐那儿，蕊芮来电话说你们同学要聚会见见你，你赶紧回个电话。

　　陆亦亦躺在床上准备睡个午觉，酒精带来的麻木还停留在血液里，缓慢流动，浑身肌肉酸懒乏力。老不喝酒酒力下降啊，是老了？年轻时整瓶二锅头灌下去都当喝水一样。她伸手把玩新手机，功能真是齐备，就给蕊芮发短信，写了十个字，好像用了一年时间。真土，在国外早九晚五，座机用的频繁，手机短信极少用，连短信都不会发。

　　蕊芮的电话立刻打过来，说，真没见过你这么尊师重道的，连我们还没见，就去拜访老师。沐玉后天从北京回来出差，咱们仨先聚一下，我来接你。

　　毕业后与蕊芮和沐玉一直有联络，沐玉虽在外地工作，也隔三差五通着气，每次回国，总要聚。

　　撂了电话，陆亦亦辗转反侧睡不着，伸手从枕头底下摸出日记来，是大学毕业后那本最厚的，婚后的日子，点点滴滴。文字有时会冲破时间的捆绑，给生活带来按部就班之外的激情和自由。得带走它让丈夫魏飚冲一冲，看能不能冲出青春的激情。

　　封面上一句话，是她给自己题的。

　　雕塑是一门艺术，自我雕塑是今生的艺术课。只要细心雕琢，一块丑石总会有个结局的形状，我希望这形状最终会美。

　　陆亦亦心里开始流淌清清小溪，叮咚悦耳的泉声潺潺，亦有柔风抚摸。她深吸一口气，翻开日记。

　　爱情的流淌悄无声息。再没有比爱情更美丽的文字了，那里鲜花盛开，四野碧绿，和风煦日，鸟啼蛙鸣。春天的苏醒，夏天的灿烂，秋天的丰收，冬季的干净，世界最美的风景涵括进片言只语。

　　陆亦亦一页页翻着，散步在旧梦的摇篮里，颠簸。

　　"人生多么伟大，两个不相识的人就生生死死地连在了一起，拥有什么可以胜过拥有你心爱之人的心？人生舞台形形色色，拥有什么比拥有爱更真实？金钱名利过眼云烟，只有爱可以超越世俗。有什么尺子可以丈量爱的长短？它高过蓝天，宽过大地。我幸福，因为这一生我拥有了最大的成功，就是拥有了你。"

　　是一页贴在日记上的信纸，魏飙的字。

　　陆亦亦心中温情无限，眼睛快要下雨，为保持晴天，赶紧往下翻。竟是如弟的名字蹦蹦跳跳在字里行间穿梭。

杜杜

"一九九四年五月八日-十五日，周记，阴雨连绵，惆怅

如弟来的时候已经晚上八点，她憔悴着一张脸，坎肩和裙裤都极时髦，却皱巴着，蒙着不明不白的灰尘。

你扛土豆了？怎么灰头土脸？你眼睛怎么了？眯缝着，没带隐形眼镜？

火车太挤，坐农民工大包上睡了一觉。没法儿洗眼镜儿，有点儿雾，就摘了。没地儿去，只好来挤你。

怎么不回学校？或者回家？

你嫌我来麻烦你不成？

又歪想。你知道我什么意思。不过年不过节不放假的，你扔下学生不上课又出去了？又不是上学那阵，除了自己不用为别人负责。

你怎么跟我爸妈一样了，一脸正义。算了，我还是走吧。

我赶紧拉住她。陪了笑脸，说，别怄气，你又遇事儿了，是不？我给你下挂面去，你先喝口水，就去洗你的宝贝眼镜儿。如弟自从配了隐形眼镜儿，就欢天喜地。和赵老师拗了多少年，死活不戴普通眼镜，不愿给自己的美丽打折扣。现在戴着隐形眼镜，那黑溜溜的眼睛总能睁的溜圆，一对水晶玻璃，秋波流盼，神采奕奕。她视那一对透明薄膜如无价珍宝，爱惜得胜过了眼睛本身。

这一夜，未能成眠，和如弟睡一个被窝长聊。

原来是和一个有妇之夫罗某缠在了一起，和他一起出差住了若干次旅店，搞到现在这样不堪，能帮她撑过去吗？

有时感到自己很低级，为什么会突然那么想知道她和罗某在一起的细节？和如弟嘀咕的时候，魏飙一直在外屋，生怕他进来。为什么总感觉自己在背着他做着一件见不得人的事情。我这是怎么了？

如弟说罗某很会爱，确切地说是很会做爱。我问，什么是'很会'？如弟说就是令你意想不到的一些行为在他来说是理所当然的。我等着如弟往下说，她却顿住了。她说，有的男人是需要你，有的男人是想拥有你，有的男人是要给予你。这个罗某吧，他是那种在拥有了你的时候，强烈地让你感觉他需要你，同时他恨不得一无保留地给予你。

最喜欢他开完会回旅店来轻悄悄拥紧我的感觉，他的舌永远是湿润的，好像水珠滴在脸上。所以我估计他要回来了，就躺倒假寐，等候那个被动的时刻。

202

　　如弟说这些的时候，并不害羞，反倒是自己莫名其妙地局促不安，不是起身倒水就是背转身咳嗽。如弟咯咯咯乐，说，都结婚了，还这样，要不要我教你些技巧啊？不然，我教魏飙也成。

　　恨不得脸是橡皮，就不会在如弟面前幼稚地羞赧。如弟伸手摸我脸，她手指圆润冰冷，细条的和田玉镇到了脸上。她说，真便宜了魏飙，摊上你这样单纯的老婆。

　　我知道她尽量转移话题来让我放松，更让她自己放松，她别无选择。那些美妙的细节可以让她忘记美妙本身产生的后果，她必须自己承担这果实的沉重与凄厉，那里面有着血的色彩，其鲜艳令人心胆俱裂。

　　人陷在陷阱里，你除了想办法逃出来，别无选择。

　　我说，如弟，你觉得我们要不要请魏飚帮忙？没有男人来帮着遮谎，人家怎么想？会不会不给做？

　　不能，这事儿你可千万别让魏飚知道，他还不把我看扁？如果不是我真的害怕万一做得不顺利，我连你也不想找，在你面前同样丢不起这个人。

　　一夜倾诉一夜感叹一夜忐忑一夜鼓励，半睁眼迷糊了一夜。魏飚没来烦，知道如弟要继续在这里呆几日，自己安安静静地关在小书房里读书，外屋沙发上睡觉。他早已习惯一个现实，如弟的到来等于与老婆的短暂分离。

　　乘公车到第二妇幼保健院时，虽然是清早，医院里却早已人满为患，所有窗口前都是拥挤的人群。健康地走在明媚的天空下，你从来不会想象世界上有着巨大的人群每天都在忙着生病和治病，血肉之躯经历着战斗，战胜疾病是这座几层楼的大房子里拥挤着的生命共同的愿望。

　　一小时后，如弟坐在了老医生的慈祥面孔面前，等待生命的证实与裁判。我成了如弟的妹妹，姐夫在外地工作，姐姐出状况只好由妹妹陪伴。我心跳加速，生怕医生坚持要丈夫出面，验证婚姻真伪。如弟表面坦然，那几分姐姐的端庄稳重，在我眼里极为陌生。

　　你确定不要？不遗憾？

　　确定！时机不成熟，不合适。等他调动回来再说吧。

　　今天就做？

　　就今天！妹妹都来陪我了，一切都准备好了。

　　大夫没有怀疑。刷刷几下开了手术单。划价交款，一条生命轻悄悄被判决了死刑。似乎没有犹豫，似乎没有疼痛，一切的似乎都混沌不堪，平平淡淡。简单，就这样简单。

如弟进去了。

等在手术室门外，隐约听到旁边登记护士小声嬉笑交谈。

现在的年轻人，打个胎跟上厕所大便一样容易。

你的比喻真恶心，应该是像母鸡下蛋，一使劲，就一颗，只不过都是生瓜蛋，吃不得。

你恶心到家了，连死孩子都想吃，真残酷！

另一个笑，说，胎盘不是可以焙干了做中药？你当吃人肉是新鲜事儿？这些打下来的肉团团、小小人儿都是大补的！

你赶紧住嘴，你说得下去，我可听不下去，来不来就说到人吃人了。

这些年轻的母亲图一时爽快，到头来需要扼杀自己的血肉保全自己，和吃人又有多大区别？当初干嘛了？

……

我头皮发麻，用手捂了耳朵。忽然想到如弟的外号"铁屎"，如弟那块柔软的腹部，除了可以制造坚硬的废弃物，更是块肥沃的土壤，播种，发芽，掐死幼苗，一切都自然而然。那里那些无形的坚硬比起有形的坚硬更加不含情感。如弟承载的是她对生命的探索，不是对生命的留恋。

悲哀，瞬间席卷而来。如弟在经受怎样剥骨揪心的肉体的疼痛，我的心灵就经受怎样撕心裂肺的挣扎。年轻人，生活刚刚开始，就需要用血肉为自己付出代价，何等残酷。这不是玩笑，这是真实的杀人游戏。我悲哀，因为我是帮凶。

叫了出租，如弟甩开我搀扶的手，她行走如初，除了脸色苍白，面带倦容，看不出任何手术迹象。路上，如弟的手冰凉地被我握着，我希望自己可以温暖它，它的白皙柔软一如既往地迷人，那十个小肉坑静静地坦白着，没有表情，无限冷漠。

痛吗？我问。

痛！不是现在，是手术，好像没用麻药。拿勺子刮碗，刮得干干净净，就是那样，恨不得晕过去。这儿也痛。如弟用手指了指心脏。那医生做完还用托盘拿给我看，我闭了眼没看。看了还能忘吗？这辈子被那团肉缠住的滋味，我不想受。

炖了鸡汤给如弟喝，规定她卧床三天。

晚上本想让她一人好好休息，我和魏飙放开沙发床。她不肯，说要我在她身边。

　　她抱着人睡的习惯略微好些，不那么让人喘不过气了，一只手从我脖子下面穿过来，一只手环着我的腰，我依旧给她后背。睡着的时候，她的手和旧时一样会时不时地在我胸脯上摸索，我就时不时地把那手拨开，两人像玩着一个没有规则的游戏，醒来就忘了，或者装作忘了。她温暖而饱满的两团顶在我后背上，是一种说不出的滋味，很放心，也很动人，甚至幸福。她的呼吸温和地呼在我后脖颈子里，我就好像睡在田野里，稻香弥漫，微风和和煦煦地吹拂，心脏发出春天般的渴望。

　　那天，半梦半醒之间，她忽然在我耳边悄声说，你觉得我可怜不？罗某干了这事儿，让我自己处理，他那边工作脱不开身。其实我知道，他是领导，不能陪我去医院，他见不得人。你说我是不是很亏？我他妈的应该让他小子吃点苦头。

　　我全醒了，转身面对她，说，如弟你听好了，你昨天还拼命夸奖他会爱，现在一百八十度转弯，搞错没有？一件事错了，不能错上加错，你听懂我在说什么吗？

　　如弟笑起来，避开我惊恐的目光，说，看你吓的，你以为我会杀人吗？我只不过想要点补偿费罢了，什么大不了的？

　　我没说话，脑子里闪过孔东明讨论如弟借钱时郑重其事的面孔。

　　你缺钱，先从我这儿拿些花，别和罗某胡搅了。

　　关于钱的事情，我曾正面提醒过如弟多次，她反映激烈，甚至不惜重伤友情，她说，我又没问你借钱不还，你操这个心干什么？是怕我的债主问你追钱吗？如果是那样，咱俩就别交往了。

　　气归气，每次恼了，如弟照旧地甜言蜜语，照旧地掏心掏肺，于是阴转多云再转晴，彩虹也会靓丽地高悬起来。她像污染了的空气一样具有无形的力量，你明知道它的毒害，可你需要呼吸，你离它不得。你感觉不到它的重要，可它分分秒秒环绕着你，让你无法拒绝它霸道的存在。

　　我不懂你想什么，每次你都说你是认真的，每次你都无法持久，这样的有妇之夫除了给你带来一时的满足和现在这样心灵和肉体双重的痛苦，还有什么？你去诈他钱好了，那是对你自己感情付出的嘲笑，你愿意拿自己的感情作交易就去吧！

　　我真的很生气，我希望如弟是个正派人，懂得是非真伪的界限，懂得如何承担责任。我真不知道她反常出牌的习惯会引导一个怎样的生活。

杜杜

周日歇了一天，如弟很乖，闷头睡觉，低头喝汤。周一我下班回来，发现如弟已经不辞而别，她留了纸条，说回学校上课要紧，身体没事儿了，还说身上钱不够，从抽屉里拿了散放在那儿的五百元，以后还。

这是如弟第一次问我借钱。我知道那是一去不返的五百元，就对魏飚说，如弟不要，是我硬塞给如弟的，她遇了点儿事，需要钱，我这叫仗义疏财，有难同当！希望理解。其实我心里暗自希望，她拿了这钱，就不要再去讹诈罗某，这五百元交个学费很值得，尽管那是我一个月的工资加上在职大额外教课的外快。

如弟在，魏飚一直没多言语。如弟走了，魏飚结束了沙发上的睡眠，显得兴高采烈。

不知道怎么的，我就是不太喜欢如弟，觉得你和她在一起不安全。魏飚搂着我说。

我推开他，说，得了吧，就是不想睡沙发！坏蛋！学会撒谎了。

我说的真话你不信？真不是因为睡沙发，就是感觉有她在身边，不舒服。

你不是因为她好看，心里揣了小挠子，担心经不住诱惑吧？

你想哪儿去了？她哪有我老婆好？层次不同，没有可比性！别傻了！不说她了，我们做我们的正事儿，都好几天了，想也想死了。

涨潮了，平静的海水涌起惊涛骇浪，用尽全力扑打岸边的岩石，呼啸着冲过来，哗拉拉退回去，下一个浪头涌来，更加凶猛，几乎愤怒了，拍打得岩石发出轰然巨响，鱼儿想躲到水底，又耐不住浪尖上翻滚的酣畅，天空云卷云舒，一束阳光穿透着云层，快乐地照耀，在海水上荡出粼粼波光，随着那浪跌浪涌，破碎了，又重新组合，组合了，又再次破碎，浪头欢乐着，岩石欢乐着，白云欢乐着，阳光欢乐着……

有个丈夫多好！有个家庭多好！

如弟你为什么不能遭遇一个真心实意要娶你为妻的人嫁呢？

如弟走了两天，我的梦境仍然被她掌握，她苍白的脸呆呆地注视着哪里，目光空洞无助，我摇她，使劲摇，叫'如弟！如弟！'

魏飚腾地坐起身，说，我可现在就规定了，下次如弟再来，让她睡沙发！

对不起，对不起！做梦了！我松开抓紧魏飚的手，急忙对他解释，心里对他的歉疚更加沉重。

我这是怎么了？

陆亦亦看完这篇日记合上了双眼，她眼皮猛烈跳动着，似乎眼睛下面有座待燃的火山。日记中的文字犹如导火线引燃了许久沉睡的情感，岩浆翻滚，蒸腾不熄。陆亦亦可以听得到自己的心跳，万马奔腾。她不愿想下去，她的胸脯甚至感觉到如弟轻柔的抚摸，自己把她手拨开时那种漫不经心的感觉真实地停留在手边。

魏飚如果和自己一起回来，自己敢如此关心如弟的现在吗？会专程去赵老师家探师访友吗？当然了，了解一个故交的昔日与今朝，是重温友情的自然表现方式，自己没有错。她翻了个身，爬在枕头上，想把心中的千头万绪都压在身体下面，阻止思绪的东奔西闯，可如弟的影子固执地占居脑海，那个不忍回顾的时刻清晰地播放着幻灯片，如弟羞怯的眼神，自己小心奕奕的手指，魏飚惊讶而愤怒的目光————————

如弟来的时候喜气洋洋。

真的？

真的！他说看了个黄道吉日，再等一个月就去登记！

陆亦亦拼命拥抱如弟，眼泪盈满了，要发大水。

我太高兴了，真是太高兴了。还以为我们出国以前等不到你结婚呢！

结婚就这么重要？我可真没你这么认真！

天啊，快登记了还说这种话？这难道不是人生最重要的事？

当然是重要的事，不然我也不会答应他，但是不是最重要的，我可说不准。他爱我，我爱他，顺理成章，就结呗！他倒真是我见过的最单纯最正派最温和的男人，从没见过高干子弟那样腼腆温良的。

哟，那你可别欺负他，你看你那些历史一抖落，还不把人家吓着？

我有那么傻吗？我们交往了半年了，我都没让他碰过我，我在他面前纯洁得像个透明人儿！如弟说着，双眼放射着自豪的光芒。

如弟！这，这有点过分了吧？你知道透明人不是你，你也不是透明人。你不会又在玩儿游戏吧？你是什么人，能瞒得了一时，能瞒得了一世吗？

你说我是什么人？我觉得我就是透明人，我没玩儿游戏，我是认真的，才这样对他！

陆亦亦不知该说什么好，如弟就是如弟，牌桌上违规出牌的那位。

其实，我只是担心结了婚他再发现你复杂的历史，会给你带来更大的苦恼，倒不如婚前坦白一切。

如弟哈哈哈地大笑起来，笑得前仰后合。

你真是太傻了！坦白？笑话！坦白什么？说我有过无数性经验？说我差点儿当了妈？你以为世界上真有'坦白从宽，抗拒从严'这个道理？坦白了，就意味着断送，就意味着死亡！

可是，可是，诚实不应该是婚姻的基础吗？我总觉得婚前的隐瞒和欺骗一定会带来……

陆亦亦本来想说"婚后的恶果"，憋住没出口，这时候这样说话倒好像有着诅咒的味道了。

谁欺骗了？不坦白不等于欺骗。他又没有正面问过我什么，我凭什么自挖陷阱往里跳？绕开不就完了？哪儿那么复杂！

陆亦亦闭了嘴，她一肚子道理，在如弟面前永远都是苍白无力。如弟不需要道理，道理也不是给如弟这种人预备的。

你啊，就别教导我了。我呢，这次不只是来向你报喜，还有一件小事儿要麻烦你。

如弟说着竟少有地脸红起来，她把陆亦亦拉进里屋，关了门，说，我记得你脚腕上长过一个小瘊子，鼓出来的那种，是你自己用线系掉的，说是你外婆教你的民间土法儿，后来再没长？

是啊，疤还是留下一小块，圆圆的，但从此好了，再没长过。你问这个干什么？

如弟就扭捏起来，黑葡萄眼睛眯缝着，似睁非闭，羞羞怯怯的，古代仕女图里跳出来的模样。

哎，在你面前，也没什么可保留的。是这样，开始以为是生了那种病，那时正好有个三角关系，吓得要命，以为这辈子完蛋了。后来发现只有一颗，并不扩散，也没有痛和痒的感觉，只是好像越长越大，才明白是瘊子，你说怎么长到那里去了？我自己够不着，现在快结婚了，你帮我系掉好不？

陆亦亦眩晕起来，桃花谷的艳丽仍历历在目，黑太阳晶莹的光芒，映照在粉色的墙壁上，那颗黑痣在温暖的花丛中眼睛一样专注。花香四溢，醉人的不是芳香，是混沌的感觉。疲软的心跳，麻木的妥协，被席卷进一条看不清颜色的河流……

你倒是说话啊，发什么呆？你又不是没看过，有什么？快点吧，魏飚不是去学校取资料了吗？一会儿他回来就不方便了。

你太另我刮目相看了，那里有什么稀有肥料啊，专门培植怪东西？一会儿是痣，一会儿是瘊子。陆亦亦低声嘟囔着，看见如弟脱裤子，脸已经燃起火来。

如弟伸手拽了毯子盖在身上，选了冲着阳光的方向，方便检查和操作。陆亦亦手拿白丝线，迷迷糊糊地跪到床前。

桃花盛开的地方历经风雨，虽然不再苞蕾般透明娇嫩，却仍新鲜艳丽，隐藏在繁茂昌盛的树林中半掩琵琶半遮面，黑太阳躲在暗红的花瓣中间若隐若现。山谷的根角处黄豆大的一颗顽石默默伫立，卫兵一样遮挡着险要山门，似乎要抢夺桃花谷的风光，让日月无语凝噎，又似乎拥有坚强的力量，阻挡剑戟的侵袭。

陆亦亦忍住手指触碰花蕊时的全身性战栗，也忍住飞翔的思绪，她很敬业，细心工作。

哎哟！这么痛啊！

这是肉，又不是橡皮。忍忍，系紧了，根部缺血才能坏死，达到自然脱落的目的。当年外婆说根基大的每天往紧里系一次，总会最终脱落，没有例外。你这个好系，两次一定能完全脱落，我留好线头，过两天再紧一次就掉了。干干净净的，这哪是病，瞎紧张。

门就是在这个时候悄无声息地打开了。从门口张望进来，是一幅怪异的画面。一个女人躺在床上，叉巴着双腿，对着阳光，身上遮着毯子，另一个女人跪在地上，面对着敞开的秘密，近距离地凝视，双手紧张地忙碌着什么。阳光从跪着的女人肩头射来，她的头发罩在一圈桔色的光环里，混合在弓起的毯子柔软的边缘中，表情模糊。

关门声是两人同时听到的，两人同时扭头朝门口张望，魏飚的脸在刚刚关上的门缝里闪了一下。

两人惊惧的目光同性电极一样刷地碰撞，又迅速分开，两人同时跳了起来，如弟迅速地穿着衣服，说，你别担心，我来和他解释。

陆亦亦脸色惨白，嘴唇颤抖着，他，他肯定误解了，肯定的，解释也没用了。

两人开门出来，魏飚在外屋沙发上坐着，面孔严肃，表情深不可测。

你回来了？陆亦亦眼睛看着莫名其妙的什么地方问道。

魏飚，我听说你们签证都下来了，特意来恭喜你们。如弟好像什么都没发生一样，笑嘻嘻地看着魏飚说。

魏飚没理如弟，他抬眼凝视着陆亦亦。

陆亦亦避开他的注视，她不知道自己为什么要避开他，她转身给如弟倒水喝。魏飚站起身来，他走到陆亦亦身边，从她手里拿过杯子，转身递给如弟，温和而平静地说，如弟，喝完这杯水，你就回去吧，我和亦亦有很多事情要谈一下，我们很快要忙着办理出国的各项事宜，会很忙很累，应付不了太多。你也很忙，我们就不占用你太多时间，我家你就不要再来了，你和亦亦好了这么多年，该有个好了好散，咱们都留点儿美好的记忆。

如弟呆呆地瞪着魏飚，她陶瓷一样洁白的面孔在短短几秒钟之内变幻着七彩颜色，赤橙黄绿青蓝紫迅速旋转了一圈，最后定格在苍白处，她竟然笑了，平静地说，魏飚，我看你是亦亦老公，不和你计较。不过，话得说清楚，亦亦没做什么对不起你的事，你听清楚了，你犯不着冤枉她。我以后不会再来，我让你放心！你们好好出国，好好过你们的日子吧。说完，她默默背起皮包，没有看陆亦亦，转身开门，走了出去，没有犹豫。

陆亦亦惊讶地张着嘴，和大睁的眼睛遥相呼应，脸上呈现三个标准的圆形。魏飚这是干什么？他这是干什么？如弟这是干什么？这是怎么了？

如弟，你回来！陆亦亦开门追着如弟的背影喊道。她的胳膊被魏飚猛地拉住，拽了进来，门已经被他在身后砰地关紧。他把嘴凑到她耳边，低声对她一字一句地说，不许去！你还没闹够吗？你还有理智吗？你和这个如弟在一起不干好事，她从来没对你起过什么好作用，你难道是小孩儿吗？我的忍耐是有限度的！

陆亦亦躲开魏飚可以穿透岩石的目光，顺势蹲下，双臂交叉抱着肩膀，背靠房门。她忽然觉得冷，身体冷，心也冷。

只是一个'瘊子'，只是一个'瘊子'……她嘴里喃喃地嘟囔着，默默地把头埋进臂弯，不再声响。

语言是苍白无力的。一张干净的白纸，不小心滴了一滴墨水，任何擦拭的努力都会使白纸变得更加肮脏。洁白的东西，从来就经不起糟蹋！尽管谁都不会成心去糟蹋洁白的东西。

三个月后，魏飚和陆亦亦登上了飞机。

陆亦亦望着机翼边浓厚的云层，突然想到如弟的'瘊子'，没有自己还有谁能帮她这个忙？那瘊子还在吗？陆亦亦的心好像一片树叶，浸泡在忧伤与无奈交织的河流，叶片无力挣扎，只有跌宕起伏，随波逐流。

她对如弟突然辞职去北京当北漂的行为并不惊讶，如弟即使不是为了躲避自己的电话和信件，即使不是为了躲避魏飚的责难和恐吓，也可以有上千条理由选择离开。爱情的又一次失败，婚事的取消，百无聊赖的教师工作，内心充满怨恣的父母兄弟，哪一条可以留住如弟的心呢？如弟的未来属于更广阔的世界，她血管里流淌着动荡不安的液体，更应该融入一个激动人心并且变幻莫测的生活，世界的精彩不在她的过去，不在她的现在，在她的将来。

陆亦亦把自己对如弟美丽的祝愿和深深的情感留在了云层里，飞机驶向另一个世界，生活的钟表正在滴滴答答地继续。两条曾经相交的直线，沿着自己的自然走向，延伸得越来越远……

睡好了没有？母亲不知什么时候捧着茶杯坐在了床前。

叫你不要爬着睡，这么大了也不改，心脏被压迫着，会做噩梦的。醒醒吧，喝点茶。这会儿睡，你半夜又要醒，时差永远过不来，坚持坚持，过几小时再睡。

陆亦亦从半梦半醒的回忆中惊觉，赶紧翻过身来冲着母亲。她看见母亲从地上捡起那本厚厚的日记准备翻看，一翻身坐起来，抢过日记，说，我看了会儿书，根本没睡着，您别管我，您给我点自由。

哎！自由？你们这一代，真是！做母亲的这么惹你烦吗？

妈，对不起，您怎么这么想？我时差没过来，有些心烦，您别介意，我好好陪您说话。陆亦亦俯身搂住了母亲。

母亲轻轻推开陆亦亦，说，我不用你陪我说话，我是惦记你侄女升学的事，你哥你嫂傻做学问，社会关系网小，办事儿难。你们同学里当官的当官，做生意的做生意，同学聚会你惦记点儿，看谁在中学招生系统有关系，替欣欣说句话，该花多少钱咱们就花多少钱，现在是有钱没关系也办不成事儿，难啊。

好，我惦记着，您就别瞎操心了，我们下一代的事，下下一代的事，您操心除了劳神伤身伤心，与事无补，我们自己来解决自己的问题。父母尽了力，孩子的命运最终还是在他们自己。

话是这么说，你和你哥小时候可真没让我这样操心过，上学都是自己考上的。时代变了，现在的孩子，除了班里前三名好学校还抢着要，其他孩子都得走关系花钱上好学校，所有的家长都发疯了，你能稳坐钓鱼台？眼看着孩子被拨拉到烂学校去？

哎，妈，我知道了，您放心，我一定记着打听关系，您累了一天，放松一下，我陪您看会儿电视去。

陆亦亦和母亲一边闲聊，一边陪母亲看电视。电视上在演一个追踪八十后恋爱婚姻状况的纪实节目，男方刚刚东拼西凑借钱买好了房子，要求电视台帮忙挽救女方已经变冷的心，请电视台做工作拉她重新回到自己身边，点燃死亡的爱情。

母亲看得津津有味，啧啧称叹，现在的年青人啊，真实惠！

陆亦亦就笑，说，哈，这不是用房子交换爱情吗？等价了？电视台还当这种媒婆？时代的发展真是突飞猛进，有房子就可以有爱情，那么，有无数的房子，就可以有无数的爱情了？

哥从书房里探出头来，说，你们说话小点声，欣欣还在写作业呢。正要关门，又探出头来，对陆亦亦说，你说对了，在现今的中华大地上，房子的数量就是可以和爱情的数量等价，刚在网上看到一个消息，一个管地皮的局长刚被查了，查出他有一百六十五套房子，住着一百六十五个情妇，开着一百六十五辆汽车。

一百六十五？那是爱情？他能叫上几个女人的名字？知道哪座房子里住着哪个女人？爱情！重新定义吧。

陆亦亦思绪纷乱，她突然想，如果当年的社会是现在这种状况，美貌的如弟一定可以顺利被包养，兴许就不会走那么多弯弯曲曲满脚泥泞的路。即使是现在，三十尾巴上的女人，保养良好，仍然可以是魅力四射的。

如弟啊，如弟，你不会正在某座房子里万丈光芒地充当"爱情"吧？如果是那样，就真不知道是该为你高兴，还是该为你流泪了。

五、

陆亦亦心潮起伏，和同学见面，好像黑夜里去点燃篝火，青春时的火焰将温暖地照亮着每个篝火旁围坐的人。记忆中沉底的漂浮起来，掩埋的重见天日。少年的温情回到身上是舒服而温馨的，她渴望这种久违的情感，那种将要到来的兴奋就像沙漠行者看到一丛绿色的草叶，心跳，无法抑止。

蕊芮来接陆亦亦时，陆亦亦正在楼下边陪欣欣打羽毛球边等蕊芮，因为精心打扮了，高跟鞋一扭一拐，她奔跑接球的样子就分外地矫揉造作，碎步子磋着，企鹅一般，肩上还背着 Prada 精致的皮辫挎包，一甩一荡。

蕊芮从车上下来，灿烂地微笑，说，亦亦，你怎么这么中国？我还以为只有我们中国人会穿着高跟鞋和超短裙爬长城，感情你这外国人也穿高跟鞋运动啊？

陆亦亦收了球拍跟欣欣告别，上了蕊芮的车嗔道，你呀，开口就"中国人""外国人"地唠叨，这样的见面礼？我这头发染得真后悔，明明是地地道道的中国人，回来天天被人说像老外，郁闷！其实不过是挑染了几绺，让自己年轻些。你别火上浇油，眼睛再大鼻子再高也大不过高不过老外，在外头自始自终做个地道的 Asian woman，心里满高兴的。

车驶上了新建的高速公路，公路中间和两旁都是绿盈盈的苗圃，被修剪得方是方，圆是圆，刀切过，推子理过一样。

蕊芮，变戏法了，离上次回来不过两年时间，这环境绿化得如此讲究，漂亮得跟假的似的，在国外可难得见到这样人工塑造的美丽环境，你说国家得花多少人力物力干这个？

环保局、园林局干什么的？咱们中国最不缺的就是人才和人力，这两年物力和财力也不缺了，什么不往大里搞，往排场里整？绿化是啥？一花一世界，一叶一菩提，那是造福子孙万代的好事儿。加上咱们好面子的好习惯，绿化工程那就是城市的脸面，把脸蛋弄得光眉俊彦的，城市才能体现低碳、绿色、节能的新时代要求。口号不是说了：实现低碳生活，共创绿色家园！我要是当领导，也会舍得往这上面投资。

你不当领导真可惜，这报告做的，随便就是一个。陆亦亦斜眼看着蕊芮，嘴角藏着笑意。

蕊芮穿着透明的麻纱白色碎花上衣，白色开衩齐膝裙，白色露指高跟短靴，衣服和胳膊腿滑腻地白成一片，凝脂般干净，露水般清爽。

讽刺我？蕊芮说着侧脸白了陆亦亦一眼。笑说，你还不知道我？也就是领导领导学生罢了！说话是我的职业，耍耍嘴皮子是没有问题的。

蕊芮是陆亦亦大学校友，不同系，高中同校不同班，算是相识久远的老朋友。蕊芮毕业后在大学当老师，结婚生子，按部就班。因为教英语，热门，常常在外面代课，挣得好一把外快，买车买房都是最早的一批。俩人要去会的沐玉，是陆亦亦中学的好友之一，也是赵老师的得意门生。沐玉在复旦读完就一直留在上海工作。沐玉和蕊芮是老乡，走得比较近，陆亦亦每次回国总是蕊芮张罗三个人见面。

　　两人一路说着话，开到了市郊一处新开发区，七拐八拐，拐到树林里一座造型别致的巨大建筑面前，建筑物整个是茶色玻璃外墙，上上下下挂满了垂悬和攀爬植物，成年树木从建筑物中间直挺挺地冲出来，拔向天空，竟是无顶设计。

　　震撼！陆亦亦叹道。

　　宽大的玻璃门外笔直地站着两个穿制服的侍应生，蕊芮和陆亦亦咯噔咯噔走过来，门早被款款地推开，"欢迎光临！"侍应生的嗓音音乐般响起。

　　这是饭店？怎么像进了热带丛林？陆亦亦一边好奇地东张西望，一边问。扑面而来的潮湿热气熏的她迷迷糊糊。

　　沐玉点名要我带你到这里来，她请客。这个丛林憩岭饭店从建好就满员，据说投资上了亿，很多热带树木和沙石都是直接从海南岛运来的。平时都要提前一周预定包间，贵得要命。你看这些躲在小溪和竹林中间的座位，浪漫不？咱们定得晚了，没订到户外的。走，我们先去看看那两只海豚，在前面瀑布脚下的池塘里。

　　两人过石桥，穿岩洞，听鸟鸣，跨溪水，着实在"热带雨林"里悠闲了一阵，才转到人工瀑布面前，两只灰白色的海豚滑溜溜地在青石板上闲卧，尾巴啪啪地拍着，水声潺潺。两人指指点点兴奋着，叽叽嘎嘎说笑不停，噼哩叭啦拍完照，才收了兴致，找到丛林边缘的几排玻璃包房。

　　模特般亭亭玉立的带位员把两人带到预定的房间，沐玉还没来。

　　干嘛来这么讲究的地方，太破费了，咱们几个见见面，哪用这样？

　　哎，沐玉经营私企，年薪几百万，你替她省什么钱，她除了运动和旅游，不买名牌，不做美容美体，不搞婚外恋，有什么开销？她老公年初也提了老总，比她挣得还多些，这顿饭算什么，牛身上一根毛。沐玉是为了让你好好吃一顿，你们那边没这种享受，我们都知道。

　　陆亦亦微笑说，你们给我扫盲呢，那天大班说世界上第一流的享乐场所都在中国，问我想尝试什么，看来不假，我们这些洋插队的回国来就得乖乖接受再教育。

　　你见大班了？我可有一阵没见大班了。

　　嗯，街上就那么碰上了，他说要召集中学同学聚一次，问我最想见谁。

　　你最想见谁？

　　嗯，说不清，留在本地的同学能见谁就见见谁吧，有些同学名字都记不清了，外地的估计是没缘聚了。陆亦亦说着，脑子里闪过如弟的影子，如弟早就是外地人了，连父母都把她从记忆里清除了。

　　过去几次回来你除了我和沐玉总是谁都不见，这次怎么开窍了？

　　哎，不是碰上大班了吗？还能逃了饭局？而且这两年突然感觉老了，很怀旧，过去的事情总是莫名其妙地霸占头脑，你没有这样的感觉吗？

　　没有，我们每天忙得吐血，谁有时间怀旧？我看你在外头是太悠闲了，无病呻吟。

　　那你说我这次回来不该和同学聚会？

　　聚聚聚，干嘛不聚？我就是那么一说，你还当真？在外头越活越天真了。要我说，你每次回来都该和同学聚聚，咱们同学大多混得不错，有钱有势的中坚力量，松弛一下，尝试一下国内的纸醉金迷，都不用你花钱，多好！怎么我没出国呢，如果我是你，隔三岔五就回国来揩揩同学的油。

　　真恶心，蕊芮，你当我是什么人！

　　沐玉来的时候，俩人还在拌嘴。沐玉满面红光，伸给陆亦亦的拥抱火热火热。她梳着假小子的短发，一如既往地不施脂粉，飒爽英姿，浑身朝气蓬勃。红体恤衫绷在黝黑的皮肤上，动感十足。

　　去热带旅行了？晒这么黑！

　　刚回来一周，这次和驴友们去了西藏，走了横断山脉五个山峰，爬了贡嘎雪山，哎，还迷了一回路，藏民帮了忙才找见组织，真正的探险经历，一会儿给你们讲，我正在写游记呢，写好了就发给你俩，那种挑战极限的感觉，真是棒极了。

　　你这日子过的，超女该轮你做，抽象的事业巅峰、具体的山峦巅峰都被你攀登了。

　　过奖了，亦亦。咱们这些女人一到中年啊，得自己活得热血沸腾，才可能抓住青春的小尾巴。你看，在我们登山队里，我就是老大姐，可论脚力我最硬，凭的就是日积月累的锻炼。嗯，让我看看你，你也不错，胳膊这么紧实，一看就是黄油面包加运动的体魄。蕊芮最懒，白嫩得像温室里的花朵，咱俩教育教育她。

　　蕊芮讨饶的时候，菜已经陆续上桌。沐玉很节制，作主不喝酒只喝饮料，点菜恪守不铺张、不浪费、不超支、不打肿脸充胖子的四原则，三个人点了三个热菜，百灵菇扣鸭掌，干锅片片鱼，还有个名字好听的叫绝代双骄，其实就是红辣椒和青辣椒用老鸡汤汇烧，凉盘两碟开胃，一碟玻璃肘花，晶莹剔透，一碟情人泪，着实让你舒服得泪流，竟是芥末拌菠菜；养生汤一人一个紫砂陶盅，名曰醉园小憩，拎起小盖，可以看见里面一团一簇的野菇和叫不来的菌类，那汤喝着，不知怎么真就让人有了几分昏昏欲睡的醉意。

沐玉的雪山历险记听得陆亦亦和蕊芮胆战心惊，一迭声感叹沐玉了不起。

有些人的生命从降生就好像从上帝得来了无限的恩宠，聪明睿智，积极进取，善良正派，仕途顺利，身体健康，家庭和美，样样都占全，沐玉就是一个这样的幸运儿。高中时代就是全校的楷模。

几个人边吃边聊，你一言我一语，家长里短、天南地北简单地概括了，话题就转到了学生时代。

人们说往事如烟，风一吹，烟就散去，痕迹全无，其实不合实情，记忆总是太过强大，无法如烟。往事如水才更加贴切，平时温吞柔软地存在，但遇冷冰冻，遇热蒸腾，不同的环境就会有不同的形式相匹配。老同学见面就像沸水开锅，每个人的三言两语都可以演化成热情的气泡，瞬间翻滚蒸腾，让人心里心外地温暖而激动。

沐玉说，去年我也去看过赵老师，她还问起你，啧啧叹你能干，闯到外国去了，咱们初中那个班赵老师最宠你。

沐玉，我这次去看赵老师，觉得有些奇怪，几次提到如弟，她和齐老师都避而不答，不知道是不是我多心。很多年没见过如弟了，倒真想知道她怎么样了，你也在北京，难道没有她的消息？

是啊，那个如弟，从小受虐待，一直跟你好，你怎么会和她断了联系？沐玉你快给亦亦说说。蕊芮插嘴道。

沐玉说，那阵我在北京外派，如弟刚到北京时我们通过几个电话，但也没见过面，各自都忙，这两年没消息了，应该早就结婚生子了。不过，你这么一问，我倒想起一件事情。

那年，突然接到赵老师一个电话，说她来北京办事，我要请她吃饭，她不肯，但希望我帮个忙。她问我信用卡这个新鲜事物是怎么回事？我详细解释之后，她问我可不可以替他人付信用卡的账，还问我有没有办法，我说不行，至少以我所知，这是不现实的，你不知道他人详细的信用卡信息，怎么付账？再说谁会好端端的要别人为自己的卡付账呢？赵老师就支支吾吾，好像非常难过。我当时就猜测可能是如弟有了什么麻烦，欠了信用卡公司的钱？那时候没几个人有信用卡，如弟也够超前的，但怎么会把老妈扯进去？

我问赵老师怎么回事，她也不肯说，我就给她出主意，说如果你知道某人信用卡公司的地址电话，不妨去问问，可不可以替某人付账，送钱的事，信用卡公司不会不喜欢。赵老师说不知道那些信息，那还有什么办法？我问她是不是住在如弟那里，她顾左右而言他，我说很久没跟如弟联络了，问如弟电话变了没有，赵老师说如弟刚进了一个德国人的外企工作，换了手机，她也没记住号码，完了就匆匆挂断了。

我觉得这事多少有些蹊跷，就翻出如弟原来给我的住址电话，打过去。房东说如弟搬走有半年多了，搬走时说要结婚了，新房在王府井附近，很宽敞的四合院，是对象家的祖产，对象是一个年轻有为的银行经理。那房东还和我感叹了一番，说女人漂亮了就是好使，一个外地人在北京没混几年就可以住得进王府井附近的四合院，稀罕不？我当时听得云里雾里的，你想当时我毕业都工作了好几年，还在租房子住，离单位远得天天得长征，想着如弟这么顺，漂了没两年就稳定了，也算是苦尽甜来，暗自为她高兴。当时猜想赵老师也许并不是为如弟而来，就不再惦记这事儿了。

如果真是这样，如弟也算命好，说不定现在正在享受荣华富贵呢。陆亦亦舒了口气。不过前两天回咱们中学，听办公室一个人说她嫁了个搞电脑的，还开了电脑公司，也不知哪个说法是真的。

这个世界就是真真假假、假假真真，女人先嫁了这个，有了一个这样的生活，再离了，嫁了那个，再有个那样的生活也不稀奇，生活还挺丰富的，你俩说是不是？蕊芮接嘴道。

你呀，就是心不静，孩子自觉，不用你操心，每天教课你就老觉得生活太平淡，想找刺激，是不是？告诉你，红杏出墙不一定结个好果子，离婚更不现实，你看亦亦同意不同意我这看法？沐玉直奔主题。

蕊芮，你周围是不是有人撩逗你，心痒了？我劝你别迈出那步，出去容易，回来难。陆亦亦答。

可是怎么就那么没劲呢？你说我那位整天也是忙，回了家两人话也没一句，有啥意思？我还不觉得我自己老呢，沐玉用业余时间到处旅行的健康生活方式去抓青春的尾巴，你呢，天生温顺，心甘情愿早九晚五、贤妻良母，青春的尾巴一直把握在自己手里，那我呢？为什么就不能弄出点儿激情故事来重温青春呢？

完了，沐玉，你看她是不是走火入魔了？一心想出墙。

杜杜

亦亦，蕊芮和你不一样，国内诱惑俯仰皆是，你看她心里憋着那团火，可不能像你那样进门相夫教子，出门人影不见，抬头大大的天，低头大大的地，甘愿贤妻良母。你让她下班围锅台，就全成牢骚了，还不吵翻天？蕊芮，婚姻要去建设，建设要有投资，感情的、时间的、耐心的投资，你既然不想去投资，反倒要去做出墙的鬼试验，我也能理解，心里那个开关一开就关不住。不过，我和亦亦意见一致，奉劝你，小心点，四十的人了，不要轻易许诺，不要有过激行动，玩儿不起的。沐玉说着，一脸的郑重其是。

中年危机在三个女人的餐桌上瞬间成了热门话题，沐玉这位最正统的也一堆牢骚亮了底，什么老公老出差了，招呼也不打，什么只知道自己打高尔夫球，不关心孩子进步了，连陆亦亦也忍不住埋怨几句魏飚的不是，什么懒得做家务了，不懂甜言蜜语，什么成天上电脑了，不陪自己说话了等等。三个人过完揭发批斗老公的隐，终于顺了气。

陆亦亦想，知性女人，好像身高、体魄、训练都不相上下的人站在同一起跑线上，枪声一响，冲出去的速度快慢也就是百分之几秒的差别。生活就是这样，心里想的和实际面对的，总有相当大的距离。有了这个距离，人就有了前进的动力，也正因为这距离，走错路的威胁就朝夕相伴。

聊完老公，几个女人闲聊的话题势不可挡地转移到孩子身上。

三个女人都生了独苗，蕊芮的儿子和沐玉的女儿都在名校上中学，沐玉的孩子寄读，一周回家一次，两个独苗继承了父母的优秀基因和好学上进的积极性，在竞争激烈的中华大地上都堪称杰出青年，所以两个母亲做得省心容易，才有时间一个努力爬山，一个努力出墙。

陆亦亦的儿子生得晚，两口子在国外白手打天下，"帽子，房子，车子，票子，孩子"五子登科里儿子排了老小，学位拿到了，工作稳定了，生活有保障了，才安安心心地迎接下一代。现在孩子刚刚上小学，魏飚是标准的慈父，又有公婆帮衬，陆亦亦在语言中心搞行政工作，上班下班，带孩子学钢琴、踢足球，周末全家四处青天碧草茂林中郊游，自然而然地成全着"幸福"两个字。

你俩孩子省心，但在国内，这没有代表性，尖子生不能以点盖面。孩子学习中不溜的是大多数，没有关系没有钱，进个好学校等于登天。哎，你们知道咱们同学里有谁在教育系统？我外甥女小升初，现在国家规定不考试，任何小学生都有权利上初中，这下好了，考学生变成了考家长，谁的关系硬，塞得进去钱，谁的孩子就进得去好学校。这么一

218

考，连姑姑回来这几天，也得一并参赛，我妈整天唠叨，是心坎儿里的紧张，你们可得帮我想个招。

大班他爸不是教育局的头吗？大班自己开公司，社交面也广，一定有办法，老同学的忙他还能不帮？别担心，同学聚会你提一提。沐玉安慰道。

听说大班的爸爸被"双指"了，是去年的事儿，你们不知道吗？我听家里人说的。蕊芮的姑父在省委工作，有些头脸，蕊芮的话一定不会错。

陆亦亦问，"双指"是什么新鲜事物？

就是在指定时间、指定地点对涉嫌问题做出交待，跟双规是一回事儿。现在教育系统贪污受贿是明摆着的事实，每年都有几个被拿下来的，不知道哪个环节出差错，就被抓了典型。

可大班来电话和我说同学聚会的事儿，挺开心的样子，没听出来什么异常啊！

亦亦，国内这么复杂，在社会上扑腾的，谁会把喜怒哀乐写在脸上？生活再难也得往前走不是？再说，大班爸爸出事，即使对大班有影响，也不会影响太大，他的生意毕竟是搞房地产，又不涉及教育。

陆亦亦听着，眼前出现一片沼泽，人们排着队在这片沼泽地上行走，一脚踏出去，便缓慢地下陷，只要上了路，路就只有 一条，后面的人拥着你前行，你不往前走，自己不越陷越深，也会被后面拥挤的人群推倒，你只能趁着下陷的程度尚浅，提着重重的腿尽量快行，虽然满脚泥泞，每步都是艰难的一步一坑儿，毕竟在前进着，有着和队伍步调一致的满足，也有着走完沼泽的希望。

沐玉结帐的时候，还是把陆亦亦吓了一跳，两千一百多块。几个家常小菜，虽然制作经典考究，服务殷勤周到， 也不至于玻璃标了钻石的价？

陆亦亦啧啧啧地叹气，说，沐玉，你那点菜的四不原则在我眼里等同于即浪费铺张又超支的高消费原则，我看我真是跟不上国内衡量金钱的标准了。网上的统计数字说，北京大学新毕业生的月薪平均数还不足两千，咱们三个人一顿饭一个月的工资都不够，还活不活命了？

沐玉正在刮发票上的隐形码看中奖没有，抬头说，亦亦，你看我像个讲排场摆阔气的人不像？这里环境特殊，收费一半都贵在环境上了，咱们就算为这些稀罕树木捐了些养育费。今天也没点什么稀罕菜，我经常在外出差，能报销的餐饮费从来没用完过，也就是你回来，才充一次大头。别想那么多，难得见一次，热带雨林玻璃房子里吃饭，图个别致新奇，聊得开心尽兴，菜的味道又棒，值了。知道你们在外面活得朴素实在，回来就入乡随俗吧。

走出丛林憩岭，沐玉叫了出租车要回家看父母，明天赶着回上海。两人知道再见又不知要几年之后，拥抱时都用了力，半天不松手。

世界变小了，说不定哪天我就出去看你，你先替我研究一下那边的山，我要去看你就一定捎带把它们都登遍，到外国去会当凌绝顶一番，一定很豪迈。沐玉在车窗上招着手，干练的短发下面凝固着阳光灿烂的微笑。车驶进丛林，很快就拐走不见了。

蕊芮送陆亦亦回家的路上，提到大班，说，这小子这两年发了财，听说小三、小四都养了好几个。在同学面前倒还正经，和当班长时一样有气魄，每年过年前都会张罗一次同学聚会，这年头，同学关系都是人脉，对做生意的人太重要了，也难怪他上心，咱们中学同学里三教九流都沾边，说不准什么时候用到谁。

同学联络是为了"用到谁"？陆亦亦接嘴道。

蕊芮冷笑说，唉，我说你现实一点好不好，这是中国，不是外国呀！我看你在国外呆得真是弱智了。哎，我告诉你啊，我马上要去青岛培训三个月，肯定没办法参加聚会了，到时候你让大班派车来接你，省了打出租的钱，又没人给你报销。他公司有个车队，派个车很容易，正好给他一个显摆的机会。

车里放着超女李宇春的北京一夜，"one night in Beijing，我留下许多情……"，那抑扬顿挫的曲调就直接让陆亦亦的心情抑抑扬扬了。陆亦亦不知道大班组织的中学同学聚会会有谁参加，既然见不到如弟，别人多见一个少见一个自己并不很在乎。每个人都在自己的故事里掩埋记忆，多年之后，过去，被无数个今天涂抹掩盖，每个明天又肆无忌惮地在这些掩埋的记忆上描画各式各样新的图案，谁能看到今天这幅图画下面那一幅压一幅的老故事旧风景？美的，丑的，一幅一幅叠着摞着。有时你需要掀开今天这幅，暂时把它翻转，去看清昨天。自己的图画属于自己和图画制作的参与者，别人都是画外的风景，即使有空翻转今天又有谁会真正在乎去看你的昨天呢？

车窗外黄昏的街景很平民化，路灯已经亮起来，人行道上有人溜着一条通体黝黑的狗，骑电动车和自行车的人们在移动缓慢的汽车中间见缝插针地寻找出路，远处高楼大厦顶端的霓虹灯在灰蒙蒙的天空下忽明忽暗。

　　如弟的脸固执地在那些闪烁的霓虹灯光里跳上跳下，陆亦亦长长地呼了口气。没人在乎如弟，没人记得她，也没人知道她的下落，这种没有预料过的神秘不能不勾起她的无限遐想和探索的欲望。沐玉猜她结婚生子了，自己总觉得不像。大班组织的聚会一定再打听打听。真是，为什么我要对她如此念念不忘？魏飚，原谅我，她对自己说完，又紧接着否定了"原谅"二字。不过是想念一个旧时好友，有什么错？

六、

　　大班斜靠在奔驰车上，在离陆亦亦家最近的十字路口等她。陆亦亦穿了一件乳黄色镂空连衣裙，两条笔直的小腿矫健地快步挪动，腰掐得恰到好处，整个身体好像一只精致的高脚花瓶从远处滑动过来，齐肩秀发软软地散着，侧分的刘海不经意地遮了半边眉毛，眉毛下面的眼睛因此神秘地朦胧起来。她的脸上闪着健康柔和的光芒，胸前的镂空花纹处隐约露出乳沟的阴影。

　　大班远远看着这朵黄云飘过来，感觉有些眩晕，还来不及掐灭手里的香烟，已经被陆亦亦温柔的臂膀自然地拥抱住了。班长，你好啊！陆亦亦的声音依旧甜美异常。

　　大班瞬间进入了恍惚，大脑缺血，心跳加快，身体里有块柔软的东西被轻轻抚摸瘙痒，难耐的不知所措。陆亦亦的拥抱其实停留了不足两秒钟，就毛衣开线般撕拉拉脱开，这种在国外熟人之间很自然的问候方式，显然给了猝不及防的大班不小的惊讶。大班心想，自己好歹也在江湖上闯荡多年了，女人见过不计其数，怎么连这么点儿抵抗力都没有了？

　　他掐了烟，清了清嗓子，把一张国字形脸摆得端端正正，眼角笑出一群鱼尾纹来。哎呀，美女的美不减当年啊！他一边夸奖，一手开了车门，示意陆亦亦上车。

　　汽车行驶在环城高速上，陆亦亦扭头直视着大班，他一手扶着方向盘，一手靠在车门上老练自由地开车，样子漫不经心，曾经浓密的头发已经向发迹深处后退，前额显得光洁宽阔，充满成熟的智慧，一身深蓝色的Polo便装，闲散而高贵。

　　你自己开车？没叫司机？陆亦亦收了目光，顺嘴问。

杜杜

这不是接你来吗？让司机歇了，一会儿喝多了酒，再叫他来开车送我们好了。

大班初中是班长，长的人高马大，很有号召力，加上父亲是教育局的领导，于是很受赵老师器重，又因为重义气，对同学们都很关照，威信颇高。大班高中和陆亦亦不同班，但教室相隔不远，彼此低头不见抬头见，还是很熟。

这次回来，有一天陆亦亦在市中心逛街，停步观赏一家饭店门口的精美雕塑，就被刚吃过饭出门来的大班留意了两眼，这一留意发现竟是老同学，当下欣喜若狂。当时大班着急去开会，寒暄了两句要了电话就走了，嘴里嚷着，我马上张罗同学聚会，你想见谁，给我发信息。

同学这种关系，好像一个池塘里喂养的水生动物，相同的水温里漫游过，被相同的水草滋养过，相同的风雨雷电中历练过，肉质的紧密松弛、味道的香郁鲜美就有了共同之处。于是名气因了地点而凝聚，同样是蟹，阳澄湖的大闸蟹有了别致的鲜美，同样是鱼，崇明岛的鲴鱼有了独特的鲜嫩。同样是学生，当年同校同班的同学就多了真实的近似感，少了模糊的距离感，削弱了变革与进步中的差异感。

聚餐是定在天宇大厦的二十层，包间宽大舒适，大得可以举行五十人的会议，包间里有内设的豪华卫生间和装满檀木家具的休息室。可以围坐二十人的餐桌上铺着缎面的大红台布，整个房间映照得富丽堂皇，白色雕花杯盏盘碟早已摆放停当，静静地等待被填满食物、叮当作响的快乐时刻。

大班和陆亦亦在休息室古色古香的檀木座椅上落了座，服务小姐已经摆上精美茶具，轻声对大班说，老板您点好的茶，王者至尊，特殊渠道来的，绝对正品，大堂经理专门关照了给您留的。

大班显然是这里的熟客，他点了点头，转身问陆亦亦喝过王者至尊没有，见陆亦亦矜持摇头，呵呵呵笑得宽厚，说，估计你在外头不喝茶，只喝咖啡吧？这王者至尊是一种上等的铁观音，兼容观音茶两大奇异特点，"兰花香"和"观音韵"，专门在福建安溪海拔很高的山上才能采得，产量不大，所以要上万块钱一斤。

大班给自己和陆亦亦满了茶，自己先端起来凑到鼻子下面闻了闻，说，闻茶香这一步很重要，"兰花香"就是这样闻出来的名气，入口时的微苦后甜便是"观音韵"了。怎么样，好喝吧？

陆亦亦很努力地照猫画虎，端着茶盅仔细闻了，小嘴抿了一口，又在口腔里含了一会儿，才不舍地咽下，嗯——，的确醇香无比。

222

虽然对茶没有研究，陆亦亦却懂得中国的茶文化带着对儒道佛揉合渗透的哲学含义，形成着中国文化的一朵奇葩，芳香醇厚的茶香仿佛遍布大江南北的韵律，奏响在每个屋檐下。有人的地方就有茶香，一点不夸张。任何时候，面对茶，你都应该带着一种虔诚去品尝。

你对茶挺有研究的嘛。陆亦亦微笑着说，听说你这几年发达了，果不其然，什么都讲究。她语气平和，没有讽刺的意味，也没有褒奖的含义。

不知为什么，虽然和大班多年未见，陆亦亦竟从一开始就没有生疏感。大班的讲究与排场处处显露着金钱和荣耀，却很自然地被她不经意地忽视着。

大班坐在陆亦亦对面，心里说不出的滋味，撇开这个成熟女性依旧美丽的容貌不提，她身上洋溢着一种骨头里钙化了的自信，让他感到格外惊奇。华丽的一切似乎不能摇动她稳定的心，也不能让她心生羡慕或者不安。她携带的这种淡然，好像丝丝小雨，无声无息地滋润着小雨可以涉及到的一切事物身上，滋润，然后渗透，最终成为一体，原本干燥的事物不知不觉就被同化了。

这种安然的平静，在大班身边的女性中极其少见。大班忽然感觉自己今天召集同学团聚选错了地方，喝错了茶。一个僻静的私家菜馆，一壶清爽的高山云雾茶恐怕更合乎这位外国同学的胃口。自己的炫耀真是白瞎了，他一贯高人一筹的自豪感，不知不觉之间大打折扣，这种失落感忽然间点燃了他进一步探索陆亦亦的欲望。

同学们开始陆续到齐，陆亦亦忙着起身寒暄，两人干脆出了休息室。大多同学都还有些印象，只是名字记不太清了。微笑，握手，落座。气氛像炉子上的水壶，随着人数的增多，温度渐渐升高，发出越来越大将要煮开前翻滚的声响，蒸汽挤出壶盖，四周很快就被热情充满了。

大班毫不谦让地坐了主位，拉陆亦亦坐在身边，同学们随来随坐，没有主次。菜一道道上来，尽是陆亦亦叫不上名字的东西，也没人给陆亦亦讲解，人们只顾着高声说话，笑声此起彼伏。鲍鱼上来时，一个同学冲着大班嚷，今天这顿的规格可高啊，陆亦亦的面子真大，这是大连鲍吗？

大班笑着说，刚子你大惊小怪什么，人家陆亦亦什么没见过？

我还真没吃过鲍鱼，光知道贵，是极品菜肴。我这刘姥姥进大观园，需要不断扫盲，大班你给我讲讲。

杜杜

这个是日本黑鲍，最好吃的一种鲍鱼，比南非鲍还好吃，其它产地的鲍鱼都比不上日本鲍。上品鲍鱼要吃干鲍，干鲍因为制作工艺复杂，原料损失大，成本特别高，所以昂贵。市面上的餐厅经常拿鲍鱼酱或鲜鲍做汤汁，浑水摸鱼降低成菜成本，这家餐厅的老总是我哥们，这汤汁绝对是干鲍煲成的，黑鲍也是干鲍用特别工艺水发制成的，味道极鲜，放心吃，放心吃！

轮番敬酒开始了，人们离开自己的座位，互相绕圈，大声寻找敬酒的理由，分酒器转眼就空了，"干了干了"的声音此起彼伏。人们的情绪被酒精浸泡，膨胀发酵，场面热烈得频临失控，男同学的收敛和女同学的矜持都剥了皮的洋葱般赤裸到鲜辣的程度，喧哗声中，当年的故事一股脑翻搅出来，有陆亦亦记得的，更多的则是不记得的。

你和沐玉交朋友倒容易理解，和赵老师的女儿经常形影不离，就特别不对劲。你和那如弟都漂亮，可不是一个品种，都清纯，可不是一个味道。我们都寻思你那么聪明，如弟那么笨，你那么循规蹈矩，如弟那么桀骜不驯，你俩在一起有啥可说的？整天在泥乎乎的小花园里牵着手绕圈。一个坐在对面已经喝红了脸的男同学冲着陆亦亦大声说。

哎哎哎，你们记得那个如弟的外号叫什么不记得？有人嚷着问。

"铁屎"！至少有五个声音同时说。人们哈哈大笑起来。

陆亦亦的心被揪了一下，她也跟着笑，却感觉脸部肌肉在僵硬地抽搐。她隔着桌子问，你们别光拿她寻开心，谁能告诉我如弟现在在哪儿？桌子太大，陆亦亦声音蚊鸣般弱小，被群众的喧哗湮没了，没人回答陆亦亦的问题。对面的人们早不知说到什么别的话题上去了。

陆亦亦不甘心，她转身问身边的大班，唉，说实话，我这次特别想见如弟，就是不知道她在哪儿，班长你消息灵通，一定知道她在哪儿吧？

大班嘴里叼着烟，吞云吐雾。陆亦亦回国以后，对烟的抵触心理早已打包收藏，有男性同胞的酒席，你非得学会在烟雾里浸泡不可，你得让你的嗅觉失去功能，才可能安心品尝美食美酒，你得把烟雾像空气一样喜爱，才可能在云蒸雾漫之中与群众打成一片。

大班吐完那口烟，凝视着陆亦亦，目光若有所思，还没回答她的提问，就被前来敬酒的刚子打断了。刚子说，陆亦亦，那个如弟很能折腾的，嫁了个搞外贸的，和老公一起做进出口生意，发了财呢，我老婆的妹夫在北京见过她，说她妖里妖气挽着个一米九的大个子金发碧眼的老外发嗲，两人身高差了一半，很滑稽的，一看关系就不正常，她还跟我老婆妹夫介绍说那老外是她老公的朋友呢，真好意思。我老婆妹夫拿来当笑话给我们说的，说她脸皮比上长城的厚度了。

旁边一个女同学插嘴道，刚子你别瞎编，如弟明明混得不错，你凭什么贬低她？她是嫁了个北大的数学老师，是她在北大上研究生时认识的。那年在北京火车站碰上，她亲口对我说的，她当时还没毕业呢，说是她工作表现好，单位特批的指标，让她带薪进修硕士文凭，还进了北大，我当时羡慕的要命，特苦恼，想着我怎么没运气进个那么好的单位呢？

陆亦亦的脑子里进行着复杂的排列组合，电脑专家，电脑公司，王府井四合院，银行经理，外贸公司，大个子老外，北大数学讲师，带薪研究生……她感觉自己的脑子掉进了一个深不见底的深潭，里面漆黑一片伸手不见五指，漂浮着粘稠的浆液，味道混浊不堪，她努力游动，却怎么都伸不开手臂，她想探出头颅，拼命呼气，却怎么都浮不出水面，难耐的窒息，无解的困惑，在那粘稠的液体里从四面八方包围着她。如弟，你怎么回事儿？千变万化了？

陆亦亦，陆亦亦，没喝多吧？刚子推了她一把。来来来，你还没跟我喝酒呢，管他那个如弟在哪儿，咱们喝！

大班插话说，你来不来也得有个说法，才能灌美女喝酒吧？陆亦亦，你悠着点，你有权拒绝喝酒的，这是个民主的时代。

大班你别和稀泥，陆亦亦这酒必须喝，理由当然有，因为我要给她说个秘密。唉，陆亦亦，你记得当年你们东边的学生回家路上有个土山包吗？你在那儿挨过石子没有？对对对，黑咕隆咚下晚自习的时候。告诉你，那是大班率领我们几个朝你扔的，你当年那清纯的小样儿，可是点燃了不少哥们的青春之火啊！为什么？傻啊你，那不是表达暗恋的具体行动吗？

陆亦亦显然有些吃惊，她眼睛睁得溜圆，说，我怎么不知道有人暗恋我呢？有这么表达暗恋的？大班，你说话我相信，刚子他在编故事吧？我可记得下晚自习挨石子那次，吓死我了，当时撒腿就跑，连滚带爬的，一路上摔了两交。第二天我就去告诉了赵老师，请求早回家，后来就因为这个才住校的。

大班呵呵笑着，脸上的红光不知道是来自酒精还是来自歉疚。他说，年少气盛，不懂事儿，不懂事儿！现在给你赔不是！你呢，也理解一下，那个年代，那个年纪，每天看着你这样的小美女，皮肤跟陶瓷一样细法儿，眉眼那个水灵，从来都是目不斜视，单纯得跟小人儿书似的。哥儿几个下课经常聊你，喜欢也没法儿表达，合伙壮胆儿扔几个石子，吓了你，就感觉特别勇武，算是青春期的正常释放，原谅吧！原谅吧！

大班一边说，一边伸手握住了陆亦亦的手，原谅吧原谅吧不停口。他的拇指却漫不经心地来回抚摸着陆亦亦的手背，陆亦亦浑身绷紧了，正不知所措，他突然把嘴凑到陆亦亦耳边说了一句，你的皮肤还是那么细嫩，美丽不减当年，还是那么迷人！

陆亦亦慌张的抽出手来，但立刻就镇静下来，都不是小孩子了。她扭头面对大班，直视着他的眼睛说，班长你别捣蛋，我有正经事儿要问你呢。

大班笑眯眯的看着陆亦亦，刚才陆亦亦那一瞬间的慌张被他尽收眼底，给他带来无限的快感。你的心静如止水也是有限度的嘛，人终究是血肉动物，肌肤相亲的一瞬，是会产生正常的化学反应的，甜言蜜语的灌注，更像催化剂，令所有化学反应锦上添花，反应加速加剧，再坚固的堤岸也会被腐蚀攻破。

大班一贯自视对女人有一套，这一套其实简单到家，就是动手加动嘴，以达到最直接而有效的化学效果。显然这一套对陆亦亦也同样凑效。他深感欣慰，刚见面被陆亦亦的平静震慑住的那点骄傲，又摇摇摆摆地抬起头来。

什么正经事？你说你说，归国美女的问题一定有问必答。大班笑着说。

班长，你认识谁在教育系统吗？在座的同学们好像没有这个口上的。我哥家小孩小学升初中，那孩子学习中不溜，想进实验中学有些困难，听说得找个口子塞钱疏通，你给我出出主意，好不好？

大班嗯了一声，低头整了整衬衫，抬起头时，突然一本正经起来，他说，亦亦啊，这事儿可不简单，现在每年教育口上都有典型被抓，管事儿的都存了小心，家长还照样发疯了一样找关系塞钱，你回来这么几天，怎么搅进这个浑水？

没办法，我哥俩口子是书呆子，没后门，我当姑姑的赶上了，就只能义不容辞了，能帮多少就帮多少吧。

我想想看，一两天给你电话，啊，别急，办法肯定有，就是花钱办事呗，能不能，我都给你个信儿。

其实，大班低头整理衬衫的那一瞬间，脑子里进行了复杂的思考。

陆亦亦这是求我办事啊，原来以为她从外面回来，不会对我有所求，看来是高看了她，竟然还懂得行贿受贿这一套，和国内的人没什么区别嘛！就凭这个，她对自己的吸引力已经降了一小格。不过，她既然对我有所求，就是好事儿，各有所需，我自然应该遵循求人办事儿的大众潜规则，人情我可以给你，但得让你知道你欠我人情。当然不能赚她的钱，老同学说不过去，自己也不缺这个，为她垫付或替她省钱都没必要，她不缺钱。办这点儿事不会太困难，哥们儿小何每年都靠这个发财，给小何带财运，小何和自己会更铁。嗯，就以这个借口和她再见见面吧，很久没和如此知性的成熟女子交往了，品貌皆佳，完事儿就远走高飞，不留后患，多好的美事儿。就这样了。

桌上已经杯盘狼藉，同学们酒都敬了好几圈，此时三堆两伙地说着话。陆亦亦被几个女生围着询问国外孩子的教育状况，似乎都有心将来让小孩出国读书深造。陆亦亦温言细语的模样，不骄不躁的语调，不卑不亢的态度，让女人们暗地里心生羡慕，她们猜测着，国外就是好啊，没国内这么累这么忙，瞧人家心态多好，再看人家保养的，那么细皮嫩肉，貌美不减当年，咱每周都做美容，怎么脸皮还是挡不住地心吸引力，猛劲儿地朝下耷拉呢？不过她还是老了，看看，眉毛一挑，那几根抬头纹，太明显了，自己脸上的岁月之痕大概没这么明显吧。

女人扎堆儿，无一例外地在心里暗暗评判彼此的身材、五官、皱纹多少、衣着品味。宽容点儿的会带着欣赏赞美的目光，尖酸刻薄的横竖都能从完美的鸡蛋里挑出几根碎骨头来平衡自己。论语云，"唯女子与小人为难养也，近之则不孙，远之则怨。"即使不把这当做男人对女人的怨气，在女性自己中间也有着哲学意义上的必然性。

此时，男男女女的脸都被酒精熏陶得红润光艳，眼神里有了酒精生发出的暧昧和迷茫，舌头打了卷了，语言似乎不能再平坦地出入那些嘴巴，于是有了莫名其妙的嘟囔和含混不清的呢喃，大家脑子似乎都清醒，又似乎都昏沉，似乎都在言之有物，又似乎都在顾左右而言他。

大班站起身来，绕圈给每个人的酒杯填满，高高举起来说，乡亲们，咱们大家一起碰了这一杯，陆亦亦远道归来，咱们托了美女的福聚这么一场，大家尽兴没有？减不减压？

大家都高举酒杯，呼应着，尽兴尽兴！减压减压！

那好，咱们就都干了这杯，祝咱们亦亦回去后常常想家，常常想咱们，在国外给咱们设个据点，咱们什么时候到她那边聚会去！来，干干干！

杜杜

散场时，大班的司机已经等在楼下，大班招呼着大家去金星光歌城唱歌去，说早包好了房间。人们开车的不开车的，有司机的没司机的，呼啦啦照应着进了各自的交通工具，转瞬之间，陆续融汇进霓虹闪烁的夜世界中仍然拥挤的车流里。

陆亦亦从大班车上下来时，被眼前的气派震慑了，她站在停车场上，原地前后左右转了几圈，眼前的灯火通明令她眩晕，好像自己到了一个聚焦的好莱坞游乐中心，四围全是两三层楼高的歌厅，足有三五十家，花红酒绿的招牌铺天盖地，霓虹灯忽明忽暗的闪烁映照在人的脸上，色彩缤纷。歌厅的名字五花八门，有情色诱人的，逍遥夜，一点红，梦情郎，桃花湾，也有清雅高贵的，水木年华，韵河柳畔，天涯寻梦。

陆亦亦随着大班进了一间名叫"迷你没商量"的歌厅，歌厅门脸并不大，窄窄一条五颜六色动画装饰的半透明单扇玻璃门，进了门却冷不丁地豁然开朗，装点门厅的巨大水晶玻璃墙高大宽阔，上面的凹凸不平把房顶的彩灯折射出五颜六色的梦幻效果。玻璃墙左侧是一个宽敞的旋转楼梯，装饰楼梯内墙的除了通顶的巨面镜子，还有二十来个沿着镜子东歪斜靠的妙龄女子，高的矮的胖的瘦的清纯的老成的典雅的粗狂的不一而足，女子们浓妆艳抹，美目流盼，看得出大多是不足二十岁的青春靓女，她们看见这么大一群男男女女蜂拥着上楼来，知道是团聚，不会有单身男人照顾她们的生意，却仍旧推推搡搡，低声嬉笑，眼神在男同学脸上放肆地流窜着。陆亦亦看得傻眼，一边跟着大家上楼，一边目不转睛地盯着那一张张被浓妆覆盖着的美丽面容。

一个女子突然伸手扯了陆亦亦的袖子一把，说，要我陪你唱歌不？熊猫眼里放射出的眼神竟露着惊人的无辜状，好像唱歌就是唱歌，单纯地不含任何其他内容。

陆亦亦喷着嘴，扭头对身边的大班说，哎，班长，如果没有我们这些女同学在，你们就会请她们陪唱了吧？她们可真年轻，个个好看，太具诱惑力了。

大班嘿嘿笑着，说，你如果是我，会不会叫她们？

陆亦亦也笑，说，你可真狡狯。不过，班长，你说她们这样的花样年华，干什么不好，为什么非要干这个？心甘情愿地毁掉自己，搞不懂。

大班说，为什么不可以干这个呢？怎么是毁掉自己，她们认为这是造就自己。无本生意啊，生下来爹妈给的这个身体和容貌，天然地可以

228

赚钱，不用不是白不用？哪用像你们，寒窗苦读，头悬梁锥刺股，当个白领，你以为高级吗？不过是熬白头发，领到工资，白领。你们有时间享福没有？人家的工作本身就是吃喝玩乐，你们比得了？你们撇下自己的本钱不用，好日子不过，选苦日子过，在人家眼里才是犯傻呢。

陆亦亦听得目瞪口呆，噢噢噢地答应着，说，受教育了，受教育了！

歌厅包间很巨大，转角沙发沿墙一溜，整面墙的大屏幕前面有个高出地面的小型模拟舞台，舞台顶端掉着迪斯科旋转球，沙发尽头有个电脑触摸式点歌台，早有同学兴高采烈地在那里点歌。啤酒和小食点心已经上来，一碟一瓶分散摆着。

早有同学给大班点了一曲"涛声依旧"，显然是大班的拿手好戏。大班很拿派，站得笔挺，端着话筒说，此歌儿献给咱们的美女同学陆亦亦，她虽然海外归来，和大家隔山隔水，老同学的心却是一马平川，什么都不隔，为了这依旧的真情，我来献上这首"涛声依旧"。

"尘封的日子，不会是一片云烟，久违的你一定保存着那张笑脸……今天的你我怎样重复昨天的故事，那一张旧船票，能否让我登上你的客船……"大班唱得动情，音响的合成效果出奇的好，整个包间仿佛四面八方充满了大班的低语倾诉。

人们手里端着啤酒，三三两两地小声私语。陆亦亦坐在沙发上，捻了一颗话梅含着，她已经久违了这样噪杂的繁华场所，好像自己是台下一名观众，身边的灯影绰绰，人声喧哗都是身外之物，感觉一切轻盈如梦。

大班的声音温和浑厚，静静敲打人心。陆亦亦认真地读着屏幕上的字幕，那些字迹里充满了对过去的怀念，熟悉的旋律温馨柔软，把她带到了十分遥远的地方。

人们哗哗地鼓掌，大班已经唱完，其他同学陆续点了自己拿手的曲子唱起来。大班端了啤酒坐在陆亦亦身边，手臂自然而然地搭在她肩上，陆亦亦穿的连衣裙后背开口很低，大班手臂的温度直截了当地传递给她颈子上的皮肉，那温度显然在每一秒钟里持续升高。

陆亦亦扭头看了一眼大班，笑着说，大班，那张桌上的松子儿好像不错，你给我递一下好吧？大班嘿嘿笑着，他放下手臂，起身给陆亦亦拿松子，松子摆在陆亦亦面前，他手臂抬了抬，没再搭上来，陆亦亦变了姿势，几乎是面对着他，他没 有理由面对面把陆亦亦抱进怀里。大班心里笑了，这女人，躲我躲得不留痕迹，聪明！她的豆腐并不好吃，这很有意思。

你还没回答刚才吃饭时我问你的问题呢，你好像知道如弟在干什么，是不是？同学里怎么好像没人真正知道她的行踪？挺怪的。陆亦亦得凑近大班的脸，喊着说这几句话。音响里在放腾格尔的"天堂"，一个同学正努力地扯着嗓子去追求那沙哑而迷人的高音"我爱你，我的家，我的家，我的天堂……"。

大班伸出啤酒瓶和陆亦亦碰杯，他说，今天怪高兴的，扫兴的事咱们今天别说，好不好？再说，如弟跟你有什么关系？来来来，今天你就好好听歌唱歌，好不容易开心一场。你的金嗓子怎么样了？升级了还是降级了？我去给你点首歌去，当年你可是咱们班的文艺委员，每天给大家起头带歌儿的，记得有一次国庆演出，你唱了一首"唱支山歌给党听"，把全校都镇了，我就给你点这首去。

大班说完已经跑到点歌的电脑台前去按屏幕。陆亦亦抿了一口啤酒，低头沉思。"扫兴的事"？怎么如弟的事儿就成了"扫兴的事"？"她跟你有什么关系？"是啊，她跟我有什么关系呢？没关系就不能问问？同样是同学，咱们可以这样花天酒地地团聚，我问问如弟同学的下落怎么就另类了？陆亦亦心中的疑惑好像魔瓶里的那缕逃跑的轻烟，越涨越大，终于魔鬼一样可怕地成了形。如弟肯定有什么事发生了，到底是什么事呢？

一个女同学拿着话筒伸在陆亦亦手里，推着她说，给你点的歌，快站起来唱吧。陆亦亦起身，使劲摇了摇头，赶走对如弟的猜测，换了笑脸，清了清嗓子，轻声说，这么老的歌，很久不唱了，同学们见笑了。

"唱支山歌给党听，我把党来比母亲，母亲只生我的身，党的光辉照我心……"陆亦亦优美的女高音豪迈地响了起来，乌云开了，一种金属般干脆清晰的质感弥漫在昏暗的灯光中，闲聊的人们开始安静下来，有同学忍不住大声叫好。

在同学们疯狂的掌声中，陆亦亦坐回座位，她坐在了几个女同学中间，她不想再为后脖颈子的温度担忧。

她也不知道二十年不曾唱过的歌自己怎么还能如此记忆犹新，她的嗓子天生的浑厚优美，音域宽阔，把握节奏准确无误，即使不练唱，开口也可以在业余选手中冒充专业歌手。人们还在哄着她唱，她却不想唱了，同学很多，每个人都该有个歌唱的机会，听着看着吃着，做个滋润的观众，她已经很满足。她想留给自己一个品味重逢的空间，那是属于自己的。多年来每逢热闹的聚会，她都会有意留给自己一个这样的空间，停止参与，以一个旁观者的身份静静观察每个人的神态、表情和语言的使用，她要她的记忆努力储存，好像水经过海绵，海绵的空隙在那短短的淡定的接收中很快就被填满了，时间会使海绵里的水份蒸发消逝，但没有挤压，这消逝的速度会很慢，很慢。

人们开始播放强劲的迪斯科舞曲，大班过来拉陆亦亦，说，来来来，放松放松，别老坐着。沸腾的节奏中陆亦亦的血液开始奔流，同学们全都站了起来，她跟着人群摇着摆着，迪斯科球开始旋转，七彩灯光扫过男男女女的面孔，间于是有了麦克杰克逊那首 Thriller MTV 的效果，活着的鬼魅幻影。大脑里的一切开始慢慢消逝，取而代之的是那些跳动的音符，强劲，霸道，不可商量。它们扭拨着紧张的神经，把它们松到'不必控制'档，这个档一达到，人的肉体似乎分散成碎片，精神散落如尘埃。旋转的不仅仅是那颗七彩的迪斯科球，还有许多彩球的光罩下蹦跳的心脏，和那些心脏里盛装的世界。

K 厅的聚会是在陆亦亦"同一首歌"的歌声中结束的，陆亦亦动了感情，唱着"星光洒满了所有的童年，风雨走遍了世间的角落，同样的感受，给了我们同样的渴望，同样的欢乐，给了我们同一首歌……"她一边缓慢地唱着每一个字，无比深情，一边咀嚼着句子里的含义。眼泪悄悄地涌出眼眶，她转身擦了，一直唱到最后一个字"甜蜜的梦啊，谁都不会错过，终于迎来今天，这欢聚时刻……"。

大班送陆亦亦回家的路上，自觉地坐在前排司机身边，他转头对陆亦亦说，亦亦，我看到你掉泪了，弄得我也很感慨。

对不起，突然就没管住眼睛。

没事儿，说什么对不起？你们从国外回来的人就是太礼貌，礼貌得很见外。

哦，对不起，让你觉得见外了。

两人同时笑了起来，又一个对不起。唉，习惯成自然！陆亦亦不好意思地说。她下意识低头遮掩羞怯的模样被回头的大班看了个一览无余，大班的心抖动了一下，好像琴弦余音般的颤动，好几分钟才平息。

陆亦亦到家时，院子的大门已经上了锁，她才发现已经过了十二点。大班帮着喊出门房大爷开了门，才隔着大铁门握了握陆亦亦的手，说，早点歇着吧，等我电话。

入睡前，陆亦亦没有翻看和如弟有关的日记，却一如既往地想到了她。回来十天了，连她的消息都摸不到，这次要见到如弟，恐怕不易。不过，大班话里有话，应该知道她在哪儿，改天还得问问大班。自己是多么的想知道如弟到底在干什么啊！做什么工作？嫁了什么人？有了孩子没有？是男是女？每天是否快乐？那'瘸子'还在吗？会不会又有什么神奇的事物在那里制造故事？

夜早已深沉，梦境很快席卷了陆亦亦，在梦里，她又变成了那团模糊的雾，寻找着什么，飘来飘去，漫无边际，那是一个没有目标的世界，一切都没有答案。

七、

吃饭这件事本来是个生来就有的自然需要，在整个生命成长过程中日复一日地重复，你几乎意识不到它的存在，却没有一天不在努力去完成这项最重要的使命。快速发展中的中国，吃饭的自然状态已经很自然地被升华提高，成为商业活动中的艺术手段和日常生活里的艺术形式。你非得"学会"吃这种艺术饭不可，否则你就是另类，因为你丧失着全社会认可的一种通用交流手段，你会成为人脉拓展方面的残疾人，你在自己失去升官发财种种机会的同时，很快就会被周围人筛选清理，淘汰出局。

对陆亦亦来说，这门学问简直深奥难测，需要久经杀场方可练就过人本领。令陆亦亦惊叹的是，国内的同学朋友个个本领高强，在吃饭这所学堂里出类拔萃，请什么人，在什么档次的饭店宴请，叫什么人作陪，定什么样的包间，喝什么样的酒，点什么样的菜，说什么样的话都是学问里的学问。自己这种刚入校的差等生只有眼花缭乱的份儿，乖乖被高材生们领着到处闷头去吃。

陆亦亦发现自己回国之后，一直在不停地吃饭，上顿饭还没消化，下顿饭已经开始。五花八门的餐厅进了一家又一家，自己的胃始终处在繁忙和过度兴奋的状态。所以当大班通知自己到某某地点吃饭时，她犹豫地问，一定要吃饭才可以和人会面吗？

大班反问，你认为还有什么别的更好的方式吗？以我混迹江湖多年的经验，告诉你，任何方式都没有这个方式好。你早九晚五，工作是为了什么？归根到底是为了吃口饭。你读书深造，赚钱打拼，奋斗进取，为了什么？说白了是为了把这口饭越吃越好。把饭吃好的过程是个进步的过程，没有这个过程你就没有进步！

陆亦亦撂了电话，琢磨着大班的哲学语言。她来到镜子面前，凝视自己肿起来的胃，母亲的抱怨响在耳边，你啊，回来这些天了，在家吃过几顿饭？她反驳说，哎呀，人家看得起我才请我，你女儿被看得起，你不高兴？不是省得您做饭的心了？母亲说，这个心我不想省！陆亦亦说，那欣欣的事儿总要办吧？不吃饭怎么找人办事？母亲起身离开，自言自语道，什么世道！吃吃吃，干什么都得先吃了再说！吃了饭，再吃钱！

陆亦亦打扮停当，搂着妈妈，充满歉疚地和母亲道别。母亲唉声叹气，叮嘱说，少喝酒啊，再喝就成女酒鬼了。

陆亦亦等出租的时候想，自己这次回来和同学们见面的决定真不怎么样，看来下次回国，还是应该悄悄来，悄悄去，而且不能停在饭店门口欣赏雕塑。

筵席是摆在一个私人会所，出租车兜了好几圈才找到进口。大班发短信说他中午已经喝了酒，没法开车，这个私人住所不愿意让司机知道，所以无法派人来接她，大班自己也是打了出租车去的，早就到了。

陆亦亦一进门就感觉进了一个古色古香的大户人家，大门是旧式的黑漆木门，又厚又重，门轴发出吱呀扭捏声，黄昏的院落在两棵老树下寂静安详。一个清丽白净的少妇掀着竹帘子在向陆亦亦笑嘻嘻地招手。进屋，迎面一个不大的门厅，沿墙摆着老式雕工精细的红木座椅和石纹台面的红木茶几，墙上有立体凹凸的人形木雕，悬挂出古朴而略显怪异的图案。跟着少妇穿过门厅，拐了几个悬挂着字画的昏暗走廊才柳暗花明来到一间茶室，大班和两对男女围坐在一个精致的茶桌前喝着小盅功夫茶。

一个光头中年男人端正地坐在茶桌一侧，面前摆着竹制镂空茶具台，上面紫砂茶具一应俱全，他背后站着一面巨大的古代仕女漆画屏风，望去，说不出的古雅沉静。大班起身介绍，这是男主人潘旋，跟我是小时候一起玩儿尿泥的发小，业余为朋友提供方便，召集私人聚会，不求赢利，只为有朋自四方来，不易乐乎，谋生则另有发财正业，所以你别当这是饭店。这二位是我的两个哥们儿，小何，小姜，都是教育局的，几位美女当然都是各位弟兄的红颜知己，燕子、秋秋和女主人。

领陆亦亦进门的少妇靠着门框白了大班一眼，鼻子里哼了一声。大班赶紧陪不是说，说嫂子是潘哥的红颜知己那可委屈了您，这可是咱们第一夫人，潘嫂子，不是潘金莲的潘，是潘旋的潘。几个人都哈哈笑起来，那潘嫂子扭头就走，嘴里叨咕说，懒得理你，小心我真来潘金莲那一招，给你酒里下毒药！

陆亦亦浑身不自在，周围都是陌生人，那位叫小何的中年男子目不转睛地盯着她打量。陆亦亦端起茶盅品了一口，知道是好茶，也不懂得该怎么夸。大班在身边说，大红袍，听说过没有？真品是武夷山山顶上两株野生茶树上长的，只有野猴子采得来，那是集山顶之仙气与日月之精华的绝顶好茶，产量微小，去年拍卖真品，最后十八万成交的，被香港阔佬买了去。咱们喝的这些都是人工种植的赝品，好茶是肯定的，也很贵，一两两千元，你走时我给你带一盒。陆亦亦撇了一下嘴，没敢接茬。

小何开口问陆亦亦，陆女士一定是在国外呆久了，入乡随俗到了出神入化的境界，这长相很西化吗！不是做过手术吧？

陆亦亦听着尴尬，也不知道说什么好。大班看陆亦亦脸红，打诨说，小何你会说人话吗？人家陆亦亦这张脸是正经原装的，我们初中就是同学，那时她的"西化"就有名了，表演五湖四海大团结时专门演新疆妹妹的，这个我可以作证。

小何笑着说，我这说的才是人话呢，这是夸何女士美丽啊，你看那些明星玩儿命做手术，都想有个这样翘的下巴和这样高的鼻子，美得都不像真的了。小何说着，也不顾小女友燕子异样的目光，仍旧直盯盯地瞅着陆亦亦。

潘嫂子系着围裙过来请大家到饭厅入座，陆亦亦舒了口气，起身跟出茶室。大班在陆亦亦耳边轻声说，你别介意小何，他就是没正经，好点儿色，人可是能干，有来头，你哥家小孩的事指望着他来办呢。

进了饭厅，大班指手画脚地安排人们入座，一男一女交叉开，把陆亦亦夹在了自己和小何中间，燕子坐小何另一边。

小何说，陆女士，大班只有招待最重要最亲近的朋友才会来潘老板这里请客，你知道这可比任何豪华酒楼都上档次啊。

饭厅不大，红木饭桌的腿上刻着精美的龙凤图案，桌上已经摆好了几样家常凉菜，凉拌黄瓜，皮蛋豆腐，虾仁藕夹，夫妻肺片。墙上支出来的壁灯竟是淡红色的，整个饭厅于是有了诡秘神奇的气氛。耳边响着洞箫幽暗的翁响，陆亦亦觉着曲子耳熟，问潘嫂子，你放的是"春江花月夜"吗？潘嫂子微微点头，笑容温婉，她说，陆女士有品味，叫得出中国的古曲名，在国外没有变得全盘西化，不容易！陆亦亦回了个倾心的微笑，两朵微笑花一样对开，彼此立刻感觉亲近，那是一种心心相印的默契。陆亦亦心里暗叹，这潘嫂子无论家居摆设，还是听音弄茶，样样不大寻常，颇富情调，这种宴请果然别具一格。

潘嫂子和潘旋两口子进进出出一会儿就把桌子摆满了，都是家常菜，空心玉米小窝头配着碎肉野菜，蘑菇炖小鸡，东坡肘子，奶油西兰花，酸辣土豆丝，松仁玉米等等。酒是五粮液。

小何说，有五粮液酒厂内部消息说，连人民大会堂的五粮液酒都不是地道的真品，酿酒的五种粮食，小麦、大米、玉米、高粱、糯米的酵母一准少个一两种，酒精的掺法也相差甚远，大哥，咱们喝的这个是什么档次的？

大班答，喝你的酒，没人让你品酒，没喝就醉了？闻不见这一开瓶就窜出来的浓香曲酒味儿？真品就是真品，也不看看我们请谁！亏你还自封酒鬼呢，好像还挺懂的，别在外国友人面前丢人啊。说着就给陆亦亦和周围人都满上了，又说，我拎了五瓶来，大家喝痛快了。

潘嫂子和潘旋也入了座，那些家常菜看着普通，味道却异常鲜美。大班说，潘嫂子有绝活，家传秘方制作配菜高汤，所以大众菜肴到了潘家味道都非同寻常。

小姜问，嫂子，你没往菜里放鸦片吧？这不成心让我们上瘾吗？

潘嫂子抿嘴一笑，说，这有什么稀奇，我家的东西都和大烟沾边，喝水都会上瘾。

陆亦亦频频点头，也不管有没有鸦片，不停筷地夹，不住口地吃，一迭声地赞。嗯，味道真好，心里对潘嫂子的厨艺从敬仰就上升到崇拜了。

大家杯子碰得叮当响，身边的女人们开始不辞辛劳地堆着笑脸起身给前后左右的男人们斟酒劝酒，递烟点烟。陆亦亦不懂规矩也自得其乐，自己又不是伴酒女郎，犯不上应那个景。她只给大班敬了一杯，就只喝不敬了，偶尔给身边人夹一两筷子菜，说，这个不错，别光喝酒，也吃菜啊，要不可惜了潘嫂子出神入化的手艺了。她就这么温文尔雅地微笑，爽爽朗朗地干杯。那个沉稳厚实的酒量就把在座的男男女女都镇了。

整个屋子里，弥漫着香气持久滋味醇厚的酒香气，耳边的"春江花月夜"已经变成了"高山流水"，陆亦亦开始坐在唠唠叨叨的小何身边的那点儿不自在，早已烟消云散。好酒下肚，好菜入口，爽净的爽净，甘美的甘美，酒菜珠联璧合地簇拥着陆亦亦的神经，大脑好像处在一个云缠雾绕的山之巅，海之角，美妙绝伦。她浑身舒展着，脸上微微浮起一层春桃嫩粉，精神松弛。她的微笑是真实自然的，眼前陌生的靓男俊女都显得分外亲切可爱。

小何啧啧啧地叹道，陆女士这样的女中豪杰我可见识了，这种不推不让不偷懒的喝法儿，我这辈子是第二次见识，好像酒缸深不见底一样，酒量大得吓人，喝酒就像喝白开水。

燕子嗲嗲地问小何，第二次见识？那你给我们说说，你第一次见识的是哪位？怎么喝的？也是外国友人吗？

小何答，还真跟外国友人多少沾点边，只不过后来才知道上了当。小姜，那次你也在场啊，记得不？你干妈的钱不是也被她骗了？杨家埠大酒店，那个薛宝钗！对对对，带着个法国人请咱们吃饭，要咱们跟第二外国语中学疏通那次。

咋能不记得，那女人真叫猛，把我们都喝傻了，那个法国人也能喝，喝得胡子都红了，谁能想到那样一个牛似的壮汉后来会被那女人害了。我干妈被她骗了两万，不过据说那是小头，被她骗了十几万的也大有人在呢。那种女人，心狠，少见！

陆亦亦听着迷糊，问，薛宝钗？是真名？

小何说，不是真名，我们都那么叫她。那女人两条圆胳膊白嫩得一根汗毛都没有，手上都没一根皱褶，好看是真好看。小何说着，咽了咽唾沫，好像那薛宝钗是他碗里的酱肘子。然后又说，不是贾宝玉盯着薛宝钗的胳膊发呆时被林黛玉骂呆雁吗？当时引见她来的戴老师看着她的胳膊就联想到薛宝钗，给我们讲红楼梦这段故事，然后他就干脆叫她薛宝钗，我们也都跟着叫。那女人用一个英文名字自我介绍，谁记得住那个，薛宝钗多容易叫，她也乐滋滋地答应。

小姜接过话头说，是，当时薛宝钗和那个法国人合伙开了一个移民留学公司，号称是华北地区最大的，专门给中小学生办出国手续。当时戴老师介绍说薛宝钗是高干子弟，叔叔在部里，后台硬得很，公司在北京、石家庄、大同好几个分公司呢。第二外国语中学有个对外交流的计划，她想让教育局批给她做中介，就请了我们。那女人也真邪，真是千般风情，万种风骚，小何，你记不记得当时你怎么被她灌酒？她那软胳膊说搂就把你脖子给搂了。哪个男人能招架得住她那样的？她能办成那么成功的骗子公司，也容易理解。哎，小何你当时不是跃跃欲试想上她吗？后来怎么败下阵来？

小何开始骂娘，说，他妈的我算老几？那娘们儿勾搭的都是大头儿，她不过是和我逢场作戏，靠我搭个桥，哪里真把我放在眼里。后来不是计划被她拿到手了？上面……

小何说到这儿，突然看了一眼大班，说，算了算了，说这个干吗？一个骚女人，判了也是活该。咱们喝，来来来，大班我敬你。

大班一直没开口，一边听着，目光在小何、小姜和陆亦亦的脸上来回游走，若有所思地看着几个人。这时举了酒和小何碰了，说，兄弟够意思，给哥们儿面子了。

陆亦亦还想听故事，问，还有这种事儿？听着像电影似的。

潘嫂子接嘴说，我也听说过这事儿，我有个朋友也被骗了钱呢，后来案子出来，钱都泡了汤，我朋友都不相信自己上了当，还在那儿等着送孩子去欧洲呢。我朋友说那女的和她那个法国丈夫开的公司就在万丰大厦二十几层上，占了半层楼，有好多雇员，雇员都配着车，还会上门家访，生意做的比真的还真呢，谁能相信竟是骗子公司？

陆亦亦说，正大光明地办个移民公司可以很赚钱的，为什么要骗？挺奇怪的，这种骗法儿。

要当骗子，什么不能骗？现在的人胆子大得没边儿。没听说前两天出的那个案子？军校啊，整个军校都是假的，在全省招生招了三年了，还说保证安排工作，结果从头到尾就是自己买地皮建的，自封的军校，没有任何注册审批手续，教务人员里没有一个是军人出身，学生的校服军装都是那学校自己的加工厂做的，市长还去视察过，玩笑大了。和这个比，薛宝钗开个假公司不是小巫见大巫吗。小姜说罢，隔着桌子给陆亦亦倒酒，说，陆女士来来来，喝痛快了，那薛宝钗是人民的敌人，你是人民的朋友，她怎么能跟我们的国际友人相提并论呢？这个小何，没轻没重的。

大班在同学聚会上见识过了陆亦亦的酒量，不再为陆亦亦挡酒。身边这女人似乎对酒桌上的一切都漫不经心，又似乎对一切都了如指掌，虽然从国外归来，国内的这套，她显然具有天然的应付能力，一颦一笑，不需矫揉造作就恰到好处。他从侧面凝视陆亦亦微红的脸蛋儿，看着她咕咚喝酒时咽喉吞咽的蠕动动作，莫名其妙地下身就有些焦躁起来。他伸手按了按顶起来的前门裤口，身体朝桌子底下靠了靠，得遮山蔽月一下，这个状态不大雅观。

大班给陆亦亦斟满酒，又给小何小姜潘旋满了，欠身说，亦亦你知道不知道，这些年别看我江湖上闯荡，多少赚了几个小钱，可是真没有钱迷心窍，咱别的不懂，这义气二字是一直铭刻在心的，能交下小何、小姜、潘旋这帮朋友，比盘下整座四十层的楼盘都有成就感。这杯呢，我敬你们大家，多亏哥们儿多方帮衬，才混到今天，我不用小杯，用分酒器敬大家，先干为敬，干了。说罢就仰脖喝了。

那小杯一口一杯，五口八口才够个一两，那分酒器是二两的玻璃圆肚盅，一口二两可就十分豪迈了。几个男人一见大班如此，也把小杯换了分酒器，举起来碰，陆亦亦看大家遥遥晃晃，早喝得有些二五，就起身拦了，说，哎哎哎，酒讲究个喝好，都是自己人，逞什么能，别干大杯，都只喝一口，说着先把小何手里的分酒器拿了过来，倒了一大半在自己分酒器里，又问潘嫂，有热粥没有，给大班喝些。

人们也就顺着下了台阶，只喝了一口。小何大着舌头嘟囔，陆女士啊，你很会疼人啊，不知不觉给我和大哥夹过好多菜了，大哥，你可得好好待她，这儿离我那二号房就一条街，一会儿你俩就到我那儿，方便，什么心都不用你操……

大班不等小何说完，赶紧打断，说，小何你见过个啥？胡扯什么？

小何梗着脖子说，我不胡扯，大哥，你看你那眼神儿，少有啊。大哥，你给我说的事儿，你放心。陆女士，我知道你家谁谁有点上学的困难，你放心，都包在我身上，大哥的事儿就是我的事儿，不难，不就是实验中学吗？有这个数，就够了。小何说着，伸手比了个八的样子。

陆亦亦心里吃了一惊，八，肯定不是八千，是八万？真他妈的黑呀！这才只是个小学升初中呀，以后还有初中升高中，高中升大学，这这这，老百姓的孩子还上个什么学？九年制义务教育，这不扯蛋吗？问题是再扯蛋孩子也得上学啊！这些个钱都进了无数个小何的腰包，狗屁小何，妈的，国家的蛀虫，人民的败类，黑心烂肺。

陆亦亦在心里骂了半天娘，表面上不动声色，微微笑着说，那我可得敬何兄一杯，这事儿就全仰仗你了。我听说人们有钱找不对人都办不成事儿，有你这句话，我可以和家里人交差了。那我先喝为敬！替我侄女先谢了你！说着，就把分酒器里满杯酒全干了。

小何说，陆女士真是爽快人，不仅美貌，还如此上得厅堂，处着真舒服，难怪大班……正待说下去，看见大班瞪眼，就改了口，说，要说办这事儿可真不容易，关关卡卡都要打点，学校公开的异地转学费就得两三万，下面就是学校的校长，管事儿的老师，局里管指标的，哪个环节出差错都可能坏事儿。每年都得因为招生抓几个典型整整。今年查得紧，文件都公布了，所有学校必须张榜公布学生名单，这事还得绕着道儿走。我呢，再难也必须赶鸭子上架，大哥的事儿我义不容辞！陆女士，你别谢我，这人情呀，是大哥的，你感谢大班是正理儿。 小何说着，朝大班递过去一个含义深厚的眼神。

围桌坐着的男男女女都跟着七嘴八舌，你小何办这点儿事还卖什么乖，利利索索办了就完了，给国际友人办点国内的小事儿，那是人家看得起你，还不够你荣幸的？

大班哼哼哈哈地应着，并没看见小何的眼神。陆亦亦这桩上学的事儿，挑不挑明小何都会办，十成把握，实惠在小何手里，他不办就是堵了自己财路，小何没那么傻。

大班的心思在陆亦亦搭在桌边的手上，那只纤细的手正在下意识地玩弄潘嫂子家印有古代仕女图的粗布餐巾， 那葱段似的一根指头把餐巾角一折一推，餐巾布就温柔地越卷越粗，那两只纤细的手指就走路一样跟着粗壮起来的餐巾布滚动前行。大班想象着那只灵巧的小手在自己身体的某些特殊器官上抚摸踩躏的感觉，呼吸都跟着紧促起来。

陆亦亦扭头看到大班的目光停在自己手上，才意识到自己在玩儿餐巾，赶紧松了手，说，大班你醉了？你该喝点热粥暖暖胃，我去厨房看看潘嫂子的粥去。

她起身往厨房走，心想，这个小何长一句短一句地把自己和大班拉扯到一块，莫非大班真有什么意思？孩子上学的事非求小何不可，怎么办？大班这个人情怎么还？把自己搭进去是绝对不成的，还是把握好分寸小心行事才好，老同学，他绝对不会强迫吧！Shit，在国外一个电话，一张表格就能解决的问题，国内就得如此这般陪酒吃饭、割肉出血，拉拉扯扯、云山雾绕地来。中国人活得能不累？同学之间还得玩儿这个花样儿！shit！

陆亦亦起身走了，大班本来想上厕所，恐怕站起身会暴露前门裤口支起来的小帐篷，没敢动。他不知道自己在陆亦亦面前为什么会如此没有自制力，却又如此矜持，装得人模狗样的，心里甚至有着莫名其妙的胆怯。这女人！自己什么女人没见过，在哪个女人面前不是大张旗鼓耀武扬威？老子有钱有派有资本，喜欢谁，两句话就勾搭了，上个床比上个厕所还容易。问题是十八岁的黄花姑娘坐自己身边，好像也没这么容易引起自己的化学反应，大庭广众之下，一个中年娘们儿的一段喉节蠕动，一根手指翻卷就让自己兴奋了，我操，这不他妈邪门儿？

粥是裙带菜红蛤粥，潘嫂子的绝活儿。陆亦亦整个陶瓷锅端了来，红红绿绿白白首先在颜色上夺了人的胃口，她一碗碗给大家盛了，自己才坐下来喝。粥稀软顺滑，一口咽了，一股海洋的味道瞬间进入身体，从舌头到胃都有了鱼儿的欢快。

大班的手在桌子底下拍了拍陆亦亦的大腿，说，谢谢你，今天辛苦你了，又夹菜又端锅的，我敬你一颗烟吧，你也尝尝咱们国内第一流的好烟。

陆亦亦庆幸大班的动作没有持续，也装着没感觉。烟本来想推说不抽，回国来成了酒鬼，这再添个烟鬼，自己的身体就要愤怒了。但一见那递过来的烟卷出奇地漂亮别致，金色的腰身上还印着一九一六四个黑色数字，就好奇地接下了。叹道，这么精致？第一流怎么讲？

大班说，没见过吧？跟你说吧，全世界最高档、最奢侈的吃喝玩乐都在中国，你信不信？

当然信！回来一直在上扫盲班！现在不但信，都快从学生变老师了，啥都见识着。这烟怎么好？

这就是黄鹤楼一九一六，一盒二百元，一根就十元。你看这纸盒包装，是申奥标志设计者许绍华先生的杰作，讲究古雅之美，得了博览会大奖的。烟叶据说是取自原始山区几亩原产保护地，经过好几年天然山洞储藏，吸纳天地之灵气，采撷胜境之精华，最后完全手工工艺制作而成的，目的就是达到高级奢侈品卓而不凡的尊贵效果，产量特别小，所以很难买到。我有个业务关系和武汉卷烟厂有联系，每年能给我搞个几条，到手时还是要加些价，平时也舍不得抽，今天专门揣了来让美女尝尝鲜。这烟不冲，口感清香。

大班说着给陆亦亦就过火来。陆亦亦赶紧吸了一口。

大班说，你看，这开始几口，吐出来的烟是黑色的，这就是正品，如果和其他烟一样是灰白色的烟雾，就是假的了。

陆亦亦上大学时参加学校话剧社，演过日出中的交际花陈白露，当时特敬业，正儿巴经地拿捏做派，学抽烟。虽然从来没喜欢过尼古丁，两指一夹，小嘴一抿，奋力吸进肺子再从鼻孔里绕出来两缕清烟的基本功还是打得扎实，这时派上用场了。

烟雾进进出出，陆亦亦就笑，说，班长，真谢谢你让我来糟踏这烟，我抽什么都和抽稻草一样，没享受感，真可惜了这十块钱。

大班给每个人都发了烟，小姜女友秋秋一直不大言声，这时吸了那烟，也插嘴道，唉，就是这个烟把那个什么局长给弄下台了吧？

是，潘嫂子答，说是那个局长有张会议上的照片在网上登了，本来没什么，哪个局长不开会？可有人对他手里点着的这根烟发生了兴趣，就人肉搜索出他的名字职位等等，接着网上就开始讨论一个局长平时就抽两千块一条的香烟，一天算他烟瘾小，只抽十根的话，一个月得抽掉多少钱？再接着人们就计算一个人的月收入得有多少才能抽得起这种烟，然后就有人举报了，结果贪污上千万，那还不抓？所以现在当官的都怕拍照，搞不准谁把你弄到网上去，引来杀身之祸。

小姜说，这都是些傻逼，开会抽什么黄鹤楼，抽个十块钱一盒的软云烟就得了，找抽呢。你看咱们大班，给市里捐款的慈善大会上会不会抽黄鹤楼？这边一张百万的支票捐给学校防震工程，这边穿的不过是国内品牌太子龙男装，不卑不亢，不显山露水又不假装穷酸，这就叫智慧！那个局长就是个二百五，有根羽毛，就以为自己是凤凰了，犯贱，巴不得进班房。

陆亦亦回头对大班说，大班你还这么热心公益事业呢？看不出呀！

大班竟含蓄起来，说，应该的应该的，汶川地震时中国人没有不哭的。咱们这儿不也是地震带吗？后来我就捐了些钱给市里，要求用这钱做校舍建设的抗震专款。没什么，有点良心的，都会这么做。

陆亦亦点着头，对大班凭添几分敬佩。这世道，千万富翁一呼噜就是一片，花天酒地、纸醉金迷，吃喝嫖赌、一掷千金的大有人在，真舍得把自己挣的钱捐出来的不过是凤毛麟角。不管捐款的目的是为了扩大知名度，树立公众形象，还是为了讨好市里的首长，方便日后拿到业务项目，捐出来的钱本身毕竟是现实而有用的，这个姿态做的，美丽了自己，实惠了群众。

大班的手机这时响了起来，他接了，冲着电话说，过个半个小时吧，这边喝得差不多了，我这就带几个朋友过去，你准备个大间，其他见了面再说。

大班说毕，问大家，你们喝得如何，我让老碾子给咱们预备好洗脚的地儿了，亦亦美女，回来还没洗过脚吧？我包你今天舒服到家，我哥们儿老碾子开的足疗馆是咱这儿最高档的，全套服务一应俱全，全身按摩服务是一根汗毛孔都不会错过的。

陆亦亦推辞道，班长，劳你如此用心，又如此破费，很不好意思，还要去洗脚？我就免了吧，这顿午饭都吃成晚饭了，把潘嫂子累的，感激不尽！我就不去洗脚了，太麻烦了。

大班说，你就别扫大家的兴了，一起走，一起走！别人都可以不去，你不可以！给我个面子。

陆亦亦听大班如此说，就住了嘴。

杜杜

大家就呼噜噜准备起身，潘旋和潘嫂子都说不去洗脚。潘旋说，今晚有个音乐会，早买了票的，是星光大道出了名的那个原生态歌手阿宝来巡回演出，别看我媳妇是美声歌手，她可是阿宝迷，非去不可的。

陆亦亦这才明白，原来潘嫂子是唱歌出身。

大班说，可以理解，可以理解。你们随便。我说潘嫂子，你们省歌舞团不是也出去走穴吗？你就让自己的金嗓子荒着？潘旋你小子把她憋在家里可没气魄，怕老婆跑了？

潘旋说，哪儿是我不让她出去唱歌，她自己不愿意出去，说累了，要安静。现在每天在家里弄十字绣，还在网上卖得火热，你问她，是不是我说谎。

潘嫂子眼睛一亮，说，对了，怎么把这事儿忘了，亦亦美女，你跟我来，我给你看看我的十字绣，你挑一片带走。

陆亦亦跟着潘嫂子七拐八拐进了一间书房，只见除了整面墙的书，就是到处铺摆的十字绣片，三个绣台并排摆着，绣台上摆着未完工的绣品。墙上一幅最大的绣片，足有七尺长，装了镜框，是沁园春雪，毛泽东的书法诗词下面雄伟地绵延着茫茫群山，蜿蜒着巍巍长城。身边七七八八的绣片，长短宽窄不一，有人物、花草，也有风景、书法等等。

潘嫂子温婉地笑着，说，你捡喜欢的挑一个吧，手工的东西，这两年都稀罕，拿到国外也不掉价。

陆亦亦一片片翻着，看得眼花缭乱，想着那一针一针的辛苦和耐心，对潘嫂子更加敬仰起来。她说，潘嫂，我买你一幅，这样的好东西送不得的，针针都是美丽和魅力，我承受不起。我就要这幅裸体美女的，装了框挂我床头正合适，我付你钱。潘嫂子婉然一笑，也不推托，说，随你，看着给就行了。陆亦亦也不知道该给多少钱，自己选的这幅并不太大，色彩也不复杂，想了想，掏了两张百元钞票递过去，那潘嫂子就笑，抽了一张，说，这就好了。两人又推来推去，陆亦亦推不过，才把百元又收了。

潘嫂子陪陆亦亦往外走，突然拉了一下陆亦亦的手，停下来小声说，给你提个醒儿，他们一洗脚就会张罗些洗脚以外的事儿，你从外头回来，不明白，小心吃亏。

陆亦亦有点发愣，呆呆地盯着潘嫂子，没懂。潘嫂子甩开手，说，也没什么，你小心喝的东西，他们有时候发赖，会往杯子里掺药的，别以为老同学都对得起人。说完，也不看目瞪口呆的陆亦亦，径直往外走了。

汽车开往足浴会所的路上，天近黄昏，林立的高楼在车窗外倏忽闪过，上下班的人流车流蚂蚁搬家一样在眼前活动不安。陆亦亦的眼睛望着窗外，却明明确确地审视着内心一处说不清的空白，那地方隐约藏着什么，又没家什可以真去隐藏，好像空空荡荡，却又塞满了无形的实物。她努力思想着，这空旷的地方是什么呢？是什么呢？她想忘记那个地方，那里却有件东西拽着她扯着她没完没了。

快下车的时候，陆亦亦突然微笑了，如弟！是如弟！今天要向大班打听如弟的下落，怎么会忘记？洗脚时千万别忘了，她舒出一口长气，把心中那块空地的门轻轻虚掩上了。

八、

御天堂足浴会所在全市有若干个分部，大班率领着一行人马到了城里最繁华街区的一所。会所设在豪华商城的偏楼里，周围都是国际品牌巨幅广告的玻璃橱窗，哈里波特的女主角艾玛沃特森的巨幅照片，正以夺人魂魄的姿态突出着英国品牌伯百丽的尊贵荣华。

陆亦亦盯着艾玛脚上的棕色高跟短靴注视了几秒钟，心想，这样的靴子一上脚，走起路来立刻就能晃悠出贵族的高尚来。

大班忽然在她身后耳语道，喜欢？一会儿下来给你买一双？

陆亦亦睁大眼睛扭头看大班，见大班双眼眯缝着打量自己，嘴角一抹暧昧的笑。她突然感觉自己变成了小绵羊，摆在饿狼面前的盘子里。陆亦亦笑着说，班长，你喝多了，这双靴子少说也得上万块，你买了送给你那些八十后九十后的小美妹吧，咱这半老徐娘可承受不起。说完扭身往电梯走。

大班紧跟着说，她们那些黄毛丫头哪有你好，看你还没穿靴子呢，走起路来就像皇后似的，她们学二十年也未必学得会。陆亦亦边走边答，那你就等上二十年好了。大班说，二十年太长了，受不起那样的折磨。陆亦亦跟着人流进了电梯，人多，陆亦亦和大班被挤在角落里面对面，陆亦亦直视着大班的眼睛一字一句地说，受不受折磨是你的事，和我没关系。

大班近距离看着陆亦亦酒后微醺的娇容，她白绸子宽松套头衫下面高耸的胸脯离自己不足一寸远，大班体会着血液循环加速的燥热，他一下没站稳，往前撞了一下，整个身体压在陆亦亦身上，陆亦亦一个趔趄

杜杜

靠在电梯墙壁上，身边燕子捂着嘴咯咯咯地笑，大班一边站直身体一边笑，说，对不起，还真喝多了，都站不稳了。小姜和秋秋也笑，小何说，陆女士你有所不知，我大哥这是酒不自醉人自醉，一般只有在美女面前才会暴露这个情调。陆亦亦没笑，她白了大班一眼，从牙缝里挤出两个字，装蒜！

进了足疗会所，马上有两个穿着粉色套装短裙的美貌女子前来招呼大家换鞋，其中一个冲着大班嗲嗲地说，蔡老板您来了？我们马老板打来电话了，他这会儿脱不开身，一会儿给您电话，房间早就给您留好了，您随意。

几个人的鞋子都被拿走了，换了拖鞋和标着号码的塑料手牌。陆亦亦不知道那手牌干什么用，见大家都套在手腕上，也照猫画虎套上。大班解释说，每个人的消费都按手牌的号码登记，最后统一结账，你想要什么服务尽管要，一并算在我头上，尽情玩儿痛快了。

粉装女叫春梅，和小何小姜显然都相熟，互相打着招呼，一行人马跟着她进了一个宽敞的包间。包间一侧是一面大床，很像旧时的火炕通铺，足能睡下十个人，炕上有四五个间隔摆放的圆形小炕桌，上面已经摆满了开心果话梅皇酱油西瓜子等小食拼盘和西瓜猕猴桃草莓果盘。火炕对面墙上薄薄一扇六十几寸的高清电视屏里正放着什么歌星的靡靡之音，背景是一片幽静的桦树林，歌手抱着一棵大树，眼里泪光点点，兀自缠绵。屋子尽头可以看见大理石装点的豪华卫生间。整个房间落地丝绒窗帘拉的很严，虽然是黄昏，天还亮着，却点着几只壁灯，发出幽暗的光来。

春梅从身旁服务员手里接过一摞单独包装的睡衣袋子，抽出几件淡粉色的一一递给几位女士，说，楼上是女子浴所，你们要不要去洗洗，新从安徽雇来的几个搓澡小姐手艺很好，你们去试试，很舒服，活血放松之后再泡脚，反射按摩更强烈，减压解酒的作用才棒呢。

大班说，你去你去，外国不一定有咱们这些花样儿，去试试，刚才端锅端得也挺累的。说完自己就先笑起来。

陆亦亦答，我不是想给你省钱吗？既然你这么说，我就不客气了，都挑最高档的做。说着跟着燕子和秋秋上了楼。

身体里的酒精正在发挥作用，别人眼里酒后没变化的陆亦亦，其实一直都在恍惚着，她知道自己神经如此这般的松弛度，只有在畅饮之后才会出现，有一种想抓住什么，又什么都抓不住，干脆就不去抓了的潇洒和散漫，她甚至感觉自己是个旁观者，自己的口说着别人的话，自己的身体行着他人的事，只有大脑是清楚的，仍能成功地掌握着"别人"的一举一动。

她想，既来之则安之吧。

到了更衣室，陆亦亦走来走去找单独的换衣间，没找着，整个浴室倒参观了一圈。一个全裸的女人在淋浴单间冲澡，帘子没拉，白花花的肥皂沫溅得四处飞扬，另一个女子在大木盆里泡玫瑰香氛浴，只有一个红扑扑的脸蛋儿露在铺满红玫瑰花瓣的木盆里，眼睛闭着，陶醉得远离了人间。两个穿着白色比基尼的服务小姐在洗澡的女人跟前转悠，准备随时递上毛巾浴液。

搓澡间很大，摆着一长串按摩床，一个胖女人一丝不挂地躺在床上，身边一个穿着黑色比基尼的搓澡小姐正在把她正过来翻过去地折腾，这女人也是闭着眼睛，好像没长骨头，身上的肥肉随着搓澡小姐的奋力工作节奏鲜明地抖动着，抖出果冻的甜腻荡漾来。

陆亦亦靠着门框呆呆地看了一会儿，白是白，黑是黑，这时里间出来了一个同样黑色比基尼装扮的女子，女子说，您还没换衣服？先去冲冲也过来搓吧。

陆亦亦回到进口处，见燕子和秋秋站在两排存衣箱之间的长椅旁嘻嘻哈哈已经脱光了，戳戳点点地比划着彼此乳房的规格和形状，互相恭维着，两人腰间都系着一根红色的细绳儿，上面滴沥浪荡挂着些细小的装饰物，细绳的接头处打着节，长出的一截垂到胯骨弯处，尾端悬挂的玻璃饰物就随着两人的嬉笑一晃又一晃地拍打着小腹底部。

陆亦亦心想，看来今天肯定得在这公共澡堂子里来个裸体秀了，多年来自家淋浴间里自己悄悄洗自己的习惯这下得暂时收起。豁出去了，不就是个身体吗？妈生得好，没缺陷。这可是二、三十年没重温过的大澡堂体验。区别是当年粗锅陋灶的饺子席换成了今天这金樽玉鼎鲍鱼宴，当年洗澡的目的是讲卫生，现在洗澡的目的是享受，当年人挤着人自己洗自己，现在床上躺着别人帮你洗。

决心一下，顿觉轻松。她一边脱衣服，一边问，两位美女，你们腰里是什么？我头一次见。

燕子说，咦，你们外国没有吗？我还以为是外国引进的呢。腰链，为了好看呗。

陆亦亦说，的确好看，可项链耳环都露着，有人看得到它们的美，这腰链平时穿着衣服没人看得见，不是遮了美？系裤子时会不会觉得硌？

　　燕子和秋秋就一起捂嘴笑，燕子说，不碍，习惯了。陆姐姐你真好玩儿，这个当然是要给人看的了，你现在不是看到了？脱光的时候就看到了呀，在什么人面前脱光，就给什么人看呗。有人喜欢得很呢，嘻嘻。你不是也承认它美？燕子说完，就拉着秋秋一边笑一边走，说，陆姐姐你慢慢换，我和我姐先去洗了。

陆亦亦这才知道这俩位是姐妹，怪不得长得神似，圆润饱满的两截白藕身段，圆滚滚撅着两团，青春昂扬地离去。

　　陆亦亦回想着这两位女子酒席上的一颦一笑，琢磨着，那秋秋腼腆有余，活泼略欠，燕子心直口快，天真爽朗。两人看着都是八零后的一代，比小姜小何至少年少十几岁，不知道是排行第几的两位小老婆，年纪小，名次也小，娃娃似的。

陆亦亦锁了衣服，一个身着白色比基尼的服务女生走过来递了装着牙刷牙膏搓澡巾的塑料袋，登记了她的手牌号，教了教她怎么用手牌上的感应器开启存衣箱，然后就引她去淋浴间。

　　淋浴喷头有半个脸盆大，软水洒下来柔和地罩着整个身体，陆亦亦觉得自己是一朵干渴的花朵，正在园丁爱恋的滋润下幸福着。

　　陆亦亦听见燕子和秋秋在按摩浴池里嘻嘻哈哈说笑，禁不住暗叹，年轻就是资本！这次回来，感觉整个国家正在经历着旺盛的青春期。餐馆、酒吧、商场、车站、机场、公司前台，所有公共场所的一线岗位都是二十来岁的大姑娘小伙子成群结伙地围着你，四十的女人被当作老太婆，都被赶到二线去了，没人愿意多浪费一眼在你身上。厂矿企业四五岁都劝退回家拿劳保，愿意打麻将打麻将，愿意带孙子带孙子，愿意开个小卖铺开个小卖铺，赶紧把宝贵的工作岗位让给雨后春笋般层出不穷的青年。祖国的长江，后浪呼啦啦推着前浪，你玩命跑，也赛不过这活生生动力十足的年轻一代。

　　老龄化越来越严重的西方社会呢？四十岁还是香饽饽的年龄，稍加打扮，赚点儿回头率轻而易举，等个公车，也断不住碰上过来搭腔套近乎的俊男。就算五十几岁的人，打个球，喝杯咖啡，上个网，制造点桃色新闻也是见怪不怪。到了机场、车站，空姐、车姐都是大妈级的，到什么公司、什么政府部门办个事儿，身前身后那些半老徐娘，皱纹啊黄褐斑啊，来不及躲就扑面而来。所以，回国来短期探探亲、访访友还好，被同学朋友众星捧月一样托着举着忽悠两天，多少有个苦尽甜来衣锦还乡的滋味，你在外头吃了多少苦受了几茬罪，总不会在人前显山露水，隔山隔水隔着大洋，也没特工来查你的创业史。

如果回国久居，那就苦了，没了青春，没了精力，没了动力，没了人脉，没了偷奸耍滑的习惯，也没了争名夺利的欲望，做一股微弱衰老的"前浪"只好心甘情愿地落下去，被来势凶猛席卷而来的"后浪"哗啦盖过去。

陆亦亦冲着洗着想着，发现燕子姐俩早没了动静，也赶紧擦干了裹上，来到搓澡间，见那姐俩已经四仰八叉躺下了，身边有两位搓澡小姐伺候着。陆亦亦跟着一个搓澡小姐到了两姐妹身旁一张床上，一次性的塑料纸早就铺好，也学着躺上去，豁出去了，什么隐私，这会儿都得见鬼去，入乡随俗要紧。

搓澡小姐开始在陆亦亦身上工作，她很听话，搓澡小姐让她平着她就平着，让她侧躺她就侧躺，让她蜷腿她就蜷了，让她翻身她就翻。她感觉自己的旧皮在被一寸一寸地剥离着，皮肤下新鲜的肉体解放出来，欣喜无比地享受着无遮无拦的空气。虽然知道自己的每寸肌肤都不得不被搓澡小姐仔细审视，也只好装着像块猪肉，任大厨随意折腾。不知不觉，她竟发出微弱的呻吟，忽然觉察，赶紧住了口。
她见搓澡女子个子不高，力气却恁大，十分敬业，此时已经面孔潮红，气喘吁吁。陆亦亦心生怜爱，开口问，听说你们是安徽来的？离家这么远，一定想家吧？

习惯了，不太想。每年春节都回去的。

没想过回去开个类似的店，不就省得跑出来干活儿了？

开店哪能开得起？我和我老公也没这个脑子，就会干点苦力。回去干这个？不行，怎么敢在家门口干这个？让人笑死。

那你们家乡人都不知道你在外面做这行？陆亦亦多少有些吃惊。

当然不知道。我回去就说在旅店工作。我老公是扬州人，修脚修了十年了，我家里人也弄不清楚他做啥，其实他们村出来的男人都是修脚工，师傅带了徒弟，徒弟成了师傅又接着带徒弟，扬州人修脚的名气响得很呢，一会儿你们下楼泡脚，说不定碰上我老公。

这样做每年能挣些钱带回去？是不是忙了才能挣得到钱？

嗯，挣得不多，我们没有基本工资，就是拿提成的，我每天都上班，工作十五六个小时。当然是忙了挣得多，可忙了就很累呀，有时一天做了三四十个客人，吃饭时筷子都拿不动了。你下次来还找我吧，不忙的时候，我们也会闲着的。钱是攒得下的，你看我和我先生整天呆在这里，管吃管住，也用不着买什么东西用，工资就都攒了。前年带钱回去给我公婆盖了房，他们在村里帮我带小崽。

你这么年轻都有孩子了？

哪里年轻，三十岁了，小崽都七岁了，我一年只能见着一次。

这样啊，他常年见不着爹妈不寂寞吗？陆亦亦心生怜悯。

不会。村里尽是他那样的崽，大人能出来的都出来了，只剩下老人小孩，他们也都习惯了。明年我们就把他接出来上学，房子都租好了。女子说着，脸上露出了幸福的笑容。陆亦亦看着她的眼睛，那对眼睛低垂着，随着自己手的上下搓拉在陆亦亦身体上来回移动，此刻，那眼神里跳跃着希望的光芒，她的脑海里一定出现了孩子稚嫩的笑脸了吧？

陆亦亦和搓澡女说话时，燕子和秋秋也一直在断断续续地聊天，这时两人都上了面膜，平躺着休息。搓澡女用移动水龙头把陆亦亦浑身上下搓下来的污泥浊垢冲洗干净，也给陆亦亦敷上了面膜，说，您静养一下，就转身离开了。陆亦亦就安静地听两姐妹有一搭没一搭的对话。

燕子问，这个月你的零花钱他给你没呢？我那位昨天给我结了这个月的一万五千块，你催催小姜，下个月那个南韩来的大夫走了，你再拿不到钱，咱俩的手术不就做不成了？秋秋说，你知道小姜没你那小何外快多，总是拖拖拉拉的应付我，你先借我些，我的定期我不想动。咱们也别等了，明后天就去做了算了。

陆亦亦想，感情这姐妹俩和小何小姜彪在一起还拿月俸的，花瓶的青春，不劳而获的青春，腐败的青春，接近罪恶的青春。她忍不住问，唉，你俩怎么了？要做手术？

燕子说，陆姐姐，你看我俩都有眼袋，看，这里，难看死了，我们要去把它做掉。我的脸太宽了，让他们给我做窄些。秋秋也答，陆姐姐，你看，我额上这一根抬头纹，搞得我好烦，我要打针把它消灭掉。燕子说，哪能彻底消灭掉？咱们咨询时，人家大夫说了，就能管几个月，过后还得再打针。

陆亦亦知道两人在谈论 Botox injection，是这几年流行的去皱针，让脸部肌肉麻木，失去表情而达到消除皱纹的目的，打了针几个月就会逐渐失效，需要再复打。

她私下感叹，这些小姑娘真是疯了，光眉俊眼，青春貌美，有点小缺陷正好是太阳上的黑子，真实鲜活。做成毫无缺陷的假面孔，矫揉造作起来，有什么看头？还不如看电影画报和日本卡通漫画上的标准美人呢。唉，这就是开放、新潮而实际的八零后！只要是假的，都喜欢。

"假"的目的讲究立竿见影，给人做小，立竿见影要拿月俸，拿了月俸，立竿见影要去整容，整了容之后，是为了"女为悦己者容"还是再来个"投桃报李"就不得而知了。如此现实的一代！

话说几个女人在楼上洗浴的时间段里，小姜也去洗浴了，大班和小何懒得洗，就歪在床上说话看电视。

大班问，昨晚你又和小姜、老祁、狗顺赌牌了？

小何说，狗顺的官司打输了，得赔钱，他那个承包合同写的有问题，拿不住对方，法院的廖厅长特别叮嘱了办案的，还是没能打赢，理在人家手里，人家上面的关系又死硬，办案的担不起，我看那廖厅长也就是走个过场，他也受不了上面下来的压力。我们看狗顺官司输了没精神，都故意让着他，他妈的那小子还是死狗扶不上墙，输得比平时少些，有二千多吧，我们都没揣走，又都还他。

操，我看你们几个这种赌法儿，狗顺一年光输进去的钱也有个十几万。

可不止那么点儿，少说也有三、四十万。小何幸灾乐祸地笑着说，狗顺也犯贱，越输越想赌，约赌越输，那小子干这个脑子就是不行，别看是人民大学哲学系的研究生出身，察言观色心理战术不到家，老沉不住气，不输等什么。其实我们不过就是玩个点数，有多难？我和小姜赢他还算少，老祁赢他多，每年都能赢他个十来万。

要不狗顺老哭穷，这十来年扑腾出来的那个装璜公司就是个空壳，到处欠债，还雇那么多草包，尽做些伪劣工程，我看随时可能倒闭。还是你小子踏实，堂堂正正当个实惠官，悄悄咪咪赚着实惠钱，美美滋滋地养个小妮子，老婆儿子住洋房吃香喝辣还被你哄得屁颠屁颠的。

大哥我这还不是跟您学的？你除了没当官，其他哪样儿不是我的榜样？唉，对了，大哥，这陆美女的确有味道啊，和国内的骚逼们很不一样，不是我说，你那两个小三小四就是冲着你的钱来的，除了年轻，其他可都比不上这个陆美女。我看你很久没这么当回事儿了，她那点儿事儿小意思，包在我身上，你放心。不过，我觉得你上她怕不那么简单，钱不一定管用。老碾子的东西呢，给咱们预备好了？我早断顿儿了。

大班掏出手机拨了老碾子的号码，一边听着，一边哼、哈了一番，就撂了电话。他说，老碾子过不来，董领班知道，我叫她来。

那粉衣服务生春梅本来被大班撵在门口守着，这时听见大班招唤，赶紧过来，满脸堆笑，问，蔡老板有什么要求，您吩咐。

把董领班找来，我问她个事儿。

没一会儿，高跟鞋的嘀嗒声就节奏鲜明地越响越近，把一个身着黑色西服套裙的高挑女人引进了门。呦，是蔡老板和何处长，刚接了马总的电话，让我过来招呼你们。那女人说着，眼睛一挑，嘴角刷地闪出一抹微笑，本来不甚突出的五官，立刻妖媚起来。

大班说，小董，几天不见，越发漂亮了，你家老板到底有眼力。

董领班的妖媚就升了级，红唇之间挤出齐刷刷一群白牙和泉水叮当般的笑声。她也不说话，从紧身西服口袋里掏出三包小纸袋来，说，都在这儿了，这个蓝的男用，绿的女用，白的摇头。我可交了差了，你们有事吩咐春梅。说完转身就要走。

大班赶紧起身坐直了，说，唉，小董你别急着走，这个是新来的"快女丹"吗？你这么给我哪儿成？将我的军？你得替我安排了，一会儿给这个位子上茶时用上，她们一会儿就下来了。大班说着，嘴朝着身边床上的空位努了努嘴。

那董领班就一把把那绿纸包拿回去揣了，媚笑着说，好好好，蔡老板的话，有令必行。说完就一边走一边说，还有些你上次点的货，都到了，马总说等他见了你再说。

大班听见她和粉装女春梅在门口嘀嘀咕咕，知道都安排了，这才放了心，安心和小何聊天。

小何说，这董领班跟了老碾子多少年了？有没有二十年？

有了，老碾子做这生意，就得有这种铁杆红颜，老碾子和我说过，这姓董的可以为他抛头颅洒热血，替他死十回她都愿意，必要的时候老碾子也用她和上面疏通关系，圈儿里人都知道她是公共情人，人聪明得很，八面玲珑。但即使和别人睡觉，也是死心塌地替老碾子卖命的。老碾子有她上下周旋，不知道省了多少心，福气啊。

还是老碾子会为人，听说这董领班老家半个村子人的吃喝都仰仗老碾子？她自己的爹妈兄弟姐妹都过上有车有房的小康生活了，一帮农民，没有老碾子哪有他们的今天。

这年头，光会为人也不行，还得看运气。看我老子那事儿，一辈子谁也没得罪，三反五反、文革多少运动从来都是明哲保身，中庸之道活学活用，那么艰难的年代都熬过来了，现在还不是一招棋错，满盘皆输？栽在一个狗屁校长手里，这就是个命。

唉，大哥，刚才说薛宝钗时差点把你老子捅出来，对不住你，我可不是故意的。你老子和她那出戏，如果不是被那傻逼贪污犯武校长咬出来，谁会知道？唉，那个校长真他妈的蠢，还以为真的坦白从宽呢，咬出那么些人，还不是照样蹲局子。

唉，别说了，说得心堵！纪检委一插手公开立案，事情就难办，男女之事算不得什么，叶剑英的儿子不是半公开地养着五房老婆？那个二奶赵姨娘和章子怡闹纠纷张扬得全人类都知道，也没见对叶太子有什么影响。唉，关键是利用职权贪污受贿这一条害人。我老子也是年纪太大了，老坐在位子上碍眼，招人忌恨。大班眉头锁着，叹了口气。

大哥你也别悲观，我看他们不会把蔡局长怎么样，李副省长不是你爸拜把子兄弟？你看已经拖了这么久了，吊着下不下结论，肯定有省长顶着呢。我看最多判个三年五年的，老爷子这辈子福享过了，再稍微受点儿罪，人生就完全了，不是坏事儿。

小何你这二年太他妈会说话，大哥我还真的被你说得放松了。唉，顺其自然吧，我做儿子的该求的人都求了，该花的钱都花了，尽了自己的心也没别的撒，听天由命吧，自己该干啥还得干啥。

电视里一个节目主持人正在采访一个领导干部，小何指着主持人说，唉，你看她像不像陆美女？大班也说像，俩人干脆看了一会儿电视。那个领导在解释最近东郊强制拆迁老房出了人命的原因，背景里有许多男男女女举着标语堵着道路，标语上写着"要拆绝不可，要命有一条！"

手机响，大班接电话，是他公司里来的，他几句话安排了下属，笑呵呵地合上电话，满脸喜悦着，对小何说，你看我这陆同学来得多巧，我那个项目正式批下来了，又够三年活了。三年不开张，开张活三年！好了好了。如果是中标最忙的季节，我可没心情陪她这种玩儿法，这下可以放松了。

小何说，大哥，那项目本来也非你莫属，恭喜了。至于这陆美女，这"天时、地利"都合适了，现在只剩下"人合"这一条，看你的本事儿喽。说完呵呵呵大笑起来。

九、

再说楼上三个女人揭了面膜，起身去换衣服。陆亦亦见燕子和秋秋都拿出春梅给准备好的宽松睡衣来换，心下犹豫，下了楼是和大班和小何在一个大房间泡脚，穿这个是不是太那个了？

燕子见陆亦亦光着身子发呆，上上下下地打量她，说，陆姐姐，我听说你都生过孩子了？咋身材保持得这么好哩？肉那么紧实，一点儿肚子都没有，比我俩没生过孩子的都平整，一定有什么保养高招吧？

陆亦亦笑了笑说，没高招，有个低招，天天都高兴，外加一天五十个仰卧起坐，慢跑一小时。秋秋说，哎呀，这可太难了，天天都高兴？好像没人做得到。五十个仰卧起坐？慢跑？不行不行，太累了，这苦吃不来，我俩最不爱锻炼了，出门都打的。

陆亦亦知道老虎吃肉兔子吃草的道理，人分九种，种种不同，老虎教兔子吃肉比较艰难，一面之交，也懒得多嘴，就说，你们年轻，不锻炼也好看。我这年纪，全靠坚持运动来保持健康呢。说完，指着手里的睡衣，抬头问，咱们泡脚时就穿这身？

燕子说，是啊，揉脚的师傅除了揉脚，也揉腿揉身体，宽松衣是必需换的，不然没法儿做。

陆亦亦换好衣服，看见给自己搓澡的女子站在门口观望，走过去塞了二十元钱在她手里，说，我知道咱中国不兴小费，不过我喜欢你搓的澡，一点小意思。说完也不等那女子张口结舌感激的目光冷却下来，就逃跑似的跟着两姐妹下楼去。下了一半，又忽然想起什么事情，说，你俩等我一下，反身咚咚咚跑回女浴室。潘嫂子的临别赠言清清楚楚在耳边鸣响，"会往杯子里掺药的……会往杯子里掺药的……会往杯子里掺药的……"，她取了纸杯子在浴室门口饮水机前咕咚咕咚一口气喝了五杯水，顿觉酒后的干渴不再焦灼，甚至有了轻微的腹胀，这才款款地下了楼。

进门前，陆亦亦叮嘱自己，两件事要做，一件是询问如弟，无论如何不让大班再打马虎眼；一件是不喝水，坚决不喝。

几个女人回到包间时，个个容光焕发，湿漉漉的头发花边一样耷拉在浴后的素面娇容两颊，新鲜顺滑，几架身体在宽松睡衣裤里晃荡出若隐若现的曲线来，一不小心你就发现靠想象驾驭出朦胧的女性躯体美比一丝不挂的裸体更具魅力。

大班示意陆亦亦到他身旁那个位置的床上坐，说，先坐一会儿，我这就安排他们准备温汤泡脚。说着就把春梅唤了来。那春梅显然对大班的习惯了如指掌，开口问，还给蔡老板和朋友们用最好的"美龄生汤"泡吧？

大班点头打发了春梅，转头对陆亦亦说，知道这"美龄生汤"的来历吗？据说那宋美龄六十岁的时候还保持着三十岁的模样，她有个保健秘方，就是一年三六五天，每天都用中药偏方泡脚按摩，那个泡脚偏方里有十几种中药，包括黄芪、葛根、苏木、泽兰等等。你看她活了百岁，据说那脚入土时都是细皮嫩肉的。多年来充沛的精力和美丽润泽的容颜也不能不归功于这泡脚疗法。你们这些美女呀，要想保持青春，还得拜这个黄泉下的老美女为师呀。老碾子聪明，发明了这个"美龄生汤"，连我们这些老后生也泡上了瘾。

陆亦亦说，这世界上享受的事而好像没有你不懂的。我考你一考，你知道古人里有谁的诗里有泡脚的诗句吗？

大班呵呵笑起来，说，嘿，亦亦你这可欺负人了，揭我没文化的疤呢？我虽然没上过正经大学，职大的本科文凭还是实打实的，可惜老师不教洗脚的诗。你也够邪的，人家都记些红豆啊、明月呀、黄鹤什么的，你怎么记洗脚的诗？你倒说来听听。

陆亦亦说，为什么洗脚的诗不能记？谁不用脚走路？脚是身体上最金贵的零件了。一个脚，一个胃，都是我最敬重的部位，所以比那红豆明月黄鹤更容易往心坎里存放。这个洗脚呢，我记住的有三句，一句是陆游的，"洗脚上床真一快，稚孙渐长解浇汤"，说的就是洗了脚上床快乐无比，小孙子都成长得可以端洗脚水了，你说幸福不幸福？第二句是东坡先生的，"它人劝我洗足眠，倒床不复闻钟鼓"，说的就是别人劝我洗了脚再睡觉，那个觉啊会格外沉实，连钟鼓大作都听不见了，你看这不就是说足疗保健促进睡眠的神奇功效？还有一句无名氏的，不能算诗，"富人吃药，穷人洗脚"，这更直白了，你有钱人总生病老得买药吃，俺们穷人啊每天泡脚，根本就不生病自然不用吃药，你倒说说看是做穷人好还是做富人好？

啧啧啧，小何听得直咂嘴，说，陆女士真饱学，洗个脚洗出这么多典故来，不得了，不得了。可我想来想去，还是得做富人。

当然了，现在国情不同，这无名氏的话没办法古为今用了。你们这种洗脚法儿，穷人怕是梦里也不敢试吧。大班，你这一个"美龄生汤"恐怕就得额外加个五十、一百的，是不是？够穷人吃十几顿饭了。

大班说，你泡你的，管它多少钱，别说多花个五十、一百的，为你这样的国际美女，多花十倍也值，这是弘扬祖国文化，让你把中国体验带到国外去发扬光大！至于这个穷富之分，我一直认为自有命定，像现在的中国，满地黄金，赚钱的机会无处不在，穷人不是眼瞎看不见地上的黄金就是手懒脚懒心懒，握不住发财的机会，怪不得别人，那就是穷命！你说，富人的钱是白来的？天上下雨，又不下钱，没黑没白劳心劳肺的时候谁看得见？光看见富人大把花钱了。

陆亦亦心里嘀咕，是，你们行贿受贿、贪污腐败、坑蒙拐骗、上下逢圆的时候也是没人看得见的。只会手勤脚勤心勤的，恐怕就是刚才那搓澡女和面前这几位按摩男按摩女的造化，你大班消费的钱进的是你那老碾子哥们儿的腰包，跟面前这几个只会勤快的穷人距离十万八千里。

几个人说着话，那"美龄生汤"已经泡上了，没膝的高木桶里蒸腾着熏人的热气，浓厚的草木香味填充着每丝空气的缝隙。陆亦亦整个小腿浸在木桶里，一股异样的舒张慢悠悠弥漫全身。

房子里静了下来，小姜、秋秋、燕子、小何都躺倒了，以最松弛姿态享受按摩的滋味。每人床脚前，男人配了按摩女，女人配了按摩男。

陆亦亦想起一段典故，阴阳互补。前几次回国自己陪妈妈在家门口的五福脚业做过两次普通档次的足浴，母亲被伺候着，问按摩男，为什么女人一定配个男的来做，男的配个女的来做？那河南乡下来的英俊按摩男一脸严肃，理直气壮地回答说，这叫阴阳互补！我的阳气可以通过手指在您足底的运行与您的阴气相合，达到最佳的保健作用。洗完，陆亦亦和妈妈狠笑了一阵子，陆亦亦对妈说，大款女的按摩男很有可能升职到卧室里去，就达到阴阳互补的最高境界了。妈说，嗯，你啥都懂。陆亦亦说，这不明摆着吗，除了阴阳能量互补之保健功效外，欲望填充，情感补偿，金钱交易，都是大款男女的空缺区兼实践区，阴阳附从才能填补空白啊，您看，阴阴和阳阳在一起，只有冲突四起，哪能达到这"阴中有阳、阳中有阴、冲气以为和"之境界呢？

好舒服！陆亦亦停了联想，体会着按摩男坚实而有力的按压，扭头对大班微笑着赞道，一付实心实意的坦诚。

大班看着她干干净净、老实巴交的面孔，私下已经在心里伸手捏了一下，软滑细嫩，真好摸。那春药一用，春潮带雨，不知她会多么好看。

谢谢你，大班，这些享受的花样儿在国外真的见不着，没有你这种阔同学，怕是在国内也不容易见着呢。谢谢你这么款待我，以后你到国外去，我请你吃比萨饼。

陆亦亦说完，想着三块钱就能买一角比萨饼，自己先笑了。她说，真寒碜，你要真到了国外怕是受不了那个洋罪，有钱没处花，憋死你。中餐就别提了，所有饭店好像都是一个厨子在烧菜。西餐吃来吃去就是土豆泥土豆条土豆饼土豆块，生茄子生菜花生西葫芦生芹菜，水煮白菜水煮蘑菇水煮西兰花水煮胡萝卜，浇点儿万变不离其宗的汁儿，外加论磅秤的牛排牛肉馅，鲜血淋漓地就能端到面前来，吃得你很快就可以进化成半个野人，体毛长约二寸。你要是出了国，到哪儿去过现在这种纸醉金迷、精致讲究的日子？

外国那么不好，那你回来吧，你怎么不回来？我看你美滋滋地呆在外面，根本没想回来。你多回来几趟，我带你玩儿更高档的游戏。哎？不对呀，亦亦，你在外国一住十年，我怎么没看见你体毛两寸长？

小何插嘴道，大哥你怎么知道人家体毛多长？两寸长的地方是你能看的？

整个屋子立刻被笑声充满了，确切地说，是被淫笑充满了。

陆亦亦懒得搭荐，装没听见，此时无声胜有声。心想，让你们意淫一回，本姑娘也不会因此缺胳膊短肉，随你们去。

水果是安全的，她一闪念，顺手从自己手边上的小茶几上拈了一颗草莓放进嘴里，嘟着腮帮子说，班长，笑够了？小心我教唆你家领导雇侦探监视你。哎，班长，说点儿正经的，那天聚会我问你如弟的情况，这么点儿小问题，你怎么不搭理我？你要是知道就别卖乖，快告诉我。

如弟？春梅，上茶了，普洱！单上六壶小盅。大班吩咐了春梅，转头看着陆亦亦，感慨说，你和如弟在学校小花园里散了几年步？六年？还真散出感情来了？哎，那时候的一对璧人儿似的美少女走在泥乎乎的园子里，惹来多少少男们的春情涌动啊！想不到，时过境迁，两人竟是如此天上地下！

班长，你打什么哑谜？她到底在哪儿？同学们说东说西，如弟好像成了百变魔女了，掉人胃口！我快走了，起码应该在走之前打个电话问候一下吧，你赶紧告诉我实话。

打电话问候？难！亦亦啊，薛宝钗！吃饭时小何他们说的那个薛宝钗就是如弟，如弟就是薛宝钗！

陆亦亦的脚猛地从按摩男的手里抽了出来。按摩男连声说，对不起，对不起，我按痛了你吗？那我手轻点儿，我手轻点儿。按摩男满脸愧疚，低下头继续给陆亦亦揉脚。要在平时，陆亦亦看见体力劳动者最易心生怜悯，怎舍得令他难堪，现在却对按摩男熟视无睹，她头扭向大班，一动不动。

这时大班眼里的陆亦亦，脸色煞白，圆睁双眼，目光着了火，直燃进大班的眼睛，目不转睛。

　　她的大脑一片空白，里面什么都没有，似乎一瞬间发生了决堤之灾，脑子里的内容洪水一样倾泻奔流而去，霎那间干涸见底，残沙剩水之上漂浮着大大一行字，如弟就是薛宝钗，如弟就是薛宝钗，如弟就是薛宝钗……

　　大班伸手拍了拍陆亦亦的肩膀，说，亦亦，不至于吧？你吓着了？这么些年了，如弟跟你八竿子打不着边，不就是蹲了监狱吗，碍你什么事？放松放松，快喝口茶！

　　说着，大班抬手把陆亦亦茶几上刚上来的茶倒了一杯端到她面前，陆亦亦迷迷糊糊地接过来，仰头就喝了。

　　陆亦亦呆怔的时候，大班和小何迅速传递了一个含笑的眼神，两人的眼睛同时落在陆亦亦手里喝空了的杯子上。

　　大班捅了陆亦亦一下，说，哎，你也躺下闭目养养神吧，这么坐着发呆不如躺下放松，你这姿势，盯着小兄弟按摩，他多大压力？说着，自己先直溜溜躺下去了，很快就沉浸在按摩女精心的呵护之中。

　　陆亦亦努力让自己从震惊中醒过来，在大脑里拼命整理逻辑关系。如弟是薛宝钗，薛宝钗蹲监狱了，蹲监狱的原因是诈骗钱财，如弟因为诈骗钱财蹲了监狱！她蹲了监狱！她蹲了监狱！

　　她回过头来，环顾四周，只见除了秋秋和小姜在大炕的另一端悄声低语着什么，大家都迷迷糊糊地沉浸在按摩的快感中安静着。因为身着样子颜色款式相同的睡衣，床上一溜儿人都好像变成了一个个类似的物件儿，分不清你我，被统一格式化了。电视机被春梅关了，音响里响着泉水叮咚深山鸟鸣的 Spa 音乐，可陆亦亦耳朵里却嗡嗡嗡地鸣响着杂七杂八的喧闹，如弟，白胳膊，法国先生，监狱，教育局，宴请，对外交流项目，诈骗，两万，十万，薛宝钗……

　　陆亦亦的脚被按摩男奋力揉搓着，她却无知无觉。她觉得干渴，喉头好像燃着蓝色的火苗，她转身端起身边的茶壶，准备往手里的空茶杯里倒水，就呆住了。

　　空杯？这茶杯怎么空空地握在手里？我喝空了一杯水？是的，是大班给我倒的水。我喝了大班给我倒的水。陆亦亦尽量不去扭身看大班，镇静！她盯着自己手中的茶杯，大脑迅速旋转着，"别以为老同学都对得起人"，潘嫂子的话在耳边如雷鼓撞钟。短短几秒钟长过一年，如弟惊人的消息从头脑中隐遁而去，自己的安全显然比如弟蹲不蹲监狱重要得多。

她抬头对按摩男笑着说，小兄弟，你揉得真舒服，不过得跟你请个假，我要去一下洗手间。

按摩男在她脚上套了拖鞋，陆亦亦闪身进了房子尽头的豪华卫生间。她锁好门，背转身闭着眼睛在门上靠了一会儿，心跳平稳了，才走到水池跟前。她把水龙头扭到最大，确定哗哗的水声大得可以遮掩呕吐的声音，才蹲到坐便器面前，身体探入便池，把最长的中指深深地伸进喉咙，翻搅。

陆亦亦起身漱口时心想，可惜了今天潘嫂子那么精致的饭菜和香醇的五粮液了，基本都吐净了。就着水龙头又猛喝一通凉水之后，她在镜子里整了整头发。镜子里的人，面色桃红，洗浴之后不施脂粉的皮肤略显憔悴，一双眼睛瞪得老大，复杂而无奈。她想起日记本里夹着那张和如弟少年时的黑白照片，那时自己的眼神是天真好奇的，照片上如弟的眼睛是多么多么的黑，黑过没有星星没有月亮没有灯光的夜晚。

自身安全问题得到保障之后，心思无法不在瞬间转到如弟身上。陆亦亦盯着镜子，眼睛就被霎那之间涌起的水雾弥漫了。如弟，亲爱的如弟，为什么会这样？你告诉我，为什么？

陆亦亦回到床上躺倒之后，一直无法放松，按摩男做完脚部按摩就开始全身按摩。陆亦亦虽然有了卫生间的自卫措施那一出，头脑却仍然紧锣密鼓地运转着，一种乱麻纠缠的混乱在里面膨胀，她繁忙的大脑分散了身体的注意力，麻木迟钝，被捏被敲被掐而无知无觉。

明知道大班正沉浸在按摩的高度放松和半睡眠状态，她还是忍不住开口打破了寂静。

大班，你得给我多说两句，她定的什么罪？判了多少年？

唉，大班叹了口气，说，你知道这事儿有什么好处？看看，连按摩都爽不了了。算了，都告诉你吧，看你心焦刨根问底的。如弟的罪名是诈骗罪和过失杀人罪，诈骗败露后，她和那老外因财产发生口角，打起来，动了刀子，老外死了。如弟被判了死缓。入狱时身份证上的名字叫贾一慧，广播电视报纸都有消息，但并没登照片，那如弟和上面一些头头脑脑有私情，媒体有阻力，没敢登照片。咱们同学谁能想到那姓贾的大骗子杀人犯是她？我了解这事儿是因为另有别情，不和同学交流她的信息也出于这个别情。

过失杀人几个字刚从大班嘴里冒出来，陆亦亦就蒙了，死缓两字一确认，她感觉心跳彻底停止跳动。她努力想喘气，喉咙被一只无形的手攥得紧紧的，喘不过来，她想喊，声带上拴了石头，喊不出一丝声音。

眼前一片黑暗，黑暗中金星闪烁，她努力想看清方向，除了阴风冷冷，满目只有漆黑的无助和迷茫。

陆亦亦庆幸自己听到这样毁灭性的残忍消息，是躺在床上是闭着眼睛是不必和任何人相对的场景，她只知道自己浑身瘫软，连骨头都被那消息灼烫烧炼，融化成稀泥了。

如弟是骗子，如弟杀了人，如弟判了死缓，如弟正在铁栅栏里度日如年，如弟将在那窄小的空间里与世隔绝，没有自由，终了此生……

陆亦亦在大脑与身体的懵懂之中一遍又一遍重复着这个不容置疑的事实，时间渗透在她的迷茫之中没有起点，没有轨道，也没有终极。她飘浮在空气中，像一只寻找目标的蚊子，努力寻找血腥的气息，却只碰到了无生命的乱石林立。她想叮咬生命，她饿，她渴，她想吸取血液，更想释放毒液，可茫茫世界，没有丝毫生命的痕迹，一切都是无奈，一切都是无助，一切都是虚渺。她开始怀疑蚊子的真实性，她开始怀疑自己的真实性，她开始怀疑一切。

按摩男爬到床上来捶打了，他背对着陆亦亦，不知用什么招数把她整个人从床上背负起来，形成两头翘的飞燕姿态，陆亦亦听到骨骼噼里啪啦的鸣响，她感觉不到舒服，也感觉不到不舒服，但骨骼的松动和响声给了她充分的借口，决堤是必然的，就在那一刻，大水哗啦哗啦地奔腾而下，淹了她的睫毛，淹了她的脸，淹了她的睡衣，淹了她的胸脯。她的鼻涕和泪雨合并奔涌而流，她不去擦，手被按摩男揉搓着。她不出声，声音被悲哀淹没着。她的脸对着床，没有人在意她的决堤。按摩男把她放平时，她的头自由落体一般垂在湿漉漉的枕头上，世界仿佛远去了，时间仿佛停止了，她无声的哭泣好像带走了她的灵魂，她眩晕着，不知身在何方。人若飞鸿，事如春梦。她隐约吟着这八个字，可声音浮在空中，听不清楚，一切不过是空空茫茫。她好像睡着了，可明明醒着，既然醒着，又神志不清地睡着。天沉在黑暗里，思想没有一丝光亮，只有如弟黑黝黝的大眼睛空洞地亮着，一眨，又一眨。

按摩男按摩女早就停止工作，悄无声息地离去，房间很静很静，人们还没从按摩的松弛中醒来。

小何小声问大班，陆美女睡着了？不对吧？喝多了？没这么厉害吧？

大班使着眼色，淡淡地说，没事儿，让她睡吧，可能是太放松了。

那我和小姜带燕子秋秋先走一步，刚接了个短信，有点儿事儿。大哥你悠着点儿？小何说着，揶揄地笑。

燕子和秋秋进了卫生间去换衣服。大班半坐着从包里掏了两包黄鹤楼一九一六扔给小何和小姜，又对小何说，那个，我回头给你捎过去，她的那事你就搞定吧。说着，手指一撮一捏，作了一个数钞票的动作。

小何说，你让她把小孩所在学校、父母姓名、住址、联系方法和想去的学校都写清楚，就成了，包给我，你放心。

几个人呼啦啦放轻脚步走了出去，小何带上门时，意味深长地冲大班点了点头。

房间里彻底安静了，大班侧身躺着，面对爬卧的陆亦亦。她的脸是扭向另一侧的，头发柔顺地搭在枕头上，乌黑之中有几缕铜黄色的闪烁，洗浴后还没全干，懒散地伴着主人一同沉睡着。她身上的粉色睡衣并不平整，被按摩男揉皱了。大班想，做按摩男倒是有个好处，可以随便在女人身上摸来摸去。大班的眼睛停留在陆亦亦弓起的臀部上，小小的一个隆起，饱满浑圆，延伸出一双长长的腿，半截睡裤正好结束在光滑的小腿肚上，那腿肚子散发着浴后柔嫩的光泽，直溜溜延伸出细细的脚腕。有个哥们儿说看女人的性欲要看她的脚腕，纤细而刚劲，一定是功夫上好的。大班忍不住给陆亦亦的脚腕打分，九五吧，如果再年轻十岁，腕上的皮肤绷得再紧些，就可以得满分了。再往下看，刚修过的脚底是粉红色的，灯光下闪着纯洁的光芒，透明透亮。

大班的心多少有些浮躁，他一遍遍端详着俯卧的陆亦亦，从上到下，又从下到上，身上的某些部位莫名地焦灼昂扬起来。他叼上一根烟，点着抽起来。慢慢吐着烟圈，斜躺在塌上，贪婪地凝视面前这具静止的尤物。

他怀疑眼前这个一动不动的身体是不是真的在睡觉。那快女丹是新到的春药，据说用的都是上好中药蛇床子、山茱萸之类精心打造而成，可以让女人春心荡漾在不知不觉之中，一旦春情激昂便难以克制，云雨之事只是水到渠成顺其自然的结果，从始至终都是心甘情愿。没听说这药让人如此犯困啊，这不成了蒙汗药了？和老同学温习温习友谊，水到渠成地热爱一番是情理之中的事，如果把老同学故意蒙倒，那就是别有用心伤天害理，于情于理都说不过去了。难道董领班疏忽大意拿错了药？不会，那女人办事和老碾子一样放心。大班想着伸手摸了摸口袋里另外两包药。

大班起身叫春梅进来把两壶茶热了，又躺倒抽烟，扭头望美。一根烟抽完了，大班清了清嗓子，用手指抚弄起陆亦亦的发梢来。亦亦！他把嘴凑近陆亦亦的耳朵轻声叫着。亦亦！

杜杜

　　陆亦亦本来懵懵懂懂地听见小何和大班说话，懵懵懂懂地听见几个人移动关门的声响。但她想睁眼却睁不开，她沉在自己那个黑暗的世界里太深太久了，如弟的眼睛固执地拽着她，万能胶一样死死地粘住了她。她早已不再哭泣，那黑暗中的空洞是巨大而可怕的，面对如弟漆黑发亮的两点目光，她感到更多的是恐惧无奈，无依无靠。

　　亦亦，亦亦！大班还在叫。那声音真实响亮，清晰镇定。

　　陆亦亦好像隐隐约约听到金属碰撞般尖锐而遥远的鸣响，眼前的黑暗裂了一道口子，光明从那里霸道地射进来。她迷迷糊糊地移动着身体，只觉得浑身酸软无力，头一动，就被枕头的湿冷激了一下。她缓缓睁开双眼，审视自己的处境，面前的大通铺空空的，上面扔着几套横七竖八的睡衣，粉色的，蓝色的。她突然哦了一声，翻转身来，慌张地坐起来，说，哎呦，我太失礼了，怎么迷糊成这样。她扭身看大班正斜躺着笑眯眯地端详她，打了一个冷颤，说，哎，怎么他们几个都走了？你怎么不叫我？

　　大班看陆亦亦脸上被枕头压出一群皱褶，红红白白的一道又一道，像是在咸菜缸里泡过一样，目光禁不住滑到湿漉漉的枕头上。他问，你出汗了？出这么多？

　　陆亦亦抬手擦眼睛，理头发，很不好意思，眼帘一低，长睫毛遮住一脸羞怯，说，怎么就剩你我了？他们呢？

　　他们有事儿，也碍事儿，先走了。大班仍然笑眯眯地目不转睛，一边给陆亦亦又倒了一杯茶。

　　陆亦亦接了茶杯，又原封不动地放回茶几。她忽略了大班的回答和回答中的暧昧，她很虚弱，顾不上想别的，自顾自地说，大班，我要去看她，我要去探监！

　　大班盯着陆亦亦的脸看了两秒钟，伸手把两人中间的茶几端到一边，自己整个身体凑到陆亦亦身边，他搂住了陆亦亦的肩膀，呼吸直接冲在陆亦亦的脸上，说，你不能去！你去干什么？你海外回来，衣锦还乡，在天高地远的富裕国家过着稳定的生活，有家庭有孩子有事业，你去刺激一个连自由都没有的死刑犯干什么？

　　陆亦亦没有躲开大班紧搂的臂膀，她顾不上。她近距离盯着大班的眼睛，满脸惊异。大班是对的，自己没想到这点，彻底没想到。不能探监！不能去？见不到如弟了！再也见不着了？

　　两溜清泪顺着面颊缓缓淌下来，她毫无准备，毫无准备地抽泣起来，肩膀的抽动是肆无忌惮的，呜咽是放肆的，无遮无拦的。

　　大班顺势把她的头搂进自己怀里，伸出一只手抹去她层出不穷的眼泪，好像在花瓣上采摘新鲜的露水。他嘴里小声念叨着，别难过了，别难过了。真想不到你俩这么有感情，真想不到。

　　大班紧搂陆亦亦的臂膀渐渐地用了力，那是一种柔和的力量，释放着肌肉鲜活的弹性。陆亦亦潮湿浓密的头发散发着淡淡的香气，她抽泣着的身躯是弱小绵软的，失去骨骼支撑的。大班感觉到此时自己的重要性，自己正在充当着骨骼的角色，支撑着陆亦亦和如弟之间那块几乎坍塌的天空。

　　他搂着陆亦亦肩膀的手，在她柔软的肩膀上上下抚摸着，虽然隔着睡衣，仍然体会得到女人温暖光滑的皮肤。他的身体有了壮年男子激动的反应，心里却突然生出一种类似父亲一样的疼爱和一种类似保镖的责任感。他伸手捧起陆亦亦的脸，在那明净的额上亲了一下，他说，亦亦，你真是个重感情的好女人，这么大年纪了，哭得象个小女孩儿，这么可爱！

　　陆亦亦被那亲吻蜇了一下，慌张地伸手推住大班拥过来的胸口。她抬眼看了一眼温温和和的大班，这个轻声细语的大班和他认识的那个财大气粗仗义豪爽的大班很不一样。她忽然警觉起来，从大班怀里挣脱出来，坐得有了距离，才说，班长，对不起，这么失态，让你见笑了。谢谢你安慰我，我，　我就是感觉太突然了，接受不了如弟进了监狱，死缓这个事实，我实在不愿意接受这个事实。说着，眼泪又成串滚下。

　　大班压制着自己身体的焦灼，起身拿过面巾纸盒。他心里实在愤怒，他妈的这"快女丹"整个是假药啊，看我怎么找老碾子算账。这陆亦亦喝了一整杯，都云蒸雾散了？在我怀里都他妈的不想小鸟依人，没见效不说，还成了蒙汗药和催泪弹了。陆亦亦这人脑子也实在短路，人家蹲监狱好像比剥你的皮还痛苦。今天这事儿难道要泡汤？自己被她的眼泪搞得也糊里糊涂了，早知道会这样，真不该告诉她如弟的事儿。算了算了，顺其自然吧，老同学总不能动粗强奸吧。那念头一闪，大班嘴角忽地渗出一丝微笑来。

　　大班放松下来，他抽出来几张纸巾伸到陆亦亦面前替她擦脸，陆亦亦躲开，自己接过大班手里的纸巾，鼻涕眼泪一并擦了。说，班长，不早了，我心里太乱了，我得回家了。说着，出溜下床，准备去换衣服。

　　大班伸手抓住陆亦亦的胳膊，慌张地说，别急，别回家，你眼睛成了水蜜桃了，这样子回家不是让老人担心吗？消消停停了，再回不迟。

说着，大班大声叫来门外的春梅，说，你给陆美女的茶再添些热水，厨房师傅在不？做两碗野菜肉丝面来。

陆亦亦说，真的得回家了，我也没心思吃饭，班长谢谢你，已经很麻烦了，都不知道怎么报答你。

不是正经吃饭，这店里只有两个做夜宵的大厨，手艺还行，你吃碗面再走。至于报答吗，真要报答，你就先别走，就算我求你再陪我一会儿，好吧？

陆亦亦不知所措，她怕人求。

她坐回床上，故意和大班隔了两尺远，大班就笑，说，亦亦，你是怕我吃了你？说着，手又伸过来，死死抓住了陆亦亦的手。

陆亦亦低了头，说，你还有心思开玩笑，我脑子被如弟的事搞蒙了，能陪你做什么。说着，使劲想把手抽出来，可大班就是不放。陆亦亦抬头看着大班一脸坏笑，说，你放不放手？

大班说，不放！你有什么办法？你叫警察吧。我让春梅过来帮你叫。

陆亦亦尴尬地笑了一下，大班梗着脖子，那股老男孩儿的坏样儿实在顽皮淘气得可笑。

大班顺势凑到陆亦亦身边，一下把她抱住，说，亦亦，你别这么残忍，让我伺候伺候你，我让你见识我的优秀，肯定让你舒服得像上了天，回去你都天天想飞回来见我，我给你买飞机票。

说着，大班的嘴就压在陆亦亦的嘴唇上，不容分说。

一切来得突然，陆亦亦没反应过来怎么回事，嘴巴就被大班的舌头撬开，那馋虫贪婪地在她嘴里翻搅着，他庞大坚实的身体，很快就把她压倒在床上，每一寸肌肉都压迫性地笼罩着陆亦亦。

陆亦亦使出浑身力气想要挣脱，却感觉明显地被越箍越紧，他身体的坚硬火热地抵触着她的柔软。大班的手开始粗暴地摸索起来，头一秒钟还在睡衣外面，第二秒已经钻进睡衣里面了。陆亦亦觉得自己的乳房好像一只没长全翅膀的小鸟被老鹰无情地吊啄着飞向天空，脚下是飞逝的白云，头上是无际的蓝天，自己的命运紧密地和老鹰的嘴巴连接在一起，鹰橡衔咬的疼痛是无依无靠的。

大班的手开始往下延伸的时候，陆亦亦做出了一个自己意想不到的举动，果断而坚决。

大班猛地从陆亦亦身上滚下来，他捂着嘴。

　　陆亦亦坐起身来，整了整衣服，回头对躺倒沉浸在疼痛之中的大班说，你疯了大班？这么犯浑！对不起，我不咬你，你醒不来！说着，跪到大班身边，拨拉掉他捂着嘴的手，说，让我看看。

　　大班乖乖地伸出舌头，只见舌腰正侧面一道浓浓的血痕。陆亦亦笑了，说，幸亏我牙小，起来，没事儿，含块冰，明天就好了。活该，让你欺负我。说完，伸手扯了张纸巾递给大班，说，擦擦血吧。又抽了一张自己擦嘴，呸呸两口，说，你的血真难吃，酸的。

　　大班坐起身来，他已经冷静下来。斜着眼睛看着陆亦亦，说，你敢咬我？这个狠心的娘们儿！他心里荡漾着一种混合的情绪，没有得逞的失望和被咬伤的惊讶交织着，他不知为什么一点儿不恨陆亦亦。这就对了，这就是陆亦亦，外柔内刚，沉着果断，原则分明。她不是燕燕，不是秋秋，更不是如弟。他坚硬的身体已经彻底松软下来，就是这么回事，老同学就是老同学，不会变成别的什么。他非得认这个理，不认又能怎样？

　　陆亦亦不理大班，径直下了床，到门口吩咐春梅给大班拿冰块来。然后抱着衣服就进了卫生间。

　　从卫生间出来的陆亦亦齐齐整整的，头发抹了水，滑溜溜的泛着光，白丝绸套衫轻飘飘地罩着那个挺拔的身躯。大班靠在床上吸着烟，野菜肉丝面已经上来了，在茶几上冒着热气。他朝茶几努着嘴，说，老老实实吃碗面，一会儿我送你回家。

　　两人心照不宣，谁也不再提刚才那番搏斗的激动人心。

　　陆亦亦盘腿坐在茶几面前，说，我还真挺饿，班长，你说我在潘嫂子家既没少吃也没少喝，怎么就又饿了？说着暗自笑自己，都吐光了，能不饿？说完，就闷头吃了起来，那肉丝面着实喷香无比，一股自然的草香悠然荡漾。陆亦亦也不顾姿态，发出呼噜呼噜吸面的声响，吸完一口，一边嚼一边连声说好吃。她知道自己在用声音掩盖心中的烦乱，有了那番搏斗，搏掉了隔阂，在大班面前也不必装摸做样，摆什么矜持了。

　　大班看陆亦亦吃得香，呵呵乐了起来，说，亦亦，我真服了你，告诉你，这些年我可没少了女人，就没见过你这样的。你回来几个星期了，没沾男人，你就不想？三十如狼，四十如虎呀！我哪点儿配不上你？说着替陆亦亦点了根烟，吸着了，才递过去。陆亦亦也不推，接了就猛吸起来。

杜杜

陆亦亦吐了烟，说，你女人多，你不说我也知道你有个红粉团，有脑子的都能猜出来，这世道，有钱有势的能少了女人？何况你又好色。你不找，自有人送上门来。至于我想不想，那是我的事儿，是虎是狼都和你没关系。你优秀，那是你的事，也和我没关系。世界上优秀的人多着呢，我都跟他们上床不成？说完又呼噜吃面，满嘴面条，嘟囔着劝大班，你赶紧吃，真香啊，凉了就不好吃了，可惜了这新鲜野菜。

大班被陆亦亦不遮不掩的吃相传染，心情放松下来，也情不自禁地呼噜呼噜起来，满嘴嚼着就说话，咱俩比比，看谁吃的响。说完就发出了巨大的猪吃食的声音，整个鼻子也都变成了嘴似的。

陆亦亦一口面喷了半口，一边擦嘴一边说，哎，太搞笑了，这个顽皮的班长多么好！

陆亦亦也学猪，学不像，两人笑了一阵才停了。陆亦亦吸了口烟，缓慢地吐着烟圈问，班长，我这心里实在放不下如弟，你说你因为有别情，才知道如弟判刑的事，也是因为别情才不告诉同学。我可不可以问，是什么别情？

大班叹了口气，面色忧郁，目光射向很远的什么地方。过了半晌，才叹了口气，说，别问了，什么好事！他脑子里闪出父亲沮丧的面容，父亲被双规时，利用职权给妍头贾一慧开绿灯行骗也是一条罪状。他弹了烟灰说，唉，也没什么，就是我认识的一个人和如弟正好认识，关系不平常，我就知道得多些。

陆亦亦没再深问，低头接着吃面，她忽然很同情大班，这人在商场上叱咤风云，在朋友面前充当着让人信赖无所不能的大哥角色，可这时眼里的目光是多么孤独，多么无助。他心里不知有多少难言之隐，无人倾听，无处倾诉呢。

陆亦亦给大班倒了杯茶，也给自己倒了一杯，举起来，也不管茶里有什么，说，大班，我敬你一杯，回来这些日子，没少麻烦你，以茶代酒，略表谢心！说完就仰脖喝了。

大班明知道茶里有快女丹，虽然添过水淡化了，仍然不该男人喝，这时候也管不了三七二十一，反正变不成阳痿，再不能让陆亦亦小看了自己，一仰脖也喝了。

陆亦亦见大班喝得爽快，心下埋怨自己多心，还搞了卫生间那一出，费了老大劲，浪费了好酒好菜，做了无用功。大班哪儿至于给自己下药？唉，潘嫂子，您这不多事吗！不过，潘嫂子这么做，当然是好心，自己被不被下药，关人家什么事？人家犯得着告诉你吗？

　　两人一边吃着，一边淡淡地聊天，性别没有了，剩下比老同学更多了一层的无拘无束，好象兄妹，又好象不是。事情的发展就是如此莫名其妙，生活的河流不知道在哪里转个弯，就又是一处柳暗花明，令人惊奇的风景迎面而来。

　　出了足浴所，街上已经灯火通明，大班叫了出租车，两人都坐进了后排。大班一路上握着陆亦亦的手，那是一种奇怪的亲近和信任的感觉，陆亦亦没反抗。大班临下车时说，你把钱准备好，我派人来取，你就别再跑一趟了，把孩子和家长的学校、住址、联系办法等等所有重要信息写好装信封里一并给我。你没几天就要走了，好好陪陪家人，我就不送你了，我的手机地址你都有，电子邮箱我不太会用，主要是不会打字，你有事儿给我来电话好了，回去了别一去不复返，有事儿通气儿，回来千万和我联络，我们再聚。

　　下车时，陆亦亦没忍住眼泪，她紧紧拥抱着大班半天不松手，大班说，走吧，别小孩子脾气了，多大了？陆亦亦回头招着手，看见路灯下，大班眼里两点晶莹的闪烁，是克制的泪光。大班心里叹着，真是个好女人！

　　老同学，就是老同学！

　　陆亦亦咚哒咚哒的脚步声在寂静的夜晚清晰地敲打着她自己的心脏。这一天，内容太多，多得好像天上的繁星，东边眨眨，西边眨眨。哪颗是北斗星？哪颗？谁能告诉哪边是北？谁能？

　　那一夜，方向，在陆亦亦的生活坐标盘上，消失了，消失得无影无踪。夜很深沉，伸手不见五指，隐隐约约有两点暗光静静闪烁，十分遥远，十分模糊，梦中的陆亦亦清楚地知道，那是如弟的眼睛。

十、

　　刘希望打来电话的时候，陆亦亦正捧着日记本发呆，面前黑白相片上如弟漆黑的双眸正静静地与她对视。如弟的目光是活着的，活在二三十年前的青春期，活在那些校园里泥泞的小径深处。她十只圆润白皙的手指紧紧缠绕着陆亦亦的手，走路时身上粗糙的补丁衣服和陆亦亦的衣裳牵牵绊绊发出亲密的摩擦，小草在两人脚边悄悄摇曳，微风传递着如弟的誓言，"软弱就要挨打，从此我齐如弟就要站起来了！"

　　和照片深邃的对视，残酷冰冷，使陆亦亦柔弱的心尖抽搐不堪。

杜杜

刘希望在电话那头声调平缓沉重，略带犹豫。她说，我们去看赵老师时，她提到她的学生李大海也在我们地税局上班，记得吗？亦亦，李大海知道如弟的下落，我和他谈了很多，我希望你不要太难过。

陆亦亦嗯了一声，说，我明白，我不难过。

怎么可能不难过？怎么可能？

她感觉自己的嘴一张一合都是远离大脑控制的，她身体的每块肌肉、她神经的每个细胞都在努力适应一个新的现象，就是如弟那个人从此就从这个鲜活的世界里消失了。她消失的过程好像电脑里的一个文件夹，被删了就永远找不回来。于是跳出的窗口重复地问，你确定要删除此文件？是的！社会，那个控制鼠标的大手，它坚决而有力地点击了那个"是"，毫不留情。如弟从此不见了，电脑里再找不到这个文件夹了。这样的丢失是残酷的，无情的，无法挽回的，原因简单客观：文件含有病毒！为维护整个电脑，这个病毒必须连同文件一起消失，尽管没有这部电脑，文件本来不会染毒。

李大海的老婆郝莲籽在江城监狱工作，如弟在那里服刑。刘希望的声音显得小心翼翼。

陆亦亦的沉默像冰封的冬季，茫茫雪原，除了白色还是白色，她失去了回答的能力，一切都结冻了，冻结在云朵一样的洁白里。

江城女子监狱，是那个曾经生产日用化工产品的工厂。对外的名称是江城日化。它长着两只耳朵一样高耸的烟囱，坐落在城西一座不高的山上，东面隔着长满麦田的沟涧和一条蜿蜒的小河，与一块庞大的坟地遥遥相望，那片坟地沿着山势起起伏伏，大大小小的坟包一望无际。陆亦亦和如弟想不通怎么会有那么多的死人在这山坡久居，这山坡怎么可以装下那么多死去的灵魂，夜里会不会磷火闪烁，星星一样遍布山坡。

日化厂的烟囱里常年产生白白的烟团气团，汹涌着升入天际，很快就变成团团浓云，俯瞰山坡与坡脚下的田野。陆亦亦和如弟坐在山坡上，仰头数算那些变幻的云朵，陆亦亦喜欢把它们看作动物，如弟喜欢看它们做工具。

那朵像狮子，陆亦亦坚持道。我看像木工用的刨子，如弟反驳。

这个像老鼠，陆亦亦指着嚷，如弟说，明明像只大头钉子。

天上风大，云朵的行走变幻迅速莫测，春游的同学们在远处奔跑嬉闹，除了陆亦亦和如弟，没人留意云朵们正在上演的动物秀或者工具秀。

坟地总是选择风水好的宝地，如弟喃喃地说，如果在这日化厂里住，真幸福，整天面对着一代代祖先的保佑，还可以看见这些漂亮的云朵，云彩多自由，变来变去，一点拘束都没有。

天天看着坟地是幸福？这是女监，里面住的都是犯罪分子，要劳动改造。她们哪有时间看浓烟气雾如何变了白云，白云又如何从刨子变成钉子？她们更不会欣赏云的自由了，太痛苦，自由是犯人自己没有的东西，也是她们最想要的吧。

我不那么想，在监狱里住着一定很特别，有人管你吃管你住，什么都不用想。就单纯地活着，人家让你干啥你就干啥，多省事儿！脑子身子都好像不归自己了，人活着也就没什么负担了。

你真古怪，好好的想进监狱。外面的世界就那么不可爱？

外面的世界就那么可爱吗？如弟反问，她的眼睛眯着，黑眼珠黑得更加浓重，十七岁的青春在她眼里没有折射出向往未来的火花。她目不转睛，望着距离陆亦亦极端遥远的地方……

世间的事似乎从出生就已被上帝画定了轨道，你怎么走都走不出那既定的方向，它不由你控制，亦不在乎你短暂的偏离。如弟十七岁的那一天，在那个白云残卷的春日里，她对江城监狱的向往在二十多年后成为现实。这一切又是怎样应验了那个算命先生关于如弟那颗隐秘黑痣的预言？

我想探监！陆亦亦突然说。她冰封的雪原解冻只在一瞬之间，像开水充满的河流瞬间流过。理智的制止，在感情的怂恿下不堪一击。

亦亦，我知道你会这么说。我问问李大海如何探监，好吧？然后给你消息。

表姐刘希望的电话刚放了。魏飚的电话就打了进来。

两周以来魏飚每天一个电话，一如继往。多少年来，只要陆亦亦不在身边，他就是用这根电话线紧紧地拽住他的思念。

你今天好不好？又和同学喝酒了？魏飚问。

不好！陆亦亦欲言又止。她突然感觉她是那么渴望魏飚宽大并且永远安全的怀抱，魏飚是她的，她是魏飚的，就是这样简单。

一点儿都不好！真的不好！她重复着，声音混浊。

怎么了？出了什么事？你告诉我。

我想你！陆亦亦呜咽起来，我想你！

你告诉我，到底出了什么事？不哭，慢慢说。

陆亦亦一直没有正面告诉魏飚自己有意无意寻找如弟下落的事，但魏飚的智力对这样的有意无意心知肚明。回国后每天半夜陆亦亦都会兴高采烈地汇报当天的去向和收获。去赵老师家的江城之旅是她回国来做的第一件事，第二天一回来就和魏飚大肆渲染了一番，当然关于寻找如弟的心思是省略掉的。

魏飚在电话里说，我要是赵老师，也会高兴你去看她，有个你这样的学生，会比拥有一个问题女儿欣慰得多了。

陆亦亦没接茬，多少年来，她回避如弟的话题，好像鱼儿回避天空，鸟儿回避海洋一样自然而然。魏飚也不提如弟，他是一个现实的人，重视现在和将来，对过去的事情，不美好的事情，不需记忆的事情，会在记忆库里轻易地删除，这是他多年来从事纯理性研究工作养成的处事习惯，他只重视事物因果关系的必然结果，就像删除一句多余的程序语句，客观而且必须。如弟显然符合这个被删范畴，一句程序语言对整体程序的运转毫无作用，不删做甚？

陆亦亦心中怎么想，魏飚并不十分在意。他重视现实的、可以看得见、可以摸得到的东西。出国多年，陆亦亦陪伴着自己，风雪与共，白手创业，五子登科的每分辛苦都是两个人相互搀拉、相互鼓励而来，有什么比眼前这个实实在在和自己一心一意过日子的妻子更真实？妻子的脑袋里会不会偶尔回忆往昔的如弟，他并不在意。二十年已逝，物是人非，即使陆亦亦孤身回国三两星期，和如弟见上一面，如弟也不会产生任何杀伤力。

他对二十年前陆亦亦和如弟在卧室里上演的那一幕并非心无余悸，但他从未想过要去深究其中的隐秘与原委。他是个简单的人，但懂得接受人类的复杂性。记得上大学时宿舍里的男同学喝酒胡闹，要比较一下谁的枪最长最大，他魏飚再反抗，裤子还不是被几个哥们儿七手八脚地扒光了？非要拨拉得硬起来比了长短才罢休，评比结果令他吃惊，文文弱弱的他，竟然得了冠军。那个年纪，没有点儿如此荒唐的经历反倒稀奇了。

时过境迁，魏飚对如弟的敌意早已淡化。"心里想的"和"身边有的"之间的区别，显而易见。陆亦亦是自己身边有的，自己也是陆亦亦身边有的，都是对方的唯一，这就够了，很够很够。至于遥远的如弟是什么，随她去吧。

陆亦亦的抽泣是毫无克制的。她在魏飚面前常常丢失大脑，特别是当她陷入苦闷之中，魏飚总是可以三言两语用他的脑子替代她的脑子，他大脑的强势侵入是笼罩全局的，好像开春的暖风，呼啦啦吹开了河面上的冰层，冰块拥挤着往下游流淌，发出巨大的轰鸣。她的苦闷于是随着冰河的解冻变作鸟语花香，甜蜜悄然升起。有着魏飚，她不必担忧，有什么忧愁魏飚不能帮他分担呢？

是如弟，是如弟！陆亦亦一边抽泣一边脱口而出！她急于想倾诉心中膨胀的情感，她急于接受魏飚大脑的侵入。

如弟？如弟怎么了？魏飚的声音有些吃惊。

如弟犯了罪，诈骗，过失杀人，死缓。在江城女监服刑。

电话里出现了长久的沉默，只有陆亦亦的抽泣细若抽丝。

我想去探监！陆亦亦一边擤鼻子一边说。

魏飚清了清嗓子，他的声音柔和舒缓，好像搂着她的肩膀，就站在身边。

亦亦，我们来分析一下，他说，如果你是个死刑犯，你愿意接受一个儿时好友的突然探视吗？特别是这个好友过着自由自在衣食无忧的幸福生活？你试着想一想，你探视她是为了什么？是为了满足你自己见她一面，了结一段友谊情缘的心愿？还是为了给她带来什么帮助？如果是前者，你是自私的。如果是后者，你想想，你能给她带来帮助吗？还是只能给她带来更多的痛苦？

大班的话回响在陆亦亦耳边，你不能去！你去干什么？你海外回来，衣锦还乡，在天高地远的富裕国家过着稳定的生活，有家庭有孩子有事业，你去刺激一个连自由都没有的死刑犯干什么？

他们想的是一样的。他们是对的。但自己怎么就无法熄灭这探监的强烈欲望呢？

可是，可是我不去看她，谁会去看她？陆亦亦喃喃道。如弟孤孤单单地关在里面，外面的人都敬而远之，也许她很想见见谁，是不是？她也许很想见见我，是不是？就像我很想见见她一样。

魏飚的劝说是耐心而有理有据的，陆亦亦明明白白地知道他说的每一个字都是正确的，理智的，客观的。她不该去探监，他的阻止是正确的，但，她不愿接受理智，不愿接受客观，不愿接受正确。

电话放下时陆亦亦的承诺是含糊的，魏飚不再多说，他该说的都已说尽，远在天边，他鞭长莫及。那一夜，他少有地失眠了，辗转反侧。他感觉陆亦亦的心被如弟那个魔鬼攥着远离他，他的心很疼。那个该死的如弟关在监狱里也能把妻子搞得神魂颠倒，真是该死！他只想陆亦亦快快回到身边，枕着自己的手臂发出轻微的鼾声。他想要抚摸妻子身体的温度，他想给她一个谁都给不了她的赤裸的拥抱。他甚至后悔今年自己装修地下室用掉了所有的假期是多么的失策。以后再也不放她一个人回国了，再也不能。

陆亦亦把如弟的事告诉哥哥的时候，是关住门瞒着母亲的，她不想听母亲的大惊小怪，阴阳怪气。

你不能去，你搅和这个干什么？你动不动脑子？别人躲都躲不及，你还往上凑？二十年过去了，她齐如弟见过多少人经过多少事，你知道吗？你在这儿哭得撕心裂肺，她哪里还记得你？即使不是因为你替她着想，怕她见了你加倍痛苦，你也不该去！你该为你自己想，你是良民，她是罪犯！你干干净净的一个人，跟那么罪恶的人扯个啥劲？她是超级大骗子，她是杀人犯！你还能住几天？惹这个骚干什么？别去！我不许你去！！

哥哥的阻止比魏飚更加坚决而不可抗拒，他声音高得赶得上帕瓦罗蒂，可以笼罩万人广场。哥哥近在眼前，突破哥哥的阻止是不可能的。

妈妈进了陆亦亦房间，说，你俩吵什么呢？妹妹就回来几天，你对她吼什么？你是最痛亦亦的了，这是怎么了？

哥哥的火还没消，说，妈你别管，她总共回来就这么几天，剩下三两天了，心根本不在咱们身上，你问她，她对吗？

陆亦亦哭的很凶，说，哥你阻止我就算了，你干嘛冤枉我？欣欣的事都办妥了，你知道我费了多大劲？我哪里不在乎你们？

她委屈极了，有句话差点脱口而出，我差点被人强奸了你知道不？国内办点儿事容易吗？这是什么世道？

哥哥被妈妈推了出去，妈听见欣欣的事办妥了早已喜出望外，脸上挂着热切的笑容。她抽了纸巾给女儿擦脸，拉着女儿的手坐在床头。细声细气地说，别哭了，这么大了，还这么个哭法儿。快告诉妈，欣欣的事是怎么谈妥的？

陆亦亦克制着自己，深深地吸了口气，阻止了最后的哽咽。哇哇的哭了这一通，心里的拥堵畅快了许多，疏通的是成熟与任性之间的通道。毕竟不是小孩子了。她擦干净眼泪，就简单把小何要的数目和保证都描述了一番。

八万？妈妈显然吓坏了，她开门把哥唤了进来。

　　哥说，不多，能办成就行，八万很正常。欣欣妈和我找的关系都没亦亦的硬，一个开口七万，一个不给准数，也说七、八万，还都不确定成败。很好，就这样吧，还是亦亦能干，这可治了哥的心病了。我单位老夏儿子今年初中升高中，孩子也是个中等生，想进外语十八中，准备了十五万，还找不到合适的人递钱，急得恨不得跳楼呢。现在是越往上越贵，上大学就更不知道怎么剥皮了。咱们小学升初中这个价钱不算贵，何况是去实验中学。那我这就准备钱，亦亦走之前递上去，没几天了。哥说着，过来拍了一下陆亦亦的头，说，哥谢谢你了。

　　哥临出门对陆亦亦说，亦亦你听着，就这三两天了，好好在家呆着，你回来一趟，在家吃过几顿饭？你妈比你那、那什么人重要得多！哥哥说到"那什么人"时，顿了顿，母亲还拉着亦亦的手在床上坐着，哥哥懂得体谅妹妹的苦衷。

　　刘希望打来电话时，日子又翻过去一天。

　　你不要去看她了，亦亦，见到她你会伤心，对她也没有任何好处。刘希望开口就说。

　　对刘希望的态度，陆亦亦没感觉到吃惊。过去的一天里，她探监的想法好像短寿的花朵，开得突然而夺人眼目，凋谢却只在一夜之间。周围人的阻止联合起来形成一股强大的霜冻，花瓣迅速而被动地冻僵萎缩，天气寒冷，花瓣无法抗拒。和所有亲人作对，她不敢，她不愿，她不会。

　　如弟很自闭！刘希望慢慢地说着，好像在自言自语。你如果去看她，她不会想见你，如果被迫出来会见，她的模样会令你伤心欲绝。

　　你什么意思？

　　没什么意思，能有什么意思？嗯，嗯，在监狱里，能是什么模样？刘希望的回答拖泥带水，有些吞吞吐吐。总之你不要去看她。我不会帮你联络，再说你的时间也不够了，探监都需提前和狱方申请，不是直系亲属，还需要街道办事处的证明，探监日也是有规定的，你去探监不现实。刘希望叹了口气，变得语重心长，亦亦啊，你听表姐一句话，忘了她吧，就像忘掉一个梦。

　　如弟不是梦，她是一个活生生的人，生活在一个长着两只大烟囱耳朵的日化工厂里，那里大门紧闭，防守森严。如弟能否从那里看到对面整山的坟茔？能否看到山脚下蜿蜒的河流和金黄的麦田？艰难，监狱是筑着高大围墙的，围墙之外的自由世界是被严密屏蔽的。天空呢？天是没有围墙的，她一定看得到那块天空上特有的美丽云朵，它们迅速聚集，变幻多端，上演着层出不穷的动物秀和工具秀。面对那些自由的云朵，如弟会不会满心想飞的欲望，是不是迫切地想要飞出那坚实厚重的围墙化成白云里的一朵？

忘掉一个梦？怎么忘掉一个不是梦的梦？

表姐，死刑缓期执行两年据说可以减至无期，现在已经超过两年了，命保住了，是吧？她是不是已经减了刑？

是！已经减到无期了。

真的？那太好了！无期还可以继续减刑，我刚跟一个律师同学通过电话，他说判无期徒刑的如果表现好，大多都能减到十八年有期。如果立功，还可以再减。陆亦亦的语气里滋生着一股蠢蠢欲动的生命力。

表姐，你看，往多里说，再过二十年我一定可以在蓝天白云下，没有围墙的地方见到如弟呀！过去的二十年不是一眨眼就过来了？未来的二十年也会是一眨眼那么短的！

陆亦亦几乎是兴奋着说完这番话，语气里满是春天绿树吐蕊般的朝气。从来没有喜爱过数字的她对"二十"这个数字突然发生了前所未有的热爱。二十年，多好啊，比起无期，它是这么短暂，它是从无限到有限呢！一生如果有八十年，二十年只是四分之一，还有四分之三是拥有自由和蓝天的日子！四分之三，大大地过半啊！她简直要为如弟欢呼了，似乎如弟的刑期早已减成了十八年。

不探监就不探监吧，那我下次回来，时间充裕了再探吧。陆亦亦爽快地答应表姐。她的重负一下被自己乐观的想象和期望卸掉了。

不过，我回去会给她写信。表姐，你能帮我先转达一下心意吗？让她等着我回来看她，让她一定要争取立功，一定要争取减刑啊！

没问题，我这就告诉李大海传话给她。亦亦，那大后天我请假来送你。

大后天？陆亦亦这才发现，大后天就要起飞了，故乡之旅已接近尾声。日子是一只鸟，飞翔是它生命的意义，过去了就过去了，天空永远不会留下鸟儿飞过的轨迹。

接着几天，陆亦亦是在安静的忙碌中度过的。陪母亲逛街购物说话，做饭收拾房间看电视，陪欣欣听写成语练习英文对话，在手机上给蕊芮沐玉一众同学朋友发短信，依依惜别。

大班派了贴身秘书来取钱，过手金钱，一定得找个贴心人。秘书很年轻很美丽很甜蜜很懂事很贴心，陆亦亦一见秘书就忍不住笑了，她想起一句玩笑话，"旧时，兔子不吃窝边草，今日，不让窝边的兔子跑。"兔子们啊！面对着美丽的小秘书，她想起了燕子和秋秋。

陆亦亦对大班满心感激，想不出办法，只好走那最庸俗也是最通俗的一条路，送礼。除了八万块钱和欣欣的具体信息，她把本来给哥哥带回来的精装 Remy Martin XO 酒、一条 Camel 烟和一条英国 Benson & Hedges 烟齐齐整整包在一起，那只昂贵的 Zippo 高级军用镀银防风打火机在手里掂了两掂，又掂了两掂，狠了心也一并装进包裹里，笑眯眯地递到美女秘书手里，说，我给你老板写个条儿，你帮我一并带了去。

纸条用了存放老日记的箱子里翻出来的彩纹信纸，是二十年前的存货，略微泛黄却衬着翠竹秋菊的淡雅图案，分外古朴美丽。那时候写信不仅要用漂亮信纸，信封也是印有配套图案的漂亮信封，信写好了会折成鸽子的形状，小心翼翼地贴上漂亮邮票，每个小心思里都盛装着无限的柔情和浪漫。

陆亦亦提笔写道：大班，言语乏力，无法感激你对我的款待和帮助。薄礼让你见笑了，知道你不缺，心意！外烟外酒图个稀罕，国内毕竟不普遍。打火机你用着，希望点燃的时候，感受到老同学隔着太平洋遥寄的一丝温暖。祝愿你的生活与事业像点燃的火苗，明亮而兴旺！后会有期！

刘希望来的时候，陆亦亦的行李早已打好。亲戚朋友送的大小礼物占了一箱，另一箱是给魏飚和儿子买的礼物、书籍和字画。这几年，好东西国内比国外更贵，烂东西又看不上，只有在国外花钱买不到的东西才值得万里迢迢地扛回去，能买的东西越来越少。

陆亦亦的购物单上，花钱买不到的东西有两类，一类是精神食品，书籍、正版 CD 和 DVD；一类是物质商品，中国酒中国字画中国古玩中国家用装饰。单子一列，陆亦亦就摇头，都是可买可不买的，非生活温饱之必需，乃生活升华之所备。已经小康了？陆亦亦微笑着给自己一个肯定的回答。对于回国后所见所闻的纸醉金迷、穷奢极欲，陆亦亦可以适应，却并没有多少对大富大贵的向往与羡慕，平安是福，"大富大贵"这幢华丽耀眼的宫殿经常会让"平安"这位平民布衣望而却步。小康就好，衣食无忧，平安知足，其乐融融。

陆亦亦一边整理行李，一边思忖，生活的终极目标是快乐、平安和幸福，当这一切仅仅依赖于物质的框架而无坚实的精神内核支撑时，仿佛大面积骨质疏松的身体，皮光肉滑的漂亮外表里面到处都是易折易断弱不禁风的骨头，漂亮能持续多久？一个跟头，骨断筋折也许只在瞬间。

　　陆亦亦对自己的骨头充满信心，她想，只慢跑好像少了点，回去再加一次水中健身操吧，回去就加，还得把儿子和魏飚的运动也升级一下，全方位提高家庭骨骼力度。至于精神的骨骼吗，陆亦亦温暖地微笑了，外在的，孩子小朋友的家长们，单位的同事们，读书时的同学们，亲疏远近，大聚小聚，丰丰富富。内在的，读书读报、电视电影、旅游度假，密密实实穿插在生活的缝隙里，这看不见的骨骼像掺进氢二氧的强身细胞，散布在空气里。呼吸着这样的空气，积极乐观的情绪就轻易地控制了每年、每月、每天的每个时间段。有形的骨骼和无形的骨骼相得益彰，坚硬健硕，让生活强壮如牛。

　　她很欣慰。快要回家了！她走进自己的房间，坐在大木箱搭建的床上。坐下箱中的秘密已经上好了锁，会一直锁到下次回国。其中有一本日记已经拿出来打了包，会带到国外长久陪伴，那里面有初婚时甜蜜的回忆，会成为与魏飚的激情催化剂。那里面也有可以让时间倒退的往事片段，酸甜苦辣，会让生活暂时停驻。如弟，在那合住的本子里是自由鲜活的，没有围墙，没有刑期。

　　把这个放随身的包里吧。刘希望把一封信和一个小纸袋递给陆亦亦，说，亦亦，请你上了飞机再看好吗？答应我！

　　陆亦亦捏了捏小纸袋，硬硬的有个小盒子硌了手。表姐，是什么啊？搞这么神秘。

　　你答应我，上了飞机或者回去了再看，先看我给你写的信，再看纸袋。你要不答应，我就不给你了。刘希望很坚决。

　　好好好！现在也的确没时间看。陆亦亦忙着和众人告别，把信和纸袋塞进随身的手提箱。

　　送别，眼圈一定会红。克制眼泪的流淌需要高声的喧哗和顾左右而言他的本领，陆亦亦少有地叽叽喳喳，抱了欣欣抱嫂子，抱了表姐抱哥哥，搂了妈妈就不放手了，抬起头时，妈妈颈间的头发还是不可避免地弄湿了厚厚一块。

　　陆亦亦招着的手，仍然蝴蝶一样美丽。故乡，很快又将变为一个概念，只有在大脑深层的回忆里可以散发温度，那温度里包含着此时人们不舍的目光。

飞机飞得四平八稳，四周除了云朵什么都看不见了，陆亦亦这才收拾了依依惜别的心情，起身把随身带的小箱子取下来打开，刘希望最后塞过来的信和纸袋子就在手边。

信很薄，一页纸。

"亦亦，对不起，请你原谅我对你隐瞒了一些事情。你回来这么短的时间，实在不忍让你难过。时间可以平复一切伤痕，先记住姐姐这句话。准备好纸巾，姐姐知道你会哭。

我请李大海和他老婆郝莲籽吃了顿饭，整个饭局都在聊如弟。

如弟这女人实在不同寻常，在监狱里也同样惊天动地。

她进去后自杀过一次。知道吗？监狱里如果出了自杀自残的事情，从最基层的组长、小队长、中队长、大队长到上面的狱警都会被连累受处分，犯人所在的小组成员积累的减刑点数也全归于零，所以犯人都痛恨自杀和自残的犯人，上上下下的监督是相当严密的，任何可能造成自杀的工具都见不到，吃饭连筷子都是没有的，只有勺子。自杀，并不容易。

如弟是用馒头堵了自己的口鼻，未遂，被狱友及时发现，救活了。因为脑子有过短暂缺氧，神志受损，多少有些不清楚，间歇性发作，哭哭啼啼，并不伤人，不足以确诊精神病，仍在原监狱服刑。

今年年初，她用饭勺自残，整个右眼被勺把戳烂，右眼瞎了。

这样凶狠的自残行为即使在关押重刑犯的监狱里也极其罕见。她内心对自己、对世界充满仇恨。犯人都希望减刑，没人愿意和这样心狠手辣又孤傲怪癖的人同组，她在狱友中几乎没有朋友。明里暗里受点来自狱友的刁难也会有，但狱友并不敢做得过火，怕她。试想，自己如此不怕死不怕残，杀个人也不会困难，再说，原本如弟就是诈骗和杀人两罪并罚进来的。

狱方一直在严密监控她的状态，防止意外再次发生。现在的监狱施行人性化管理，一周吃两次肉，图书馆棋牌室设施很全，狱方一般不会为难犯人。赵老师经常拎着东西去看李大海，可怜天下父母心，中国的事儿，有个说得上话的熟人什么都两样，郝莲籽是狱警里的小头目，一直尽力照应，如弟未曾受过来自狱方的制，这点你放心。

如弟平时不与任何人讲话，工作起来却玩儿命，做活又好又快，指标总比其他人提前完成。江城日化早几年增加了针织业务分厂，她在缝纫机组，缝床单被罩，从早到晚，从不间歇。她业余时间喜欢望着天空发呆，有时也读点监狱图书馆的书，但不参与任何打牌下棋等群体活动，总是独来独往。除了自杀自虐，她可以算是一个模范犯人，如果不是今年自残这件事儿，她差点就被提升组长了，车间头目都是由表现好的长刑期犯人担当。

前天郝莲籽给我带了这个纸袋，是如弟给你的礼物。莲籽专门对她转达了你回国来想来探监的意思，如弟没说什么，只让莲籽把她入监时存放的随身小物品领了出来，挑了这个给你。在纸袋里。不要难过。

亦亦，别难过，过去的就让它过去吧。明天又是一个新日子，对你，对我，对如弟，都是！

每个人的命运都有自己的轨迹，认命吧！

时间，可以治愈伤痛，切记！"

陆亦亦不知道自己是不是还活着，眼睛完全睁不开，哗哗两条瀑布从两条紧闭的缝隙里汹涌奔流，她浑身的抽搐是难以克制的。同座的乘客问她要不要帮忙，她只有摆手的力气。

别打搅我，别打搅我，给我哭泣的空间，给我难过的空间，给我悲哀的空间。让我哭，我要哭，让我哭瞎一只眼吧，如弟，如果可以在一只眼睛的世界里陪你做伴。

你那里的春天是不是倾斜的？斜向冬季，一半新蕊吐芽，一半干萎枯黄；你那里的天空是不是半关闭的？一半雨后初晴，一半阴云密布；你那里的土地是不是沼泽的边缘？一步踩在坚实的土地，一步跨进沉陷的污泥；你那里的声音是不是混合的？一边是浑圆干净的天籁之音，一边是喧闹噪杂的市井喧哗；你那里的世界是不是缝合的？一半是晴天丽日，一半是日月星辰寂寂无光的深夜。

你躲在那黑暗阴冷的一侧，悄悄睁着一只明亮的眼睛，你只要瞭望，就好像在窥视。你看到了什么？你看到了你在那只明亮眼睛里拥有过的欢乐，拥有过的激情，拥有过的自己；你藏起了你的丑陋，你的虚伪，你的奸诈，你的凶狠，你的无情，你把它们掩埋在那只黑暗里，永久的那块黑暗里，阴冷潮湿，没有希望，没有黎明。

你对自己是残忍的，你敢于关闭人人钟爱的那扇窗户。你对自己也是宽厚的，你保留了一半不愿舍弃的光明。你对世界是容忍的，你留给自己一条窥视希望的缝隙。你选择生存在阴暗的交界处，你既是黑，又是白，既是丑，又是美。你选择沉默，沉默在对世界的无语中自慰。

如弟，如弟，神志有些不清的如弟，瞎了一只眼睛的如弟！

你竟然仍然喜爱天空？是，那里有你自由的梦想，你可以变化成形状各异的工具，你可以延续和陆亦亦关于白云形状的争论，你可曾看到那些变幻莫测的动物？

陆亦亦，那个曾经探视过你的心灵，探视过你的肉体，探视过你的少年和你的青年，又在潜心追寻你足迹的那个特殊的女友，她可在你心中留有痕迹？她会不会像湖水里的涟漪，在风和日丽时悄悄地隐没，却在狂风骤雨时激起无边的动荡？她属于你的世界，却并不时时存在。它不属于你的世界，因为没有外力的提醒，她从不显现。是不是？

陆亦亦抬手用袖子结结实实地擦了眼泪，努力睁开沉重浮肿的眼睛。她扭头看着窗外。飞机平稳地飞行在云层之上，机翼下是棉绒绒的白云，缠卷蓬松，好像山峰巨大的呼吸突然被凝固，它们好白，好静。三万米之下的人间，如弟，你是不是正在凝视这些冻住的呼吸？你知道我在这里想你吗？此时，三万米的距离不过是零，如弟，陆亦亦无法拒绝你的存在，不管时间如何飞跃，你都存在于秒针走过的每个空格里。你能拒绝陆亦亦的存在吗？她与你曾经的相识与相知，亦如时间一样绵长无期，融汇在时空的一个交点上。比如现在，云层上的飞机里有着她对你的思念，云层下的高墙里，仰望的你如果也在思念着她，思念的相交正融化在这漫天的白云里，无边无际。

陆亦亦的心渐渐地游荡在白云里，那种干净与平安，安抚着她悲苦的思想。她让心灵游离，她让思念释放在云层里。窗外明亮的阳光跳跃在她脸上，她感觉上帝的手轻轻地抚摸着她的额头，她的心脏，她的皮肤。她的呼吸渐渐地均匀平稳，她的心跳渐渐地稳定舒缓下来。

她低头摆弄起手里的纸带，默默拆开，里面只有一只橡皮大小的洁白塑料小盒儿。陆亦亦深呼吸了一口，轻轻打开盒盖。

两只圆圆的透明物体静静地注视她，如此透明，如此安静。

一对隐形眼镜。

陆亦亦凝视着它们，凝视着，她的眼睛再次慢慢涌起泪潮，眼泪扑漱滚落，砸在那对透明的镜片上。镜片顿时有了滋润的光芒，晶莹剔透，窗外云层上的阳光照在上面，折射出钻石一样耀眼的色彩。

如弟，你给了我你的眼镜，你给了我你的眼睛！

你一直不肯配眼镜儿，你舍不得让镜框遮挡那对美丽的黑眼睛，你的倔强让赵老师无耐，赵老师不在乎总是安排你坐在第一排。隐形眼镜是你怎样的救命稻草啊，有了那第一副隐形眼镜，你在信里欢呼，你说，我看得清了，亦亦，它们好像我自己的眼睛！它们就是我自己的眼睛！是的，它们保留了你黑眼睛天然的清澈和自然，人们不知道你是带着眼镜的，人们只看到那对黑黝黝独一无二的一对明眸。

只要你睁着眼睛，这两只镜片就与你为伴。它们曾经紧贴你深夜般漆黑的瞳孔，拥抱着你身体上这两扇最迷人的窗口，伴你走过人生的血管，体会命运的心跳。有了它们，你的眼睛才能永远明亮，透明，干净，好像婴儿一样。宁愿相信你的明亮，宁愿相信你的干净，宁愿！

陆亦亦轻轻捏起一片镜片，贴在嘴唇上。冰凉，她亲吻着它，就像亲吻着如弟的眼睛。镜片渐渐地有了温度，淡淡的温度。

陆亦亦让那温度停留了许久，才轻轻把镜片放回去，合上了盒盖。她凝视着窗外的天空，嘴角渐渐露出一抹微笑。她眼前飘过了赵老师、齐老师，飘过了蕊芮、沐玉，飘过了大班，飘过了小何、小姜，飘过了燕子、秋秋，飘过了潘旋、潘嫂，飘过了母亲、哥嫂和欣欣，飘过了刘希望，最后停留在如弟身上。

如弟睁着浓黑的眼睛，和她并排一起坐在云山的顶端，胳膊挎着，温柔地注视着广大的云层。如弟的眼睛大大的，明亮，完美。

如弟说，亦亦，这里多么干净，这里的世界没有喧闹、丑恶和肮脏。我爱这天空，爱它的没有原则，爱它的没有界限，爱它的没有边缘。我一直在寻找，遵照那个我也不太清楚的归宿，它让我的灵魂可以飞翔。我想，它就在这里。

陆亦亦微笑着答应着，说，那好，你就留在这里吧，留在这最干净的地方。

机翼发出轻微的轰鸣，天空里有一束桔色的阳光，穿透密布的云层，放射出五颜六色的光波，云层于是镶上了彩色的花边。

飞机正在横贯太平洋，它距离地球的另一边，越来越近了。

二零一一年完稿，刊发于《黄河》

寻找弟弟

www.ingramcontent.com/pod-product-compliance
Lightning Source LLC
Chambersburg PA
CBHW031339020726
47499CB00005B/1339